クビシメロマンチスト

人間失格・零崎人識

西尾維新

KODANSHA NOVELS

講談社ノベルス

目次

Book Design Hiroto Kumagai
Cover Design Veia
Illustration take

登場人物紹介

ぼく(語り部)——主人公。

零崎人識(ぜろざき・ひとしき)——殺人鬼。

貴宮むいみ(あてみや・むいみ)——クラスメイト。

宇佐美秋春(うさみ・あきはる)——クラスメイト。

江本智恵(えもと・ともえ)——クラスメイト。

葵井巫女子(あおいい・みここ)——クラスメイト。

浅野みいこ(あさの・みいこ)——隣人。

鈴無音々(すずなし・ねおん)——浅野みいこの親友。

佐々沙咲(ささ・ささき)——刑事。

斑鳩数一(いかるが・かずひと)——刑事。

玖渚友(くなぎさ・とも)——????

哀川潤(あいかわ・じゅん)——人類最強の請負人。

愛されなかったということは生きなかったことと同義である。
——ルー・サロメ

ぼく（語り部）
主人公。

「夢はそう簡単には叶《かな》わないね」

「そりゃそうさ。こちとらは現実にだって敵《かな》わねぇんだからな」

「つまり希望はことごとく達成困難なものだってことか」

「達成困難なものがことごとく希望であるたぁ、限らねーけどな」

——これはぼくと零崎《ぜろざき》との一断片。交わした会話のひとかけら。

それがたとえぼくのような戯言遣《ざれごとづか》いでなかったところで、少しでもこの世界そのものに疑問を抱いている人間がいたとすれば、多かれ少なかれ似たような経験をしたことがあるのではないだろうか。安っぽい感情移入や卑《いや》しいばかりの同調意識、奇跡のようにどこにでもあるシンクロニシティの話ではなく、《それがただそうである》という意味や概念以前の問題としての鏡面領域。

現実感なんて微塵《みじん》もなく、必然性なんてカケラもなく、理論式なんて部品もなく、浄化なんて道化もなく、整合なんて水泡もなく、伏線なんて単語もなく、解決なんて幻想もなく、説得力なんて雫《しずく》もなく、常識なんて断片もなく、関連なんて陰影もなく、世界律なんて一条もなく、そして何より浪漫《ろまん》がなかった。

そいでいて尚、《何もなかった》わけではないというのが実に喜劇的だ。悲哀を誘い憐憫《れんびん》を求め痛切を感じる喜劇。

そもそもアンタッチャブルにしてイレギュラーだったのだと思う。《みなものむこうがわ》として零崎を考えるときにはそういう風に理解するしかない。そうとでも理解しない限り、あの人間失格を言語に変換する行為は何の意味もなさないだろう。しかしそもそもそれがどのようなものであったにせよ、零崎に意味なんかあったのか。この戯言遣いが圧倒的に意味を所有していないのと同様に、あの殺人鬼に対して外側から何かを想おうというのは思考統合として既に間違った模範解答だ。大体あの感覚をどう説明しろというのだろうか。自分自身と向かい合っているような、自分自身と言葉を交わしているかのような、あの奇妙にして正統過ぎた核心の物語を。

そう。
だから本来、あり得ない邂逅《かいこう》だったのだろう。
それは多分、原初体験。
一番初めに聞いた言葉。
ルーツともいうべき記録。
連想と比喩《ひゆ》できうる過去。
根本が同位置にして同方向のベクトル。
さながら日常以前のように。
さながら鏡に映したように。

つまりは相似《そうじ》だったのだと思う。
ぼくとあいつは証明するまでもないくらいに合同な図形だったのだろう。そしてぼくらはそのことに対してひどく自覚的だった。主観的な視点においては、あいつと話しているときぼくは勿論《もちろん》ぼくだったし、零崎は勿論零崎だった。お互いそれ以上のものでもそれ以外のものでもなかったし、そこら辺のことはしっかりと自覚できていた。にもかかわらず、互いを互いと同一視し、自己と相手とを同一化していたという、言葉の限界を超えた矛盾《むじゅん》を、ぼくらは共有していた。

だからそれは、水面に映った向こう側だ。

ここに一人の無邪気な少女を登場させよう。

たとえば彼女。

彼女が生まれて初めて鏡面のあちらを見た場面を想定する。彼女は決してそこに映った自分の姿を、ただの光の反射だとは思うまい。きっと想像することだろう。確実に創造することだろう。一つ面を隔てた向こう側にある、果てしない世界を。寸分狂わず《此処《ここ》》と同じでありながらも久遠《くおん》ほどに遠い彼岸《ひがん》に存在するという絶大な矛盾を孕《はら》んだ世界を、自らの内に創り上げることだろう。

その矛盾を許せる免罪符は決して無知ではない。

この場合どちらが実でどちらが虚かなんてことはほんの些事《さじ》でしかないのだ。片方が真なら片方が偽、しかし真こそが偽りだとするならば、それはどちらもが同じだけの価値があり、同じだけの価値がないのだから。


ぼくはそう思う。

零崎もそう思った。

ぼくと零崎との関係は単純な感覚としてはそれに近い。同じであることを認識しながらそれが全く違う存在であることも理解する。

「ぼくはひょっとしたらきみのようになっていたのかもしれないな。だから親近感が持てるんだろう」

「俺はお前のようには絶対なれなかったと思うぜ。だから好感が持てる」

これも会話の一部品。


実に戯言。

結局のところ。


ぼくらは互いに自分のことが大嫌いだったのだろう。だからあれは同族嫌悪にして同属憎悪。自分のことを嫌い過ぎて、自分のことを憎み過ぎて、自分のことを呪い過ぎた互いだったからこそ、皮肉にも自分ではない相手を認めることができた。

特殊だったんだと思う。

そりゃあ特殊だろう。

ぼくは傍観者で零崎は殺人鬼だ。それこそ鏡面を狭間《はざま》にしたかのように対極的だったのだから。

ただ。
夢見がちな少女が、そのたおやかな手を伸ばし、わずかにでも鏡に触れたそのとき、そこにあるのは、多分、空虚。虚《うつ》ろで、まばらな感覚。自分が許した存在を、他の誰かは許してくれなかった。更《さら》に言えば、自分が許した存在など他の誰かにとってはどうでもいいものだったと、
そう思い知らされる。
そのとき多分、
大袈裟《おおげさ》でなく。

少女にとって、
一つの世界が壊れる。

だからこれは一個世界が崩壊する物語だ。

青蒼《せいそう》のサヴァンや真紅《しんく》の人類最強が手を下すまでもなく、ただ《そこにそういう風にある》というだけの理由で破綻《はたん》する世界。正当な矛盾を孕んだ不正解が人間失格と欠陥製品に同時に降り注ぐとき、全ては零にと還元される。

だから——

第一章　斑裂きの鏡——（紫の鏡）

零崎人識
ZEROZAKI HITOSHIKI
殺人鬼。

0

俺の世界は最高だ。

1

京都市北区衣笠《きぬがさ》に位置する私立鹿鳴館《ろくめいかん》大学には総計で三つの食堂がある。中でも一番繁盛《はんじょう》していると思われるのが存神館《ぞんしんかん》地下食堂（略して《ぞんち》などと愛称されている）。メニューの数が一番多く、すぐ隣に生協本屋があるのがその理由だろう。

ぼくはその日、二限に授業が入っていなかったので、一限目の授業を終えたその足で、存神館地下へと足を向けた。本日は不覚にも一時間ほど寝坊したために朝食を抜いていたこともあって、少し早めの昼食と洒落《しゃれ》込もうと思ったわけだ。

「さすがにこの時間は空《す》いてるな……剣呑《けんのん》剣呑」

呟《つぶや》きながら、トレイを手に取る。《剣呑剣呑》はこういうときに使う言葉だったかどうか、自分で言っておきながら首を傾《かし》げつつ、ぼくは足を進める。

さて何を食べようか。

基本的にぼくは美食家ではないので、大抵のものは好き嫌いえり好みなく食べられる。甘かろうが辛かろうが何でも来いだ。ただし、最近に限って言うならば、少しばかり事情が違ったりする。ちょうど一ヵ月ほど前のこと、三食全てが美食尽くしの一週間を過ごしたというトンデモナイ記憶があり、その後遺症で未だに舌が肥えているのである。

つまりぼくはここ一ヵ月ほど、「お、こりゃおいしい」という感覚に出会っていないのだ。ものを食べるたびに、なんだか物足りないような、大事な何かが欠けているような、そんな気分になるのである。

別に問題視するほどの問題ではないのだが、そんな感覚に付き合うのもそろそろ飽きた。ここらで解決しておくのも一つの選択肢であろう。幸い、方法は既に二つほど考えている。

一つはいたってシンプル。単純においしいものを食べることだ。

「……ただしこれは大学食堂には望めまい」

それこそ、あのパノラマ島並に異様で異常なあの孤島にもう一度渡らなければ実行不可能な案である。そんなのは御免だとまでは言わないが、少なくとも遠慮《えんりょ》くらいはしておきたい。

「というわけで却下」

自分の台詞《せりふ》にうんうんと相槌を打つぼく。

となるともう一つの案。こっちはなかなかの荒業である。つまり《言うことを聞かない子供は痛めつけてしまえ》。大抵の問題は与えるか奪うかで解決するということ。

ぼくはどんぶりコーナーに移動して、「すいません、キムチ丼大盛り、ご飯抜きで」と注文した。店員のおばちゃんは不審そうな顔をして、「それじゃただのキムチやよ」と文句を言ったものの、注文通りの品を出してくれた。作りがいも何もあったもんじゃないだろうに、素晴らしい職務精神だった。

どんぶり一杯に盛られたキムチの山。これを食べ切って尚《なお》現在の味覚を維持できるほどに丈夫な舌などこの世に存在すまい。ぼくは満足げに頷《うなず》いて、どんぶりをトレイに載せ、支払いを済ませた。

どこに座ろうか迷うほどに食堂はがらがらだった。あと一時間もすれば、ここは二限目を途中で抜け出してきた学生で一杯になる。人ごみは嫌いだからそれまでに出て行かなくっちゃな、などと思いながら、ぼくは端の方の席を選んだ。

「いただきます」

呟いて、一口目。

「…………」

これは。

結構、キツい。

こんなものをぼくは、どんぶり一杯食べなければならないのだろうか……？　それは世間的に言う自殺行為ではないのだろうか。何の因果でこんなことをしなくてはならないのだろう。ぼくが一体何をしたというのだろうか。

「……って、因果応報ですか」

自業自得とも言う。

ぼくはそこから先、黙々と箸《はし》を進めた。あまり独り言が多過ぎると変な奴だと思われてしまう。それでなくとも、食事中に喋《しゃべ》るのは、あまりマナーがよいとはいえない。

「…………」

そして。

そろそろ限界なのだろうか、舌先どころか頭の中まで麻痺《まひ》し始め、自分が一体何をしているのか、そう言えばぼくは一体誰だったのか、誰ってどういう意味だったのか、そもそも意味って何だっけ、そんなことも分からなくなってきた頃。

「よっす」

と。

ぼくの正面の椅子に、彼女は座った。

「ちょっとトレイ下げてねー」

言いながら、勝手にぼくのトレイをこっちに押しやり、そのスペースに自分のトレイを置く。トレイの上にはカルボナーラスパゲッティとツナ昆布《こんぶ》サラダ、おまけにデザートのフルーツ、合計三つの皿が載っていた。

おお、ブルジョワだ。

「……？」

ぼくは右、左と首を振ってみる。相変わらず、食堂はがらがらだった。閑散としていると言ってもいい。にもかかわらず、どうして彼女はぼくの正面でカルボナーラを食べようとするのだろう。何かの罰ゲームだろうか。

「——わわっ。何それっ！　全部キムチじゃないっ！」彼女はぼくの昼ご飯を見て、驚いたようにそう言った。「すごいっ！　どんぶり一杯キムチ食べてるっ！」

彼女は大きく瞳《ひとみ》を見開いて、万歳をするように両手をあげる。それは本当に万歳をしたのかもしれないし、あるいは降参したのかもしれないし、ひょっとするとイスラム教の信者なのかもしれなかった。どれだったにしてもぼくは別に構わないし、それに本当のところはただ驚いただけだろう。

ちょっと紅っぽいのが混じっている、肩くらいまでの髪。ボブカットのようでもあるし、おかっぱっぽくもある。服装はいたってノーマル。鹿鳴館大学生らしい、ごく普通のファッションだった。座った途端に随分《ずいぶん》背が低くなったと思ったが、彼女はどうやらロンドンブーツを履いているらしかった。

顔の作りが幼いので、先輩なのか同輩なのか分からない。後輩である可能性が一番高そうな風貌《ふうぼう》だったが、しかしぼくが一回生である以上それはありえないだろう。

「……ねぇ。反応してくんないと、寂《さみ》しかったり」

くりっとした瞳で、彼女はぼくを覗き込むようにする。

「……あー」ぼくはようやく口を開いた。「あなた誰です？」

多分、彼女とは間違いなく初対面だろう。一ヵ月の間に学んだことだが、この大学と呼ばれる空間には妙に気さくな人間が数多く存在するのである。初めて会うくせにまるで十年来の親友のように話しかけてくるものだから、対人用記憶力の弱いぼくとしては非常に難儀している。きっと彼女もその類《たぐい》だろう。となるとサークル勧誘か何かか、宗教だったら厄介だなぁなどと思いつつ、ぼくはそう質問したのだった。

すると彼女は大仰《おおぎょう》にびっくりしたようなポーズを取って「はうぅっ！」と言った。「やっだぁー！　忘れてる？　忘れてます？　忘れちゃってる？　いっくん、それって冷たいっ！」

　あれ。

　この反応はどうやら、初対面じゃないみたいだ。

「うわーっ。びっくりだよ。仕方ないなー。うん、仕方ないよね。だっていっくんて記憶力悪いんだもんね。じゃあ改めて自己紹介しちゃおっか」

　彼女は言って、
　両手の平をこっちに向けて、満面の笑顔を見せた。

「葵井巫女子《あおいいみここ》、４６４９《ヨンロクヨンキュー》ヨロシクゥ！」

「…………」

　痛い人間と関わってしまった。

　初対面かどうかはともかくとして、それがぼくの、葵井巫女子に対する第一印象だった。

2

　話を聞いてみれば単純なことで。

　巫女子ちゃんはぼくのクラスメイトだった。基礎演習のクラスでは勿論、語学でも一緒の授業を受けているらしい。何度となく顔を合わせているし、ゴールデンウィーク前のクラス合宿で同じ班に属していた上、英語の授業ではペアを組んだことまであるそうだ。

「ふぅん……、そういう話だけを聞くと、きみのことを憶《おぼ》えていないぼくがおかしいヤツみたいだな」

「おかしいと思うよ。あははー」

　巫女子ちゃんは軽やかに笑った。自分の存在そのものを忘れられておいてそれでも朗《ほが》らかに笑ってられるとは、なかなかいかした神経をしている。多分巫女子ちゃんはいい娘なんだろうな、と思った。

「んー。そりゃあたしだって普通に忘れられてたらビビるけど。て言うか怒るけど。でもさ、いっくんってそんな人じゃん。なんてーか、絶対忘れちゃいけないことは忘れないけど、普通なら忘れないことはすぐに忘れちゃう、みたいな」

「まぁ、否定はできないけど」

と言うか、その通り。

一度自分が右利きなのか左利きなのかを忘れてしまい、食事中に往生したことがあるくらいだ。ちなみにその件に関して蛇足しておくと、種を明かせばぼくは両利きだっただけである。

「それで、その巫女子ちゃんがナニバナナシ？　授業はどうしたの？」

「授業？　授業はねー」

なぜか巫女子ちゃんは妙に嬉《うれ》しそうな態度だった。いや、デフォルトでこれくらいテンションの高い娘だった気もする。憶えていないので分からない。しかしどちらにしたところで、こんな嬉しそうな笑顔で話をする巫女子ちゃんを見て、勿論悪い気にはならない。

「てへへ。ブッチなのです」

「……一回生の内はちゃんと授業出てた方がいいと思うよ」

「えー。だってつまんないもん。全然。何だったかな、経済学の授業なんだけどさ。専門用語ばっか出てくるし。何か数学だし。巫女子ちゃんは文系なんですぅ！　そういういっくんだってサボリじゃん」

「ぼくは授業がないんだよ」

「そうなの？」

「うん。金曜日は一限と五限だけ」

うわぁ、と巫女子ちゃんはまた両手を上げた。

「それキツくないっスか？　六時間も退屈空間があるよ」

「退屈は嫌いじゃないからね」

「ふぅん。あたし、嫌いな時間が退屈なんだと思ってたけど。うーん、色んな考え方があるんだなー」

言いながら、カルボナーラをフォークでくるくると巻き始めた。しかし、それをうまくスプーンに載せることができず、試行錯誤している。口にまで運ぶにはもうすこし時間がかかりそうだ、と思って見ていると、フォークを置いて箸を使い始めた。滅茶《めちゃ》苦茶《くちゃ》諦めのいい娘だった。

「……ねぇ」

「ん？　何かなっ？」

「席、いっぱいあいてるんだけど」

「そうだね。もうすぐ混んでくると思うけど」

「今は空いてるだろ？」

「そうだね。それがどうかしたの？」

「一人で食べたいからどっか他所《よそ》へ移ってくれ」

と、言おうと思っていたのだが、しかし、そんな無防備に近い、全く相手に拒否されることを考えていない笑みを向けられると、さすがのぼくでも毒気を抜かれる。

「……いや、どうもしない」

「？　変ないっくん」

唇をとがらせる巫女子ちゃん。

「あー、でも変じゃなかったらいっくんじゃないし。変であることがいっくんのアイデンティティだもんねー」

サイレントに失礼なことを言われた気がする。しかしそれは一ヵ月近い付き合いの人間を忘却するほどの失礼ではないだろうと聞き流し、ぼくは興味をキムチに移した。

「いっくんってキムチ好きなの？」

「いや、別にそんなことはない」

「でもすごい量だよ。韓国の人だってこんなにキムチ食べないよ」

「ちょっと事情があってね……」

喋りながらもキムチを口に運ぶぼく。器《うつわ》にはまだ半分以上キムチが残っていた。「ま、つまらない事情なんだけど」

「事情？　どんなっ？」

「まずは自分で考えてみよう」

「え？　それは……うーん。そうだね……」

巫女子ちゃんは腕を組んで考え込んでしまった。しかし、キムチをどんぶり大盛り食べなければならないような《事情》をそう簡単に思いつけるわけもなく、しばらくその姿勢を保った後、「ま、いっか」と腕を解いた。本当に諦めがいい娘のようだった。

「あ、そう言えばだけどさっ。前からいっくんに訊きたかったことがあるんだ。これをいい機会として、質問しちゃってもいいかなっ？」

「いいけど……」

《いい機会だから》というのは、その機会が偶然だった場合に使う定型句ではなかったか。ぼくの知る限り、巫女子ちゃんは今、自分からぼくの正面の席に来たはずだが。

……それとも、他に何か、本題となる用件があるのだろうか？

巫女子ちゃんは笑顔のままで質問してきた。

「いっくんってさ。四月の最初頃、学校来てなかったじゃない。それって何でなのかな？」

「……あっと」

ぼくは動かしていた箸を止めた。そのせいで、箸の間に挟まっていたキムチがぼとりとどんぶりの中に落ちる。

「……うーん。それはね……、」

ぼくはよっぽど難しい顔をしていたのだろう、巫女子ちゃんは慌《あわ》てたように手を振って、

「あっ。別に言いにくいことだったらいいんだよ？　でも、何でなのかなー、って思って。巫女子ちゃんの疑問タイムっていうか」

と、わたわたとフォローした。

「うん、いや、別に話しにくいようなことじゃないんだけど。単純な話でさ。ちょっとその頃は旅行に出てたんだよ。約一週間ほど」

「旅行？」

巫女子ちゃんは小動物のように目をぱちくりとさせた。感情表現がいちいち分かりやすいので、こち

らとしては話しやすい。どうやら巫女子ちゃん、聞き上手に属すタイプの娘らしかった。

「旅行って？　どこに行ってたの？」

「ちょっと日本海の無人島にふらーっとね」

「ふらっと？」

「うん。少なくともあまりシャープじゃなかった。そのせいで今、こうしてキムチを食べる羽目になっている」

ぼくの台詞に巫女子ちゃんは首を傾げた。当然だろう。ただし、ぼくは基本的に億劫《おっくう》屋なので、細かいところまで説明するつもりにはなれない。と言うより、どうやって説明しろというのだ、あんなもん。

「とにかくただの旅行だよ。深い事情は何もない」

「ふーん。そうだったんだ……」

「何だと思ってたの？」

「あ、いや……」巫女子ちゃんは照れたように頬を赤くする。「あ、えーと、何か怪我《けが》とかしてて長期入院とかしてたのかなって」

どこをどうしたらそんな想像が成り立つのか、と思ったけれど、入学したばかりの大学をいきなり一週間も休む理由など、考えてみればそれくらいしかありえないのかもしれない。少なくとも《ちょっと旅行に行っていました》よりもずっとリアリティがあるってものだ。

「なるほど。つまり少し遅めの卒業旅行って感じだったのかなっ？」

「そ、そんな感じ。予約が取れなくてね、四月にまで食い込んでしまった」

ぼくは肩をすくめながらそう言ったが、事実は全く違う。大体卒業旅行といって、ぼくは小学校以来《学校を卒業した》という経験がない身分だ。しかしその辺りの事情を説明すると話が無意味に長くなるし、あまり進んで人に話したいことでもなかったので、ぼくはとりあえず肯定しておいた。

「ふーん」巫女子ちゃんは納得いったのかいってな

いのか、中途半端な表情をした。「それって一人旅だったのかな？」

「うん」

「そっかー」

途端、迷いが晴れたように朗らかな笑顔になる巫女ちゃん。本当に裏表がないというか、羨《うらや》ましいくらいに素直な感情表現ができる娘のようだった。

羨ましいくらいに……？

いや。

別に、羨ましいとは、思わない。

「それで……巫女子ちゃん、本当は何の用？」

「うん？」

「何か用があるんだろ？　何か。これだけ席が空いてるのに、わざわざぼくの前に座ったってことは」

「んー」巫女子ちゃんはちょっと目を細めて、ぼくの胸の辺りに視線をやった。「用がなかったら、一緒にご飯食べちゃ駄目かな？」

「ふうん？」

今度はぼくが首を傾げる番だった。

そうしていると巫女子ちゃんは続ける。

「うーん。迷惑だったかな？　そこ歩いてたら中にいっくん見つけて、一緒にご飯食べようって思ったんだけど」

「ああ、なるほど」

つまり食事をする間の話し相手が欲しかったのか。ぼくは食事みたいなパーソナルなことは一人で行うのを好むタイプだけれど、食事する時間とお喋りの時間とを同一視している人は結構多い。巫女子ちゃんはきっとそっち側に属す人なのだろう。だけど予定外に授業をサボってしまったものだから一緒に食事する友達が見つからず、偶然見つけた顔見知りのぼくに声をかけたってわけだ。

「そういうことなら、別にいいけどね」

「あはは、ありがと。安心したよ。駄目だとか言われたらどうしようかと思ったよ」

「どうしようと思ってたの？」

「うん? うん、とりあえず、こうやって」

と、自分のトレイの両縁を持つふりをする巫女子ちゃん。そしてぶん、と腕を逆向きに返すアクション。

「こうかな」

「あっそ……」

駄目だと言いかけていただけに、それが冗談だと分かっていても、少しだけ安堵《あんど》するぼくがいた。というより、巫女子ちゃんなら本当にやりかねない。喜びの感情をここまで全面に押し出せる彼女が、怒りの感情に対してはそうじゃないとはとても思えない。

「ま、どうせ暇だし。話くらいなら付き合うけどさ……」

「うん、ありがと」

「で、何の話を?」

「あ、えーと」

ぼくが促《うなが》すと、巫女子ちゃんは慌てたようにきしきしと箸をすり合わせ始めた。どんな話題を振ったものか、考えているのだろう。

まぁぼくの方は憶えていないとはいえ、一ヵ月近い付き合いがあるっていうんなら、巫女子ちゃんには《ぼく》って人格の表層くらいは理解できているはずだ。サッカーを足でする野球だと勘違いしていたくらいに世間知らずで常識なしのこのぼくを相手に、果たして巫女子ちゃんがどんな話題を振ってくるのか。これはなかなかに興味深い、と他人事のように思った。

と、巫女子ちゃんは思いついたように手を打って、「物騒な世の中になったよねぇ」と言った。

「ん? 何が?」

「……あ、えーと。ほら。例の通り魔のことだよ。いくらいっくんでも知ってるでしょ?」

いくらいっくんでも。

巫女子ちゃんのその言い方はあんまりにあんまりなもので、十分怒りに値するものだったかもしれないが、ただ、それは《通り魔》という単語に心当たりがある人間にしかできないことだろう。

「ばかにするな！　それくらい知ってるよ！」

——これならまだ正当な怒りだが、

「うるせえ！　知らねえよ！　ばか！」

——これではただの逆切れだ。

「うん？　どうしたの？　いっくん」

「いやあの。通り魔って、何？」

この場合《通りすがりに不意に危害を加える者》などという模範的解答を求めているわけでは、勿論ない。あー、と巫女子ちゃんは呆れたような顔つきだった。

「うっそでしょ？　受け狙い？　ネタですか？　いっくん。テレビでバンバン流れてるじゃない。京都住んでて知らないわけないじゃない」

「ぼくん家《ち》テレビとかないからな……新聞も取ってないし」

「インターネットとかは？」

「あー……ぼくってパソコン持ってないし。ガッコでもほとんどやらないし」

「うわー。いっくんて未開人だー」巫女子ちゃんはいっそ感心でもしたようにそう言った。「何かポリシーでもあるわけ？　そーゆーのって」

「まあポリシーと言って言えなくもないかもしれないね。ぼくはなんていうか、ものを所有するのが嫌いなんだよ」

「おう、かっきー！　いっくんてば昔の哲学者みたいっ！　イエー！」

巫女子ちゃんは手を叩いて喜んだが、しかしその理由が《部屋が狭くなるからね》とかいう切実で貧相なものだと知っていてもなお同じ反応を返してくれるかどうかは、怪しいものだった。

新聞って結構かさばるんだよね。

「……《京都に住んでて》ってことは、その《通り魔》ってのは京都で起きてる事件なわけ？」

「うん、そうだよっ。大騒ぎなんだから。古都古都パニック。いろんなところで修学旅行中止になったりしてるよ」

「ふうん……可哀想に」

「もう六人も殺されてるんだよっ！　しかも現在進行中っ！　容疑者目下不明っ！」いささか興奮気味、熱が入った調子で巫女子ちゃん。「ナイフで刺して内臓とかぐちゃぐちゃにしちゃうんだってて[っ！]

怖いよねっ！」

「…………」

今が食事中だということはさておこう。こんな話を振られてしまうようなこのぼくの方にだって責任がないとは言えないから。しかし、そうだとしても巫女子ちゃん、人が殺された話をそうも嬉々《きき》として語るのは如何《いかが》なものなのだろうか。

何にせよ、他人事であるってのは怖いもんだ。

「六人ね……、それって多いのかな」

「多いよっ！　もう半端《はんぱ》じゃなく多いよっ！」別に自分が犯人なわけでもないだろうのに、巫女子ちゃんはちょっと自慢げな感じに言う。「外国じゃそうでもないけど、日本じゃ連続殺人事件って少ないからねっ！　結構センセーショナル、みたいな」

「ふうん……そっか。それでここのところ、そこら中にパトカーが走り回っているわけだ」

「そうだよっ。新京極《しんきょうごく》の辺りなんて機動隊の人達がいるんだよっ。あそこに機動隊の人がいると、あたしは何か祇園祭《ぎおんまつり》を想像しちゃうんだけどねっ」

何がおかしいのか、巫女子ちゃんはそこでうふふと笑った。

「へぇ……なるほどね。そんな事件が起きてるんだ……少しも知らなかったな……」

巫女子ちゃんの話に頷きながら、ぼくは何となく、《これは玖渚《くなぎさ》の奴が喜びそうな話だな》と思った。玖渚というのはフルネームを玖渚友《とも》という、ぼくの数少ない友人の一人、というかたった一人の友人で、その手の事件を趣味で収集している十九歳である。電子工学と機械工学のプロフェッショナル、青い髪の不思議系引きこもり娘。もっともあいつはぼくと違って情報に疎《うと》いわけでもない、それどころか情報収集のエキスパートだ、ぼくなんかが教えるまでもなく、既にこの通り魔事件のことくらいは知っているだろう。いや、それどころかもう何らかのアクションを起こしているかもしれない。

「……それっていつから始まったの？」

「五月入ってからじゃなかったかな。確か。どうかしたの？」

「いや、ただ訊いてみただけ……」

ぼくはキムチの最後の一切れを口にした。舌、と言うか口の中は完全に参っている。恐らくこれで、明日からは《ご飯がおいしくない》などのワガママを吐《ぬ》かすことはなくなるだろう。しかし考えてみれば、どんぶり一杯のキムチごときで自らの主張を曲げるとは、我が味覚ながら貧弱かもしれない。ま、こんなのはどうせ気分の問題なのだけど。

「……ごちそうさま。じゃ、またの機会に」

ぼくは箸を置いて、席を立とうとした。

「あ！　ちょっと！　ちょっとちょっと！　どこ行くのっ！」巫女子ちゃんは慌てたようにぼくを引きとめた。「ちょっと待ってよっ！　いっくんっ！」

「どこ行くのって……、食べ終わったから本屋にでも行こうかなって」

「あたしはまだ食べ終わってないよっ」

見ると、確かに巫女子ちゃんのトレイの上には、まだ半分以上の料理が残っていた。

「でもぼくは食べ終わったし」

「そんな寂しいこと言わないでよっ。食べ終わるまで一緒にいてよっ」

「どうしてぼくがそんな無駄なことをしなくちゃいけないんだ」

と言えるほど、ぼくは強気な人格ではない。

至って流されやすい人間なのである。

「……分かったよ。どうせ暇《ひま》だしね」どうせ切羽詰《せっぱつま》ってやることもないし、まだ満腹というわけでもなかった。折角《せっかく》なので何かご飯ものでも食べておくことにしよう。「じゃ。ちょっと待ってて。何か買ってくる」

ぼくはレジを逆向きに抜けて（ルール違反）、今度は牛丼でも頼もうかと壁に下げられたメニューを見た。あれ、吉野家より高い。だったら別のものにしようか……。ぼくが迷っていると、「またキムチかい？」と、カウンターの向こうのおばちゃんが快活に笑った。

「はい」

あ。

なんか頷いてしまった。

「後の祭り」

いや、この場合は後悔先に立たずか。

そして数十秒後、ぼくはキムチがこんもりと盛られた（おばちゃんはサービスしてくれた）どんぶりを片手に、巫女子ちゃんの正面に戻った。

「何それ。突っ込み待ち？　ひょっとしてっ」

「気にしなくていいよ……、それで、何の話してたっけ？」

「うん？　何だったかな。忘れちゃった」

「あ、そ。じゃ、授業の話でもしようか」

絶対嫌、と巫女子ちゃんはぶんぶん首を振った。

「なんで？　今日の一限の授業でちょっと意味の分からない部分があったから、それについて確認し合おうぜ。あれって一回生必修の授業だから、巫女子ちゃんも出てただろ？　ぼくの見解をいうとだね、まずあれは教授の説明不足が原因だと思うんだけれど、どうだろう」

「どうだろうじゃないよっ！　テスト前でもないのにそんな話を女の子に振る男の子、いないよっ！」

ほんの冗談だったのだが、巫女子ちゃんは本当に嫌そうだった。

「なんだ。巫女子ちゃんって勉強嫌いなわけ？」

「あたしじゃなくても、勉強好きな人なんていないよ……」

「ふうん。それは賛否両論立ちそうだけれどね……。でも巫女子ちゃん、勉強が嫌いならなんで大学なんかに入ったの？」

「うわっ。それ禁句だよっ。言っちゃおしまいだよっ。うー。……だって、でも、みんなそんなものだと思うよ……」

知らない内にぼくが何かの核心をついてしまったらしく、巫女子ちゃんは少し悲しげだった。そう言えば、日本の大学は学びたい人間が通うところじゃないとか、誰か言ってたっけ。大学は社会に出るまでの準備期間だ、とか何とか。彼女は続けて、「日本じゃ大学までが義務教育なのさ」などと嘯《うそぶ》いていた。《大学生の頭は小学生並》というなぞらしい。

「うーん。でもそれって、日本人は小学生の段階で既に大学生並の知識を持ってるってことだよね。それで、そんな、何の目的もなく大学行くようなワカモノが社会を担《にな》ってもなお、経済大国として成り立つんだよね。そう考えると日本ってすごいよねっ」

「ものは言いようだな……」

「いっくんは勉強好きなの？」

ぼくは肩をすくめた。

勿論、そんなわけがない。

むしろ嫌いだ。

「でも暇つぶしには悪くないよ。と言うより、現実逃避の手段かな」

「普通は勉強の方が現実なんだけどね……」

巫女子ちゃんははぁあー、と嘆息《たんそく》した。

それから、巫女子ちゃんは食事に集中することにしたのか、しばらく大人しくサラダを食べていた。うーん。しかし、スパゲッティ一皿にサラダ大盛りデザート付きというのは、二十歳前の女の子の食事量として、果たして適切なのだろうか。ぼくの周りには基準となりそうな女の子がいないので（すごい偏食家かとんでもない大食家、珍しいところで絶食家、とかしかいない）、判断はできない。しかし、巫女子ちゃんの体型がやせ過ぎでもその逆でもないところを見ると、少なくとも本人にとっては適切なのだろう。

「……あの。じっと見られると食べにくかったり」

「あ、ごめん」

「いえ、別に、いいっす」

そして巫女子ちゃんは食事を再開する。

あらかた片付いたかと思う頃、巫女子ちゃんは探るような眼差しで、ぼくの方を見た。いや、それは今突然露骨《ろこつ》になっただけで、最初に席についたときから、時折巫女子ちゃんはぼくのことを窺《うかが》うような瞳で見ていた。まるで何かぼくに言いたいことでもあるような、そんな瞳で。

だからぼくは、何か用でもあるのかと思ったのだけれど……その推測はどうやら当たっていたらしい。

ようやく決心がついたのか、巫女子ちゃんはデザートを残したところで箸を置いた。それからちょっとだけ悪戯《いたずら》っぽい笑みを浮かべる。そしてずずい、と身を乗り出してきて、ぼくに顔を近づけてきた。

「あのー、いっくん」

「……何？」

「ぢつは巫女子ちゃん、いっくんにお願いがあったりなかったり」

「ないんだね」

「あるんデス」身を引いて、席に座り直す巫女子ちゃん。「いっくんて明日暇だったりするヒト？」

「何も予定が入っていないことを暇と定義するのなら、暇と言って言えなくもない」

「回りくどいね」

「そういうキャラクターなもんでね」ぼくはキムチを咀嚼《そしゃく》しながら応じた。「簡潔に言うと、ただの暇人」

「そっかっ！　暇してるんだっ！　よかったっ！」

巫女子ちゃんは本当に嬉しそうに両手を胸の前で合わせた。うん、ぼくが土曜日を何の予定もなく過ごすということがこれほどまで他人に喜びと潤いを与えるとは、暇人冥利に尽きるというものだ。

じゃなくて。

……これはまずい。

何だか、流されそうな雰囲気。

「……ぼくが暇だと巫女子ちゃんにいいことがあるわけだ。うんうん。籠《かご》に乗る人担《かつ》ぐ人、そのまた草鞋《わらじ》を作る人、だね。食物連鎖とも言う。素晴らしいサーキットだ」

「うん。あのねっ、明日暇なんだったら、ちょっと付き合って欲しいんだけどっ！」

巫女子ちゃんは人の話を聞いていなかった。合わせたままの両手を、今度は《お願い》とでもいうように、少し左に傾ける。そしてえくぼつきの笑顔。ほとんど反則気味の懇願ポーズだった。そんなことをされればほとんどの雄生命体は陥落《かんらく》するだろう。と言うかむしろ陥落したいと思うだろう。

「嫌だ」

それでも断ってしまう自分はなかなか可愛げがなかった。

「えー！　なんでっ？」巫女子ちゃんは怒鳴るようにする。「暇なんでしょっ？　いっくん、ブレイクしてるんでしょっ？」

「そりゃ確かに暇だけど。だからぼくって退屈は嫌いじゃないいんだって。一日ぼーっとのんびり暮らしたいって思うことくらい、あるだろう？　誰にだってある。世の中の喧騒《けんそう》から逃れ、わずらわしい人間関係からの解放を望むことくらい、誰にだってあるさ。誰だって自分の人生について思いをめぐらす権利と時間があるんだ。ぼくはその割合が人より多いんだよ」

「でもでもでもっ！　それでも話も聞かずに断るなんて、いっくん滅茶苦茶だよっ！　《中学二年生にしてバンド結成、ただしメンバー全員ベース》みたいなっ！」

なかなか素敵な比喩だった。

よく見ると巫女子ちゃん、今にも泣き出しそうな顔つきになっている。いや、泣きそうどころか、巫女子ちゃんの大きめの瞳の隅には、既にこぼれそうになっている水分がたまり始めていた。これはぼくとしてはあまり望ましくない状況だった。

辺りを見る。存神館地下食堂、そろそろ混雑し始める時間帯のようで、徐々に学生の数が増え始めていた。こうなると、あまり目立つ状況（たとえば、比較的可愛い女の子を泣かしている状況、とか）に陥《おちい》ることは避けておきたい。全く、ちょっと拒否したくらいで泣くことないだろうに。

「ま、落ち着いてよ、巫女子ちゃん。話、聞くからさ。ほら、とりあえずキムチでも食べて」

「うん……」

巫女子ちゃんは言われるがままに、キムチを口に運んだ。そして「ふわっ！」という小さな悲鳴のあと、巫女子ちゃんはぼろぼろ泣き始めてしまった。どうやら巫女子ちゃん、刺激物に弱いらしい（狙ったけど）。

「あうー。辛いよー……」

「ま、キムチだからな……辛くないキムチなんてキムチじゃないよ」

砂糖漬けのキムチというのもあるにはあるらしいけれど、ぼくは幸いにして未だお目にかかったことがない。これからもぼくに関係のないところで存在し続けて欲しいものだ。

「うう……ひどいよ……。いっくん、意地悪だよっ……、……それで、何の話だっけ？」

「通り魔殺人だろ？」

「違うよっ！　明日のことだよっ！」

ぱん、とテーブルを叩く巫女子ちゃん。ちょっとだけ本気で怒りモードに入っているようだ。少しばかりいじり過ぎたかもしれない、とぼくは反省する。

「……えーとね。江本《えもと》さん、知ってるよね？」

「知ってるかどうかはともかく、憶えてないな」

「……。演習で同じクラスだよ。こんな髪型の娘」

さ、と握りこぶしを耳の横あたりに当てる巫女子ちゃん。しかし、そのポーズからは全体《江本さん》がどのようなヘアスタイルなのか、まるっきり想像つかなかった。

「結構目立つ娘なんだよ。光物ばっかり着てるの」

「うーん。ぼくってあんまり人間見ないからね……。フルネームは？」

「江本智恵《ともえ》だよ。叡智《えいち》の智に恩恵の恵」

なんだか逆立ちして走り出しそうな名前だった。

聞き憶えがあるかと言われればあるような気もするが、しかし確信は持てない。下手《へた》にここで《ああ、あの娘か。知ってる知ってる、思い出したよ。あのコンタクトレンズ入れてる娘だろう？》などと相槌を打ったところで、

「嘘でしたー！　そんな人いませーんっ！　あはは一っ騙《だま》されてやんのっ！　ぷっぷくぷーっ！」

とかなんとか、引っ繰り返されたらいい面《つら》の皮だ。知ったか野郎であることがバレてしまう。いや、巫女子ちゃんはそんなことしないだろうけど。

「ニックネームはともちゃんだけど」

「そりゃいただけないな」

「え？　なんで？」

「なんでもない。ただのこっちの都合」そう言ってから、ぼくはゆるやかに首を振った。「悪い。全然憶えてない」

「だろうねー」仕方なさそうに巫女子ちゃんは笑った。「でも、あたしのことも憶えてないのにともちゃんのこと憶えてるわけがないよね。憶えてたら巫女子ちゃんはショックだったよ」

その理屈はよく分からなかったが、とにかく、巫女子ちゃんにショックを与えずに済んだというのならば、ぼくの記憶力の悪さも捨てたものではなさそうだ。どこか理論がおかしい気もするが。

「じゃー、そうだね。貴宮《あてみや》さんは？　貴宮むいみさん。あたしはむいみちゃんって呼んでるんだけど」

「それもクラスメイト？」

うん、と頷く巫女子ちゃん。

「あと宇佐美秋春《うさみあきはる》くん。秋春くんは男の子だから憶えてるよね？」

「ぼくの記憶力は男女平等に働くんだよ」

「でも決してフェミニストってわけじゃなさそうだね……」

あーあ、と巫女子ちゃんは、大袈裟《おおげさ》っぽい、けれども本人にとっては決して大袈裟なつもりはないであろう、ため息をついた。なんだか悪いことをしたような気分だ。しかし悪いのはぼくの記憶力であって、ぼく本人ではないはずである。

「とにかくね、ともちゃんと、むいみちゃんと、秋春くん。それと巫女子ちゃん。合計四人。その四人で、明日の夜ちょっと飲み会をやろうってことになってるの」

「ふうん。何イベント？」

「ともちゃんの誕生日なのだっ！」何故か巫女子ちゃんは威張った。手を腰に当てて、精一杯胸を張っている様が可愛いと言えなくもない。「五月十四日！　二十歳の誕生日おめでとうっ！」

クラスメイトってことはぼくと同じ一回生のはずだから、智恵ちゃんは一浪して鹿鳴館に入学してきたのだろうか。いや、あるいはぼくと同じに帰国子女なのかもしれない。どうでもいいことだった。

「ちなみにあたしは四月二十日生まれの十九歳ね」

「ふうん」

別に興味なかった。

巫女子ちゃんは続ける。

「えーと。とにかく、明日はともちゃんの誕生日だから四人で軽ーいライトな感じのパーティでもやろうってことになったんだよ」

「ふうん。でも折角の誕生日だってのに、そりゃ随分と少数精鋭だな」

「うーん。まあね。みんな、騒がしいのは好きだけど大人数は嫌いっていう困ったちゃんだから」

「そっか。だったら四人くらいが丁度いいな」

「え？」

驚いたように顔を上げる巫女子ちゃん。

「五人になったらそのバランスが崩れてよくない」

「え？　え？」

「じゃあその彼らによろしくいっておいてくれ。ハッピバースデイトゥ、ユウ」

「あたしじゃないよっ！　あ、じゃなくてっ！　さりげなく席を立たないでよっ！　話はまだ半分っ！」

「人の言葉は話半分に聞けというからな……」

「それ、そういう意味じゃないよっ！」

巫女子ちゃんが立ち去ろうとしたぼくの片袖をつかみ、椅子に無理矢理座らせた。しかし話はまだ半分と言っても、そこまで聞けばもう先は読めそうなものなのだが。

「それで。つまりぼくにその飲み会……ていうか誕生パーティに参加しろ、と」

「わ！　びっくりした。当たりだよ」


巫女子ちゃんは驚いたように両手を上げたが、さすがに今回は嘘くさかった。裏表がないのではなく、巫女子ちゃんはただ単純に演技が苦手なだけなのかもしれない。

「すごいねー、超能力者みたいだねー、いっくん」

「超能力者の話はやめてくれ……、好きじゃない」

ぼくは軽く息をついて、それから巫女子ちゃんに質問する。「なんでそんなことになったんだ？　ぼく、智恵ちゃんともむいみちゃんとも秋春くんとも面識ないはずだぜ？」

「面識はあるはずだよっ。同じクラスなんだから」

そうだった。

うーん、ひょっとしてぼくって健忘症なのだろうか。昔から人間を記憶するのは苦手だったけれど、ここ最近は特にひどい。その三人どころか、この鹿鳴館大学の関係者の中で完全に記憶に残っている人物が一人もいないくらいだ。

多分それは、

人物に対する無関心から生じるもので。

脳の機構は関係ないのだろうけれど。

要するにそれは欠陥ではなく。

何が欠けているわけでもない。

最初からぼくが、コワレテいるだけだ。

「ぼくが忘れてるだけで、実はぼくってその三人とも仲よかったりするわけ？　いくらなんでもぼくは友達のこと忘れたりはしないと思うんだけど」

　ぼくの問いに巫女子ちゃんは少し悲しげな表情を浮かべてから、「そんなことはないと思うよ」と応える。「あんまり口を利いたことはないんじゃないかな。ほら、いっくんていつもこーんな仏頂面《ぶっちょうづら》して達観したよーにこう顎《あご》上げてさ、細い目してさ、まるで軽蔑《けいべつ》してるみたいにモノを見るじゃない。今だってそう。何て言うか、話し掛けにくいんだよね。この辺に壁張ってるっていうか。ATフィールド全開っていうか。しかもそのくせ教室の端じゃなくてど真ん中に鎮座してるし」

激的にほうっておいて欲しい。大体、そう思うのなら話し掛けてくるなと言いたい。言わないけど。

　ぼくはキムチを食べ終えた。どんぶり二杯は、さすがに食べ過ぎだったようで、嫌な感じの満腹感がある。こりゃ当分キムチは御免だった。

「でもいっくんてあたしと仲いーじゃない」

「仲いいの？」

「仲いいのっ！」

　また巫女子ちゃんはテーブルをばしんと、両手同時に叩いた。どうやら巫女子ちゃん、感情が高ぶってくると近くにあるものを殴るくせがあるらしい。少なくとも巫女子ちゃんを怒らせようというときには、その細腕が届く範囲にいてはならないようだ。つまり、ある程度のレンジを保った上でからかう手段。そう考えれば電話での会話のときとかが狙い目かもしれない。

　いや、なんで巫女子ちゃんを怒らせる計画を練《ね》っているんだ、ぼく。

「それでね。当然あたしは友達にいっくんの話をしたりするじゃない」

「するかもね」

「すると話された方にしてみれば、何だあんな顔してなかなか面白そうな奴じゃないかって思うよね」

「まあ、そんなことがないとは言えない」

「面白そうな奴だって知ったら、変な人でも友達になってみたいと思っても不思議じゃないよね」

「そうだな。誰だって魔が差すことはある」

「つまり、そういうこと」

「どういうこと？」

「そういうことだよ」

巫女子ちゃんは期待がこもった瞳でじっ、とこちらを窺う。ぼくはお茶を飲むふりをして、その視線から逃げた。当たり前のことだけれど、お茶の一杯くらいでは口の中の麻痺状態は回復しない。

「ふーん……。話は分かった」

「分かってくれたっ？」

「いい機会だし、明日は泊りがけで実家に帰ろう」

「無理矢理予定入れないでよっ！　ゴールデンウィークにも実家帰ってないくせにっ！」

巫女子ちゃんはまたテーブルを叩いた。どうして巫女子ちゃんがぼくのゴールデンウィーク中の挙動を知っているのか少し気になったが、どうせ前に話したことがあるのをぼくが忘れているだけだろう。

「でもアレだよ。ほら、もうすぐ母の日だからな」

「母の日は先週だよっ！　それにいっくんが親孝行なんてするわけないよっ！」

すごい言われようだった。しかし巫女子ちゃん、仮にその通りだとして、親孝行しないような十九歳が、ただのクラスメイトに親切心を出すとでも信仰しているのだろうか。巫女子ちゃんは興奮してしまって、もう自分でも何を言っているのかよく分からなくなっているのかもしれない。

「お願いだよっ。もう連れて行くって言っちゃったの。あたしの顔を立てると思ってさっ」

「誤解があるようだから訂正しておくけどさ……、ぼくって話してて楽しい奴じゃないよ。テンションが白濁沈殿《はくだくちんでん》する十九歳って言われてるし」

「うー。《二人の作家の卵、片方は無精卵で片方からは硫黄《いおう》の匂い》みたいな」巫女子ちゃんは悲しそうに唇を噛む。「ねえ、いっくん。助けると思って付き合ってよ。勿論これってあたしのワガママなんだから、お酒代とかはあたしが持つし」

「悪いけど、アルコールは苦手でね……」

これは本当。

「なんで？」

「昔、ウォッカを壜《びん》イッキしたことがあってね」

その後どうなったかはあえて語らないが、しかし、とにかくぼくはそれ以来アルコールの摂取《せっしゅ》を人生から禁じた。ぼくはそれほど頭のいい人間ではないけれど、経験から学ばないほどに愚かではない。

「うわぁー。そんなことロシアの人でもしないよっ」巫女子ちゃんは素直に驚いてくれた。「あー、そっか……。お酒駄目なのか……。だったら困ったね……」

再び考え込んでしまう巫女子ちゃん。酒が駄目な人間が飲み会に出席するということがどういうことか、巫女子ちゃんにはよく分かっているらしい。ひょっとしたら巫女子ちゃんも下戸《げこ》とは言わないまでも、あまりアルコールに強い方ではないのかもしれない。

とは言え。

目の前で真剣っぽく悩んでいる巫女子ちゃんを見て何の感慨も持ち得ないほど、ぼくは冷血にはなれそうもなかった。

やれやれ……、本当にぼくは流されやすい。情に流されやすいってんならまだ格好もつくが、ただ状況に流されやすいだけだってんだから、全く以《もっ》て中途半端だ。

「いいよ……、分かった。仏頂面して部屋の真ん中占領してるだけでいいって言うんならね」

「うーん……、そうだよね……、いくらなんでもいっくんに迷惑がかかり過ぎるよね……、でもね……、っていいのっ？」

がば、と巫女子ちゃんが身体を乗り出してくる。たとえは悪いけれど、食べ物を目前につるされた子犬のような反応だった。猫ならばこういうときに《罠《わな》ではないか》と警戒心を見せるのだろうが、巫女子ちゃんは全開バリバリで喜んでいた。見かけからすると猫に似ているが、巫女子ちゃん、動物属性は犬らしい。

「いいの？　いっくん、本当に付き合ってくれるのっ？」

「いいよ……ま、どうせ暇なんだしね」

我ながら、もっと気の利いた言い回しはできないものかと思うほどに、実に素っ気無い言い方だった。それでも巫女子ちゃんは「わぁあ！」と声をあげて、「ありがとうっ！」と、天真爛漫な笑みを浮かべた。


どういたしまして、とぼくはお茶を飲み干した。見ると、どうやら巫女子ちゃんもデザートまで食べ終えたようなので、ぼくは今度こそ席を立った。

「あ、ちょっと待って。いっくん、電話番号教えて。連絡するから」

「うん？　うん……」ぼくはポケットから携帯電話を取り出す。「あー、えっと……、番号忘れた」

「だろうね……、えっと。じゃああたしの電話にかけて。番号は……」

巫女子ちゃんに言われた通りの番号をプッシュする。すると巫女子ちゃんの小さな鞄の中から着信メロディが聞こえる。デヴィッド・ボウイ。見かけによらずと言ってはなんだが、巫女子ちゃん、なかなかステキな趣味だった。

「うん。これでオッケイ。……おや。いっくん、ストラップとかつけてないんですね」

「ああ。ああいう女々《めめ》しいのはあんまり好きじゃなくて」

「ストラップって女々しいかな？」

「真剣に訊かれても困るけど。でも少なくとも雄々しくはないだろ」

うーん、そうかもね、と巫女子ちゃんは難しそうに相槌を打った。

「じゃ、そういうことで」ぼくはトレイを持って、席を離れる。「巫女子ちゃん、また明日」

「うん！　巫女子ちゃんのこと、もう忘れちゃ駄目だよーっ！」

巫女子ちゃんは大きく手を振りながら言った。ぼくは軽く手を振ってそれに応え、食堂を後にした。トレイと食器を返し、その足でそのまま隣の生協本屋に行く。勿論大学の本屋のこと、品揃えは学術関係が基本で娯楽性は薄いのだが、一割引で本を買えるという利点、加えて何故か（何故だろう？）ここの本屋は雑誌類が異様に充実していることもあり、それなりに混雑している。

ノベルスのコーナーに歩を進めて、一冊の本を手に取ったところで、
ふと。

気付く。

「……………あれ。巫女子ちゃんってぼくのこと、いっくんとか呼んでたっけ……」

思い返してみれば、それは随分新鮮な響きなのだが。あまりにも当たり前のように巫女子ちゃんが言うので聞き逃していたが、そんな馴れ馴れしい愛称を、このぼくが今まで容認していたとは思えない。

少し考えてみたが、よく分からなかった。呼ばれていた憶えは勿論ないが、かと言って呼ばれてなかった記憶があるわけでもない。そもそも巫女子ちゃん本人のことに関してすら記憶が薄いのに、そんな細かいことまで憶えているわけもない。

「…………ま、いいか」

そんなこと、どっちにしたって構わないことだ。

ぼくはそう自分を納得させて、ノベルスの立ち読みを開始した。

そう。

そんなことは別に、大した問題じゃない。

そんなことで誰かが死ぬわけじゃない。

世は全てこともなし。

それは天に誰もいなくても、同じことだった。

3

人生における致命傷ってなんだろう。

首を斬られること。

それは勿論当たり前。

心臓を潰す。

これも当然。

脳を破壊する。

いわゆる必然。

呼吸を停止させる。

それも断然いい方法だ。

だけどここでぼくが言う《致命傷》は、そういう些細《ささい》にしてどうでもいいようなことを指しているのではない。人生における致命傷とは、人でありながら人でなし、人間でありながら人生を送れない、生きているのに死んでいた、そういう圧倒的状況に陥《おちい》ってしまうほどの衝撃。理性があるがゆえに陥ってしまう相対的矛盾に、全身がまるごと呑み込まれて、ひき潰されてしまうことを意味する。

それがいわゆる致命傷。

要するに《失敗》だということ。

ここで重大なのは、失敗しても続くって点だ。

世界は残酷なくらいにぬるま湯い。

優し過ぎて酷情で、悪魔がゆえに極楽だ。

ぶっちゃけた話、程度のでかいミスを犯したところで人間は死なない。

それは死ねない、とでも比喩すべきか。

そう、死なない。

苦しむだけだ。

ただ単純に、もがき苦しむだけなのだ。

そして続く。いつまでもどこまでも続く。

ただ、意味もなく、続く。

人生がゲームでないのはリセットボタンがないからではなく、そこにゲームオーバーがないからだ。

とっくの昔に《終わっている》のに、それでも明日はやってくる。夜が来ても朝が来る。冬が終われば春が来る。人生って素晴らしい。

致命傷でありながらも死ぬことができないという、これは絶対矛盾。それはたとえば、光速を越えて振り向いたときに、ヒトは視覚に何を捉えるのかという、あり得ない問いのようなものだ。

自分が自分である可能性が既に断たれているのに尚、続く。何度でもやり直せる。人生はいくらでもやり直せる。

だけどそれは、質の悪い複製をむやみやたらと繰り返すようなもので、やり直すたびに自分という存在が劣化していく。

その内、
自分は本当に自分なのか、それとも、
とっくの昔に
違うモノに
成り果てているのか。

成り下がっていたのか。

主観者が所詮第三者になれないように、
自分は自分の傍観者になれない。

致命的というならば正にそれだ。

「……つまりは精神論なんだけどね……」

呟きながら、
そんな益体《やくたい》もないことを考えながら、ぼくはマクドナルドの新作バーガーを食べていたりする。

バリューセット、五百二十五円ナリ。

昼間のキムチがきいたのか、舌はまともな味覚感覚を取り戻しているようで、なかなかの美味。うん、やっぱり日本人である以上、マクドナルドをおいしく食べれないようでは駄目だ。

時刻は夜の七時半。

場所は四条《しじょう》河原町《かわらまち》、新京極通り。

五限目の授業を終えたぼくは、巫女子ちゃんの言っていた機動隊って奴を見たくなって、退屈しのぎにここまで足を延ばしたというわけだ。

ハンバーガーの載ったトレイの横には一冊の雑誌がある。いわゆる週刊情報雑誌。生協の本屋で買ったもので、表紙にはこうある——《巻頭特集・魔都に蘇《よみがえ》った切り裂きジャック!》。

「ひでえセンスだ」

その破滅的なセンスが気に入ったのが、購入した二番目の理由だ。言うまでもないが一番目の理由は、巫女子ちゃんが言っていた例の《通り魔事件》が大きく取り上げられていること。

ポテトを二本まとめて口に放り込んで、ストローをくわえてコーラを飲む。それからぼくはなんとなく、週刊誌の表紙をめくった。最初のページには、生々しい死体の写真をバックにゴシック体の文字で大きく、**《今、京都を震撼《しんかん》させる殺人鬼!》**と書かれてあった。

いかにも禍々《まがまが》しい感じ。

「……こんな写真、許されるんだなぁ……」

呟きながら、ぱらぱらとページをめくる。その記事の内容には、既に何度か目を通している。だからこの事件について、全てとは言わないまでもある程度の知識はついていた。

マスコミではこの事件、《京都連続通り魔事件》と呼称されているようだ。何のひねりもないそのままの名称だったが、別にこんなところでひねる必要もないのだろう。しかしそういうことを抜きにしても、この事件についていうのならば《通り魔》という表現は確かに相応《ふさわ》しくない。通り魔の定義は《すれ違いに危害を加えるモノ》だ。だがこの事件の犯人は、被害者を人気《ひとけ》のないところに連れ込んで、それから鋭利な刃物によって殺人し、しかもそのあとにその死体を解体している。これでは通り魔殺人と言うより猟奇殺人だ。切り裂きジャックという比喩は、それほど的外れでもない。

「それで六人もね……よくやるよ」

雑誌を鞄の中にしまいながら、呟く。

そう、六人。巫女子ちゃんも言ってた通り、たかだか二週間足らずの間にこの数は、はっきり言って滅茶苦茶だ。恐らく前例はないだろう。最初の二回くらいはまだしも、それから後は警察権力があちらこちらに目を光らせているというのに、機動隊まで引っ張りだして来ているというのに、まるでそれをせせら笑うかのように、殺人は繰り返されている。

被害者同士の繋《つな》がりはない。老若男女、容赦なしだ。警察の見解では（誰の見解でもそうだろうが）無差別殺人だということらしい。

だから多分、六人では終わるまい。

まだ続く。殺人鬼がつかまらない限り、あるいはその殺人鬼が気まぐれを起こして殺人活動を自主的に停止でもしない限り、この事件はまだまだ続く。それはひょっとしたら今夜のことかもしれないし、今現在行われていることなのかもしれなかった。

「結局は戯言だけどな……」

マクドナルドの入り口から、新京極通りを眺めてみる。

そこにはいつもと変わらぬ、風景。

この時間、さすがに観光客の数は少なくなっているが、それでも結構な混雑だ。修学旅行生や観光客と入れ替わりに、黒髪でない若者が大挙して現われたせいだろう。これも一種の棲み分けというべきなのかもしれない。

誰も。

この通りを歩いている人間達の中で誰も、自分が次の被害者になるかもしれない、なんて思っていないのだろう。勿論、彼らだって警戒はしている。通りのあちこちに立っている機動隊員に、少し不安になったりする。物騒だな、くらいは思っているだろう。いつもより早めに帰宅するかもしれない。

だけど、みんな、自分が家に帰れると心の底では信じている。

そういうものだ。自分が殺されるかもしれないなんてことをリアルとして捉えられる人間なんてそういるわけがないし、そもそも、その可能性は無視しても構わない程度に低いのも本当のことだ。

「……殺された人は運が悪かったのか」

酷い話だが、そうとでもいうしかないのだろう。さて。

ではぼくも、あの無警戒な人の群れに混じることにしようか。

そう思って席を立とうとしたそのとき、ズボンの右ポケットに入れておいた電話が震えた。着信番号を見ると、見覚えがない。かと言って無視するわけにもいかなかったので、ぼくは通話ボタンを押した。

「ちゃっおー！　巫女子ちゃんでーっす！」

途端に響く、テンションの高い声。電話の向こうで親指を突き出している巫女子ちゃんの姿が目に浮かんだ。いや、いくらなんでもそんなこと、していないだろうけど。

しかし第一声から、相手の確認もせずにそのテンション、もしも電話番号を掛け間違えていたら巫女子ちゃん、一体どう対処するつもりなのだろう？

少しだけ、ぼくの探究心に火がついた。

「あれーっ？　巫女子ちゃんだよーっ？　どうしたのかなーっ？」

「……」

「……あのー。いっくん……スよね」

「………」

「もーしもし？　いっくんですよねーっ？」

「…………」

「間違えたっ？　え？　あたし、間違えたっ！」

「……………」

「うわーっ！《ラジオ体操第二、ただし時間がないのでヒゲダンス》みたいなっ！　すみませんっ、番号間違えましたーっ！」

「いや、あってるよ。何？」

「うわっ！」

ぼくが声を出すと、巫女子ちゃんは驚いたように悲鳴をあげた。そして《え？　え？　ええ？》と、慌てたように。それから《はぁあー》と嘆息したところを見ると、どうやら安心したようだった。ならばその安心が怒りに転化されるまでさほど時間はかかるまい、とぼくは身構える。

「あー。もうっ！　電話なんだから喋ってよう。不安になるじゃないっ！　いっくん性格悪いよっ！　陰険だよっ！　外道《げどう》だよっ！　いっくんの殺人鬼っ！」

いくらなんでもそこまで言われるようなことではないと思うが。

「ごめんごめん。冗談だったんだけどね……」

本当はあんなに黙り続けるつもりはなかったのだけれど、あそこまで面白い反応を見せてくれるとは思っていなかったので、思わず喋るタイミングを外してしまった。

「もう……いいけどさっ。いっくんだしっ」

ううう、と巫女子ちゃんは唸った。

少し可哀想だった。

「えーと」気を取り直したように、巫女子ちゃんは言う。「ギョーム連絡ですっ！　明日のことっ！」

「そんな叫ばなくても聞こえるよ……ここ、静かだし」

「うん？　いっくん、今どこ？」

「あー、えーと、家。下宿」

「ふーん。あたしはまだ学校。ちょっと猪川《いのかわ》センセと話があって今まで研究室にいたんだよっ。すごいねっ研究室！　本ばっかしっ！」

猪川というのは、基礎演習のクラス担任の名前である。少々エキセントリックな人格の助教授で、時間に厳格過ぎる（チャイムが鳴るまでに席についていないと、たとえ教室にいようが遅刻、鳴っている途中でも不可、鳴り終わったら欠席、とか）ことを除けば、生徒に受けのよい講師である。

「えーと、それでね。あのねっ、明日なんだけどね。いっくんって明日、家にいるんだよねっ？」

「うん。そうだけど。どっかで待ち合わせとかするわけ？」

「ううんっ。待ち合わせしてすれ違ったりしたらやーでしょっ？　だからあたしがいっくんの下宿にまで迎えに行くよ。ラッタッタ買ったから、ちょっと乗り回したい気分なんだ。そうだね、四時頃。四時頃にいっくんのアパート、行ってもいいかなっ？」

「いいけど……、巫女子ちゃんってぼくの下宿知ってたっけ」

「え？　あ、いや、それは、もう、バッチリ」なぜか巫女子ちゃんは狼狽《ろうばい》したように、台詞の調子を崩した。「ほら、アレでしょ、クラスで最初住所録作ったでしょ。だから分かってるの」

「住所だけで分かるのか？」

「巫女子ちゃんは京都詳しいからだいじょうび。千《せん》本中立売《ぼんなかだちうり》だよね？」

「ふうん……？」

巫女子ちゃんの言動はなんだか怪しかったけれど、しかし本人が分かっているというのなら問題はないか。ぼくは《じゃあ別に構わない》と返答した。

「うん。じゃ、そゆことで。えーと、折角だから長電話したい気分なんだけど、あたしこれから自動車学校行かなくちゃなんだ。予約入れちゃってて、早く行かなくちゃ遅刻なの」

「ふうん……巫女子ちゃん、自動車学校行ってるんだ」

「そだよん。いっくんは？　いっくんって免許持ってる人だっけ？」

「一応。オートマだけどね」

無免許でいいなら何でも運転できますが、それは秘密ということで。

巫女子ちゃんはそうなんだ、と頷いた。「あたしが今狙ってるのはミッション。そろそろ四輪の足が欲しいお年頃でして。免許取ったらお父さんに車買ってもらえることになってるんだっ。ん。それじゃ明日ねー。ばっははーいっ！」

くるくる笑って、巫女子ちゃんは電話を切った。


ぼくはしばらくその電話を見つめて、それからズボンのポケットに戻す。

うん……、そうだった。そういえば明日はそういう約束があったか。すっかり忘れていたというわけではないけれど、そう表現して嘘にならない程度には、忘却してしまっていた。この調子だと明日までにまた忘れてしまう可能性もありそうだ。こうなったら頭の悪い小学生さながらに、手のひらに《明日は巫女子ちゃんと予定》とでも書いておくべきかもしれない。

あ、でも、迎えに来てくれるんだったら憶えていようが忘れていようが関係ないのか。ぼくはそう思い直して、鞄《かばん》から出しかけていた筆箱をしまった。

そして今度こそとマクドナルドを後にする。通りにでると、そろそろ八時なので、商店街に並ぶ店は閉店準備を始めていた。そこでふと、ぼくは思い至る。

「あ……そっか。誕生日なんだったな……」

だったらここは一つ、プレゼントでも買っておいた方がいいのだろうか。それが常識人としての心得なのだろうが、しかしぼくは別に常識人の自覚があるわけでもない。それに半ば無理矢理誘われたのだから、そこまでいい人に徹さなくてもいいような気もする。葛藤しながらも、ぼくは近くのおみやげ物屋さんを覗いた。

江本智恵。

さて、どんな人物だったか。まるっきり記憶にない。多分会えば思い出すのだろうけれど、こうして真剣に考えてみてもその断片すら浮かび上がってこないということは、多分智恵ちゃんはそれほどエキセントリックな人格の持ち主ではないのだろう。比較的大人しい、授業前の時間には携帯電話の操作ではなく読書をしているような、そんな人格。あれ——でも、巫女子ちゃんいわく光物ばっかり着てる目立つ娘だっけ？　ううん。やっぱり分からない。ほんのイメージすらも、湧いてこなかった。

あと二人は……貴宮むいみちゃんと、宇佐美秋春くんだったか。その二人についても同じように思い出してみようとしたが、しかし、結論も同じだった。

「……ま、巫女子ちゃんの友達なら、そんな変な連中でもないだろ」

きみの友達を紹介したまえ、きみの人格を当ててみせるから。それはセルバンテスの台詞だが、だったらその逆も真なりだ。それほど不安になることもないだろう。

そんなことを思いながら、ぼくは店前に平積みになっているおたべの箱を手に取った。三角に折りたたまれた生八つ橋の中につぶあんが入っている、オーソドックスなタイプのおたべ。三十個入り、千二百円ナリ。

「……ふむ」

京都と言えば八つ橋、八つ橋と言えば京都。八つ橋がなければ京都は京都とは言えないし、つまり八つ橋があってこその京都だ。八つ橋に比較すれば清水寺も大文字送りも三大祭も物の数ではない。神社仏閣など有象無象もいいところだ。京都において八つ橋を食べないなど、京都の八割を知らないのと同じことである。

「……よし」

そういうわけで智恵ちゃんへの誕生日プレゼントはおたべに決定。下手に形に残るものを贈って迷惑になるとまずいし、これなら酒のつまみとしても丁度いいだろう。あ、いや、甘いものは酒のつまみにはならないのだったか？　酒を飲まないのでよく分からないけれど。でもまあ食べられないってこともないだろう。

——と。

そのとき。

ぼくの背中が、

ぶるりと

ふるえた。

脊髄《せきずい》の中に液体窒素《ちっそ》を流し込まれたような気持ち。全身が絶対零度にまで冷やされ、ゆえに外気の熱さに身体が焼かれそうになる。脳髄感覚だけが正常だ。絶対極の狭間の圧力に潰されそうな感覚。仮に正気を保っていなかったならば、刹那《せつな》を待たずにぼくは圧壊されていたことだろう。

「…………」

だけどぼくは振り向かなかった。

ただ、なるべく自然を装って、八つ橋の箱を店員さんに差し出す。茶髪にピアス、ポニーテイルのその店員さんは営業用とは思えない笑顔で、

「おおきにー」

と包んでくれた。ぼくはそれを受け取り、お釣りがないように計算して、料金を払う。店員さんはぺこりと頭を下げて「またおいでやすー」と朗らかな調子で言った。ああいうハートフルな応待こそが観光客のハートをキャッチするのだろうなぁ、などといい加減な感想を持ちつつ、ぼくはその店の前を離

れ、四条通りの側に向けて歩き出した。

そして感じる。一度知覚してしまえばもう無視することすらできない、そして意識するまでもない、強烈な視線。いや、これはもはや、視線などと呼称するのは相応しくないだろう。

これは——殺意だ。

悪意も敵意も害意も、そんな余分な雑物は一片足りとも混じっていない、純度百パーセント、今にも燃え上がりそうな絶対殺意。粘《ねば》りつくように全身にまとわりついてくる嫌な気配。不快だとか不愉快だとか、そういう段階では既にない。

歩く。

すると気配もついてくる。

歩く。

すると気配もついてくる。

「つまり、つけられてるってことか……」

果たしていつから。全体どこから。

まるっきり分からない。

振り向く必要もないくらいに露骨。

感覚する必要もないくらいに露骨。

つまり、向こうにしてもぼくが気付いていることに、気付いている。それでも尾行を中止しないからこその露骨だ。

「……まいったな」

人ごみをうまくすり抜けながら、ぼくは嘆息した。おかしい。厄介事は全て、海の向こう側に置いてきたはずだ。この国の、しかもこの都市で、誰かに跡をつけられる覚えも、まして殺される覚えなどない。その手のことは既に玖渚の手を借りて確認している。

となると。

となると無差別なのか。

頭をよぎるのは、鞄の中に入っている雑誌の巻頭特集。

通り魔殺人。

「……うっそだろ、おい……」

これこそ本当に、何の因果《いんが》でこんな目に、だ。巫女子ちゃんスタイルで例えるなら、《おニャン子クラブ2結成、ただし全員バックダンサー》みたいな、とでも言うのか。いや、意味が分からない。やはりなれないことはするもんじゃないかというか、ぼくは明らかに混乱していた。

しかし……、

仮に今、ぼくの二百メートル後方にいるあいつが巷《ちまた》で話題の通り魔だとしても、そうでない、どこにでもいるただの殺人狂だったとしても、あと一つの可能性、ぼくが個人的な怨恨《えんこん》で狙われているのだとしても。

どこかが不自然。

なにかが不合理。

不可思議な不条理が不思議。

感覚が不安定だ。そう、この感覚は、鏡の中の自分から《見られている》と気付いたときのような、絶対的に間違えている模範解答。普段は前にあるはずの一本の赤いラインが、今、後ろにあると確認してしまった。

「……戯言か」

勿論それは錯覚。

今大事なのは、ぼくが跡をつけられていること。

これは確実。

そしてこれから殺されること。

こちらも確実。

ほとんど絶対のことが二つも揃っている今、それ以外の余計な感覚に気を取られている暇はないだろう。結局のところ選択肢は限られている。

与えるのか、

奪うのか。

「さーて……つまらなくなってきやがった……」

新京極通りを抜けて、四条通りに出た。タクシーの群れの向こう側に自動車の列。この時間の四条通りは非常に混雑していて、車を使うよりも歩いた方が早いくらいだ。通りがあちこちで交差しているために信号の数が洒落にならないくらい多い京都において、一番有用な移動手段は確実に自転車なのだった。ちなみに二番目は徒歩。三番目はキックボードだろうか。

ぼくは大学からここまでバスで来たので、今は二番目の手段を使うしかない。どちらの方向に行くか刹那だけ迷って、ぼくは東方向へ歩くことを決めた。

交差点の信号で少し待ち、河原町通りを渡る。このまま東に真っ直ぐ進むと八坂神社に到着する。そこから南に折れれば清水寺。京都仏閣観光コースの教科書的ルートである。ただしぼくは観光客ではないので、八坂神社までも歩くつもりはない。

ひしひしと。びしびしと。

詰め寄ってくるような視線圧力。ここまで来れば、それはただの暴力と等価関係だ。

「……あー、きつい……」

もう五月だというのに冷や汗が流れそうだ。緊張なんて感情、どれだけ振りだろうか。それこそあのヘンテコな島のところまで記憶を遡らせないとなるまい。ただ、あのときとは確実に違う感覚も、同時に感じていた。

緊張しているがゆえに安心。

緊張している今の自分に失敗などあり得ないことを自覚。

「ふっ……」

そして、鴨川につく。四条大橋を渡らずに、その横の階段を降りて、鴨川沿いの河原に出る。太陽の出ている内は、この川沿いは若きカップルによって占拠されている。二人組の男女が等間隔の隙間を置いて河に並んでまったりしているそのさまは、京都三景の一つに数えてもいいくらいだと個人的には思う。そして月が真上に昇る頃、河原は酔っ払いが宴の跡として提供される。木屋町通りで夜通し酒をかっくらっていた連中が、ここで酔いを醒ますわけだ。そちらの年齢幅は大学生から会社員までそれぞれ。

　カップルにしても酔っ払いにしても、自分の幸せを他人に振りまく迷惑者という意味では共通しているが、今のところそんなことに哲学を馳《は》せるつもりはない。カップルが何であろうと酔っ払いがどうであろうと、とにかく、その間隙となるこの時間、この河川敷《かせんしき》にはまるで人気がないってことだ。カップルは既に帰った後だし、酔っ払いさんはタダイマ充電中。つまり、

　シチュエーションとしては絶好。

　しかも橋の下だったりしたら、尚更だろう？

　ぼくは河原に降りるやいなや、橋の影の中に入った。頭上から聞こえる車の走る音。橋を渡る人々の喧騒。かしましく騒がしくやかましい。

　ただ、その程度では、

　あいつの足音をかき消すことはできない。

　ざり、と。

　砂利が擦れる。

「――　　。……」

　ぼくは何かを呟いてから振り向いた。

「　　　」

　そいつは何かを断言するように言って、ぼくと対峙した。

　その感情は多分、ただの戸惑いだったと思う。

　平凡な、ただそれだけでしかない戸惑い。

　そこに鏡があった。

と思った。

　身長は一メートルの半ばよりやや低い。華奢《きゃしゃ》なくらい細身で、手足の長い小柄な体格。タイガーストライプのハーフパンツ、無骨なブーツは一目で安全靴だと知れる。上半身には赤い長袖のフード付きパーカ、その上に黒いタクティカルベスト。両手には手袋。指紋云々《うんぬん》の女々しい理由ゆえのものではな

い、ハーフフィンガーグローブ。そこからはただ、《汗でナイフが滑らないように》という、原始的で明快な目的しか感じ取れない。

そいつはダンサーか何かのように、サイドを刈った長髪を頭の後ろで結んでいた。右耳に三連ピアス、左耳には携帯電話のものと思われるストラップを二つつけている。スタイリッシュなサングラスをかけているゆえに表情は読めなかったが、右顔面にのみ禍々《まがまが》しくほどこされた、決してペイントでない刺青《いれずみ》が、彼の異様さを際立たせていた。

どこもかしこも全くぼくと違う。

同じところと言えば年齢と性別くらいだろう。

それなのに、鏡を見ているような気になった。

だからこそ、ぼくは戸惑った。

相手も戸惑った。

先に動いたのは相手だった。

右手をベストのポケットに入れたかと思うと、次の瞬間には既に刃渡り五センチほどの小さなナイフを振りかぶっていた。それは全く無駄のない動作で、人間生物の限界を極めていたと言っていい。

音がひずみ、光がゆがむ。

仮にぼくが第三者としてこの状況を見ていたのならば、これが人殺しだと理解した上で尚芸術だという評価を下しただろうくらいに、相手の殺人行動は完璧だった。

避ける方法など皆無。

受ける方法など絶無。

しかしぼくは上半身を後ろに反《そ》らすことによって、そのナイフをかわした。勿論本来ならそんなことは不可能だ。ぼくの運動神経は並以下とは言わないが、決してそれ以上ではない。人類最速の腕刀の躍動を見切れるような動体視力も速筋力も、ぼくは所有していない。

だが。

たとえ時速二百キロでダンプカーが突っ込んでき

たところで、それを五キロ先から知覚していたとするなら、誰にとっても避けることは簡単だろう。

相手のこの斬撃《ざんげき》は、ぼくにとって五年前から予想がついていたかのように明瞭だった。

ぼくは自分の鞄を乱暴につかみ、遠心力を利用して相手の顔面にぶつけようとする。しかしそんなぼくの行動を奴は十年前から知っていたかのごとく、首の動きだけで無効とする。無理な体勢で相手の攻撃を避けたために、ぼくはそのまま後ろ向きに倒れてしまった。ただし当然だが、受身を取るような愚《ぐ》は犯さない。そんなことに片方の腕でも浪費すれば、すかさず相手のナイフがきらめくだろう。案の定、相手は外した一撃目のナイフを返す刀に、ぼくの首、頸動脈《けいどうみゃく》を狙ってきた。まずい。この姿勢では避けることができない。いや、無様に身体を転がせば《この一撃》に限っては回避することは可能だ。ただしその次か、次の次の瞬間、どう惨めに足掻《あが》いたところで三刹那先の一秒間に、脊髄の中心に深くナイフが穿《うが》たれる。それはまるで、あの忌《い》むべき未来予知のように、はっきりとイメージできる映像だった。

ならば避けようが避けまいが意味がない。だったら単純に受けるまでだ。ぼくは右ひじを張って、ナイフの刃へと向けた。

と。

相手は手首をくるっと返し、ナイフの軌道を無軌道なまでに逸らした。必然、ぼくのエルボーは勢いあまって空振りをする形になる。そうなると、そう——身体の正面を開いた状態、心臓も肺臓も含め、全ての内臓を相手に晒《さら》した姿勢になる。

サングラスの奥の瞳がかすかに笑う。

もう一度手首を返して、
ナイフの刃が垂直にぼくの心臓を狙う。

一瞬だけ停止して。

そして二倍速で振り下ろされるタクティカルナイフ。目にも映らぬ、人間の感覚器官の限界を遥かに超越した殺人意志。

息を呑《の》む暇すらない。そう、本来ならばきっと、息を呑む暇すらなかっただろう。

ただし、この状況だって、ぼくは生まれる前から知っていた──

「──────！」「──────！」

ナイフの刃は服一枚を刺し貫いたところでぴたりととまった。ぼくの左人差指と左中指も、だから、サングラスを押し上げたところで停止した。

膠着《こうちゃく》状態。

向こうは心臓でこちらは両眼。それは天秤にかければ重さの違いは明らかだが、ハナから天秤にかけられるような問題ではない。肉を破って骨を抜き、心臓を粉砕することなど、相手にとっては赤子の手を捻り潰すよりも簡単だ。ただしそのわずかなタイムラグはサングラスの奥の、その瞳を破壊するには十分。

逆もまたそう。

こちらは心臓を犠牲《ぎせい》に眼球を瞬壊でき、あちらは眼球を生贄《いけにえ》に心臓を滅殺可能。

だからこその膠着状態。

そのままの姿勢が五時間ほど、あるいは五刹那ほど続いて、

「──傑作だぁな」

と。

相手はナイフを捨てた。

「──戯言だろ」

と。

ぼくは指を引いた。

相手はぼくの上から退く。ぼくは身体を起こして立ち上がる。ぱんぱん、と、ぼくは服についた砂利を払い、それからゆっくりと背伸びをした。

まるっきりこれは予定調和の茶番劇だった。こういう結果になることは分かり切っていたことで、だからまるで夏休みの宿題を終わらせたときのような脱力感のみが、今のぼくの身体を支配していた。

「——俺は零崎ってんだ」

ずれてしまったサングラスをかけ直して、相手——零崎は言った。

「零崎人識《ひとしき》。で、お前は誰よ？　そっくりさん」


それは。

さながら。

自分の名前を他人に確認するような、違和感のある問いかけだった。


これが。

これこそが傍観者と殺人鬼との第一接点《ファーストコンタクト》。

奇《く》しくもその日は十三日の金曜日だった。

浅野みいこ
ASANO MIIKO
隣人。

第二章

遊夜の宴——(友夜の縁)

0

不吉も不幸も役不足だ。

もっと絶望を。もっと暗闇を。

一心不乱の堕落を寄越せ。

1

　ところで十三日という日は一ヵ月の中で金曜日になる確率が一番高いらしい。最低でも年に一回は十三日の金曜日がやってきて、平均的には一年の間に三、四回はやってくるとか、なんとか。考えてみればキリスト教徒でもない、プロテスタントとカトリックの違いすらもよく理解していないこのぼくにしてみれば十三日の金曜日なんて、十四日が土曜日であるという程度の意味しか持たなかったりする。

　と、言うわけで。

　翌日、五月十四日、土曜日。ぼくは千本中立売にあるアパートの一室で目を覚ました。時計を確認すると、午後四時の十分前。

「……マジか？」

　ちょっと、いや、かなり、否《いな》、滅茶苦茶驚いた。ぼくにしてみればこれは、記録的な寝坊だった。午後に目を覚ましたことなど、一体何年ぶりだろうか。しかもただの午後ではない、既に午後の内ほぼ三分の一が終了している。これはぼくの人生における決定的な汚点として永遠に記憶されることだろう。

「……て言うか、寝たのが朝の九時なんだから当然だよな」

　ようやく寝惚《ねぼ》けた頭が機能を取り戻してきた。

　さて……、
　と、ぼくは身を起こす。

四畳間、畳敷き、裸電球。京都が首都だった頃から存在するのではと思うくらいにアナクロニズムに満ちた、素晴らしい古典空間である。当たり前だが家賃は死ぬほど安い。勿論この場合死ぬのは大家さんであってぼくではないので、構いやしないけれど。

布団を畳んで押し入れへ。トイレも風呂もないが、一応カタチだけの洗面台だけはあるので、そこで洗顔。その後着替えを済ます。選ぶほどの枚数の服を所持していないので、ここまでに要する時間は五分もいらない。

窓を開け、外気を室内に入れる。京都というのはとんでもない土地で、ゴールデンウィークを過ぎた段階で夏と呼ばれる時期に入る。未《いま》だに旧暦を引きずっていると言うか、秋と春が存在しないのである。

と、そのとき、ドアがノックされた。インターホンなんて文明の利器は、このアパートには装備されていない。

時刻は丁度《ちょうど》四時。ふむ、巫女子ちゃんは時間に正確な娘のようだ。ぼくは少しだけ感嘆した。猪川先生ほど厳格なのは困り者というかただの厄介《やっかい》だが、いやしくも人間を名乗る以上、アナログ時計程度には時間に正確でなければなるまい。その意味で巫女子ちゃんは人間合格だった。

「うぃ、今開ける」

と、ぼくはカンヌキ錠を外し(このレトロさがイカす感じだ)、ドアを開けた。しかしそこにいたのは予想外なことに巫女子ちゃんではなかった。

「御免」

隣の部屋の住人、浅野《あさの》みいこさん。ぼくより年上の二十二歳、フリーター。妙に和風趣味のおねいさんで、今も甚平《じんべい》を着用していた。ちなみにその黒地の甚平の後ろには、白抜きで《修羅》の文字が記されている。

サムライみたいなポニーテイルが特徴的で、一見とっつきにくそうなのだが、話してみるとこれがなかなかいい人だったりする。ちょっとミステリ系人格の持ち主だが、そういうところも含めて好意を持てる相手だった。

「みいこさん……、じゃないですか。おはようございます」

「うん。寝てたのか?」

「ええ、ちょっと寝過ごしまして」

「ここまでの時間となると、ちょっととは言わないぞ」

みいこさんはちょっと感心しない風に言った。その朴訥《ぼくとつ》とした表情からでは、一体何を考えているのかよく読めない。特に無表情というわけではないのだが、みいこさんはデフォルトが仏頂面な上に変化が乏《とぼ》し過ぎて、印象は無表情と変わらないのである。

「あ、どうぞ、あがってください。相も変わらず何にもないですけど」

一切の誇張がない謙遜《けんそん》を言いながら、ぼくは身体をずらして道をあける。が、みいこさんはゆるりと首を振って、「いや、これを渡しに来ただけだから」と、平べったい箱をぼくに向けた。箱を包んである紙には大きな文字で《おたべ》と記されている。

「…………」

「それは八つ橋といって京都の名物だ」

「知ってますが……」

「あげる。おいしいぞ。それじゃ……私はこれからバイトだから」

くるりとぼくに背を向けて《修羅》の文字を晒すみいこさん。

一体何故に八つ橋なのか、どうしてぼくにくれるのか、その辺りの説明がないのはいつものことだ。言葉少ななみいこさんから一通りの説明を聞き出す労力を考えれば、意味不明を正当と呑み込んだ方が手っ取り早い。だからぼくはその背中に「ありがとうございます。ありがたくいただきます」とお礼を言うだけだった。

と。

みいこさんが足を止め、
振り向かないまま訊いて来た。

「今日は朝帰りだったようだけれど。どんな具合だった?」

「……………」

壁の薄いアパートって嫌だなぁ。

ま、嫌なことばかりでもないのだが。

「いえ、ちょっと友達と一晩語り合ってただけですよ。後ろ暗いところはありません。色めかしいところも皆無です」

「友達……、お前の友達と言えば二月頃に来ていたあの髪の青い、すこぶるつきな娘か?」

「あいつは強迫的な引きこもりですからね……。玖渚とは別の奴です。男ですよ」

ふうん、とみいこさんは頷く。全く興味なさそうな口調だったが、仮に「巷で話題の殺人鬼と四条大橋の下で一晩語り明かしました」と言ったら少しは興味が引けただろうか。いや、みいこさんのことだから、それを冗談でないと知った上でも「ふうん」で済ませてしまうかもしれない。

何度か納得したようにその場で相槌を打ってから、みいこさんはそのまま板張りの廊下を歩いていった。バイト先に向かったのだろう。あの甚平が部屋着ではなく普段着だと知ったときは、さすがのぼくも声をあげて驚いたものだ。

ドアをしめて、中に戻る。

ううん、しかし、それにしてもなぜに八つ橋。そう言えばこの八つ橋、昨日智恵ちゃんの誕生日プレゼントとしてぼくが買ったのと同じものだった。恐ろしい偶然だが、どうやらかぶってしまったらしい。

「ま、いっか……」

二箱重ねて部屋の端に置いておく。

時計を見ると、四時を数分過ぎていた。

それから三十分後、四時三十分を過ぎた。

「当たり前だ」

自分で言って寝転がる。

はて。巫女子ちゃんが迎えにくるのは四時ではなかったか。これは間違いない。ぼくは物事を忘却することはあっても、憶え違いをすることはない。となると、巫女子ちゃんがここにくるまでに事故に遭ったか、道に迷ったのか、あるいは巫女子ちゃんがルーズな人種なのか、それくらいしかないのだが、しかし、その内のどれだったところで、今のぼくにできることはない。

「……エイトクイーンでもやるか」

勿論この部屋にチェス盤などあるわけがないので、展開されるのはぼくの頭の中でだけだ。エイトクイーンのルールは単純にして明快である。チェスの盤の上に八つの女王を配置する。それも、どの女王も他の女王が取れないように。いわゆる頭の体操というあれだ。今までに何度もやったことがあるゲームなので解答は分かっているのだが、ぼくの場合は例によって例のごとくの記憶力なので、何度やっても楽しめる。いや、実を言うとあまり楽しくはないけれど、暇つぶしにはなる。

最初の方は結構調子よくいくのだが、四つ目の女王辺りから難儀になってくる。辻褄《つじつま》が合わなくなってくるのだ。やはり女王と女王は相性が悪い、頂点は常に一つであるべきだ。しかもあまりそっちに思考を片寄せ過ぎると、今までの駒をどこにおいたのかが分からなくなってしまう。そうなったら一からやり直しだ。この、頭脳の中を分断しなければならないスリルがたまらない。平均台の上を歩く感覚と似ているといえば似ているが、駒の数が多くなればなるほど、つまり正解に近付けば近付くほどに難易度が高くなる点が実にゲーム的で、ポイントが高い。そして失敗した場合、怒りをぶつける対象が自分しかいないという背理条件こそが醍醐味《だいごみ》だ。

七つ目の女王をどこに置いたものか迷っている

と、

「いっくーん！」

　と、ドアがノックされるのが聞こえた。

　チェス盤は引っ繰り返った。

　女王は散った。

　一瞬、思考どころか心臓が止まる。

　時計を確認すると、四時四十分。

「…………………」

　ぼくはドアに近付いていって、扉を開ける。今度こそ、巫女子ちゃんだった。ピンクのキャミソールに赤いミニスカートという、露出が多い割に健康的な、さっぱりとしたスタイル。巫女子ちゃんは「おっ！」と片手をあげた。

　そして満面の笑み。

「いっくん、グーテンモールゲーンッ！」

「…………」

「……。……」

「…………………」

「もーるげーん……るげーん……げーん……。ドップラー効果、みたいな」さすがに笑顔が引き攣《つ》ってくる巫女子ちゃん。目がさりげなく泳いでぼくから逃げていき、ちょっと小首を傾げて訊いて来る。

「……。あのー。ひょっとしてですけど。そんなのいっくんのキャラじゃないと思うんですが、……怒ってたり恨んでたり憎んでたり呪ってたりします？　あ、でも呪うのはいっくんらしかったり」

「…………」

「コミュニケーションしようよっ！　ねっ！　無口にならないでっ！　いっくんが無口になると何かとんでもないことされそうで嫌なんだよっ！」

「手のひら」

「うん？」

「手のひらをね、こう、顔の前にかざしてみて」

「……うん」

　言われた通りにする巫女子ちゃん。

　ばし、とその手をついてやった。

「ぐえっ！」と巫女子ちゃんは女の子らしくない悲鳴をあげた。とりあえずそれで満足し、ぼくは鞄を取りに部屋の中へ戻る。えっと、八つ橋はどこに置いたんだっけ……。

「うわーっ、ひどいよーっ」言いながら、何故か部屋の中に入ってくる巫女子ちゃん。「ちょっと時間に遅れたくらいで暴力振るうなんて残虐だよっ。《日本の裁判システムに陪審員制導入、ただし陪審員は全員こまわりくん》みたいなっ！」

巫女子ちゃんの中では四十分の遅刻は《ちょっと》らしい。

巫女子ちゃんは勧められもしないのに、部屋の真ん中辺りに勝手に座った。ちょこん。そして物珍しげに部屋の中をぐるりと見渡す。「はわー」とかなんとか、感嘆のような息を漏らしながら。

「うわぁ……、何もないや……。すごいねっ！」

「そんなことで感心されて誉められても、嬉しくないんだけどね……」

「本っ当にテレビないんだねーっ。何か昔の苦学生みたいっ。蛍の光で勉強してそうっ！　ねえ、このアパートって他に誰か住んでるのっ？」

「えーと……剣術家でフリーターのおねいさんが一人、世捨て人のお爺さんが一人、目下家出中の十五歳と十三歳の兄妹が一組。それとぼくとで四部屋五人だな。ついこないだまで歌手の卵が住んでたんだけれど、このたびメジャーデビューすることになって、東京に行っちゃった」

「ふーん。結構繁盛してるんだね。ちょっと意外。あ、じゃあここって今、部屋が空いてるんだね。うーん。こういうのも風情があっていいかもね。引っ越してきちゃおうかなっ！」

このアパートの何を見て、この部屋のどこを見てそんな発想が出てくるのだろう。ぼくは「やめた方がいいよ」と適切なアドバイスをしておいた。

「それじゃ、そろそろ行こうか」

「あ、駄目だよっ。まだ早いよっ」

巫女子ちゃんは慌てたように言った。

「でもそろそろ出ないとまずいだろ？　既に四十分押してるわけだし」

「違うの。六時までにつけばいいんだよ。ともちゃんのマンションってそんな遠くないし、だから五時半に出たら余裕で間に合うの」

「あ、そうなの」

「そうなのです」

巫女子ちゃんは人さし指を立ててそう言った。気取った仕草が可愛いと言って言えなくもないが、わざわざ言うほどのことでもないと思ったので言わなかった。下手に誉めて調子に乗られても困る。

「じゃ、なんで四時とかに待ち合わすわけ？」

「え？　あ、それは。ま、色々。——えっと、巫女子ちゃんてば時間にルーズだからね。念のため、念のため」

「つまり巫女子ちゃんは最悪一時間半の遅刻をする可能性があったってわけか……」

考えるだけでそら恐ろしいことだった。

巫女子ちゃんは「んっ？」と窺うような表情を見せて、

「どうしたのかなっ？」

と明るく訊いて来た。

「……。いや、別に。何も思ってないよ。待つ方の身にもなってみろとか自分で指定した時間くらいは守れとかせめて遅れるんなら電話で連絡を入れるべきだとかチェス盤は大事に扱えとか、そんなことは思ってないさ」

チェス盤？　と首を傾げる巫女子ちゃん。

勿論分かるはずもなかった。

ぼくは部屋の端に置いてあった八つ橋を発見し、その片方の封を解いた。そして箱のまま、巫女子ちゃんの前に出す。

「食べていいのかなっ？」

「いいよ」

ぼくは立ち上がり、流し台へと。お茶を入れようと思ったのだがヤカンがなかった。鍋で代用しようかと思ったらそもそもコンロがなかった。仕方がないのでコップに水道水を入れて、それを巫女子ちゃんの前に置いた。

「…………」

巫女子ちゃんは理解しがたそうに、差し出された液体を見ていたが、結局見なかったことにしたらしく、コップを手に取ろうともしなかった。

八つ橋をもくもくと咀嚼しながら、「うーん」と考え込むような仕草を見せる巫女子ちゃん。

「こういうこと訊くとアレだけど。いっくんってひょっとしたら貧乏なのかなっ？」

「いや。特に金には不自由してない」

こんなアパートに住んでおいて説得力は欠片《かけら》もないだろうが、これは見栄を張っているわけではなく、本当だ。少なくとも大学生活あと四年、一切の労働なしで過ごせるくらいの蓄えはある。それはぼくが稼いだ金ではないけれど、一応の所有権はぼくにある。

「じゃあいっくんは倹約家なんだねっ。あ、哲学者だっけっ？」

「お金の使い方が下手でね……。買い物依存症の逆」

言いながらぼくも八つ橋を口に運ぶ。ふーん、と巫女子ちゃんは分かったのか分かっていないのか、とにかく頷いた。

「………」

畳の上に正座する巫女子ちゃんを、上から下まで、じっくりと眺めてみる。ふーん。別に何というわけではないけれど、しかしどうも、この部屋の中に巫女子ちゃんがいるというのは、なんだか不自然なように見えてしまう。そぐわないというのか、非常に際どいというのか、いっそ危ういような感じもする。

ぼくは立ち上がった。

「あれっ？　どこ行くのかなっ？　まだ四十分も余

裕があるよっ?」

「四十分はちょっとだろう?」

「うわーっ！　いっくん、それは嫌な奴の台詞だよっ！」大袈裟に後ずさりする巫女子ちゃん。「そんな風に根に持つことないじゃないっ！」

「冗談だよ。どっかで軽くご飯を食べていこう。こんな何の娯楽もない部屋で顔突っつき合わせてても何も楽しくないだろ」

　ぼくは鞄を肩に提げて、ドアへと向かう。

　うーん、そんなことはないんだけどね、と不満げに呟きながら、巫女子ちゃんも後ろをついてきた。

2

　智恵ちゃんの住まいは西大路《にしおおじ》丸太町《まるたまち》の辺りにある学生専用ワンルームマンションだった。鉄筋コンクリート造りのその外観を見ただけでも、ぼくの住むアパートとの家賃差の想像がつく。五倍、下手をすれば十倍といったところだろう。

　巫女子ちゃんは今まで何度か足を運んだことがあるようで、《勝手知ったる》とでも言わんばかりに玄関ホールの中に入り、部屋番号と呼び出しボタンを押す。

「ちわーっす！　巫女子たんでーっす」

「うーす。上がってー」

　ケダルそうな調子の声がスピーカーホンの向こうから聞こえてきたかと思うと、厳重に閉じていたガラスの扉が横に開いた。オートロックの自動警備システム。いや、そんな大袈裟なものではないが。こんなロック、あってもなくても、侵入しようとする人間にとっては同じだし。

「さっ早く。早く早く早く早く」巫女子ちゃんがドアをくぐって急《せ》かすように手招きする。「六階だよ六階！　急がなくちゃっ！」

「別に六階は逃げないだろ……」

「でも向こうからも来てくれないよっ！」

「ま、そうだろうね……」

言われるままに巫女子ちゃんの後ろをついていくぼく。

「ともちゃんの住む六階は最上階なんだよ。角部屋だし、いい眺めなんだ、割と」

「ふーん……いい眺め、ね」

眺望など、ぼくのアパートでは望むべくもないものだが。窓を開けた向こうには木々が見えるもんな、うちの場合。

エレベーターを呼び出して、乗り込む。

「秋春くんももう来てるかなっ。むいみちゃんは当然だとしても……」

巫女子ちゃんはすごく楽しそうだった。そういう手放しの感情表現を見ていると、柄にもなく《友達ってのはいいものだなぁ》などと、思わなくもない。ぼく個人の話はさておいても、きっと巫女子ちゃんにとっては友達はいいものなのだろう。

六階で降りる。巫女子ちゃんは足早に廊下を駆けていって、一番端の扉の前で止まった。そして「こっちこっちー！　こっちだよー！」と大声でぼくを手招きする。巫女子ちゃんは人の視線とかが全く気にならないタイプなのかどうか、一度訊いてみたくなった。

キンコーン、とドアホンを押す巫女子ちゃん。ほどなく、扉が開き、中から一人の女の子が姿を見せた。

「いらっしゃーい……」

煙草をくわえたまま、だるそうに挨拶したこの娘が智恵ちゃんだろうか。なんだか、ぼくの中のイメージとは全然違うのだけれど。

「よっす……巫女子。珍しいな、時間通り」

茶髪の長いソバージュ、ジーンズに薄手のジャケットというオトコマエなファッション。身長は多分ぼくより少し高い。明日死にますと言われたら信じてしまいそうな病的な雰囲気の体型（つまり痩《や》せている）に少し斜めに構えた感じの表情がマッチしていた。

「やっほーむいみちゃん！」巫女子ちゃんは敬礼するようにして、彼女に挨拶した。「おっはろー！」

彼女は智恵ちゃんではなくむいみちゃんだったらしい。お、とむいみちゃんはぼくの存在に気付いた。そして物珍しげに、それ以上に遠慮なく、ぼくの身体をじろじろとあますところなく観察する。それからにやりと笑って、「こうして話すのは初めてかな、《いっくん》」と言った。

「はぁ」ぼくはどうでもいいような返事を返す。

「どうも」

そのどうでもよさ加減が気に入ったらしく、むいみちゃんはかはっはっは、と大袈裟に笑った。あまり女の子らしくない、豪気な笑い方だった。

「なるほど、確かに面白いヤツだな、あんた……。気が合いそうだ」

「そうか？」《はぁ》程度の、台詞なのかため息なのか分からないような一言で、そんな判断を下されても困るのだが。「そうは思わないけれど」

「いや、その辺はまぁおいおいな。じゃ、とりあえず入って。……秋春のばかはまだ来てない。さっき電話したらまだ家だった」

「うわー、秋春くん相変わらずだー。この前も《時差があったから》とか言って遅刻してたよねー。遅刻魔遅刻魔ー」

巫女子ちゃんは自分のことを完全に棚に上げていた。うっかりすると感心してしまいかねない性格だ。突っ込みを入れる気にもなれなかったので、ぼくは黙って靴を脱ぐ。

キッチンとバスルームに挟まれた短い廊下のあとに、一枚の扉がある。どうやら生活空間を区分けているタイプのワンルームマンションらしい。むいみちゃんが先行してその扉を開ける。八畳か九畳くらいの、フローリングの部屋だった。窓側にベッド、そして部屋の真ん中にあるミニテーブルの上にはいくつかのケーキとお菓子、空っぽのグラスがずらりと並べられていた。やはり食べるよりも呑むのが主体のパーティらしい。

そのテーブルの脇に、ちょこんと箕座《きざ》している女の子が一人。

今度こそ、智恵ちゃんだろう。巫女子ちゃんより更にもう一回り小柄で、イチゴ柄のワンピースを着ている。髪型はツインテール。こっちを向いて「うぃ」と片手を上げた。

予想通りに大人しそうな娘だ。ただ、どこか癖があるような感じもする。一筋縄ではいかない雰囲気というのか、簡単な作りをしているように見えて奥まで見通せないというのか。自然数を全て足した合計を問われたときのような。

「……いや」

それは戯言だ。誰だって、初対面の人間に対峙したときはそんな印象を持つものだ。智恵ちゃんとは初対面ではないけれど、よく知らないのだからそういう印象を持っても間違いではあるまい。

ふむ。そう言われてみれば、基礎演習のクラスで見かけたような気がしないでもない。ぼくは智恵ちゃんと向かい合うような形でテーブルについた。

「よっす」

軽く挨拶してみた。智恵ちゃんは小首を傾げるようにして、それから丁寧っぽく、ふかぶかと頭を下げた。

「今日はわざわざありがと。無理いってごめんね。よろしくね」綺麗な感じの落ち着いた声。その上で乾いておらず、潤っている。「前から一度、話してみたいと思ってたんだ。今日は楽しんでいってくれると、嬉しいな」

その礼儀正しい態度に、ぼくはちょっと感動を覚える。礼儀礼節というものとは最近（特に昨日今日）縁がなかった身だもんで。

「あははーっ。早くも打ち解けてるねーっ」

言いながらぼくの隣に割座で座る巫女子ちゃん。むいみちゃんはその更に隣に座った。となると、ぼくと智恵ちゃんとの間に、秋春くんが座ることになるのだろう。

あー、と、むいみちゃんが煙草を自分の指で押し消し、灰皿に捨てる。

「どうする？　新規のお客さんもいるこったし、先に始めるか？　あんなくそばかのせいで時間を浪費すんのもあほらしいだろ」

「えー。そういうわけにはいかないよっ」むいみちゃんの提案に抗議の意を示す巫女子ちゃん。「やっぱりこういうのは全員揃ってからじゃないと。ね、ともちゃん？」

「うん、そうだね。巫女子ちゃんの言う通りだよ」と、智恵ちゃんは頷く。「もうすぐ来ることは分かってるんだから、むいみちゃんもそんな短気なこと言わないで。ねっ？」

「あたしは別にいいけどさ……」と、こちらを窺うむいみちゃん。「いっくんはどうなんだい？」

「別に構わないよ。待つのは慣れてるから」

それは決して《待たされることに慣れている》という意味ではなかったけれど、こんなことでもめてもつまらない話なので、ぼくはむいみちゃんにそう言った。むいみちゃんは「そうかい？」と首を傾げたが、

「ま、ならいいけどね」

と言いつつ、新しい煙草を指にとった。ん、とそれからぼくを窺うようにし、「あんた、煙草は駄目な奴？」と、質問。

「ぼく自身は吸わないけど、どうぞお好きに」

「あー。いや。いい」まだ火もつけていない煙草を

ぽきりとへし折って、灰皿に捨てるむいみちゃん。

「吸わない奴の前では吸わないことにしてんだ、あたし」

「ふうん」

ということは、巫女子ちゃんも智恵ちゃんも喫煙者なのか。ぼくにだけ質問したということは、そうなのだろう。ふうん……。ちょっとだけ意外だった。

「やだっ！　むいみちゃん、そんなこと言ったらあたしが煙草吸ってるみたいじゃないっ！　そんな風な言い方よしてよっ！」

あわわっと、巫女子ちゃんが慌てたように抗議を始めた。おろおろしたように、ぼくとむいみちゃんに視線を行き来させる。どうしてだか知らないが、ぼくに喫煙者だとバレるのが半端でなく嫌みたいだった。

「吸ってるだろうが」

「吸ってないもんっ！　あれは付き合いだからだもんっ！」

「ああ……、はいはい。分かったよ。悪かった悪かった」

子供みたいにムキになって怒る巫女子ちゃんを、むいみちゃんは片手を振ってあしらった。そんな様子を智恵ちゃんが楽しそうに見守っている。

ふむ。早くも三人の力関係が見えてきた。

つまり《よい子悪い子普通の子》だ。

となると、秋春くんの役どころが気になる。

その秋春くんは結局六時三十分、つまり三十分の遅刻でやってきた。

「悪い悪い。間に合うと思ってたんだけど、電車が込んでてよー」

軽口とともに現われた秋春くん。

「ううん、別に気にしなくていいよ」

そんな秋春くんをにっこり笑顔で迎える智恵ちゃん、よい子。

「電車が込んでても時間には遅れないよっ！　それ

に秋春くん下宿だから電車なんて乗らないよっ!」

しょうもない言い訳にまでわざわざ突っ込みを入れる巫女子ちゃんは普通の子。

「謝って済むか。おら、駆けつけ三杯だ」

秋春くんにビール瓶を手渡すむいみちゃんは悪い子だった。

「わーったわーった。ま、そう急かすなよ貴宮。今日はバースディなんだぜバースディ。メーデーとは違うってわけよ。ん、これ俺様うまいこと言っちまった。おっ?」

ここで秋春くんはぼくに気付いたようだった。にい、と悪ガキのような笑顔を浮かべ、「へっへ。葵井、ちゃんと連れてこれたんだ」と言った。

そしてぼくの隣に座り、「ま、一つよろしく」と軽く頭を下げる秋春くん。

ぼくもその真似をした。

いかにも軽そうな感じの薄い茶髪、ストリートファッション。大学生という観点から見る限りはよくいるスタイルだが、鹿鳴館学生としては稀有《けう》なタイプである。体格から見る限り何かスポーツをやっていそうだが、そのスポーツが何なのかまでは、ぼくには分からなかった。

「えーっと。なに? ん? お前のこと、俺らもいっくんって呼んでいいわけ?」

「構わないけど」

「そっかそっか。うんうん。お前はいい奴だ。なあ、葵井」

含みありげに巫女子ちゃんへと顔を向ける秋春くん。話を振られた巫女子ちゃんは困ったような顔つきで「あ。あ、うん」などと戸惑う。その反応から見ると、巫女子ちゃんはぼくのことをいい奴だとは思ってないようだった。まあそりゃ、あれだけからかわれたら誰でもな。

「じゃ……始めよっか」と、むいみちゃん。

四人の中でのリーダー格というのか、仕切り役は、どうやらむいみちゃんのようだった。むいみち

やんはぼくを指さして、

「えーっと……、あんたは呑まないんだったな」

と言う。

頷くぼく。

「おー？　なんだなんだ、好き嫌いはいかんぜよ、いっくん。男同士の付き合いにアルコールは不可欠だしょ。だしょだしょ？」

「秋春！　てめえの嗜好《しこう》を他人に押し付けるな！　殺すぞ！」

ぎろりと秋春くんを睨《にら》むむいみちゃん。

さっきまでの、どこかぼぉっとしたような穏やかな雰囲気はどこへやら、まるで鋭いナイフのようにきつい口調で、むいみちゃんは続ける。

「ぁあ？　前にあたしが言ったこと忘れたのか？　あぁあ？」

「………………」怯える秋春くん。恐怖で顔がひきつっている。「あー、えっと……」

「《あー、えっと……》じゃねぇだろーが？」

「……あの、すいません」

「《あの、すいません……》じゃねぇだろーが。あたしに謝ってどうするんだよお前は。あん？」

秋春くんはパクパクと酸欠の金魚みたいにあがいてからぼくの方を見て、「ごめんなさい」と謝った。むいみちゃんが満足げに頷いて「それでよし」と言った。

「おう。悪かったないっくん。そいつも悪気があるわけじゃないんだ……許してやってくれ」元の調子に戻って、ぼくに笑い返すむいみちゃん。「気を悪くしたか？」

「……あ、別に、ぼくは、かまいませんが」

貴宮むいみ。確実に元ヤンだった。いや、《元》ですらねえ。今時茶髪のソバージュはありえないと思ったんだ……。

姉御と呼ばせていただこう。

そんな間にも巫女子ちゃんは、グラスに発泡酒を注いで、みんなの前に並べていく。ぼくの前にだけウーロン茶が置かれた。

「それで、誰が音頭取るのかなっ？　やっぱり主役のともちゃん？」

「ま、そうだろうな」と、智恵ちゃんを促《うなが》すむいみちゃん。「智恵、よろしく」

智恵ちゃんはちょっとはにかむようにしながら、

「じゃ、失礼して」とグラスを持つ。

「わたしの二十歳の誕生日と、新しい友達に——」

乾杯。

ぼくは軽くグラスを傾けた。

3

「友達っつーのはなんつーかホレ、アレだな」

零崎はシニカルに微笑して言う。

右顔全面に彩《いろど》られた刺青《いれずみ》が醜《みにく》く歪《ゆが》んだ。

「何なんだろうな」

「質問だったのかよ」ぼくは呆れ混じりに言う。「てっきり何か一席ぶってくれるのかと思った」

「かはっ、甘えんじゃねーよ。自分の意見を知りたければ他人に質問しろってーだろ？　で、どうよ。お前は何？　友達って何だと思うよ？」

「そう難しく考えることじゃないだろ。一緒に遊んで、ご飯とか食べて、つまらない話で笑いあって。一緒にいて安心できる。そういうもんだろ？」

「そ、その通り、イグザクトリィ。そー考えりゃことは簡単よ。友達なんてシンプルなんだよなぁ？　一緒に遊んでご飯とか食べてつまんねー話で笑いあって一緒にいて安心すりゃあ、それで友達なんだからよ。で、お互い助け合ったら親友でキスでもすりゃあ恋人さ。おー、友情は人生における宝であるっ！」零崎はにやにや笑いながら言う。「で、この場合の問題はよ、アレだ、その友情ってのがいつまで続くかなんだよな。一年後？　五年後？　十年後？　それとも永遠か、あるいは明日までか？」

「友情にだって終わりはあるって意味か？」

「何事にでも終わりはあるってことさ」

「そりゃそうだ。だけど終わりがなければ始まりもない。それは必要最低条件ってヤツだろ。何かを求めるならその三分の一までの損失を覚悟しなくちゃ駄目さ。見返りを望むならそれなりのリスクは覚悟しなくちゃな。それができないなら何も望まない方がいい」

「かははっ。お前は何も望まないってタイプだな」

いずれ失うものなら最初からいらない。

終わるものなら始まらなくていい。

苦痛を伴う快楽など不必要。

「なんだよ。きみは違うのか？」

悲しまなくていいのなら幸せなんていらない。

失敗しなくて済むのなら成功しなくていい。

リスクを孕んだ進化など不必要。

「ま、しかしそういうのって、《望むと望むまいとにかかわらず》なんだろうけどよ、実際」

「違いねえ」

零崎は笑って。

ぼくは笑わなかった。

ともあれ。

パーティが開始して三時間が経過した。

その三時間のことについては特に語るまい。誰だって自分が酔っている姿を人に見られたいとは思わないだろうし、まして吹聴《ふいちょう》されたいとは思わないだろう。羽目を外したそのときはともかく、後からはその事実を恥じるものだ。アルコールに支配された時間とそれ以外の時間、そのどちらが本当の姿なのかは判断に苦しむところだが、論理的でないばか騒ぎが描写すべき存在ではないことだけは確かだ。浦島太郎のいうところの《絵にも描けない》ってヤツである。

それでもあえて試験的に、ごく一部分だけを描写するなら、こんな感じだ。

「酸素と窒素でできる石は一、何だっ！」
「石英一っ！　きゃはははは一っ！」
「《水冷式重機関銃二百連発、ただし暗殺部隊！》みたいなっ！」
「くっそ一、それにしても暑くねぇ？　何で五月でこんなに暑いんだ？　地球温暖化ですか？　温室化現象ですか？」
「なに一！　こら一、夏の暑さに文句があるってんならあたしが相手になるぞ一っ！　こっちに来いっ！」
「ライ麦畑でつかまえてって、つかまえるんはお前とちゃうんかいっ！」
「熱帯夜だね一、熱帯夜！」
「じゃ一俺、熱帯魚！」

というわけで、三時間後。

巫女子ちゃんと秋春くん、智恵ちゃんの三人は現在、テレビゲームをやっている。プレイステーション2。やっているのはレーシングゲームらしい。リアルに描写された四輪マシンが、画面内のサーキットをところ狭しと走り回っていた。

ふむ。風情というにはほど遠いが、ああいう如何《いか》にも楽しげな人間達を後ろから眺めるというのも、なかなか乙《おつ》だ。

少し幸せを分けてもらえるようでいて、その実あるのは寂寥《せきりょう》感。

「……まあ、こういうのも……」

と、肩を叩かれた。

むいみちゃんだった。むいみちゃんは酒豪らしく、傍目《はため》に見ていても相当アルコールが入っているはずなのに、まるで素面《しらふ》と変わらない。伊達《だて》に姉御を名乗っていない。伊達でなくとも名乗っていないけれど。

「ちょっと、外出ない？」と、むいみちゃんは玄関口を指さす。「コンビニ行こうぜ」

「——巫女子ちゃん達は？」

「ほっときゃいいよ……人の話なんか聞かないよ、今のあいつらは」

その通りだった。ぼくは「そうだね」と頷いて、むいみちゃんと連れ立って部屋を出る。エレベーターに乗って一階まで降り、マンションから外に出た。

「コンビニ、近くにあるの？」

「あー、ちょっと歩いたとこ。いーじゃん、ちょっとくらい歩こう……、酔い醒まし」

「酔ってるようには見えないけど」

「外からはそう見えるらしいけどね……、実は結構酩酊《めいてい》してる。脳味噌が反転して大脳と小脳の位置が入れ替わってる感じ。今もそこの看板を蹴《け》り飛ばしたくてたまらない」

「ぼくを蹴飛ばさないでくれよ」

「努力する……」

むいみちゃんは軽く笑いながら言う。ふるふると首を振って、それから空を見上げるむいみちゃん。

「あんまり誕生日パーティって感じじゃないね。智恵ちゃん、あれで嬉しいのかな。今は酔ってるからいいけど、あとから寂しくなるんじゃ」

「そうだな……、でも先に寂しくなるよりはいいさ……。そう。ま、いいんだよ……。騒ぐための理由なんて、なんでもな。あー……、だり……」

「疲れたみたいだね、むいみちゃん」

「まぁね……、あいつらの相手するのは疲れるよ」

同感。巫女子ちゃんなどただでさえテンションが高いのに、アルコールが入ったら騒がしさ四倍増しだった。秋春くんは言うに及ばず、智恵ちゃんですらはっちゃけていたし。

「そう考えると酒に強いのも考えものだね……雰囲気に混ざりにくい」

「そういうこと。ま、楽しいからいいんだけどね……」

「部屋に酔っ払い三人だけにしといて大丈夫かな」

「子供じゃないんだから大丈夫だろ。むしろ……、今はこうやって、夜中に外出歩く方が危険ってなもんだ」

と、むいみちゃん。

そうだった。

京都連続通り魔事件。

今はその真っ最中なのだった。

なるほど、むいみちゃんがわざわざぼくを連れて外に出たのはそういうわけか。見かけからして貧相で頼りないとはいえ、ぼくは一応は一応、男の子なわけだし。

「しっかし……、物騒な世の中だねぇ……。人間解体して何が楽しいんだろうね……」

「さぁ。色んな人がいるからな」

ぼくは適当に相槌た。下手に突っ込んだ会話をすると、口を滑らせる可能性がある。別に零崎に口止めをされたわけではないけれど、いたずらに吹聴して回るようなことでもないだろう。

「あたしには全然分からないな」と、むいみちゃん。「そりゃまああたしもさ、二十年くらい生きてるわけだ。今まで誰かを《殺してやる》って思ったことがないとは言わない。つーか、結構頻繁《ひんぱん》に思ってる。今でもよく思う。こんな人間殺した方がいいんじゃないか。その方が世の中のためなんじゃないかって」

「…………」

「でもさ、無差別ってのは何なんだろうな。殺すこと自体が快楽になるって感覚は、よく分からない……」

「一般論だけど、そういう無差別殺人鬼を動かしているのは《憎しみ》だとか言うね。つまり、むいみちゃんが誰かを《殺してやる》って思うのと同じ理由」

「そう？　それだと無差別にはならないだろ」

「ところが違う。そいつにとっては、すれ違ったというだけでも憎悪できる。……つまり、そいつが憎んでるのは世界そのものなんだ。空気のように曖昧《あいまい》で漠然とした、それでも自分を包んでやまないこの世界を、憎んでいる。だから無差別に見えるのさ」

「ふうん……」

　むいみちゃんは頷いたが、しかし、今のはただの推測に過ぎない。あいつが一体どういうつもりで殺人行為に勤《いそ》しんでいるのか、ぼくには分からない。昨日の夜はばか話や与太話ばかりしていただけで、そういう話には触れなかったのだ。

　それは多分、大事なものを最後まで残しておきたい、子供のような気持ち。

「戯言だけどね」

と、ぼくは言った。

　むいみちゃんははてなと首を傾げた。

　そんな話をしている内にコンビニに到着。むいみちゃんが先に店の中に入り、足早に飲み物のコーナーへと歩いて行く。

「酒買うの？」

「いや、アルコールはもうたくさんだろ。ポカリ買っていこう。あいつらの酔いを醒まさせないと。帰れなくなるだろ」

「あ、なるほど」

　ポカリの二リットルボトルを三本まとめて籠に入れ、それからついでにお菓子を二、三、物色し、レジでお金を払う。当たり前なのかどうかは知らないけれど、荷物は全部ぼくが持った。

　コンビニを出たところで、むいみちゃんはポケットから煙草を取り出し、流れるような動作でそれを口にくわえ、格好よいデザインのジッポーで火をつける。そこで「はっ！」と気付いたような表情になり、慌てて指で押し消そうとした。

「別にいいよ……一本くらい。外だし」

「……そう?」

「歩き煙草はよくないけどね……、夜だし、人ごみじゃないから灰さえ落とさなかったらいいだろ」

「じゃあ……。うーん。……いや、いい。自分で決めたことは守る」

そう言って、結局むいみちゃんは煙草の火を指で捻り消した。そして吸殻を丸めてポケットにしまう。どうやらポイ捨てもしないってスタイルらしい。今時の大学生にしてはモラルがあるな、とぼくは適当に感心しておいた。

「ちょっと訊くけど……、それって熱くないの?」

「別に。慣れたから」むいみちゃんは少し、照れたように笑う。「昔好きだった映画でね……、敵役のマフィアのボスがやってたわけ。葉巻をこう、手のひらでね。格好よかったから真似てるんだけど……」

「ふうん」

「今から思えば、ただ俳優が格好よかっただけなんだけどね……、癖《くせ》になっちゃって。ま、そりゃともかくさ……、……いっくん。ちょっとマジバナシあんだけど」

と、そこまで言ったところで、にわかにむいみちゃんは真剣な表情になる。そのサーキット切り替えの速さに、ぼくは少し驚いた。

「巫女子のテンションについていくのは大変だろう?」

「……別に、そうでもないけれど」

そうか、と相槌を打つむいみちゃん。そして更に、その雰囲気がただならぬものへと変化した。むいみちゃんはちょっと迷うようにしてから、

「巫女子のこと、どう思う?」

と、ぼくに質問した。

「どう思うって……」

むいみちゃんの雰囲気からすると、軽い、その場しのぎの冗談交じりな解答を求めているわけではな

さそうだった。だけど、その質問が意図しているところがぼくにはよく分からない。どう思うもこう思うも、そんなことを訊かれても……。

「そうだな、髪の毛にちょっと紅が混じってると思うね。身長は百五十五センチ前後、体重は五十キロないかあるかってところかな。血液型はなんかB型っぽい。星座はケモノ系で、動物占いだとコアラって感じ」

「……あたしがそんな軽い、その場しのぎの冗談交じりな解答を求めてると思ったのか？」

あ。ヤンキーモードに入った。なんでぼくは地雷を踏むのが好きなのだろうか、と思いつつ、逃げるように目を逸らす。

「別に。いい娘なんじゃない？　確かに多少テンションが高過ぎて疲れるけど、まぁぼくの知り合いにもっとテンション高い娘がいるからね、それほど気にはならない」

「ふうん。当り障《さわ》りのない解答だね」


「波風立てるのは嫌いでね」

「そっか……」

少し間を置くむいみちゃん。

それからちょっと流し目になって、

「あんたは卑劣《ひれつ》だな、いっくん」

と言った。

「自覚はあるよ」

「自覚ね……、どうなんだかな。あたしにはどうもよく、分からないな。一応忠告しとくけど」

と、むいみちゃんは一歩ぼくの前に出て、正面からぼくと対峙する。必然、足が止まってしまう。マンションまであと数十メートル。きっと巫女子ちゃん達は、まだ中でレース中だろう。むいみちゃんはソバージュの髪をかきあげてから、す、とぼくを睨みつけるようにして、言った。

「巫女子とはガキの頃からの付き合いだ」

「……ふうん」

「だから、巫女子のことを傷つけたら、あたしが許さないからね」

「…………」

ぼくはちょっと首を傾げる。どうしてぼくがむいみちゃんからそんなことを言われるのだろうか。ひょっとして今まで何度か巫女子ちゃんをからかったことを怒っているのかもしれない。そんなムキになるようなことでもないだろうと思うが、しかしどうやらむいみちゃんは真剣なようだったので、ぼくは肩をすくめてから、答えた。

「大丈夫だよ。こう見えてもぼくは友達には優しいんだ」

それを聞いてむいみちゃんは、細目をぱちくりとさせた。それから「はははははっ！」と笑う。ひとしきり笑った後、くるっと背を向けて、

「前言修正……」

と、歩き出す。

「あんたはただの鈍感だ」

それはひどい侮辱《ぶじょく》のように思える言葉だったが、しかし今まで十九年、言われたことのあるどんな台詞よりも的確にぼくを描写しているような気がしたので、怒る気にはなれなかった。

部屋に戻ると、予想通り、巫女子ちゃん達はレースを続けていた。意外なことに、一番上手《うま》い技術を持っているのは智恵ちゃんらしい。ちなみに巫女子ちゃんは周回遅れ。

「おらっ！　お前らポカリ飲めポカリっ！　この酔っ払いどもっ！」

むいみちゃんが何故か突然はっちゃけて、《酔っ払いども》の頭をボトルで殴った。中身の入っているペットボトルで頭を殴ると結構痛いはずなのだが、痛覚神経が麻痺しているのか、巫女子ちゃん達は平気そうだった。


騒がしいのは苦手だ。

やかましいのは嫌いだ。

うるさいのは鬱陶しい。

だけど、
たまには。
年に一度くらいならこういうのも、
いいんじゃないかと。
思った。

間違って、思ってしまった。

4

夜の十一時過ぎ。

「じゃ、今日はどうも」と、むいみちゃんが立ち上がった。「秋春、送っていってよ」

「えー、なんでだよ」部屋の端でごろごろ寝転んでいた秋春くんは、不満そうな声を漏《も》らす。「勝手に帰れよー。俺もう少し休んでくからさー。お前ん家《ち》遠いんだよ。俺のマンションと逆方向だしさー」

「男だろう？　女の子送っていくくらいの甲斐性は見せろ」

「ちぇ……分かったよ」

反論しても無駄だと思ったのか、秋春くんは不満そうながらにも立ち上がった。そして智恵ちゃんの方に目をやって、「じゃ、これ、誕生日プレゼント」と、鞄から取り出した包みを渡した。

「あ……」と、むいみちゃん。「そっか。誕生日といえばプレゼントだったたな……」

「え？　何？　何？　何ですかぁ？　貴宮サン？」

鬼の首を取ったように嬉しそうな秋春くん。「まさか親友への誕生日プレゼントをお忘れになったとか？　あちゃー、信じられないなー僕！　嘘だろー？　あーあ、どうするですかー？　どうするんですかーむいみ姉さん？　ん？　ん？　ん？」

「うるせえバカヤロウ。あたしの笑顔で十分だろ」

むいみちゃんは拗ねたようにそう言って、玄関に向かって行く。

「あ！　ちょっと待てよ！　この程度で怒るな！　子供かお前は！　あー、じゃあな、江本！　またガッコで！　アデュー！　いっくんもまた遊ぼうな！」

秋春くんは軽く手を上げて、むいみちゃんの後を追った。

「ばーいばーい。またねー」

智恵ちゃんは間延びしたような感じに手を振った。そして二人が出て行ってしまうと、早速秋春くんのプレゼントに手をかけた。リボンをほどいて、包装紙を丁寧に外していく。

「何かなー。いっくん、何だと思う？」大分アルコールが抜けてきたらしく、少々頬に赤が混じり、声がうわずっているだけで、智恵ちゃんはデフォルトの人格に戻っている。「ちょっと楽しみ。こういうのってわくわくしたりー」

「さぁ……少なくとも八つ橋じゃないとは思うけど」ちなみにぼくの持ってきた八つ橋は、既に五人の胃袋に均等に割り振られている。「大きさから判断すると、アクセサリーか何かじゃない？」

「そうだね。あ……、ネックストラップだ。格好いいな」

それは、中に液体の入ったカプセル型のネックストラップだった。あまり女の子向けのアイテムには見えなかったけれど、確かに智恵ちゃんの言う通りに格好いい。

「えへへ、こういうの欲しかったりー」嬉しそうに言いながら早速装着する智恵ちゃん。「どう？　どんな感じかな？　いっくん」

「似合うよ」と言ったものの、ぼくにはよく分からなかった。

きゃーきゃー喜んでいる智恵ちゃんから目を離し、部屋の隅ですやすや眠っている巫女子ちゃんに視線を移す。本当に幸せそうに眠っていて、起こすのが忍びないくらいだ。今日はこのまま智恵ちゃんの家に泊まっていくつもりなのかもしれない。

「ねえ、いっくん」と、智恵ちゃんは、急に居住まいを正して、言った。「改めて。今日は来てくれてありがとね。わざわざ」

「いや。別に礼を言われるようなことじゃないと思うけど」

「でもいっくんはこういうの嫌いでしょ？」

智恵ちゃんは少し気まずそうに、しかしそれでも、ごく当たり前のようにその台詞を言った。そしてそっと顔を起こし、ぼくの表情を見つめる。

それは、
まるで。

見透かすように。

脳内を裏側から覗くように。

「……あ、いや……」

「他人と打ち解けるのとか、嫌いでしょ？」

「……別に。そういうことはないけど。みんなで仲良く騒ぐのも結構好きだぜ？」

「嘘だね」

「本当だよ」

「嘘だよ」

「嘘だけどさ」

くすり、と智恵ちゃんはおかしそうに笑った。しかしその瞳はあまり笑っていない。むしろ寂しそうで、悲しそうだった。そのちぐはぐとしか言いようのない表情に、ぼくは戸惑ってしまう。

どうしてだろう？

友達に囲まれて、誕生日を祝ってもらって、悲しそうになる理由なんて。

何もないはずなのに。

仮に、
あるとすれば。

「巫女子ちゃんはさ……」す、と、眠っている巫女子ちゃんの方へと目をやる智恵ちゃん。「本当に……本当にいい娘だよね」

「うん」と、ぼくにしては素直に、智恵ちゃんの言葉に頷いた。「そうなんだろうね。多分」

「わたしは巫女子ちゃんみたいになりたかった」

「うん」

「……、でも、なれなかった」

「……うん」

はぁ、と俯《うつむ》く。

「巫女子ちゃんになれないまま、二十歳になっちゃった。きっとね、これからもわたしは、巫女子ちゃんみたいにはなれない。何年経っても、何十年経ってもね。死ぬまでわたしは巫女子ちゃんにはなれないんだよ」

「いいんじゃないか？　そんなの、人それぞれだよ」

「……ねえ、いっくん」顔を起こす智恵ちゃん。「自分が人間として欠陥品なんじゃないかって思ったこと、ないかな？」

「…………」

「わたしは、あるよ」

笑顔だった。

こんな悲しげな笑顔を、ぼくは初めて見た。

「……誰だって」

ぼくは思わず言ってしまう。本当に心の中にあるのかどうかも分からない、形ばかりの慰めの言葉を口にしてしまう。智恵ちゃんの悲しげな顔を見たくないがためだけに、心にもないことを言おうとしている。

なんて卑劣。

なんて滑稽《こっけい》。

恐ろしいくらいに無様《ぶざま》だった。

「……誰だってそう感じることくらい、あるんじゃないのかな。完璧な人間なんて、いないんだから。長所があって短所があるのが、人間なんだし」

「うん。それは分かるよ。それは分かる。わたしにも。でも、いっくんには分かってると思うけど、わたしが言ってるのは、そういうことじゃなくって、何て言うかもっとこう決定的って言うのか、致命的って言うか——

——致命傷って言うか」

どくん。

と。

その言葉に、揺れる。

「——そういうものの、ことなんだけど」

「…………」

江本智恵の心の奥がよく見えなかったのは。

これが、その理由か。

つまり彼女は。

とっくの昔に。

「この辺にね、いるんだよ」と、自分の右肩の後ろ辺りを指さす智恵ちゃん。「もう一人の自分。こうやってさ、むいみちゃんとか秋春くんとか巫女子ちゃんとか、いっくんとかと、楽しく騒いでもさ、こんとところにいる自分がそれを、《あーあ》って感じで見てるの。楽しんでいるわたしを上から見下ろしてね、《そんなことしても何にもならないのにな あ》って、何を感じるでもなく軽蔑するように、見てるんだ」

「…………」

「《あーあ》」と、智恵ちゃんは自分で言う。「死ぬまで巫女子ちゃんにはなれないだろうけどさ……、でも、ひょっとして、わたしみたいなのでも死んだら巫女子ちゃんみたくなれるかな？　生まれ変わったら、あたし、巫女子ちゃんになりたい。巫女子ちゃんみたいに、にこにこ天真爛漫《らんまん》に笑って、それだけじゃなくて怒りたいときには怒って、悲しいときには思いっきり泣いて、それで楽しく人生送りたい」

「ぼくは……」

と。

今度は、

ぼくは本音を言った。

「ぼくは生まれ変わりたくなんてないな。早く死にたい」

智恵ちゃんは「そうだろうね」と優しく微笑んだ。

結局、巫女子ちゃんが目を覚ましたのはその一時間後だった。

「うー」

と頭を振る。まだ相当眠そうだ。

「どうする? ぼくはもう帰るけど。巫女子ちゃんは泊まっていくわけ?」

「ううん。帰る……」ぼんやりした風に立ち上がる巫女子ちゃん。「大丈夫。もう酔いも醒めたから。あと十秒ほど、待ってて」

「分かった。じゃ、送っていくよ」

それくらいの甲斐性はあるから、と嘯いてみたが、巫女子ちゃんには意味が通じなかったようだった。むいみちゃんが帰るときは熟睡中だったわけだから、そりゃ当然なんだけど。

「じゃ、ばいばい、智恵ちゃん」

「うん。またね」

智恵ちゃんは軽く手を振った。

ぼくは鞄を持って玄関へ向かう。玄関口に座って、靴を履く。紐がややこしい靴なので、脱ぐのは簡単だが履くのは厄介、ゆえにこういうときは時間がかかって面倒くさい。一方の巫女子ちゃんの方も、足取りはやっぱり思わしくないらしく、ドア一枚隔てた向こうからどたどたと間の抜けた音がした。ま、心配するほどのものではあるまい。玄関から外に出ると、ほどなく巫女子ちゃんが廊下に出てきた。

「うー」と、頭を押さえる巫女子ちゃん。「頭いた……ぐるぐるする。《コンビニにて殺人事件発生、ただし犯人ローラーブレード着用》みたいな……」

「言ってることの意味が少しも分からないよ。やっぱ泊まっていけば？　無理する必要なんかないだろ」

「いい……帰れるもの」

ふらふらと頼りない足取りで、廊下を先行する巫女子ちゃん。やれやれと肩をすくめて、ぼくはその後を歩いた。マンションを出たところで巫女子ちゃんはこっちを向いて、

「ね、楽しかったよねっ？」

と、ぼくに訊いた。

「まあね。でも当分は御免だな」

「そんなこと言わないでよっ。またやろうよっ！　みんなでさ。いっくんの誕生日っていつっ？」

「三月」

あうー、と巫女子ちゃんは崩れた。

「あたしは四月だし……、うー、こんなことならもっと早く誘えばよかったよ……」

「で？　巫女子ちゃんの下宿ってどこ？　送っていくけど」

「堀川の辺り……。堀川御池。でもまずいっくんトコ行かなくちゃ」

「何で？」

「ラッタッタが……」

ああ、そう言えばぼくのアパートまで単車で来たのだっけか。

「運転できるの？」

「できる……」

明らかにできそうになかったが、しかし、本人ができると言っている以上、ぼくが口を出すようなこ

とではないだろうと判断し、「あ、そう」と相槌を打った。いざとなればタクシーでも呼べばいいだけの話だ。

「………………」

西大路通りを中立売まで登り、東に折れたところで何故か、どこかからデヴィッド・ボウイが鳴り響いた。すわゲリラライヴかとちょっと驚いたが、それは巫女子ちゃんの携帯電話の着信メロディだった。

「んー？」巫女子ちゃんはポシェットから携帯電話を取り出す。「もしもしー？　巫女子ちゃんでーす。元気でピチピチの芦ノ湖ちゃーんっ！　ん？　あれ？　ともちゃん？」どうやら智恵ちゃんからの電話だったようだ。「うん、うん……、うん、今そばにいるよ。巫女子たんの前歩いてる。別にいいけど。分かった、じゃ、代わるよ」

と、電話をぼくの方へと伸ばす巫女子ちゃん。

「ともちゃんだよ。いっくんに代わってってってさ」

「ぼくに？　なんで？」

「知らないけど」

「……？」

さて、何か忘れ物でもしただろうか。首を傾げながらぼくは巫女子ちゃんの携帯電話を受け取った。巫女子ちゃんの電話はぼくの電話よりも一回り分以上小さかったので、なんだか違和感がある。

「もしもし？」

「………………」

「もしもし？」

「……いっくん」

声。

ぼそぼそと、まるで何かに怯えるような声。電話を通していることもあるだろうが、さっき部屋で話していたときとは明らかに異質な雰囲気の声。

「智恵ちゃん？」

「……うん」

「どうしたの？　ぼく、何か忘れ物したっけ。鞄は持ってるけど」

「ううん、そうじゃなくって……あのさ……さっき言い忘れたことなんだけどさ……」

「言い忘れたこと？」

「うん。何？」

「……やっぱりいい。それじゃ」

ぶちり。

唐突《とうとつ》に通話が終わる。ツー。ツー。ツー。ツー、と四回まで音を聞いたところで、ぼくは電話を耳から離した。それから三秒ほど見つめて、首を傾げてから振り向いて、「ありがと」と巫女子ちゃんに電話を返した。

「うん」受け取る巫女子ちゃん。「ともちゃん、なんて？」

「いや……、何がなんだか……」

「？」

巫女子ちゃんは不思議そうに首を傾げたが、不思議なのはぼくの方だった。智恵ちゃん、何かぼくに言いたいことでもあったのだろうか。そうだとして、何故言いかけてやめたのだろう。

「何？　何なのかなっ？　ひょっとして秘密なのっ？　いっくんとともちゃん、秘密の会話っ？」

「そういうわけじゃないけど……、そうだ、巫女子ちゃん」

と、ぼくは思考を切り替える。

「巫女子ちゃんのこの辺りってさ……」巫女子ちゃんの右肩後ろの辺りに、指で円を描くぼく。「誰かいる？」

「うん？」

怪訝《けげん》そうに眉を寄せる巫女子ちゃん。

そりゃそうだった。

「つまりだな、この辺から誰かに見下ろされてるみたいな感覚って、ある？」

「ないと思うけど……何で？」

「いや、ないならいいんだ」

「うーん。そりゃこんなところに誰かがいたら怖いけどね……」と、思いついたように巫女子ちゃんは手を打った。「でもね、ここになら」

自分の胸の辺りを指さす巫女子ちゃん。

「ちゃんと、誰かがいるんだよ」

ふうん、とぼくは適当に頷いた。そんなはにかむような笑顔で言うところをみると、そこにいるのはきっと巫女子ちゃんの彼氏なのだろうな、などと思いながら。

十分ほどして、ぼくのアパートについた。アパート近くの駐車場。単車は一台しかないので、それが巫女子ちゃんのものなのだろう。

「うわ、ベスパだ」

しかも白のヴィンテージモデル。

このムスメ、ベスパのことをラッタッタなどと呼んでいたのか。いや、それは確かに間違ってはいないけれど、ベスパはベスパでありベスパでしかないだろうが。それをラッタッタなどとは、それはぼくに対する侮辱と同じだ。それもそんじょそこらの侮辱ではない、存在そのものを揺るがす最大限の侮辱といっていい。人は誰しも命を懸けても譲れない主張を、世界一個と引き換えにしてもいいだけの質量を有するこだわりを、一つは持っているもので、ぼくにとってはこれがその一つだ。怒鳴りつけてやろうと、怒りを込めて巫女子ちゃんを振り返ると、

「………」

巫女子ちゃんは眠っていた。

「……さすがに絶句するぼく」

立ったまま眠っている。いや、さっきから随分と静かだと思っていたが、ひょっとして歩きながら寝ていたのだろうか。多分そうなのだろう。おお、ぼくは今人類の限界を目にしている。ぺちぺちと頬を叩いてみたが、目を覚ます様子はない。むにー、とほっぺを伸ばしてみたい衝動にかられたが、しかしそれは誰かに目撃されたときに言い訳が利かない図のように思えたので、自己規制する。

「……かと言ってここに放置しておくわけにもいか

ないか」

となると、方法は二つ。

つまり、与えるか、奪うかですね。

ぼくは「よいしょ」と気合いをいれて、巫女子ちゃんを背負った。巫女子ちゃんは途中でむずかるように「ううう—」などと唸《うな》ったが、起きることはなかった。身長が低いからだろう、結構軽い。それとも女の子はみんなこんなものだったっけか。

巫女子ちゃんを背負ったままアパートの中に入る。そして階段を昇り、二階へ。板張りの廊下をぎちぎち音をさせながら歩き、自分の部屋の前まで行って方向を変えて、隣の部屋へ。

軽くノック。

「応、しばし待て」

と、中から返事。すぐにみいこさんは現われた。服装は、昼間とは色の違う、赤色の甚平だった。この服の後ろには確か《悪逆》の二文字が描かれているはずである。

「うん？」

と、不審そうにみいこさんは、ぼくが背負っている女の子を見る。それからちょっと考えるようにして、「お前はまだ未成年だったよな」と言う。

「勿論かくまってやるけれど、親切心から言えば自首した方がよい。日本の警察は優秀だから、そうそう逃げ切れるものじゃないぞ」

「あ、いえ、今回はそういうんじゃないです。えーっと……、この娘、大学のクラスメイトなんですけど。酔い潰れたみたいなんで、泊めてやってくれませんか」

「……ふうん？」顎に手を当てて、少し考えるようにするみいこさん。「別にわざわざ私に頼まずとも、お前の部屋に泊めてやればいいではないか」

「いや、でもほら、この通り、女の子ですし。それに彼氏がいるらしいですから、ぼくの部屋に泊めるわけにはいかないでしょう」

「ふうん。ま、そういう事情なら別に構わないけどさ。持ちつ持たれつ、義を見てせざるは勇なき也。しかしこの借りはいずれ返せよ」

「はい。また骨董《こっとう》巡りにでも付き合えばいいんでしょう？」

「うん。分かっているのならそれでいい。で、その小娘の名前は？」

「巫女子ちゃん……、えっと、名字は青井……だったかな」

「青井巫女子か。ふむ、変わった名前だな」

と、みいこさんは巫女子ちゃんを請け負ってくれた。うむ、やはり持つべきものは頼りになる隣人のおねいさんだ。

「それじゃあ失礼します」

「うむ。ちゃんと眠れよ。これからは午後まで惰眠《だみん》をむさぼるような無様は晒《さら》さない方がいい」

「え？　ぼく、午後まで寝てたことなんかないですけど」

「……、そうか。いや、気にするな。じゃ、お休み」

「お休みなさい」

ぼくは頭を下げて、自分の部屋に戻った。

布団を敷いて、すぐにもぐりこむ。

「眠る」

そして一日が終わる。五月十四日、土曜日。いや、既に零時零分零秒を過ぎて十五日の日曜日になっている。では今から二十四時間後の零時には、十六日になっていることだろう。その次の零時には、十七日。

零時。

零崎。

あの人間失格は今ごろ、七人目を殺しているのだろうか、あるいは八人目を解体しているのだろうかと、なんとなく思ってから、欠陥製品は眠りに堕《お》ちた。

第三章　察人期——（殺人鬼）

0

いやです。

もうかんがえたくありません。

1

ノックの音に目を覚ましたら八時過ぎだった。

両手で前髪をかきあげて、身体を起こす。

「ん――」

ドアを開けると、そこにいたのは巫女子ちゃんだった。いつものハイテンションな挨拶はなく、なんだか申し訳無さそうな、むしろ恥ずかしがっているかのような顔をして、

「起こしちゃったかなっ？」

などと、しおらしいことを言う。

「別に。どうせそろそろ起きるところだったし」

ぐ、と伸びをしながら応えるぼく。「おはよう、巫女子ちゃん」

「うん。おはよう、いっくん。……あの、昨日はごめんなさい。あたし、何て言うか、その――寝ちゃったみたいで」

「まあ気にしなくていい。それよりみいこさんにお礼を言っておいて」

「あ、うん」

何故だかちょっと迷うようにしてから、頷く巫女子ちゃん。

「いい人だろ？　彼女」

「うん、まあ、イイヒトだね。格好いいって言うか。あれが《剣術家でフリーターのおねいさん》？」

「十三歳の妹に見えた？」

「うーん。まあ、見えないけど」ちょっと気まずそうに目を外して、それから少し間を置いてから、巫

女子ちゃんは質問して来た。「剣術家だからなのか、なんかヘンな服着てたね。和服っぽいけど、なんかお祭りのときに着るみたいな服」

「甚平って言うんだよ」

「ジンベイ？　何それ？」巫女子ちゃんは首を傾げる。どうやら巫女子ちゃん、甚平を知らないようだった。「ジンベイってジンベイザメとかの？」

「あーと。うん。ジンベイザメの背中の柄って見たことある？　それが丁度あんな感じの服を着ているみたいに見える柄なんだ。だからああいう感じの和服のことを甚平と呼ぶようになったんだよ」

「ふーん。いっくんって物知りだねー」巫女子ちゃんは感心したように言った。「今度ともちゃんとかに教えてあげよっと」

うん。智恵ちゃんがぼくみたいに意地悪じゃなかったら、多分真実を教えてくれることだろう。しかしどうしてぼくはこうも無意味に嘘ばっかりついてしまうのだろうか。一度真面目に考えてみた方がいいのかもしれない。

ところでさ、と巫女子ちゃんは話を変える。

「いっくんって、あの人——浅野さんと仲いいの？」

「何度か飢え死にしそうなところを助けてもらった。でもこっちもみいこさんが骨董に圧殺されそうになってるところを救ってあげたことがあるからオアイコだね。昨日の八つ橋もみいこさんがくれたんだぜ」

「ふうん——」ちょっと複雑そうな顔をする巫女子ちゃん。「あたし、八つ橋ってあんまり好きじゃないな」

「ふうん？　あ、そう」

「だって甘いもん」

「ふうん。みいこさんは甘いの好きなんだ」

「あたしは嫌いなのっ」

何故か巫女子ちゃんは少しムキになっていた。その理由も、何が言いたいのかも分からず、首を傾げるぼく。

「ま、いいけど。で、巫女子ちゃん、これからどうするの？」

「あ、えっと。あのね、これ」と、ポシェットの中からピンク色の包み紙を取り出す巫女子ちゃん。「ともちゃんの誕生日プレゼントだったんだけど。渡し損ねちゃった。不覚だったねっ。酔う前に渡すべきだったねっ。盛り上げようと企んでたら一人で勝手に舞い上がっちゃった」

「ふうん。じゃ、今から渡しに行けば？　家にいるだろうし」

「うん。そうするつもり」そして巫女子ちゃんはやっと、いつも通りの笑顔を見せてくれた。「それじゃあ、ありがと。また遊ぼうねっ」

「どうだかな」

「どうしてそういうこというんだよっ！　遊ぼうよっ！」

「冗談だよ。別にいいさ。暇ならいくらでも付き合うからまた誘ってくれ」

社交辞令のつもりでそう言った。すると巫女子ちゃんがすごく嬉しそうな顔をしたので、さすがに罪悪感がつのる。しかしここで「冗談だけどね」と繰り返すと巫女子ちゃんが泣くか怒るか、少なくともどちらかをするだろうと思ったので、「じゃ、また」とだけ言った。

うんっ！　と元気よく頷いて、くるっと方向を換える巫女子ちゃん。

と、そこでぼくは思い出して、

「巫女子ちゃん」

と引き止める。

「一つだけ言っておきたいことがある」

「うんっ？　何かなっ？　いっくん」

「ベスパのことはベスパと呼べ。ラッタッタなどと侮蔑《ぶべつ》するな」

「うわっ！　いっくんが珍しく命令形だっ！　《私服OKの一流進学校、なのに全員学生服》みたいなっ！」

「分かったのか？　分からなかったのか？」

「うわーっ、いっくんがむいみちゃんみたいに怖いよっ……」

巫女子ちゃんは少しばかり真剣に怯えてるようだった。少し大人げなかったかもしれない。しかしこれくらいキツく言わなければ、巫女子ちゃんは分かってくれないだろう。巫女子ちゃんは「分かったよっ……これからは気をつけるよ……」と言いながら、廊下を歩いて行く。

と。

廊下の端まで行った辺りで、巫女子ちゃんが振り返った。

「あのっ！　だったらあたしもいっくんに言いたいことがあるんだけどっ！」

「うん？　なに？」

巫女子ちゃんは大きく息を吸い込んでから、

「あたしの名字は葵井っ！　青井じゃないのっ！　忘れないでって言ったのにっ！」

と、言った。

知ってるけど、と言おうかと思って、昨日の夜みいこさんに《青井巫女子です》と紹介したことを思い出した。なるほど、みいこさんは一度インプットした情報をなかなか修正できない人だから（ぼくがシェイクスピアはマックシェイクの一種だと教えたのをまだ信じている）、朝に散々《青井青井青井》と連呼されたのだろう。いや、普通に考えれば連呼はされなかっただろうけど。

青井も葵井もそんなのどっちでも大して変わらないじゃないかと思ったが、それはあんまりに失礼かもしれない、と思い直す。日本人ってのはイタリア人並に姓に誇りを持ってる民族だし。

「分かったよ……もう忘れないし。約束する」

「うん。ならいいよ。それからねっ……」

身体を半分だけ捻って、

「あたし、彼氏なんかいないよ」

巫女子ちゃんは一転静かにそう言って、それから逃げるように、階段を降りていった。

「……うん？」

このときぼくは、さぞかし難しい表情をしていたことだろう。

えっと……、
何だっけ。

それも、みいこさんから聞いたのだろうか。確かみいこさんに、そんなことを喋った記憶もある。彼氏がいるからぼくの部屋に泊めるわけにはいかないとか、なんとか。だけど……だけどみいこさんは、

「私はそんなことをいちいち言ったりはしないな」

うわっ。いつの間にか隣にみいこさんが立っていた。

「こんな老朽化《ろうきゅうか》の進んだアパートで廊下で叫ぶヤツがあるか。全ての部屋に聞こえるどころか、アパートが崩壊しかねん」

「はぁ……」

「それでは私はこれからバイトだから。同級生の躾《しつけ》はきちんとしておくように」

そう言ってみいこさんはしずしずと廊下を歩いて行く。青い甚平の後ろに《激怒》と描かれているのが何となく怖かった。ひょっとして巫女子ちゃんと相性が悪かったのかもしれない。名前も何となく似てるし。

しかし、やはりそうか。となると、名前のことだって怪しいものだ。

「ひょっとして、巫女子ちゃん、あのとき起きてたのかな……」

立ったまくらいならまだしも、歩いたまま眠るような真似はやはり現実的には難しいだろう。人類の限界なんてそうそうお目にかかれるものではない。だとするなら巫女子ちゃん、あのとき実は意識があったのではないだろうか。うっすらと、あるいははっきりと。だからぼくがみいこさんに名前を間違って紹介したことや、巫女子ちゃんには彼氏がい

ると言ったことも知っているのでは。

うーん。帰るのが面倒臭かったのだろうか。

しかしそれならわざわざ寝た振りなんかしなくともそう言えばいいだけなのに。世の中には不思議な行動を取る人間もいるもんだ、と思いつつ、ぼくは自分の部屋に戻った。

2

さて。

ぼくにとって物語が、本格的につまらなくなり始めたのは、この日の夕方だった。

部屋で一人、学校の図書館から借りてきた分厚い本を読んでいたぼくに、乱暴にノックする存在が来訪したのである。誰だって自分の大事にする静かな時間を邪魔されるのは嫌なものだろうが、ぼくはこういう事態にはそれなりに慣れているので、特に腹が立ったりはしなかった。あの地獄主義者の十五歳兄がまたお金を借りに来たのだろうかと思いつつ、ぼくは扉を開けた。

「……おや」

見知らぬおじさんと、見知らぬおねいさんだった。

特に異様なのがおじさんだ。年齢は多分三十半ば過ぎ、身長が高いことよりも脚が長いことの方が目立つ体格。しかもオールバック。いや、それはともかく、この暑さだというのに黒スーツにネクタイという信じられない、常軌を逸したファッションをしていることが気になって仕方がない。オマケにサングラスまでかけている。これで外国人だったならMIBがぼくの記憶を消しに来たのかと思っただろう。

おねいさんの方はそれより少しはまともで、普通のタイトスカートのスーツ姿。黒髪のストレート、それなりの美人。ただしその視線は尋常じゃない。初対面のぼくに対して遠慮会釈ない、射抜くどころかえぐるような眼差しを向けている。

おねいさんの方が一歩前に出て、「えっと、私達こういうものです」と、警察手帳を見せた。

「私は京都府警捜査第一課の佐々沙咲《さささき》と言います」

舌を噛みそうな名前だった。

両親はさぞかし酔狂者だったに違いない。

「はあ。どうも」

とりあえず、ぺこりと頭を下げてみた。この反応におねいさん、沙咲さんはちょっと驚いたようだ。もう少しそれらしいリアクションを返した方がよかったのかもしれないが、しかし、この二人組が警官であることくらいは一目見れば分かる。こんなただならぬ気配を持つ人間が警官以外の職についているケースなど、ぼくの頭の中では想定不可能だ。

くく、とおじさんの方が笑って、沙咲さんと同じように手帳を見せる。

「同じく捜査第一課の斑鳩数一《いかるがかずひと》だ。ちょっと、中、いいかい?」

それは質問の形式を取ってこそいたものの、ほとんど強制に近い。ぼくは子供なのでこんな風に強制されるとなんとなく逆らいたくなるのだが、それすらも許さない雰囲気が、数一さんにはあった。

「あー……、はあ、まあ、どうぞ。狭いところですが」

ぼくは二人を部屋の中へと招く。正直者のぼくが言った通りの室内空間の狭さに、数一さんも沙咲さんも驚いていたようだが、それでも冷静を装う二人は立派だった。ぼくが上司だったらボーナスをあげたいところである。勿論上司ではないので、何もあげないけれど。

「そこに座ってください」

そう言って二人を座らせる。ぼくはコップの中に水を入れて、それを二人の前に並べた。二人は昨日の巫女子ちゃんと同じように、それを完膚なきまでに無視した。

「単刀直入に言いますが」と、沙咲さんがぼくを見据える。「江本智恵さんが亡くなりました」

「……はあ」ぼくは自分の分の水を用意して、二人の正面に座った。「そうですか」

「……そうですかって……」と、初めて沙咲さんはポーカーフェイスを崩す。「それだけですか？」

「あ、いいえ。感情表現が苦手なんです。腹の中ではすごく驚いていますんで、お構いなく」

本当はそれだけでなく、

こういう事態に、

少しだけ慣れていることも、

あるが。

しかし驚いているのもまた、本当だった。その半分は、智恵ちゃんが殺されたという事実。もう半分は、ドアの外に二人の姿を認めたとき、てっきり零崎の話なのだろうと思っていたからだ。

安心が半分と、驚愕が半分。

ほとんど矛盾《むじゅん》に近い二つの感情が、腹の中ではうずまいていた。

「あーっと。刑事さん達が動いているってことはアレですか。普通の死に方じゃなかったってことですよね。しかもそれが捜査一課ってことは……」

捜査一課が主に取り扱う事件と言えば。

「そういうことです」

頷く沙咲さん。その表情は真剣そのもので、他に何も入り込む余地もない。

「じゃあ、それはたとえば——

——通り魔に殺されたとか？」

ぼくの問いに、沙咲さんは首を振った。

「いえ、違います」

「あ、そうなんですか」

拍子抜け。ちょっとほっとするぼくがいて。それは何故だろうと疑問に思ったけれど、しかし、すぐに思考を切り替える。

「じゃあ、どうして？」

「ええ。今日の午前中、部屋の中で絞殺されている遺体が発見されました」

絞殺ですか、とぼくは頷く。

絞殺。首絞め。

江本智恵。

殺された、か……。

自然、心が冷えていくような感覚。

ぼくの身近で一体どれだけの人間が死んだのか、数えるのをやめたのはいつからだっただろうか。初めての人の死に遭遇したのは物心つくその前。

「期間で言うなら一ヵ月ぶりか……さすがにこれは新記録だ」

「は？」

首を傾げる沙咲さん。しかしそれは、巫女子ちゃんがするのとは全く違う、可愛げのない知的なポーズだった。もっとも、ぼくは生まれてこの方知的かつ可愛いというポーズを男女問わず見たことがないが。

「何かおっしゃられました？」

「いえ、独り言です。独り言の多い人間なんですよ。独り言が服を着て歩く十九歳と呼ばれています」

そうですか、と沙咲さんはにこりともせずに納得したようだった。

ふと気付くと、

いつからか、

数一さんがぼくの表情を凝視していた。

「………………………」

へえ……、なるほど。

サングラスをかけているのは、それが理由だったか。沙咲さんがぼくと話をする役。数一さんがそれを観察する役。素晴らしい戯言。あいつならばきっと傑作と評したことだろう。

ぼくは立派な容疑者の一人ってわけだ。

「そりゃそうか……、昨日の夜ずっと一緒だったんだし」

「何かおっしゃられました？」

「いえ、ただの普通の戯言です」ぼくは居住まいを正した。緊張するほどではないが、適度に気合を入れておいた方がよさそうだ。「殺された、と言いましたが……、一体誰に？」

「目下捜査中です。実はこうして足を運びましたのもそれが理由でして」

と、沙咲さん。今更実はもへったくれもないんじゃないかと思ったが、しかし、突っ込みをいれたりはしない。「昨日の夜方、午後六時頃から零時頃まであなたは江本さんの部屋にいた。間違いありませんね？」

「間違いありません」

「確認のためですが、そのときその場にいたメンバーの名前をあげてもらえますか？」

「えーと」頑張れ、ぼくの記憶力。「江本智恵さん、貴宮むいみさん、それに青井……いや、葵井巫女子さん、宇佐美秋春くん。それとぼくです」

「確かですね？」

「確かです」

「あなたは葵井さんと一緒に江本さんの部屋を訪れた。確かですか？」

「はい。葵井さんがまずぼくの家……て言うか、ここに来て、それから一緒に江本さんのマンションへ。六時頃」

「正確には？　六時前ですか？　それとも過ぎていましたか？」

「……、前です」

矢継ぎばやに向けられてくる沙咲さんの質問。それはぼくの記憶力の限界回転速度を遥かに超越していて、ぼくの脳内はくらくらしていた。

「そのとき揃っていたメンバーは……」

「ちょっと待ってください」ぼくは沙咲さんの台詞を遮《さえぎ》った。「そんな次から次に質問を重ねられても。ぼく、落ち着かせてください。言ったと思いますけれど、ぼく、これでも混乱しているんです」

「ああ、それはすいません」

と言ったものの、沙咲さんはさほど反省している風でもなかった。

それからぼくは、沙咲さんの質問攻めを一時間にわたって受け続け、昨日の夜のことを洗いざらい喋らされた。パーティの最中に交わされた会話。パーティの雰囲気。むいみちゃんと一緒にコンビニへ行って。戻ってきて。秋春くんとむいみちゃんが十一時頃に帰って。その際秋春くんが智恵ちゃんにプレゼント。ネックストラップ。その後ぼくは智恵ちゃんと話して。巫女子ちゃんと連れ立ってマンションを出。西大路中立売のあたりで智恵ちゃんから電話を受けて。家についたら巫女子ちゃんが（嘘か本当かはともかく）寝ている風だったのでみいこさんに預け。そして睡眠。朝になって巫女子ちゃんが挨拶に来て。その後の読書の一日。

沙咲さんを相手にするだけでもきつかったのに、その上、沙咲さんの肩越しからは数一さんのサングラス越しの圧力。座って喋っているだけなのに、必要以上に体力を浪費した気がする。しかも最後に沙咲さんが言った台詞がいい。

「はい、大体こちらで調べた通りですね」

このオンナ、最高だ。

一通り質問を終えて、「ふーん」と、沙咲さんは悩むようにする。しかしどこか演技臭《くさ》かった。巫女子ちゃんが裏表のない性格だとするなら、この人は裏しかなくて、それゆえにそれが表に見えてしまう人格だ。

一筋縄ではいきそうにない。

「その、電話ですが」やがて、沙咲さんは人さし指を頭に当てた姿勢で言った。「本当に何も言っていなかったんですか？　葵井さんの話ですと、江本さんはあなたに電話を代わるように要求したようですが、それならば何か話があったのではと思われますが」

「いえ。……何か言いかけてはいましたが。でも、何も言いませんでした。やっぱりいいって言って、ぶちり、と」

「確かですね」

「ええ」

「電話の相手は間違いなく江本さんでしたか？」

「はい。ぼくは知っている人の声を聞き違えたりはしませんから」

沙咲さんは後ろの数一さんと目配せをし合う。話を聞き終わったのでもう帰るつもりのようだったが、ぼくだってただ黙ってそれを見逃すわけには行かない。

「あのー、沙咲さん。質問していいですか？」

「…………は？」

またもポーカーフェイスが崩れる沙咲さん。そりゃそうだろう、初対面の年下（男）にいきなりファーストネームで呼称され、驚かない方がどうかしている。

「その……どうしても気になることなんですが」

「はぁ――」と、もう一度数一さんを窺う沙咲さん。数一さんは顎を少し下げるだけで応じる。それは承諾の合図だったらしく、沙咲さんは「分かりました」とぼくを向いた。

それは多分、クラスメイトを殺された男に対する同情心からでなく、ぼくに質問させることによって、逆にぼくの内側を探ってやろうという意地の悪い意図から出された承諾だったが、そんなことは別に構いやしなかった。

「その……、ひょっとしてですけど、第一発見者って、葵井さんだったりしますか？」

「その通りです」

沙咲さんはクールにそう答え、それ以上説明をしなかった。どうやら問われた以外のことを教えてくれるつもりはないらしい。勿論問うたことの全てに答えてくれるつもりもあるまい。

しかし、やっぱり、そうか。渡しそこなった誕生日プレゼント。それを手渡しに行って……。しかし反応がない。電話をしても繋がらない。オートロックの自動ドアがあったが、あの程度はどうにでもなるだろう。住人に続いて中に入ればいいだけだ。あの程度のものに岩《ロック》の名は相応しいとはいえない。

ふん……。

巫女子ちゃん。

果たして、そのとき、どんな感情を抱いたか。あの感情豊かな娘が、どんな感情を。

「ついていくべきだったのかな……」

しかしそんな発想を持てという方が無体だ。

それに、一緒にいたら力になれたかというと、そんな自信はない。ぼくはそこまで甲斐性《かいしょう》のある男ではない。むしろその場合、巫女子ちゃんの敵にしか回れなかっただろう。

「質問はそれだけですか？」

「いえ、まだあと少しあります。そのですね、江本さんが殺された時間、て言うのは……」

「死亡推定時刻は十四日午後十一時から十五日午前三時です」

「となると……」ぼくと巫女子ちゃんはあのマンションに零時までいたわけだから、犯行があったのは零時から三時までの三時間に限定されるわけか。

「……えーっと。絞殺でしたよね。ナイフとかじゃなく」

「そう言いましたが」

　何故ナイフなのですか？　と切れ長の目で問い掛けてくる沙咲さん。ナイフ遣いの殺人鬼を知っているからですなどとは、勿論目ですら答えない。

「ロープですか？」

「細い布です。血管圧迫ですから恐らくは即死でしょう。それほど苦しまなかったのではないでしょうか」

　それは沙咲さんが初めて見せた、ぼくへ向けての人間らしい気遣いだったのだろうと思う。しかし、智恵ちゃんが苦しんだかどうかなんてことは、ぼくにとっては比較的些事だった。苦しもうが苦しむまいが、死んだことには違いない。

　死ぬというのがどういうことかは理解している。

　人は死を恐れるのではない。

　人は無をこそ恐れるのだ。

　苦痛なんてものはその付属品に過ぎない。

　絶望なんてものはその装飾品に過ぎない。

「……あの。他の人達のところにも、もう行ったのですか？」

「他の人達というと？」

　分かっているだろうくせに、沙咲さんは質問を返す。

「昨日江本さんの家に集まっていた連中です。つまり宇佐美くんと貴宮さんと葵井さん」

　これは期待せずに訊いた。多分沙咲さんは答えてはくれないだろう、と。しかし間髪をすらも容《い》れず、沙咲さんは「そうですね」などと言う。

「既に事情聴取を済ませてあります。ここは少し、その、住所が分かりにくかったものですから、こんな時間になってしまいましたが」

「……みんな、江本さんが殺された時間には何をしてたんですかね？」

　もう一歩。

　用心しながら、踏み込んでみる。

　沙咲さんは、少し唇を歪め、薄く笑うようにした。「宇佐美さんと貴宮さんは四条河原町で一晩カラオケをしていたそうです。葵井さんについては……、言うまでもないと思いますが」

そうだった。巫女子ちゃんはぼくの隣の部屋で、みいこさんの世話になっていた。なるほど、とぼくは少し安心する。沙咲さんの話を信用すれば、今のところ最大の容疑者であるところのその三人には、アリバイが成立している。秋春くんとむいみちゃんは身内同士の証言だから信頼性に問題はあるかもしれないが、一応とはいえ不在証明があるのだったら、向けられる容疑は薄くなるだろう。

——と。

数一さんの視線圧力を、一層強く、体感した。

「……ち」

無様《ぶざま》。

今更ながらぼくは視線を沙咲さんからも数一さんからも外す。

畜生……。安心を、気取られたか。安心を見抜かれるということは、緩《ゆる》みを見透かされるということ。迂闊《うかつ》だった。たとえこの二人の前でなくとも、刑事の前で油断などするべきでないのに。

くそ……一体何を見られた？

「——質問は」と、沙咲さんは、何も変わらぬ口調で言う。「それだけでしょうか？」

「あ、いえ——じゃあ、最後に一つ」

失敗というなら、これこそが失敗だった。

数一さんに睨まれたことなど、これに比べれば何でもない微細。

しかしその微細に狼狽《ろうばい》してしまったぼくは、本来訊かなくてもよいこと、訊くべきではないことを、口にしてしまった。

「犯人は誰なんでしょうね？」

それは既に、

最初に済ませているはずの質問。

ぼくはそれを繰り返してしまった。

「——目下捜査中です」

沙咲さんは含みありげな視線で、獲物を狩り取った笑みで、ぼくにそう答え、立ち上がった。

「長居をしてすいませんでした。また話を聞きに来ることがあると思いますが——」床に自分の名刺を置く沙咲さん。「——何か思い出したことがありましたら、こちらにお願いします」

ぼくはその名刺を手に取った。府警の電話番号と、それとは別に携帯電話の番号も記されている。

「それじゃあな。お元気で、ガクセイさん」

数一さんがにやりと笑ってそう言って、部屋を出て行く。

なるほどね……、そちらこそがフェイクだったか。傍観者を名乗るのがおこがましいくらいに、決定的な失策だった。ぼくは二人の刑事の役割を完全に見誤っていたわけだ。

つまり数一さんはぼくを急《せ》き立てる係。

沙咲さんがぼくを受けて立つ係だった。

しかも沙咲さん、最後にガードをわざと緩め、攻撃を誘いやがった。

なんたる大胆。如何《いか》なる不敵か。

「ああ、そうそう」と、まるで今思い出したかのように、沙咲さんが言う。「あなたのアリバイですけれど。とりあえず隣の部屋の浅野さんが証明してくれています。このアパートの廊下を歩くと音が響くから分かるんだそうですね」

それでは、と上品げな笑顔を浮かべた沙咲さん。

これは完全敗北に近かった。

否、完全敗北にすら届いていない。

最後に塩まで送られてしまった。

畜生。

久し振りだったからというわけではないが、これはぼくが完全に日本警察をなめていたということだろう。傲慢《ごうまん》増長にもほどがあるってもんだ。何様のつもりだというのか、自分。

こんな種類の屈辱は、あの赤い請負人に会って以来だ。

下唇を噛み締める。

「……数一さん」

ぼくは出て行こうとする数一さんの後ろ姿に声をかけた。

ん？　と振り向く数一さん。

「……なんか、数一さんって格好よかったら松田優作に似てますね」

「……格好よくなかったら松田優作じゃねえだろ」

数一さんの返答は的を射ていた。最後の悪足掻《わるあが》きすらも空振りに終わり、そうして二人の刑事はぼくの部屋を去っていった。ぼくはコップを片付けてから、ごろんと床に寝る。

決定的な敗北意識。

この感覚は一ヵ月ぶりだったし、ここまでの程度は一年ぶりだ。しかし、ぼく自身の敗北意識などこの際捨てておいてもいいだろう。そんなことは一つの命が無に帰したことを考えれば些細なことだ。

「……智恵ちゃん」

呟いてみる。

思い出すのはやはり昨日の会話。

「自分が人間として欠陥品なんじゃないかって思ったこと、ないかな？」

それは……それは禁句だろう？　智恵ちゃん。

ぼく達みたいな人間にはさ。

知らなかったら普通に生きていけるんだから。

自覚さえしなければ、それでもそれなりの幸せを錯覚できるんだ。

内燃機関を失い羽根を無くした航空機とでも比喩すべき存在。ぼくらは無鳴の鴉《からす》としてしか滑空《かっくう》できない唯《ゆい》以外の何者でもないのに。

それを問うたらおしまいだ。

それは否定ではなく無視の概念。

「そんなことを訊くから……殺されるんだ」経験者としてぼくが言っておくべきことはお為ごかしの慰《なぐさ》めではなかった。「……その気になれば……ぼくらみたいなのでもいくらでも……、いや、その気にならなければ、か」

そんなことはとっくにその気になっているぼくには詮のないことだったし、同じくとっくの昔にその気になってしまっていた智恵ちゃんにも意味がない。

目を閉じて。

目を開けた。

「よし。精神論終わり」

ぼくは勢いよく身体を起こした。

さてと。

これからどうしようか。やるべきことはあまりなかったが、やりたいことがたくさんあった。ぼくの人生においては、なかなかレアなコンディションである。

ぼくはまず携帯電話を取り出した。まず着信履歴を参照し、巫女子ちゃんに電話をかけようとする。しかし、番号を半分まで押したところで、中止した。

「これこそ何様のつもり、だよな」

この上なく戯言だ。

今巫女子ちゃんに電話して、ぼくが一体何を言えるというのか。どうしたところでそれは、無責任という形を作ってしまうことだろう。

それはもう少し後だ。

今、ぼくが巫女子ちゃんにかけられる言葉なんて存在しない。

「と、するとだ……」

ならば、まずはやるべきことから済ませるとしようか。

一旦リセット。それから番号を押し直す。ぼくが唯一完全に記憶している電話番号。あいつと話すのも結構久し振りになるのかな、などとなんとなく思いつつ、ぼくは電話を耳に当てる。ほどなく、電話が繋がった。

「おーっす！　いーっちゃん！　おっひさー！　今日も僕様ちゃんのこと愛してるー？」

巫女子ちゃんより、更に十二段階高いテンション。しかもこいつの場合はストッパーが外れているので限度というものがない。ほうっておけばバベルの塔のように天高く昇っていくことだろう。

「どしたのどしたのどしたの？　いーちゃんから電話してくるなんて珍しい！　今この瞬間こそ天然記念物！　姫路城！　敵本主義だね！　ひゃっほう！　写真にとって記録しておきたいくらいだけど音が入らないから意味ないし！　というわけで録音開始！」

「録音開始はいいけれど」

ぼくは努めて冷静に言う。

むいみちゃんはぼくに向かって《巫女子のテンションについていくのは大変だろう？》とか言っていたけれど、そのときむいみちゃんに答えた通り、玖渚のこのテンションに付き合いきれるぼくにしてみれば、巫女子ちゃんを相手にするのはそんな難しいことではない。

巫女子ちゃんを天真爛漫《らんまん》とするなら、玖渚友は陽炎《かげろう》稲妻水の花と言ったところ。

「友。最近暇してるか？」

「してないよん！　割と忙《いそが》しめ。非常にビジィ。僕様ちゃんの処理能力、そろそろパンク寸前！　緊急メモリ増設！　デフラグ必須！　もうすぐフリーズします！　あ、くる！　くるくる！　現在進行形！　再起動よろしく！」

「京都連続通り魔事件か？」

「ビンゴ！　すっごい！　いーちゃん真姫《まき》ちゃんみたい！　あるいは赤き請負人。きゃはははははっ！　リターン・オブ・ザ・ESP！　アーンド・フォーエヴァー！　人類最強！　ディス・イズ・ジ・エンド！」

「悪い、友、ちょっとメートル下げてくれ」

「うん？　どうしたの？　まーいいけど。そ、京都連続通り魔事件だよ！　でもねー、なかなか思うようにいかない！　これが！　難関！　正に難関！　犯人はきっとドレッド・ジョーンズの生まれ変わりだね！　わっほほー！」

「取引だ、玖渚友」ぼくは言う。「ぼくはお前にその京都通り魔事件の情報を教える。お前はぼくに、ある殺人事件の情報を教える」

「……ふうん？」

玖渚はちょっと考えるようにした。

どうしてぼくが京都通り魔事件の情報を握っているのか、それは何か、どうしてぼくが殺人事件の情報を知りたがっているのか、それは何故か。その辺を一切玖渚は問わない。

ぼくは玖渚を信頼しているし、
玖渚はぼくを信用している。

余計な説明が、
余分な釈明が、
無駄な台詞が、
無為な質問が、
邪魔な言葉が一切いらないところが、玖渚の一番いいところだ。

「うーん。取引って言葉が気に入らないよ、いーちゃん」

「じゃ、駆け引き」

「最悪だよ」

「助け合いでどうだ？」

「もう一押し」

「馴れ合い」

「間違っちゃないけど、なんだかな」

「じゃ、補い合いってとこでどうだ？」

「うん。まあまあだね」

玖渚は嬉しそうに言った。

「それなら、いいよ」

与えるか、奪うか。

その決断を、まだぼくはこの段階では下していなかった。

3

玖渚と電話でのやり取りを済ませた後、ぼくは隣の部屋へみいこさんを訪ねていった。ノックする。《応》と返事があって数秒後、ドアが開いた。相変わらずの甚平姿。どうせ和服趣味なら綺麗な着物とかを着て欲しいものだ、個人的には。多分きっと、みいこさんには似合うと思うし。

「何用だ？」

「いえ、ちょっとお礼を言いに。ぼくのアリバイを証言してくれたそうで。それについてお礼をと」

「本当のことだ。気にするほどのことではない」

「いや、でもぼくのせいで余計なことに巻き込んでしまって」

「構わんさ、いつものことだ。……しかし厄介事の多い人生だな、お前も」みいこさんは心配しているというより、呆れているかのようにそう言った。

「人生万事天中殺といった感じだな。あの小娘はどうした？　官憲の話によれば、あの小娘も関わっているらしいが」

「ま、その辺は……、おいおいに」

そうか、とみいこさんは頷いた。

「それで？　どんなお礼をしてくれるんだ？」

「お茶をおごります」

この場合の《お茶》というのは喫茶店に行こうと誘っているわけではなく、文字通りの《お茶》である。京都ならではというか、みいこさんならではの専門用語だ。

「団子はつくのか？」

「冷やし汁粉までつきます」

「場所は？」

「祇園の大原女家《おはらめや》」

みいこさんの目がきらーん！　と光った。

「待っていろ。準備をする」

みいこさんはドアを閉めた。一応あれで気遣いのできる人なので、一緒にでかけるときは普通の服に着替えてくれるのだ。そう考えると、ぼくの周囲の人間の中では割とレアなタイプかもしれない。

「お待たせ」

一分後、みいこさんは部屋から出てきた。そしてぼくに車のキーを渡す。ぼくはそのキーをくるりと手のひらの上で回して、ぱしり、握り締めた。

4

そして夜八時。

みいこさんとの《お茶》を終えて、ぼくは河原町通りの四条と御池《おいけ》の間を歩いていた。みいこさんは既に、自分でフィアットを運転して、アパートへと戻っていった。

「時間潰しと足の確保に私を使うなよ」

と、最後に一言残して。

うーん、やっぱり見抜かれていたか。あれでみいこさん、勘の鋭い人だから。しかし見抜いていながらも誘いに乗ってくれるみいこさんは、やっぱりいい人だった。まあ、ただの甘いモノ好きなのかもしれないけれど。

足を止め、脇にあるカラオケ屋に入る。

「いらっしゃいませー」と、店員さん。「お一人様ですか？」

「あ、えーと。友達が先に来てるはずなんですが」

「お名前はなんとおっしゃいますか？」

「零崎人識です」

「えー、零崎様でございますね」

ちょっとコンピュータを操作する店員さん。

そして営業用の笑顔をこちらに向けて、「では、24号室になります」と、教えてくれた。ぼくはお礼を言って、エレベーターに乗り込む。24号室は二階。すぐにエレベーターを降りて、部屋番号を確認しつつ、廊下を歩いた。

「ダダダダダダダッダダダダダダダッダダダダダダダダダダダダダダダダッ！　ダダダッ！　ダダダダダダダッダダダダダダダッダダダダダダダダダダダダダダッ！　ダダダッ！　ダ！　ア！　アーァ！」

とんでもねえ唄歌ってるヤツがいる、と思ったら、案の定24号室だった。ぼくは軽く肩をすくめてから、ノックもなしに扉を引く。

「おっ？」

熱唱していた零崎がぼくに気付き、

「よう、欠陥製品」

と、軽く指を立てた。ぼくはそれには応えずにボックスの中に入って、ソファに座る。それから、

「やあ、人間失格」と言った。

零崎はマイクを置いて、リモコンを操作して演奏を停止させた。

「別にもうしばらくは歌っててもいいよ。金払ってるんだろ?」

「あー、いや。ホントはあんま歌うのは好きじゃねえし。人真似となれば尚更だ。暇潰しでしかやらない」

ぼくの正面にどかりと座る零崎。

ふうー、と大きく息をついた。

「一日ぶり——だけど、なんつーかあんまそんな感じ、しねーな」

「まあね」

ぼくは頷く。

頷きながらも、正直意外だった。ぼくはついさっきまで、零崎がここにいるとは思っていなかったのだ。確かに一昨日……いや、昨日の朝か、約束はした。このカラオケ屋にいるから待ち合わそうぜ、と。だけどぼくは零崎がいるとは思ってなかったし、多分零崎もぼくが来るとは思っていなかっただろう。だからこそぼくは来たたし、だからこそ零崎は待っていた。

待つことに慣れているという言葉の意味。

これも一つの、矛盾が生んだ正当だった。

それからぼくと零崎は、初対面の夜と同じように、どうでもいいことを話し始めた。くだらない哲学、つまらない悟り、どうでもいい人生観。あるいはちょっと外れて、音楽のこと(ヒットチャートの元ネタ当てとか)、文学のこと(読者を感動させる手法とは何かとか)。特に意味のない語り合い。それはまるで何かを確認しあっているかのような。

四時間が過ぎた頃、

「なあ、零崎」

と、ぼくは訊いた。

「人を殺すって、どんな感じだ？」

ん？　と首を傾げる零崎。別に何の感慨もなさそうな反応だった。

「どんな感じもこんな感じも……、別に。特に何も感じないな」

「何も感じないのか？　気持ちいいとか、感じるとか、すっきりするとか、そういうの、ないわけ？」

「アホ、そんなもんがあったら変態じゃねーか」

零崎はさもばかばかしげに言った。猟奇殺人鬼が何をほざくかと思ったが、とりあえず零崎の次の言葉を待つ。

「あー、だからだ。俺はまあ、人殺しなわけだ。けど別に快楽殺人者じゃない。その辺の区別が微妙なんだが、しかし、本人の俺が言っても仕方ないってこともあるしな。そういうのって、結局周りが決めることだ。その決定に従うしかないな、俺としては。俺の頭はあまり難しいことを考えるようにはできてない」

「そっか……そうかもな。じゃあ質問を変えよう。きみにとって殺人ってのは何だ？」

「何でもないな」

その言葉には二重の意味がこもっているように思えた。

どんな価値もないし、
ゆえにどんな代価もないと。

「こっちからも質問を返すぜ、欠落。お前にとって死ってのは何だ？」

「改めて訊かれると返答にはつまるけどね。それでも無理矢理答えようとするなら、そうだな。電池が切れるようなもんか」

「電池？　電池ってあの単三とかのあれ？」

「ま、そんな感じ。それを生命力っていうのかな。で、この例えでいうならきみは絶縁体みたいなもんだ」

「そりゃ随分言われたもんだ」

軽く笑う零崎。

本当に愉しそうに笑う。

ぼくも笑うときはこんな風に笑うのだろうか。

「そうだな。質問の仕方が曖昧だったな。じゃ、こういう質問にするよ。きみ、人を殺す人間の気持ちが分かるか？」

「うん？　そりゃケッタイな質問だな。実にお前らしい。そうだな、そりゃ……、分からないな」

「分からないのか？」

「おう。まず俺は他人の気持ちが分からない。そいつが人殺しであろうが人殺しでなかろうが、殺人鬼であろうが殺人鬼でなかろうがだ。次に、俺は自分の気持ちが分からない。てめえの腹の中に渦巻いている混沌《こんとん》が一体何に起因するものなのか分からない。よって、俺は人殺しの気持ちなんか分からないと答えるしかないわけだ、これが」

「なるほど。理は通ってるな」

「ついでに言えば俺は別に人を殺しているつもりはない」

零崎が本当についでっぽく、そう付け加えた。

「どういう意味だ？」

「どういう意味だと問われると概念論になるんだが。つまりだな、あー、たとえば」と、おもむろにボックス内の電話を手にする零崎。「すいませーん、ラーメン二つ、お願いします」

そしてほどなく店員さんによって、ラーメンが運ばれてきた。

「喰えよ。おごっちゃる」

零崎は言って、麺《めん》を箸で持ち上げる。

「これは食事だ」

「うん、それは言われるまでもないな」

「食欲と睡眠欲と性欲は人間の三大欲求だというが、さて、俺は何故食事をするんだろう？」

「そりゃ栄養を摂取《せっしゅ》するためだろ」

「そう。栄養を摂らなければ人間は死んでしまう。

だから食事は快楽を伴うわけだ。寝ることだって気持ちいいし、性欲なんざ言うまでもないだろ。生きるためと生き残るためにどうしても必要な行為には悦楽が必ず付属されるわけだ」

「うん。その理屈は分かりやすい。つまり？」

「そう結論を急ぐな。つまりつまりって、芥川龍之介かお前は」

「え？ それって太宰じゃないか？」

「芥川だよ。太宰が芥川の逸話として紹介したんだ」

どちらの文豪だったとしてもその突っ込みはどうかと思うが、言われた通りにぼくは零崎の言葉の先を再び待つ。零崎はじらすように少しの間をあけてから、言った。

「しかしここで食事という概念に取り憑《つ》かれた人間を想定しよう。つまり食い物が味覚神経に与える刺激、口内を通り抜けるときの快楽、口内で咀嚼《そしやく》するときの悦楽、溶け合ったそれらが流動状となり喉を抜けていくときの愉悦。満腹中枢が破壊されんばかりの充足感、脳内を支配する幸福感。栄養なんざじゃなくて《そういうもの》、食事それ自体に魅力を覚えてしまいメロメロになっちまう奴、そういう人間を想像しよう」

まあつまりはデブのことだが、と零崎は笑う。

「そういう人間に対して栄養がどうたらいう妄言は意味をなさない。手段が目的に入れ替わって本来の目的はただの付随物以下に成り下がってしまうわけだ。しかしてここで問題だ。こいつは食事をしていると言えるだろうか？ いやいやお前の解答を待つまでもない、答は絶対的な否だ。こいつが行っている行為は食事ではない。ただ、食事という概念を喰っているだけさ」

「そしてきみは殺しという概念を殺しているだけだと？ 無理があるな」ぼくは肩を竦《すく》めた。「欲求である食事と欲望である殺人を同等に並べて論じるのは背徳だよ。きみにとっては目的は最初から人殺しで、何かと入れ替わって本末転倒行動を起こしているわけじゃないんだろう?」

「あー、そいつはどうかな。難しいところさ。いや、微妙なところなのかな。何度も言うけど俺の目的は殺人それ自体じゃないし、勿論その後の事後行為、解体でもない」

「じゃ、何なんだよ。分からない野郎だな」

「お前さんほどじゃないよ。ただ、俺が分からない野郎だってのも、まあ本当だな。さっきも言ったけどよ。最初はスリルを求めてると思ってたんだ」

「スリルね」

「そう。ハイリスクハイリターンって言葉があるよな。日本語でなら虎穴に入らずんば虎子を得ずか。殺人行為ってのはリスクが高い割にリターンが少ない。そうだろう? 割に合わないつーか、ばかのやることなんだ。だから大抵の殺人行為は《思い余って殺してしまった》ってものだ。《勢い余って》。殺すつもりはなかったのに気が付いたら殺してしまっているってヤツな。……ところがだ」

と、ベストのポケットから、なにやら危なげな刃物を取り出す零崎。

「こいつはタガーナイフという。こうやって拳《こぶし》に握り込んで使うナイフだ。一人目を殺したときの話。俺はこいつを相手の右頸動脈にぶっ込んで、そのまま横に引いた。こいつは何の釈明のしようのない殺人行動さ。相手を苦しめようとも痛めつけようとも思っていない、むしろ冴《さ》えた優しい殺し方だ。——言っとくがこいつは昔の手際の自慢じゃないぞ。お前なら分かるだろうが、自慢行為ってのは人間が取る行動の中でももっとも下劣だ。悪事を自慢するヤツなんて最低の二乗だね。こいつはただの露悪趣味さ——冗談抜きで、俺はそういう殺し方しかできない。お前を相手にしたときだってそうさ、鏡の向こう側」

「ふうん。そうかい」

「そうさ。たとえばお前と俺とが再び殺し合いを演じることになったとしよう。勿論理屈の上ではお前が俺を殺すことは可能だ。だが、お前が俺を一回殺す間に、俺はお前を九千九百九十九回、痛みを感じる暇も与えずに殺せる。……まあ現実問題、お前の命が一つで俺の命が一つである以上、これは黒白鳥の比喩だがな。とにかく、俺はそういう《殺すための殺人》しかできない。つまり今まで殺した八人は確実さを持って《思い余って殺した》んじゃないと断言できる」

八人。たった二日の間に二人も増えていた。当たり前の話だが、ぼくが生きている間、零崎も生きていたということなのだろう。

「じゃあ俺はばかなのだろうか？　そうかもしれない。何せ対象を殺すことによって、俺は何も得ていないんだからな。いや、得てはいる。一応。財布の中身とかは」

京都連続通り魔事件の奇怪な点の一つに、《被害者の金品が抜き盗られている》ということがあげられる。猟奇殺人、異常殺人、快楽殺人の事件としてはこれは珍しいことなのだったが、しかしその理由は単純で、ホームレスな零崎が生活費を必要としているだけだった。

このボックス料金も、その財布の中身から払われているのだろう。そう考えるとこのラーメンすらも罪深い、と思いながら、ぼくは麺をすする。

「しかしそんなもん働けばいいだけの話なんだから殺害目的じゃない。人一人殺す労力を考えたら一日中バイトしてた方がマシってもんだ。なのに俺は殺人を選ぶ。ここで仮説だ」

「なるほど。つまり《零崎人識にとってはリスクそのものがリターンなのではないか》ってヤツだな」

「そう。目的と手段の逆転、あるいは同一化だ。行為自体が目的。目的こそが行為。目的を果たしたときこそが行為を終えるとき。これは実際悪くない仮説なんだ」

「だけどそれって《目的を見失ってる》ってことと

何が違うんだ？　読書が好きな奴がいたとしてさ、そいつの部屋に行ったら部屋中が本に埋もれてたとしよう。それでもそいつは本を更に買い込む。買い込むのは本人の勝手かもしれない。だけど、もう部屋には本が、そいつが一生かかっても読み切れない量にまで膨《ふく》れ上がってるんだ。それでも買い続ける」

「ふうん。あー、あっあっあー、分かった分かった。処理能力の限界のことを言ってんだな、お前。処理能力を超えたゆえに目的と手段が融合するってか。石川五右衛門だな。《絶景かな絶景かな春の眺めは値千金とは小せえ小せえ、この五右衛門には値万両》ってか。うーん。あー、そうかもしれないなぁ」感心したように嘆息して、ソファに背を預ける零崎。「けどよ同類、それの通りだとしても俺にはあまり関係ないな。理由を言えば先ほどの仮説は圧倒的に間違っているからだ。リスクイコールでリターンなんて間の抜けた式は、やっぱり成り立たない。そんなのはただの理屈遊びだ」

「ふうん。だとすると？」

「ここからはやや一般論に近くなるんだが」と、身を乗り出して宣言する零崎。「俺がガキの頃の話だ。お前にだってガキの頃はあるだろう？　俺にもあるんだ。そして俺がどんなガキだったか。特に異質なガキじゃあなかった。神様の存在も信じてた。殴られると痛い、殴られる奴を見ると痛い、そんな当り前の感覚を持っていた。隣人を喜ばせたいという感情も持っていた。感謝の気持ちも持っていた。無条件に誰かを好きになることがあった。そういうガキだった。……だけど、たとえば座っている。本を読むでもテレビを見るでもなく、ただ座っている。肘《ひじ》をついて、空に思いを馳せるかのように、ただ座っている。そんなとき、《どうやって人間生物を殺すか》ってことを自然に考えている自分に気付くんだ。初めて自覚したときはマジでビビったね……、フツーに、ごくごくフツーに人の殺し方を思案して吟味《ぎんみ》してる自分がいたんだからな。それが自分だったってのが、一番の恐怖さ」

「自覚した、ってことか。だけどその話のどこが一般論だ？　むしろ派手に遠ざかった感じだぞ。つまりきみは生まれながらの快楽殺人者だってこと？」

「結論を急ぐなっての。そう思ったこともあるが、決してそうではないんだ。俺の殺人意識と傷害衝動は持って生まれたものなんだと思ったこともあるが、しかしそうじゃなかった。違うんだよ。一般論なのはここからだが……、俺はレールの上を走ってるんだな」

「レールの上？　……なんだそりゃ？」

「比喩だよ。よくある比喩。レールの上を走る人生って、言うだろ？　中学校を出て高校に入って大学に入って自給自足で恋人作って会社に入って出世して……、って、そういうレール。それと同じで俺は殺人者のレールの上を走ってるんだな」

「どちらかといえば、それはレールから外れた人生だと思うけどな」

「人のこと言えるのかよ。しかしまあいいさ。ここでいうレールっていうのは社会の用意したレールに限定してない。自分自身で用意したレールでも構わないのさ。たとえば小学生のとき、イチローに憧れて野球選手を目指した男の子がいたとしようぜ。そいつは、その瞬間、自分の人生にレールを敷いたってことだ」

「なるほどな。そういう表現をしたら、誰だってレールの上を走ってるってことになるか……、その、ドロップアウトしない限りは」

　致命傷を負わない限りは。

　脱線して、転覆してしまわない限りは。

「そう。俺の人生のレールを誰が敷いたのかは分からない。俺かもしれないし、俺以外の誰かかもしれない。だけどどちらにしたところで、俺はそのレールを走り過ぎた。致命傷を負わないままに走り過ぎて、もう止まれないんだ。ブレーキをかけようって発想がそもそも存在しない」

「あ……そこで繋がってくるわけだ」

つまり。

今が《途中》だということ。

そして、
走り始めたときと、走っている最中の自分が、
決して同じ自分ではありえないということ。

「そう。《過去からの呪縛》ってことか。しかもこいつが真綿で首を絞められるようなぬるま湯い茨《いばら》なわけだ。……他人の敷いたレールの上を走る人生なんてつまらないって言うけどさ……、自分の敷いたレールの上走るのでも、どっちにしたって途中で嫌になったら同じだよな。かと言って今更やめられないし。色々しがらみってもんがある」

「他人のせいにできない分、尚更つらいってか」

「そ。特に俺のような外れモノにはな」

「それは諦めろよ。きみはレールから外れてなくともルールからは外れた存在なんだから」

「おっ？　言うねえ。てめえだって誉められたもんじゃないくせに」

「ぼくは一応真面目な大学生だからね……きみとは違うさ」

「それって言ってて虚しくならねえ？　鏡に向かって《お前誰？》て言ってるのと同じだぜ」

その通り、とぼくは頷いた。

「とにかく、そういうわけで俺は殺人を行っている自覚がない。殺人を目的としていないからさ。《呼吸をするように人を殺す》という言葉があるが、俺の場合は人を殺さなくちゃ息苦しいというべきだ。ずっと昔に敷いたレールを走るために、電車料金を払ってる。つうか、借金を返し続けてるみたいなもんさ。つまり——《殺人行為を殺している》ってわけ」

「観念論過ぎてよく分からないけどね……、もう少し現実論で言えない？」

「仕方ないだろ。観念で話してるわけだし。現実論

で言えば俺は人間殺して解体しました×八、で終わりだ」

「そうだな……」

ぼくは嘆息し、ボックスの天井を見上げた。零崎の話はそれなりに面白く、新しい発見もありはしたけれど、参考にはならなかった。

「うーん。人殺しの気持ちは殺人鬼が一番よく分かると思ったんだけどな……」

しかし考えてみればそれも当然か。零崎の殺し方と智恵ちゃんの殺され方は、全く趣《おもむき》を異にする。沙咲さんが全てをぼくに話したとはちっとも思わないが、しかし、智恵ちゃんが細い布で絞殺されたというのは本当だろう。それに対して零崎が犯している罪悪は、刃物を使った人間解体。共通項は人に死を与えること、ただそれだけで、他は全く違う。

零崎は無差別に人を殺すが、
智恵ちゃんを殺した犯人は智恵ちゃんを狙った。

それは多分、怨恨《えんこん》。

どろどろしてべたべたした気持ち悪い人間関係から生じた、腐食のようなものだ。

「あん？　それってどういう意味？」

「どういう意味って言うか。うん、ちょっとね、大学のクラスメイトが殺されちゃって」

「殺された？　お前の大学のクラスメイトがか？」

「そう言ったろ。うん、最初はきみが犯人かと思ったんだが、どうも違うみたいだし。布を使っての絞殺だ」

「あー、それって俺の趣味じゃないな」

勘弁してくれ、と苦笑して、手首をひらひら振る零崎。

「だろうな。だけど、殺人鬼は殺人鬼を知るかと思って」

「勘違いだな。実にお前らしい勘違いだ。人を殺すのは鬼じゃなくて大抵人だ。そして人に鬼の気持ちが分からないよう、鬼に人の気持ちは分からないさ。カモノハシと始祖鳥《しそちょう》って感じだ」

どっちがカモノハシでどっちが始祖鳥なのかは分からなかったが、それは零崎の言う通りなのだろう。零崎みたいな奴はあくまでも特異で劣悪なのであって、そして数が少ないからこその特異と劣悪だ。

「で、何よ。それってどんな感じの事件なわけ？」

大して興味も無さそうに訊いてくる零崎。別に隠すようなことでもないだろうと判断し、ぼくは沙咲さんから聞いた事件のあらましを零崎に語った。巫女子ちゃんのこと、智恵ちゃんのこと、むいみちゃんのこと、秋春くんのこと。誕生日パーティ。零崎はときに相槌《あいづち》を打って、ときに複雑そうに首を振り、一瞬だけ悩むような顔をして、最後に「ふうん」と呟いた。

「なるほど……なるほどなるほどなるほどね。そういう感じでそういうわけか。それで？」

「それでって？」

「それではそれでだよ」

零崎はずい、とぼくを睨むようにする。ぼくは答えなかった。そのまま一時間ほど無言が継続し、

「よーし、分かった」と零崎が席を立つ。

「行こうぜ」

「うん？　どこへだ？」

「江本ん部屋」

まるで気の置けない友達の家にでも遊びに行くような気軽さで零崎は言って、ボックスを出て行く。なんだか予想通りの展開になってきたな、とかなんとか思いつつ、ぼくもソファから立ち上がった。

ボックスには食べかけのラーメンが残された。

5

「しかしその葵井ってさぁ」

四条通りを西に歩いている途中、零崎がどうでもよさそうな口調で言う。

「俺が思うに、確実にお前に惚《ほ》れてるんじゃないか?」

「あ?」

あまりに飛躍した零崎の発想に、ぼくはさすがに驚く。

時刻は既に零時を回って十六日の月曜日。東西メインストリートである四条通りですら、車の列はまばらだった。たまに大学生の群れ(飲み会の帰りだろう)とすれ違うだけで、歩道を歩く人の数も少ない。

考えてみれば明日は学校がある。しかも一限からで、オマケに語学(出席が採られる)。どうやら今夜は徹夜になりそうだ、と思った。

「えーと、何の話だっけ」

「だからその葵井だよ」苛々したように眉を寄せる零崎。「お前の話聞いてると、俺にはそのムスメ、お前に惚れてるようにしか思えないんだが」

「そりゃないよ。どこをどう聞けばそんな間の抜けた発想がでてくるんだ? きみらしくもない。大体巫女子ちゃん、彼氏いるんだから」

「いないんだろ?」

「あ、そうだっけ」そういえばそんなことを言っていたような、言っていなかったような。「うーん。でもな。そりゃないと思うよ。好意は寄せてもらってるみたいだけど、あれは動物可愛がってるのと同じだろ。しかもイグアナとかの爬虫類《はちゅうるい》。カワイー、みたいな」

「イグアナかよ」

だったら俺はカメレオンだ。零崎はかははと笑う。ひとしきり笑ってから、零崎は真剣っぽい口調に戻って「たとえばだ」と言う。

「その葵井、お前の住所知ってたんだろ？　それって如何にも怪しいじゃないか。普通、好きでもない奴の住所調べたりするか？」

「調べるまでもないさ。住所録に載ってるんだから」

「そこだよ。お前自分で言ってたじゃないか。お前は入学当初に旅行に行ってて、基礎演習ってのか？　クラスにしろ授業にしろ、とにかく一週間ほど出遅れたんだろ？　だったら住所録作るときには学校にいなかったんだから、住所録に住所載ってるわけがないだろ」

「……あ」

それは盲点だった。そういえばぼくは学校の誰かに住所を教えた記憶なんかないし、だとすれば住所録にあの骨董品アパートの住所が載っているわけもない。ぼくの住所を知っている人間が、鹿鳴館大学の中にいるはずがないのである。

「……でも巫女子ちゃんは住所録見たって言ってたぞ。何だろうな。勘違いかな。でもそんな勘違いはないか。じゃあ嘘をついたのかな」

「嘘っつーか言い訳だろ。多分お前の跡つけたことがあるんじゃないのか？　だから知ってたとか」

「跡つけられたら気付くよ」

「かもな。とにかく何らかの、あんま合法的でない手段でお前の住所を事前に知ってたとしよう。でもそんなこといえないから、咄嗟に住所録の話を出してしまった」

「うん」

「さあ考えようぜ。そこまでして《ただの他人》の住所を知りたがる女の子がいるか？　男ならまだしも女だぜ」

にやにやと嫌らしい笑みの零崎。

ぼくは「ふん」と息をつく。

「知ったような口を利くよな、きみって」

「ま、性分なもんでね。これも一種のサガってヤツだ」

「でも、ぼくはやっぱりそれはないと思うね。絶対として断言できる」

「へえん。その確信の根拠は？」

「だって巫女子ちゃん、ぼくのこと嫌いっぽいし」

「は？」露骨に《何言ってやがんだこのアホは？》という表情を浮かべる零崎だった。「おいおい。自分で言ったことはちゃんと憶えとけよ。さっき言ってたろ？　葵井は自分に好意を持ってくれているってさ。言った端からその舌は何をさえずってやがるわけですか？」

「いやこれは矛盾じゃない。ぼくはこの世界を二元論て言うか、ブール的には考えていないってだけの話。説明してみようか？　つまり……、たとえばこの道路を走る車を想定しよう。時速五十キロで走っていたとする」

「おう。それが速いか遅いかってことか？」

「うん。どう思う？」

「遅いんじゃないか？　この時間ならもうちょっとスピード出せるだろ」

「じゃあアクセルを全開にした状態を考える。ぼくは自動車の性能限界についてはよく知らないけれど、その車はフルスロットルで時速二百キロ出ると仮定しよう。これは速いかな？」

「速いな。文句ない」

「最後にアクセルを踏んでいない状態を想像。さあ、どうだ？」

どうだも何も、と零崎は両手を広げる。

「動いてないものに速いも遅いもへったくれもないだろう」

「それでもあえて言うなら？」

「遅いんだろうな。動いてないもののことを速いとは言えない」

「そう。ここで最初の問いに帰ろう。時速五十キロは遅いか速いか。それをぼくならばこう表現するわけだ、《五十キロ速くて、百五十キロ遅い》ってね」

はぁん、と納得したように、零崎は頷く。刺青の入った側の頬がゆるやかに歪んだ。

「それで？　お前の観点から言えば葵井はお前のこと、どう思ってるわけだ？」

「うん。概算で《七十好きで五十嫌い》ってところかな」

「そりゃあ別に《二十好き》ってわけにはならないんだな」

その通り。元より人間の感情に四則演算なんて後付けの理屈が通用するわけもない。しかもこの数字は比較的簡単に入れ替わったり増加したりする流動的な性質を持つから厄介だ。観測する立場からすれば、それを平均値で表す他に手段がない。

「で、それなら、お前の方はどうなんだ？」

「うん？」

「お前だよ。お前は葵井のこと、どれくらい好きでどれくらい嫌いなんだ？」

「好きが零で嫌いが零だ」

「うわっ……」ちょっと後ろに引いてしまったような、引き攣《つ》った声を漏らす零崎。「ひっでぇ……、お前ってえげつないのな」

「殺人鬼に言われたくない」

「うるさい傍観者」

好きが零で嫌いが零。

それはつまり無関心ということ。

勿論零崎に言ったこの台詞は大袈裟な表現で誇張が混じっているが、しかしだからといって真実を表現していないわけではない。

ぼくは、

生きてるだけで人が殺せるくらいに、

冷たく乾いたニンゲンだから。

確かに零崎の言う通りにえげつない。

しかし実念ではなく概念で、

ぼくは赤の他人に対し積極的感情を抱くことができないのだ。

「全く……」「……全く」

傑作だ、と零崎は笑った。

戯言だな、とぼくは笑わなかった。

「じゃ、お前、そういうお勉強ゴト抜きにして、誰か好きなヤツとかいないのか？」

「うーん。よく分からないな」

「自分のことなのに？」

「自分のことだからさ」

「ああ、そうか。お前って傍観者だからな。自分のことより他人のことの方が分かるわけだ。自身は自身の観察者にはなり得ないってあれか。えーと、何だっけ。あったよな、それ。不確定理論？　量子力学？　ドッペルゲンガーの猫？」

「ドッペルゲンガーは違う」

「あー……。誰だっけ。数学だからドイツ人に決まってるんだけどな……」

零崎はとんでもない偏見を言ってのけ、その後もしばらく考えるようにした。しかし結局誰の猫だったかは思い出せなかったらしく、「ええい畜生」と自分の左頬を自分で張った。それですっきりしたらしく「それじゃあ」と言う。

「俺の結論。お前ってふてぶてしい奴なのな」

「それは多分当たりだよ。ただ――」

ただ。

ぼくは一体その先になんて言おうと思ったのだろう。誰かの名前を言おうかとでも、思ったのか？　勿論、思った。だけどそれが誰の名前だったのかは、分からない。

「――戯言だからな、結局」

「…………、あのさぁ、それってお前の逃げ口上なわけ？」

散々間を空けてのこの返答に、零崎は脱力したような感じでがくー、と上半身を落とす。巫女子ちゃんほどではないが、零崎も結構リアクションが大きいタイプらしい。

「ま。俺も似たようなもんか……、ていうか、一緒だな」

西大路四条の交差点についた。南手に阪急西院《さいいん》駅が見える。勿論とっくに終電が終わっているので、駅付近といえどもガランとしていた。北に折れる。ここから丸太町まで上れば智恵ちゃんのマンションだ。

「やっぱタクシーでも使った方がよくなかったか？ここでやっとこ半分ってトコだぜ」

「金が勿体《もったい》無い。つうか金が無い。それともお前がおごってくれるのか？」

「いや。京都でタクシー乗る学生なんていないよ」

「ふうん……俺は学生じゃないから分からないな」

と、そこで疑問が頭をよぎる。ぼくは、なんとなく沙咲さんの、あの鋭い視線を思い出しながら、隣の殺人鬼に質問した。

「きみって指名手配とかされてないの？　府警に」

「されてないと思うけど。声かけられたこともないし、誰かにつけられたってこともないし」

つけたことはあるけどさ、と嘯《うそぶ》く零崎。こんな目立つ格好をしているのに（なんったって顔面刺青だ。東京だってそんなならまだしも、京都にそんな奴は一人しかいまい）捕まらないものか、と思ったのだが、しかし考えてみれば目立つとか目立たないとか、この場合はそういうことはあまり関係がないのかもしれなかった。

「これから江本ん部屋に行くわけだけどさ」

「何？」

「お前、本当のところ、もうほとんど推測ついてるんだろ？　その殺人事件についてさ。犯人つーのか、何つーのか」

「推測ねえ」

ぼくは零崎の言葉をオウム返しにする。

推測……この状態は、推測がついていると、果して言えるのだろうか。

「期待に応えられなくてアレだけど、今のところ《よく分かってない》ってのが本音だな。推理小説とかドラマとかに出てくる名探偵じゃ——」

名探偵。

赤い請負人。

「――ないんだからさ」

そりゃそうだ、と零崎は意外と簡単に引いた。

「だけどそれほど不可解ってわけじゃないと思ってるのもまあ、本音だ。首を絞められて殺された。部屋の中で。死亡推定時刻は限られている。容疑者のアリバイは成立している。もうちょっと材料が集まれば、あるいは」

そして今、その材料を玖渚に集めてもらっているところだし、ぼく自身も、これからそういうものを集めに行くところなのだった。

「行きずりの強盗殺人って線はないのか?」

「その可能性もあるんだろうけど、しかし、府警の連中はそうは考えてないみたいだったし」

沙咲さんにしろ数一さんにしろ、あの人達の雰囲気は尋常ではなかった。あんなニンゲンがただの強盗殺人で出張ってくるようには思えない。それはただの勘だったけれど。

「ふーん」零崎はつまらなそうに目を細める。「けど別にお前が色々調べたりしなくてもいいと思うけどな。何? そこに必然性とかリアリティとかはあるわけ?」

「別に。嫌なら付き合ってくれなくてもいいぜ。いつものように惨殺解体へ出かけてくれ」

「いや、いいよ。今晩は気が乗らん」軽口のつもりだったのだが、素で返されてしまった。「それに、行こうって言い出したのは俺だしな」

そうしている内、ようやく智恵ちゃんのマンションに到着した。警察はもう引き払っているらしく、駅の付近と同様、人影はない。自動ドアを抜けて玄関ホールへ。

さて――。

「あ、そうか。オートロックのカードキーがいるんだったっけ……」

「どうすんだ?」

「こうする」

　ぼくは零崎より一歩前に出て、適当な部屋番号を呼び出した。

「はいー？」

「あのー、302号室の者なんですけど、カード中に閉じ込めちゃって。すいませんけどあけてもらえませんか？」

「あ、はい、分かりましたー」

　がちゃん、という音がして、ガラスのドアが開く。「ありがとう」と文字通り見知らぬ他人にお礼を言って、ぼくと零崎は素早くそのドアを抜けた。

「お前って平気で嘘つくんだな」

「性分でね」

　エレベーターに乗り込み、六階へ。六階の廊下を歩きながら、薄手の白い手袋をポケットから取り出し、両手に嵌《は》めた。

「……つかぬことをオキキしますけれど、お前最初から手袋用意してたってことはさ……」

「うん。そのつもりだった」

　はあー、と感心したように言いつつ、自分もベストから指のある手袋を取り出し、嵌めているハーフフィンガーグローブと交換する零崎だった。こやつの場合は常時携帯しているということだろう。

　そして智恵ちゃんの部屋の前についた。ノブを引いたら、予想通りだけれど、鍵がかかっていた。

「……で、ここはどうクリアするんだ？」

「いや、考えてない。どうしたものかな」

「……あっそ」

　今度は呆れたように言いつつ、ベストから細手のナイフ、いっそ錐《きり》とでも表現した方がよさそうな刃物を取り出し、零崎はそれを鍵穴へ突っ込む。そしてそれを左右にガチャガチャと揺らしたと思うと、《がきり》と何かが嵌るような音がした。ナイフを抜き、くるりと回してベストにしまう。

　それから零崎はノブを引いた。

「開いてたぜ」

「そりゃ無用心だな」

「全くだ。どこに殺人鬼がいるとも知れないのに」

ぼくらは互いに肩をすくめあって、中に入った。キッチンとバスに挟まれた短い廊下を歩き、間にあるドアを抜ける。部屋の中は、土曜日にぼくが訪れたときとほとんど変化していなかった。多少物の位置が動いているようだったが、それは警察が現場検証をした際に生じたものだろう。

そして。

部屋の中央辺り。

白いテープで、人の形が作られていた。

「へぇー」零崎が面白がるように言う。「ホントにやるんだ、こういうこと。ドラマか漫画みてーだな。なんだ、江本って女、俺と同じくらいの体格じゃん」

「みたいだな」

智恵ちゃんは女性としてもちょっと小柄な体格だったが、零崎は男性として滅茶苦茶《めちゃくちゃ》小柄な体格だ。ぴったり同じとはいかなくとも、服を交換することが可能なくらいには同じだろう。

「ちなみに俺って背の高い女が好きなのな」

「そうなのか?」

「そう。だけど背の高い女は背の低い男が嫌いなのな、これが」

「でもきみが殺した六人の中に背の高い女は含まれてなかったけど」

「誰が好みのタイプを殺すんだ、アホ」

零崎は怒ったように言う。どうやらその辺は複雑らしかった。

ともあれ。

ぼくは床のテープに視線を戻す。智恵ちゃんは誰かに首を絞められて、ここにこうして倒れ息絶えたってことなのだろうけれど……。しかしこんなテープで表現されては、あまりに現実味がなかった。ふと、横を見ると、零崎が黙禱《もくとう》していた。目を閉じて、両手を胸の前で合わせている。

「………」

ちょっと迷ってから、ぼくも同じようにした。

それから改めて、テープの周りを検分する。

「……ん」

テープで作られている人型の右手の上。暗いので
よく見えなかったが（しかし、だからといって電気をつけるわけにはいかない）、そこに黒いテープで小さな輪が描かれていた。

検証のときに何かチェックを入れているようだ。

「……？　何かがここに落ちてたってことなのかな」

「いや、よく見ろよ」と、零崎がぼくの隣にしゃがみこんでくる。「何か書いてあるぞ。ここ」

「くそ、もうちょっと光があればな……」

「もう少し待てよ。そのうち目が慣れてくるだろ」

零崎の提案は悠長だったが、しかし今はそうするしかなかった。

やがて、視力が暗順応を始める。

毛足の短い絨毯《じゅうたん》。

その表面に。

赤い文字で。

「……ワイ分のエックス……か？　これ」

どちらともなく、そう言った。

まず筆記体でXと書かれていて、その下に斜線。

そして筆記体でYと記されていた。筆跡が歪んでいるので解読には苦労したが、しかし、その文字を他に読む方法は無さそうだった。

「X／Yって、なんだ？」

「さぁ……」

「赤いけど、これひょっとして血文字って奴？」

「いや、油性ペンみたいだ」

言いながら、ぼくは立ち上がった。

死体の右手辺りに、遺されている文字。

これはつまり、ダイイングメッセージって奴か
……？

「いや、右手とは限らないんじゃねえか？　このテ

ープだけだったら、死体がうつ伏せだったのかあお向けだったのか、分からないだろ」

「あ、そっか。でも零崎、うつ伏せでないと文字なんか書けないと思うけど。これを真実、智恵ちゃんが書いたのかどうかはともかくさ」

「……ん。そっか。犯人が書いたって可能性も残るわけな。それにしたって何なんだよ、X／Yって。数学か？　でも式になってないから、これ以上展開のしようがないぜ」

「途中なのかもしれない」

「はあん。だとすると、お手上げだな。こっから先どんな数式が展開していったのかなんて、想像もつかん」

言いながら部屋の端まで歩いていって、壁を背にどかりと零崎は座った。そして一つ大きなあくびをして、「ねむ」と言う。

「何か分かったか？」

「ダイイングメッセージだけでも収穫だけどね。さて……」

部屋をぐるりと見渡す。暴れたような形跡は、やはりない。壊れたものなど何も見当たらない。こうして見る限り、なくなっているものもないように思える。

「やっぱ、強盗殺人の線は薄いな……」

となると、やはり怨恨《えんこん》か。だけどつい二日前に二十歳になったばかりの娘が、どうして殺されるほどの恨みを持たれるというのだろうか。

ぼくは思考しつつ、部屋の中を検分する。勿論そんなことは警察が存分にやっているだろうが、事件現場をこうして実際に目の当たりにしておくことは、想像力を補う上で必要だった。

あとあとのためにも。

「何かよー」

零崎がぼくの様子を眺めながら言う。その態度から判断するに、これ以上手伝ってくれるつもりはないらしかった。勿論ぼくだって、何も期待しちゃいない。水面に何かを期待するほど都合主義者ではない。

「妙に場慣れしてるよな、お前って」

「経験者だからね」

「どんな経験すりゃ、二十歳やそこらでそこまで派手に壊れられるもんかね。俺にはとんと見当がつかないけどよ」

「殺人鬼に言われたくはないけれど、それはもう言わないことにしようか。そうだな、あまり真っ当な人生送ってないんだよ。いや、真っ当ではあるのかな。だけどぼくが真っ当じゃなかった」

「ふうん。俺ってさぁ、あんま自分のこと好きくないけどさ」零崎は淡々とした調子でぼくの背中に語りかける。「お前みてると、俺みたいなんでもまだマシなんだなって思えるよ」

「それはこっちの台詞なんだけど。ぼくは相当踏み外した人間だけど、きみほどじゃあない。そう思うと割と救われる」

「どうだろうな」

「どうだろうね」

「なぁ……何で人間って死ぬのかな？」

「お前が殺すからだ」

「そうだけど、そうじゃなくてだよ。えーと。何ですか？　アポトーシス？　進化論？　遺伝子？　がん細胞？　自殺因子？　そういう感じの。機能の限界っていうのか」

「そう言えば、人間が生きられる限界は百十歳前後までってのを聞いたことがあるな。いつの時代にしたってどこの地域にしたって、そうなんだってさ」

「ふうん」

「要は生物の多様性の問題だよ。けどさ、実際長生きなんかしても仕方ないだろ。二百年も三百年も生きてても意味なんかないと思うけどね。ぼくは今まで十九年と二ヵ月、生きてるわけだけど、はっきりいうともうかなりうんざりしてるし」

「飽きた？」

「いや、耐えられなくなったって感じ。今はまだ大丈夫だけど、この調子だとさ……、そうだな、あと二年か三年くらいで現実に対する処理能力が限界を迎えそう」

「かはっ、でもさ、それってアレだろ？　十四歳のときにも同じこと思ってなかったか？　自分はあと数年の内に自殺するだろうとか、なんとか」

「思ってた。だけど根性なしだからできなかった」

「臆病鶏」

「まあね。うん、ぼくは昔から鳥になりたいと思ってたんだ」

「それが本当だとしても鶏を望んでないだろう。あいつは飛べないぞ」

「冗談だ。だけどぼくはこうも思う。十年も二十年も生きていて、死と、神様について思考しない人間は、よっぽどどちゃらんぽらんな奴でもない限り、いやしない」

「神と死神《デスエンガッド》か」

「そう。ただ普通はそれ以前に生について学んでいるはずなんだ。死を考える上で生は不可欠だからな、死について思考するためにはまず生を学習しなければならない。よく言われるアレだけど《相手を殺そうと欲さばたとえそれがどのような人物であれまずその対象が生きている必要がある》って奴。ぼくがこれからどんな努力をしてもジョン・レノンは殺せない」

江本智恵も殺せない。

「じゃあ零崎。生きているってなんだろう」

「心臓が動いてることだろ？」

軽口っぽく、恐らくは心にもないことを言う零崎。

違うよ、とぼくは答えた。

「生命行動と生きていることは等号関係にはない。それはともかく、もし仮に、生きていることの前に死ということを学んだ人間がいたとしたら、果たしてそれはどんな人間に成長するだろうな？　いや、それは果たしてヒトと呼んでいい種なのだろうか。生物でありながら死を想い、始まりの前に終わりを偲《しの》ぶ。そんな存在をぼくらはなんと呼称するべきなのか」

「それこそ死神だ。じゃなきゃ、そうだな……」

ふ、と探るような瞳。そして零崎は言いにくそうにぼくを指さした。その先に言葉はなかった。確かに、特別言う必要のないことだっただろう。

「これも結局精神論だけどね」

ぼくはまとめるように言った。

逃げ口上。

「……そのさぁ。さっきも訊いたことだけどさ、お前がそこまでして……、そこまでってのは不法侵入までしてって意味だけど、それ以上に傍観者のくせにここまで自分から首突っ込んで、事件のこと調べてるってのはさ……、何か理由あるわけ?」

「あるね」

ぼくは答えた。本当は「ないね」と答えるつもりだったのだが、思わず口をついたのは肯定の言葉だった。一体どっちが本音だったのかは、自分をしても分からない。

「はあん……、お前葵井のこと好きくも嫌いくもないんだろ? だったらお前が動く理由なんか他に何もないじゃないか。他の三人なんて行きずりみたいなもんで……ああ、なるほど」

零崎は喋っているうちに思いついたらしく、ぽん、と手を打った。

「江本智恵のためか」

智恵ちゃん。

誕生日を迎え、その次の日に無惨にも殺人されてしまった、哀れな少女。

それだけなら、ぼくはなんとも思わない。地球の裏側で飢えた子供が撃たれて死んでもぼくはなんとも思わない。遠く離れた異国の地で地震が起きて数万人単位で人が死んでもなんとも感じない。自分の住んでいる街で通り魔事件が起きようが起きまいが知ったことか。そんな自分が、すぐ隣で知り合いが死んだときだけ悲しみ哀れみ憤《いきどお》るなんて、そんな矛盾を呑み込めるほどにぼくの精神は寛容ではない。

だけど。

それにだって例外はある。

「江本智恵とはね……もうちょっとだけ、話をしてみたかったんだ」

「………」

「それだけなんだけどね、本当」

そっか、と零崎は頷いた。

「なんにせよ傑作であることだきゃー確かだな」

確かに零崎の言う通りに、ぼくがこんなことしなければならない必然性はないし、ぼくらしくないとまでは言わなくても、今やっていることはぼくの流儀からは外れている。

ばかなことをしているとは思う。ただ、間違ったことをしているとまでは思わない。

ふぁあああ、とまたあくびをする零崎。

「……退屈だったら帰っていいぞ」

というか邪魔だ。

零崎はしかし、ゆるやかに首を振った。

「別にいいよ……、それに、お前、俺が帰ったらどうやって鍵締めるんだよ」

「実は鍵がなくても錠を落とせる技術の方は持っているのさ」

「役に立たないもん持ってるな……」

勿論冗談。

零崎はその後、目を閉じて、うとうとと眠り始めた。自分の寝顔を見ているような不思議な異世界感を味わいながら、ぼくは朝の四時まで、智恵ちゃんの部屋を探索した。ただ、これといって何か進展に繋がるものを発見することはできなかった。

「……でも」

そんなことはどうでもいいことだったのかもしれない。事実、ぼくは後半、何かを見つけよう、何かを調べようという気持ちを失い、部屋の中央でテープの人型を見下ろしている時間ばかりを過ごしていた。

そして回想する。

土曜の夜、ここで過ごした時間を。

滅茶苦茶で、理屈なんてつけようもなかった、騒がしいだけのあの時間を。

いささかロマンチックな物言いが許されるのならば、これはぼくにとって、智恵ちゃんに対する慰霊のようなものだったのかもしれない。それこそぼくらしくない解釈だったが、そういう考え方も悪くないような気もした。

今くらいは。


「よし。帰ろう」

「気が済んだのか？」

「うん」

「そっか」

マンションを出て、その場で零崎と別れた。
別れの言葉はなく、
次に会う約束もしなかった。

第四章

赤い暴力――(破戒応力)

0

意味なんかないさ。

わかってる。

わかってる。

わかってる?

1

五月十八日、水曜日。

二限目の授業を終えて、昼休み。二限がある日は(食堂が込むから)昼食を抜くことに決めていたので、ぼくはその足でそのまま基礎演習のクラスへと向かった。


基礎演習。

クラスメイト。

葵井巫女子、貴宮むいみ、宇佐美秋春、そして江本智恵……。

月曜日からこっち、この四人の内一人として大学構内で見かけていない。それはただの偶然ではなく、多分一人として大学に来ていないということだろう。智恵ちゃんは当然としても、他の三人は別に死んだわけでも殺されたわけでもないのに。それは智恵ちゃんのことが原因なのかもしれなかったし、ゴールデンウィークを終えた学生の、単なる習性なのかもしれなかった。

あれから、話は何も進展していない。二人の刑事——沙咲さんと数一さんがぼくのアパートを訪れることもなかったし、三人からの連絡もなかったし、玖渚に対しても連絡待ち状態。当たり前だが零崎とも会っていなかった。

新聞にもテレビにも接しないぼくは、智恵ちゃんの事件がどのような扱いを受けているのか受けていないのか、あれから三日の間に新たな通り魔事件が起きたのか起きていないのか、勿論知らない。

特に知ろうとも思わなかった。

今は、待っているだけだ。

待つのは慣れているから。

「……暑いな……、ぼくはナメクジかもしれない」

呟きながら、校舎移動をする。明楽《めいがく》館から羊々《ようよう》館へ。この百メートルに満たない距離が、百メートルにも満たない癖に、非常に厳しい。うだるような暑さ、なんて言葉の上では知っていたが、まさか実在するとは思わなかった。神戸だってヒューストンだって、ここまで嫌な感じの暑さはなかった。盆地特有の、どろりと湿ったような熱気。それに必死に耐えながら、歩を進ませる。階段を使って、直接羊々館の二階へ入って、ようやくぼくは一息ついた。

と。

そこで見覚えのある人間を見つけた。

とは言え、見覚えがあったから気付いたわけではない。そのあまりにけばけばしい、蛍光ピンクのジャージ姿が学《まな》び舎《や》において異様に映えていたため、《嫌でも目を引いた》というのが正しい。

茶色のソバージュ。そのままコンビニの前にでも座り込んだらさぞかし絵になることだろう。

貴宮むいみちゃんだった。

誰か、同級生っぽいオトコノコと話しているようだ。邪魔するのも悪いかな、と思ってそのまま通り過ぎようとしたら、

「お、……いっくんじゃないか」

と、むいみちゃんの方から声をかけてきた。

「よお」

と男の方もぼくに親しげな挨拶をする。薄い茶髪の、いかにも軽そうな笑顔。はて、誰だっけか。こんな爽やか系サーファー、知り合いにはいないが。基礎演習のクラスメイトだろうか。

「久し振りだな……」むいみちゃんは薄い笑みを浮

かべながら言う。「……えーと……、あー、なんかやりにくいな。あれから、どうしてた？」

「普通に学校来てたけど」

「あっそう……、いや、まあ、あんたはそうだろうな、いっくん」

むいみちゃんは苦笑する。どこか笑顔に無理があり、疲弊《ひへい》しているように見えるけれど、しかしそれこそ無理のないことなのだろう。

「むいみちゃんは？　どうしてたの？　学校じゃ見かけなかったけど」

「あー……、何て言うか……」

言い難そうなむいみちゃん。きっと、自分の弱さを他人に晒《さら》すのが苦手なのだろう。ぼくはそういう種類の人間ではないけれど、その気持ちに限って言えば、理解できなくもない。

「あー、じゃ、俺様プレゼンの準備あるから。そろそろ行ってるわ。またあとでな」

と、男はむいみちゃんとぼくに言って、階段の方へと駆けていった。その後ろ姿を見送りながら、

「せわしない奴だよなぁ……」と、むいみちゃんは呟く。

「普段は不真面目なくせに、自分の見せ場となったら授業でも見栄はるんだよな、あいつは。今日の基礎演習は見物だな。へへ、特等席で見ちゃるぜ」

「………」

「ふうん。じゃ、やっぱクラスメイトだったんだ」

むいみちゃんは数秒間フリーズして、それからぎぎぎ、とでも音がしそうな、油でも切れたかのようなぎこちない首の動きで、ぼくの方を見た。

「あんた、まさか忘れてるのか……？」

「ん？　いや、ほら、巫女子ちゃんから聞いてないかな？　ぼくって記憶力悪いから、あんまりクラスメイトとか分からないんだ。名前聞けば思い出せるかもしれないけど」

しかしむいみちゃんは彼の名前をなかなか教えてくれなかった。まるで呆れているかのようにぼくを

じろじろと見て、ようやく口を開く。

「……宇佐美秋春だが」

「あ」

なるほど。

そりゃ呆れられるわな。

「……そんな印象弱いかなぁ、あいつ……」

「そりゃむいみちゃんよりは。少なくとも秋春くんはピンクのジャージなんて着ないだろうし」

そう言おうかと思ったが、やめておく。多分むいみちゃんは、腹が立ったらちゃんと殴る人だ。しかも一発や二発では済まないだろう。巫女子ちゃんを相手にしていたようにからかっていたら、こっちの身が持たない。

「ただ単純にぼくの記憶力の責任だよ、これは」

「そう思うなら何とかしようとしろよ……」

「でも、印象の問題で言えば確かにそうだけどね。秋春くん、巫女子ちゃんみたいにはっちゃけてるわけでもないし。ぼくはエキセントリックな知り合いが多いから……、ああこの言い方だとぼくに知り合いが多いみたいだね、訂正しよう。ぼくってエキセントリックな知り合いしかいないから、一般的な人ってどうしても印象がかすれちゃうんだな」

「一般的な人ねえ」

くくく、と、なんだか邪悪げに笑ってみせるむいみちゃん。

「何？　ぼく何かおかしいこと言った？」

「いやいやいや……、あんたって意外と人を見る目とかないのな」

「うん？」

「秋春はあんたが思ってるよりかなりえぐい性格してるぜ」秋春くんが去っていった方角を見ながら、妙に含みを持たせてむいみちゃんは言った。続けて「ま、その内分かるさ……その内な」

むいみちゃんは意味深長にそう呟き、そしてリモコンでスイッチを切り替えたように表情を変え、ぼくの方を向いた。

「ちょうどいいや……、あんたには話があったんだ。ちょっとラウンジ行って話そう……」

むいみちゃんは言って、ぼくの返事も待たずに歩き始める。ここからちょっと歩いて右に折れると学生ラウンジがあるのだ。昼休みだから混んでいるかと思ったが、ガラスの向こうを覗いてみるとこの日は何故か、空席の方が多かった。ラウンジの扉にはプレートがぶらさがっていて、それには《立禁止》とゴシック体の赤い文字で書いてある。数年前の学生がほどこした悪戯であり、今では誰にも相手にされていないがゆえに、片付けられることすらないプレートだった。

中に入り、むいみちゃんが先に席へ座る。

ラウンジの中は紫煙で満ちていた。その匂いをかいでむいみちゃんは一瞬服の内側に手を伸ばしかけたが、しかしぎりぎりで思いとどまったらしい。ポリシーを守るのはいいことだが、しかし、ここまで煙草のケムリに満ちている場所でむいみちゃん一人が禁煙したところで、ぼくにとっては大して変わらないのだが。しかしもしそう言ってもむいみちゃんが《いや、自分の決めたことだから》と断ることは目に見えていたので、ぼくは何も言わずに席についた。

「で、話って？」

「とぼけんなよ。今、あたしとあんたがしなくちゃいけないような話は、一つだけだろ？」

「智恵ちゃんのことか」

「巫女子のことだよ」

むいみちゃんは両腕ともにテーブルの上に載せ、下からぼくを睨むようにする。そんな眼差しを受けて身構えないほどに、ぼくは無警戒な人間でもなかった。

「あんた、あれから巫女子に会ったか？」

「あれからって？」

「とぼけるなって言っている。あんたのところにも警察が行ったはずだぜ」

「まあね……」沙咲さんと数一さんを思い出すが、しかし正直あまり思い出したい二人組ではない。

「むいみちゃんのところにも行ったわけだ」

「ああ。感じの悪い二人組だった」

「男と女？」

「そう。なんかX-ファイルに出てきそうな男と地下牢へ面会に行きそうな女。こっちは警官ってだけで反発意識が高まるってのに、ましてあんな二人じゃな……そんなことよりも」と、むいみちゃんは姿勢を正す。「昨日、智恵の葬式だった」

むいみちゃんは少しだけ、ぼくを責めるような顔つきになった。

「来なかったな、あんた」

「……て言うか、連絡が来なかったしね」

「巫女子も来なかったよ。あたしと秋春は行ったけどね」

「ふうん。ま、仕方ないいんじゃない？　ショックだっただろうし」

「《ショックだっただろうし》ね。他人事みたいに言うんだな」

そりゃ他人事だからね、とは、さすがに言わない。言っていいこと、悪いこと。

「あんたは全くショックを受けてないってのか？　智恵が殺されたことに対してさ」

「聞いた瞬間は、そりゃ、それなりには。だけど三日もすればね、それなりに、ぼくとしても。心の箪笥の整理ですか。過去は全部思い出だから」

「智恵の友達としちゃあ、怒ってやりたいところなんだが……、ま、その通りだな」むいみちゃんはなんだか自虐的な口調だった。「人間の心ってのはまぁ、便利にできてる。特にあたしは図太いからかな。三日で学校に出てこれるとこまでに回復したよ。でも、やっぱり最初は衝撃的だったな。ついさっきまで一緒にいた人間が……」

むいみちゃんはぱちん、と指を鳴らした。

そして黙る。気まずいと言うより、居たたまれないような雰囲気が、痛々しいような空気が、ぼくとむいみちゃんとの間に流れた。

「秋春くんは……、さっきの調子だと、ある程度立ち直ってるみたいだね」

「そう見えたか？」

「……見えたけど」

「見えたんなら、まあいいさ」

むいみちゃんはなんだか意味深長な態度だった。

《秋春はあんたが思ってるよりかなりえぐい性格してるぜ》と言ったときと同じような、そんな含みを持った態度。

一体何だって言うのだろうか？

だけど、それを読み切る前に、むいみちゃんは話を変えた。

「……智恵の声を最後に聞いたのは、あんたなんだってな」

「……うん。電話でとはいえ、ま、そうだね。巫女子ちゃんから聞いたの？ それとも刑事さんから？」

「巫女子からだ」と、頷くむいみちゃん。「昨日、智恵の葬式が終わってから巫女子ん家に行ったんだけど……、あいつは回復まで、もっと時間がかかるんじゃないかって思う」

「そっか」

「……何とも思わないのか？」

「うん？ どういう意味？」

「つまり、巫女子が落ち込んでいるって聞いて、あんたは何とも思わないのかって、そう訊いたんだ」

「……、こだわるね、随分《ずいぶん》。その辺。みんな」

《みんな》という言葉に、少しだけ怪訝《けげん》そうになったが、しかし、そのあとむいみちゃんは「はぁーあ」と、嘆息するように背伸びをした。

「鈍感が……」

「何か言った？ よく聞こえなかったけど」

「いや、何も。ま、余計なお世話なんだろうけどなぁ……確かに。こういうのって柄じゃないし。そもそもあたしは最初反対したんだよなぁ……」

「うん？」

「なんでもねえよ。じゃ、これはあたしからのお願いだ……。シンプルな、何の下心もないお願い。ちょっと巫女子ん家、行ってやってくれないか？」

むいみちゃんはそう言って、ジャージのポケットからメモを取り出し、ぼくに手渡した。そこには《あおいいみここ》と平仮名で書かれた巫女子ちゃんの名前と、その下に住所と電話番号が書かれていた。

「すごい丸文字だけど、誰が書いたの？」

「あたしだ」

「あー……」

「なんだ？　その《ああ納得。そうそうそんな感じ》ってツラは」

「いや、別に、そういうつもりはないです。ふうん……」

むいみちゃんの視線から逃げるように、メモに目を落とし、巫女子ちゃんの住所を確認するぼく。堀川御池。そう言えばいつか聞いたかな……。聞いたような気もするし、今初めて知ったような気もする。よく思い出せなかった。

「学校からならちょっと遠いね、ここ。巫女子ちゃんはじゃあ、ベスパで通学してるわけだ」

「いや、バス。学校バイク通学禁止だから」

「あ、そうだっけ」

ちなみにぼくは徒歩通学。自転車は持ってはいるけれど、基本的にあまり使わない。別に歩くのが好きというわけではないけれど、自分には一番似合う移動手段のような気がするのだ。

「それで？　ぼくが巫女子ちゃんのとこ行って、どうするんだ？」

「落ち込んでいるから、励ましてやってくれ。《あんまり落ち込んでても仕方ないよ》とか《元気だして》とか、そういう風に普通のこと言ってくれればそれでいいから」

「普通のことね……、でもそういうのってむいみちゃんが言った方がよくない？　あ、昨日言ったんだっけ。でも親友のむいみちゃんが言っても無駄ならさ、ぼくが言っても……」

「……難しいことは言わないからな。行ってくれたらそれでいい。本当にそれだけでいいんだ。巫女子に会って、一言二言励まして、あとは雰囲気でなんとかしろ」

雰囲気でなどと言われても。

しかし、別に断る理由もなかったし、都合がいいといえば都合がいい申し出でもあったので、ぼくは「分かったよ」と引き受けた。

「今日学校終わってからでも寄ってみるよ」

そのとき、三限目の始まりを告げるチャイムが鳴った。むいみちゃんが「あっちゃあ」という顔をする。ぼくも表情にこそでなかっただろうけれど、似たような気分だった。

時間のケルベロス、猪川先生。

「あーあ……、チャイム鳴っちゃったよ」

「今から行ったら欠席扱いだな。いや、そもそも教室にいれてもらえないか……」

「仕方ない……秋春の雄姿が見れないのは残念だが、サボろう」

むいみちゃんの決断は早かった。ぼくはもうちょっと頭の中で悪足掻きをしたが、そうシミュレートしたところで時計の針は戻ってくれそうになかったので、「やれやれ」と、諦めた。

「……どうする？　メシでも食べに行く？」

「今の時間はまだ食堂込んでるだろ」

「あ、そうか。……じゃ、ここでもうしばらくダベってようか」

「じゃ、ちょっと質問していい？」ぼくはこれをいい機会と判断することにして、むいみちゃんに言った。「智恵ちゃんって誰かに恨まれるようなこと、あった？」

途端、むいみちゃんの表情が難しいものになる。

思い悩むような、いやむしろ、分かり切っていることを慎重に確認し直しているかのような。そしてしばらくの間迷うような仕草を見せてから、

「ないな」

と、むいみちゃんは断定した。

「理屈じゃなく、誰かに恨まれたりできる娘じゃないよ、あいつは」

「恨まれたり……できないってのはまた、随分とヘンな表現だな。中学生の英語の訳みたいだ」

「しかしこれが的確だと思うね……、あたしはそう思う。智恵とは高校生のときからの仲だけど、それくらいのことは分かる」

「……その、ちょっと話逸らすけど、むいみちゃん達って、どういう関係なわけ？　巫女子ちゃんとはガキの頃からの付き合いって言ってたよね」

「あたしと巫女子が幼馴染で、高校で秋春と智恵と知り合った」

「ん？　あれ、それおかしくない？」

「何が？」

「だって巫女子ちゃんって四月生まれの十九歳で、智恵ちゃんが二十歳……」

「あ、いや。智恵は中学でダブってるから」

「ああ……」

浪人でも帰国子女でもなかったか。留年。その選択肢は、不覚にもぼくの想像外だった。

「長期入院でな……、半年くらい学校休んで、それ以外にもなんか休みがちだったから、出席日数が足りなかったんだって。結構やばい病気だったらしい。うん、死にかけたって言ってたよ」

死にかけた。

死。

死を意識。

「ふーん……」ぼくはなるべく平静を装って相槌《あいづち》を打ったが、しかし、上手くいったかどうかは分からなかった。「なるほど……そういうことか」

それが江本智恵のルーツか。

ぼくは一人、むいみちゃんに気付かれないように何度も頷いた。

「だから、四人でいうなら高校生からの付き合いだな。秋春と智恵も、高校で初対面らしかったし」

「……分かった。話、続けて」

「あ、うん。つまりさ……智恵、あいつは順応するのがうまいんだよ。あ、いや、違うかな……、あえていうなら……あんたに似てるのかもな、いっくん」むいみちゃんはぼくを二回、指さした。「パーソナルサークルってあるだろう？　その見極めが圧倒的に上手かったんだ。ある程度の距離までは平気で近付いてくるくせに、そのラインから中には絶対に踏み込まないってか。肝心なところには絶対触れてこないし、そしてそれ以上に、肝心なところには絶対触れさせない。つかず離れず、遠からず近からず。一流の剣道家みたいな」

「………」

剣道家という言葉に、ぼくは少しだけみいこさんを思い出した。

「智恵はあたしの友達だったけどさ……、一度も心を開いてくれたことがないんじゃないかと思うよ。それ以上に、あたしは智恵にとって、何の助けにもなれなかったんじゃないかって、そう思うな」

「そんなことはないと思うよ」

言ったものの、むいみちゃんには意味がなかっただろうし、ぼくもあまり意味があるとは思っていなかった。むいみちゃんの推測が正解かどうかはともかく、それに近いことだけは確かだったから。

だけれどむいみちゃん。勘違いをしてはいけない。その勘違いは、智恵ちゃんにとって残酷なまでに失礼だ。もしもきみが智恵ちゃんと友達だったというのならば、そんなことは言うべきではない。

智恵ちゃんはぼくになんか、似ていない。

それは単純に、似たような種類のレールの上を走っていたというだけであって、本質的に、智恵ちゃんとぼくとは違うのだ。

ぼくが似ている本質は殺人鬼なんだよ、むいみちゃん……。

「——そんな奴だから、逆恨みでさえ人の怒りを買うことはなかったと思うな。それは断言していいと思う」

「だけど、じゃあ一体誰に殺されたんだろう」

「知るか。例の通り魔じゃないか？」

「通り魔が使った凶器は刃物だよ。確かね」

「……いーじゃないか。誰かが殺したんだろ。あの刑事達は優秀そうだったから、ほっときゃ犯人見つけてくれるさ。あたしらにできることなんか、何もないしな……」

穏やかなことを言いながらも、むいみちゃんの表情は険しい。

きっと、本当は不本意なのだろう。

大事な友人が殺されて、尚、何もできない自分が不甲斐ない。だけどむいみちゃんには本当に何もできないのだ。多分、一切の偽りなく、智恵ちゃんを殺しそうな人物に心当たりがないのだろう。怒りをぶつけるべき犯人という対象が、全く見当たらないのだ。

ふむ。

「……なーにやってんだろうな、みんな」むいみちゃんは首をそらして、ラウンジの外を歩いている学生達を見ながら、言った。「本当、みんな、なにやってんだろうな」

「みんなって？」

「みんなさ。ここにいるみんな。くっだらない……生きてるだけじゃないか。死んでないってだけ。生きてるだけじゃないか」

生きてるだけじゃないか。

そう繰り返して言って、むいみちゃんは、「だりぃ」と、姿勢を戻した。

「何か目的とかあるのかね……、みんな。人生の目的とか、将来の目標とか。そういうの、ちゃんとあるのかね」

「あるんじゃないか？　人それぞれ。なくても別にいいだろうし」

「つーかあたしの言いたいのはそういうことじゃなくて。分からないかな。えーと……、そんな複雑なことじゃないんだよ。たとえばあいつらだ」

言って、ラウンジの反対側にいる女の子の集団を指さす。垢抜けている雰囲気から見て、多分二回生か三回生だろう。何の話をしているのかはここからは聞こえないけれど、そしてたとえ聞こえたところでぼくには理解できないような話題で盛り上がっているのだろうけれど、とにかく、彼女達は楽しそうに笑いながら、お互いの肩を叩き合っている。

「それで今あたしの手の中にアサルトカービンがあったとする。M4A1だ。狙いをつけて……ららららら、らららっ！……どうなる？」

ぼくはもう一度彼女達に目をやる。変わらず楽しそうに笑いあっているが、しかしぼくのイメージの中での彼女達は、血まみれになって、身体は引きちぎられ、窓の外にまでぶっ飛んでいた。

「そりゃ、死ぬだろうと思うけど」

「ああ、多分死ぬ。……だけどさ……、あいつら、そのとき、何を思うんだろうな？　後悔するのかな？　……しないんだろうなぁ、って思う」

むいみちゃんは軽蔑《けいべつ》するような視線を彼女達に送るが、彼女達はそれに気付かない。自分達の話に夢中なのだ。ぼく達のことなんかに目もくれないくらいに、夢中。

「何も悔いることがないんだろうな。やり残したことってのが、多分ないんだ。そりゃそうさ、やりたいことも、目的すらもなく生きてるんだ。なににしたって《やり残しよう》がないのさ」

「…………」

「勿論人生がつまらないってわけじゃない。そこそこ楽しい。だけどあいつら、必死なんだよな……。あいつらさ、明日の暇《ひま》をどう潰すかを考えるのに、必死なんだ。気が付けば暇潰しの方法を考えてる。

明日は何をして過ごそうか。その次の日は？　どうやって二十四時間を潰そうか。スケジュール表の空きを埋める方法を、ばかみたいに必死で考えてる。けど、なんなんだ？　それって。何の意味があるんだ？　明日の朝が来なかったら、それはそれでいいってことじゃないか。生きてるから暇潰ししてるだけでさ……生きてるだけなら死んでもいいんだよ……、あたしは、そう思う。……ああ、ごめん、よく分からないこと言ったな」

「いや、興味深かったよ」

本音でぼくはそう言った。

そして恐らく、むいみちゃんはこうも考えているのだろう。

果たして、

智恵ちゃんはどうだったのだろうか、と。

殺されたその刹那、智恵ちゃんは一体何を思ったのか。智恵ちゃんの心の中にまでは踏み込めなかったむいみちゃんにとって、それは永遠の謎だ。しかし単なる推測で言うならば、傍観者としてのぼく個人の見解を言うならば、あそこで騒いでいるかしましい女の子達同様、何の後悔もなかったのだろうと、そう思う。

「そろそろ食堂もすいた頃合だろ」むいみちゃんは時計を確認して、席を立った。「メシにしようぜ。僚友館《りょうゆうかん》なら座れるだろうし」

「いや……、悪い、一人で行ってくれるか？　あんまりお腹すいてないんだ」

むいみちゃんはちょっと首を傾げて「そっか」と言った。一旦そのまま立ち去りかけたが、そこで足を止めて、振り返った。

「……そういや、あんた、なんで巫女子の誕生日が四月で、十九歳だって知ってるんだ？」

「巫女子ちゃんから聞いたんだよ」

「質問修正。なんでそんなこと憶えてたんだ？　あんた記憶力悪いんだろう？　そんなこと憶えてるわけがないじゃないか」

失礼な質問だが、秋春くんの顔すら忘れていたぼくに対して持つ疑いとしては、正当なものかもしれない。

「ちょっとそれなりの事情があってね……。詳しくは言えない」

ふうん？ とむいみちゃんは不思議そうにしたが、それ以上突っ込んでは訊いてこなかった。

「こっちからも最後に質問。むいみちゃん、《X／Y》ってなんだか分かる？」

「うん？ ……XをYで割るって意味だろ」

「そうだね」

「それ以外の解釈なんてないと思うけど」

「いや、いいんだ。ありがとう」

「何なんだ？ それ」

「智恵ちゃんの遺したダイイングメッセージだよ。意味はぼくにも分からない」

ダイイングメッセージという言葉に、むいみちゃんは少し怪訝そうな顔をしたが、それ以上突っ込んではこなかった。ちょっと考えるような仕草をしてから、「ふうん……じゃ、またな。巫女子のこと、よろしく」と、手を上げて、ラウンジから出て行った。

ぼくは手を振って、むいみちゃんを見送った。

しばらくの間、ぼくはラウンジで何も考えずにぼぉっとしていたが、いい加減紫煙で喉が痛くなってきたので、外に出ることにした。ポケットに手を入れると、何か紙に触れる。取り出してみると、さっきむいみちゃんから渡された、巫女子ちゃんの住所のメモだった。

「……仕方ないよな……」

これもいい機会と見るべきなのかもしれない。

幸い、基礎演習の後の授業は出席を取らないタイプの講義だった。ぼくは三秒ほど考えてから、自主休講を決心する。

死んだとき、
ぼくは後悔しないどころか、

安心するんだろうと、

思いながら。

生きているだけの人間と何回かすれ違いつつ、ラウンジを後にした。

2

巫女子ちゃんの住む堀川御池のマンションは、智恵ちゃんのマンションよりも一回りか二回りくらい、豪奢《ごうしゃ》で立派な感じだった。学生が住むにはいささか贅沢《ぜいたく》過ぎる感もあるくらいに美々《びび》しく、むしろ荘厳と言っていいような雰囲気すらある。

「さて……」

学校からバスを使ってこのマンションの前に辿り着いたときの時刻は二時過ぎだったが、しかし、現在時刻は三時半だったりする。つまりこの事実を論理的かつ客観的に観察し考察する限りに於《お》いて、マンションの玄関口で佇《たたず》んだまま、ぼくは一時間半の時間を浪費した計算になるわけだ。

「……一体いーちゃんが何をしているのかと言うと年頃の女の子が一人で暮らしている部屋を訪ねることに対してビビってるわけなんですね、これが」

現状を再認識するために自分で解説してみたが、あまり意味はなかった。むしろただのばかみたいだ。しかし、考えてみればこんなこと——《何か》を行うことを既に決定しておきながら、しかしその決行に対して長時間といって差し支えないくらいに躊躇《ちゅうちょ》する——は初めてかもしれない。気の置けない仲の相手にならばそんなことにいちいち思案したりしないのだが、巫女子ちゃんは知り合って数日（実際は先月からだが）の女の子。別にぼくの方は構いやしないけれど、巫女子ちゃんが気を悪くするんじゃないかと思う。

と言うか。

基本的に受動態人間であるぼくは、こんな風にイニシアチブを取ることが決定的に苦手なのだった。

「あー、なんかマジでカッコわり……」

それにしても、いくらなんでも一時間半は迷い過ぎだろう。なんだか段々ばかばかしくなってきて、ぼくはようやく決心し、マンション内へと足を踏み入れた。智恵ちゃんのマンションとは違ってオートロックでもなかったし、ゆえにカードキーも不要だったが、その代わりに監視カメラが玄関ホールを見張っていた。ちょっと知恵を回せば切り抜けられる玄関ロックよりも、こういった融通《ゆうずう》の利かないカメラの方がよっぽど効果があるだろうな、と思った。勿論一番効果があるのは、玖渚が住んでいる化物マンションのように、リアル警備員を配置することだろうけれど。

むいみちゃんからもらったメモを見る。

四階、三号室。

エレベーターに乗り込んで、「4」のボタンを押す。ほどなく四階に到着し、細い廊下を歩く。エレベーターの前と、廊下のそれぞれ両端に一つずつ、監視カメラがある。うーん、しかし、いくらなんでも警戒し過ぎじゃないだろうか？　コンビニだってこんなにカメラの数はないぞ。大物芸能人でも隠れ住んでいるのだろうか。京都なのに。いや、京都だからこそ、なのか？

そんなどうしようもないことを思いつつ、三号室の前についた。ここまで来て迷っていても仕方がないと、ほとんど間をおかずにインターホンを押す。比較的普通のベル音がして、やがて、部屋の中で何かが動く気配。まあオンナノコだから準備に時間がかかるだろうなぁと、長期戦を覚悟して、背後の壁に体重を預ける。

「はいはーい……今開けるよ——」

え。

あれ。めちゃくちゃ速い。それは喜ぶべきことのはずだったが、何故かぼくは嫌な予感がした。そして傍観者としてのぼくの嫌な予感は、百パーセントの的中率を誇る。やばい。何かイベントが起こるぞ。

「むいみちゃんにしては遅かったねー……何かあったのー？」

がちゃりと。

錠が外れる音がして、ドアが開く。

「…………」「…………」

ぼくは反応し損なったし、巫女子ちゃんは反応できなかった。

完全にフリーズ。

三つのキーを押しても無反応だ。

「あ……あ。あ……あああ……あ」

巫女子ちゃんはまず紅潮し、それから蒼白になり、再度紅潮した。

「ちゃお」

とりあえず挨拶をしてみた。

「うにゃあああああああああああああっ！」

耳をつんざくような悲鳴が上がり、ついでフレームが歪むんじゃないかというくらいの勢いで、扉はすごい音と共に閉じられた。世界が一瞬大きくひずみ、そして、何事もなかったかのような静寂。

「…………」

とりあえず、名誉に関わりそうな悲鳴についての
ぼくの無実は、監視カメラが証言してくれるからいいとして。

「ま……、そりゃあなぁ……」

あんないかにも起き抜けの顔で、髪の毛ぼさぼさで、とどめにウサギ柄のパジャマ、その前面を大きくはだけたままの姿で異性の前になんか出ようものなら、巫女子ちゃんでなくともああなるだろうな……。

「なんでっ！」扉の向こうから、今にも泣き出しそうな声が聞こえてきた。いや、雰囲気からするともう泣いているのかもしれない。「なんでなんでなんでなんで、なんでっ？　どうしていっくんがそこにいるのっ？　むいみちゃんが来るんじゃなかったのっ？　《素人《しろうと》探偵浅黄《あさぎ》蟬丸《せみまる》、密室首斬り殺人事件を即座に解決、ただし犯人現行犯》みたいなっ！　頭がっ！　あたし分からないっ！　なんで？　嘘嘘嘘嘘っ！　マボロシだっ！　こんなの嘘だぁっ！　夢だ！　悪夢だぁっ！」

あー、パニクってるパニクってる。

ぼくの方もあまり冷静とはいえなかったが、相手がこうも派手に狼狽してくれれば、こちらの理性は保てようってもんだ。なるほど、最初はむいみちゃんがお見舞いに来る予定になっていたわけだ。そこをあの億劫屋のヤンキー娘は、その役割をぼくに譲り渡し、しかもそれを巫女子ちゃんに連絡していなかったらしい。

よし、状況は認識した。

続いてマニューバー承認を開始する。

「ヘンだよっ！　いっくんがここ知ってるわけないもんっ！　幻覚だよっ！　タチの悪い悪戯だよっ！」

「あー、まあその辺の事情は後で説明するから、とりあえず入れて欲しい。立ち話もなんだしさ」

「帰ってよっ！　早く帰ってっ！　あ、待って、ごめんなさいっ、帰らないでっ！　部屋片付けるから

っ！　準備するから、ちょっと待ってて！　お願いっ！　それでさっき見たこと忘れててっ！」

「もう一度見たんだからいいだろ。入れてよ」

「絶対駄目っ！」

　鋭い拒絶の言葉を最後に、巫女子ちゃんは部屋の奥へと走ったらしい、どたどた音が廊下にまで響いた。それだけじゃない、なにやら格闘するような効果音が、部屋の中から聞こえてくる。きっと掃除でもしているのだろう。そんな気を遣わなくてもいいのにな、と思いつつ、ぼくはもう一度、壁にもたれかかった。結局巫女子ちゃんの部屋の中に入れたのは三十分後、四時を過ぎた頃だった。

　部屋の作り自体は智恵ちゃんの部屋とそんなに変わらないけれど、家具の数が圧倒的に多かった。どうやら巫女子ちゃんは所有欲豊かなジョセイのようだ。決して散らかっているわけではないのだが、しかし乱雑な印象は否めない。

「てへへ。ちょっと待っててね。お茶出すから」

　巫女子ちゃんはピンク色のキャミソールにハーフパンツ。肌の露出という観点から言えばさっきのパジャマ姿の方がずっと少なかったと思うのだが、いかがなものだろう。髪も綺麗にセットされていて、まるで別人のようだった。

　卓袱台《ちゃぶだい》の上にコップが置かれる。勿論中に入っているのは水道水ではなくおいしそうな麦茶である。氷が三個も入っていて、いかにも冷たそうだった。

　巫女子ちゃんはぼくの正面にちょこんと座った。

「えとえと。それでいっくん、どうしたのかなっ」

　さっきの失態をいまだ気にしているのか、巫女子ちゃんの挙動は不審だ。新京極を歩けば機動隊隊員に声をかけられること必至である。「えとね。もうすぐむいみちゃんが来てくれるんだよっ！　待ち合わせ時間過ぎてるんだけどね遅いねむいみちゃんっどうしたのかなっ！」

「あー、その代理す」

　ぼくは慌てる巫女子ちゃんをなだめるように手の

ひらを上下させながら、言った。巫女子ちゃんは「うわっ」と驚いて、それから怒ったような、照れたような、嬉しがっているような、よく分からない曖昧な笑顔を零《こぼ》す。

「あー、もう、むいみちゃんは……」

「ああ、大丈夫。長居するつもりはないから、安心して。落ち込んでるって話だったけど、元気そうで安心したよ」

「あ……」

落ち込んでいる、という言葉に反応し、巫女子ちゃんは顔を伏せる。少し気遣いの足りない発言だったのかな、と思ったけれど、仕方ない、ぼくはこういう物の言い方しかできないのだから。

そう。巫女子ちゃんはただ、友達が殺されたというだけではない。その殺された友達の死体を、一番最初に見てしまったのだ。動かなくなった、生命活動の一切をとりやめたその身体を、最初に網膜に焼きつけたのは巫女子ちゃんなのである。そして今もきっと、それは焼きついたままになっているだろう。元より落ち着くとか落ち込むとか、そういう段階の話ではない。

「じゃ、いっくん、あたしが学校休んでるの心配して、来てくれたの？」

「ん。ま、そんなところ」

本当は少し違うけれど、それくらいの誤差は無視してもいいだろう。

今度は、巫女子ちゃんは分かりやすく嬉々《きき》とした微笑で、「ありがとねっ！」と早口で言った。

「すっごく嬉しいよっ！　いっくんが来てくれて、すっごく嬉しいっ！」

「お礼を言われるようなことじゃないけどね……、手ぶらだし」

自分で言って気付いたが、他人の、しかも病人の家を訪れるというのに手ぶらというのは、かなり非常識かもしれなかった。しかし学校から直接きた以上、仕方がないのではと思う。

いいんだよっ、という巫女子ちゃん。

「別に体調崩してるってわけでもないんだからっ。その、ちょっと、学校行くのは……、嫌でもともちゃんのこと、思い出すからさ……」

「でもここにいれば思い出さないってわけでもないだろう？」

「それは、そうだけどね……」巫女子ちゃんはあはは、と力なく笑った。「うん。でもいっくんの顔見て元気出た。大丈夫。明日から、ちゃんと学校行くよ」

「別に学校はどうでもいいと思うけどね。警察の人達とか、ここに来てるわけ？」

「んー、何度かね。二人組の大きな男の人と、ちょっと怖そうな女の人。仕方ないんじゃないかなっ、巫女子ちゃん、ダイイチ発見者だし。サツジン事件なんだしさっ」

「……誰が智恵ちゃんを殺したんだろうね」

ぼくは何となく、特に問い掛ける風でもなく、独り言のように、しかし巫女子ちゃんに聞こえるように、そう言った。

「……分からないよ……」巫女子ちゃんの弱い声での答は、予想通りだった。「ともちゃんて、絶対に、本当に絶対に、人から恨まれるような娘じゃないもん」

「むいみちゃんも言ってたね、それ。だけどさ……、実際問題として、誰からも恨まれずに済む生き方なんて可能なんだろうか。ぼくは割と、その辺は疑問なんだけど」

「え？」

「智恵ちゃんと巫女子ちゃんは友達同士だったからそういう風に思うだけで、実際誰かから恨まれていたって可能性は、考慮には値すると思うよ。たとえば……それが逆恨みでも」

巫女子ちゃんはたまらなそうに沈黙する。あまりにも沈痛なその表情に、ぼくは思わず、「ごめん」と謝った。何とか気丈そうにふるまってはいるものの、まだ巫女子ちゃんは、そんな話ができる状態ではなかったのだろう。

「……やっぱりぼくが来るべきじゃなかったよな」

「えっ？　どうしてっ？」今度は独り言のつもりだったのだが聞こえてしまったらしく、巫女子ちゃんは慌てた素振りで顔を起こした。「そんなことないよっ。いっくん、来てくれて嬉しいよっ」

「いや……、だってそうやってぼくに気を遣って、空元気で振舞うだろ？」

こういうときはやっぱり、むいみちゃんのように気の置けない、本音を言える相手の方が、本当はいいのではないのだろうか。だけど巫女子ちゃんは
「そんなことないよっ」と、繰り返した。

「空元気でも、嘘でも繰り返してたらホントになるもんっ。大丈夫だよっ。あたしは本当にいっくんが来てくれて嬉しいよっ。たとえ、むいみちゃんに言われていやいや来たんだとしてもさっ」

「いやいやってわけでもないけどね……、ぼくは嫌なことはちゃんと嫌って言うし」

「そうなの？」

「いや、言ってみただけ。本当は割と流される」

だろうね、と巫女子ちゃんは笑顔で頷いた。

ぼくは嘆息《たんそく》のようなものをはきながら、ぐ、と腕を伸ばす。

「冗談はさておき……、実際のところ、どうなの？　ショックからは、そろそろ立ち直れそうなわけ？」

「うん。大丈夫。ただ、さ……」

と、巫女子ちゃんはぼくの右の方に視線をやった。見てみると、そこには乱雑に、新聞や雑誌が積まれている。

「……あのね、あたしが小学生の頃の話とか、していい？」

「いいよ。何でも聞こう」

「……小学三年生のときにね。小学校の、あたし達のいる校舎の改築工事があったのね。トラックとかショベルカーとかが、頻繁《ひんぱん》に校内を出入りしてた

の。ある日、ちょっとしたニアミスで、大量の砂を積んだトラックが、一年生の校舎に突っ込んじゃったの」

「そりゃまあ、派手なことを……ニアミスじゃすまないな」

「うん。校舎の壁は壊れて、教室の中に砂は流れ込んで一年生の子は埋まっちゃうし、もう大騒ぎだったの。あ、でも、勿論あたし達ってまだ子供じゃない。そういう状況を結構楽しんだ。むいみちゃんなんかはっちゃけてはっちゃけて。砂の上でサーフィンして遊んでた」

「あー……」

そういう子供っぽいよな、あのムスメは。

「それでね、次の日。あたし、早起きして新聞を読んだの。自分の学校のことが新聞に載るなんて誇らしいことじゃない。あ、勿論事故を起こしたことで載るんだから誇らしいはずがないんだけど、でも、とにかく、《新聞に載る》って事実が嬉しかったのね」

「ま、子供だからね」

「でも……載ってなかったんだな、これが」巫女子ちゃんは珍しく、少し自虐《じぎゃく》的な感じで嘆息した。「あたしにとっては大事件だったんだよ。でもね、そんなの、全国区的に見たら、全然大したことじゃなかったんだ。そのときの一面が何だったかは忘れたけどさ……、あのときは、《お前はとってもちっぽけな存在なんだ》って突きつけられたみたいな感じだった。あたしが《すごいっ》て思ったことなんて、他の人にとってはどうでもいいことなんだって、すっごく悲しい気分になった」

「…………」

「今も割と、そんな感じ」

と、巫女子ちゃんは、新聞、雑誌を指さした。

そうだろうな、とぼくは思った。京都連続通り魔事件みたいなセンセーショナルな印象を持った事件ならばともかく、一人暮らしの学生が部屋で殺された、みたいな、言っちゃ悪いが地味なニュース、そうそう掲載され続けはしないだろう。載って翌日、その翌日までの新聞。それも、大したスペースも取らない、小さな記事。

　ぼくは自然、黙ってしまった。巫女子ちゃんも、それっきり黙ってしまった。しばらくどうしようもないような沈黙が続いたが、それを打破したのは巫女子ちゃんの方だった。しかしそれは、随分と意味不明な方向へ向けての打開だった。

「いっくん、あれから浅野さんと、骨董巡りとか行ったのかな？」

「は？」ぽかんとなってしまった。「え？　どういう意味？」

「あ……、あ、ごめんっ！　変なこと訊いちゃってっ！　ごめんなさい、こんなこと訊くつもりじゃなかったのにっ！」

「それは別にいいんだけど……」

　どうして巫女子ちゃんが、ぼくとみいこさんが一緒に骨董巡りをすることがあるのを知っているのだろう。みいこさんが巫女子ちゃんにそんなプライベートなことを喋るわけもない。そう言えば確かにみいこさんにそういう約束をしたような、しなかったような……あ、そうだ、思い出した。巫女子ちゃんはあのとき、起きていたのだっけ。

「あ、ひょっとして気にしてるわけ？」

「え？　え、え、え？　な、何がかなっ？」

　巫女子ちゃんを泊めてもらったお礼に骨董巡りに付き合うという形になったので、それで巫女子ちゃんは気に病《や》んでいるのだろうかと思っての質問だったのだが、巫女子ちゃんは予想以上に焦った態度を取る。どうにも読み切れない娘だった。

「ま、気にするようなことじゃないよ。別に。よくあることだし」

「よくあるのっ？」

「うん。あの人割と買い物好きだからね。押入れの中とか見せてもらわなかった？　ただでさえ狭い部屋なのにね、どんどん骨董買うから。まあ一通り愛《め》でたら売るらしいけど。芸術は独り占めするもんじゃない、とかなんとか言ってね」

言いながらも買値より高く売ったり売らなかったりするあたり、みいこさんも一筋縄ではいかない。

「つまりぼくは荷物持ちってわけだ。これでもオトコだからそれなりの基礎体力はあるわけで、使えるものは隣人でも使えってあれ。ぼくは別に骨董とか興味ないけど、だからって特に骨董嫌いってわけじゃないから、頼まれたら出陣する」

「ふうん、……そうなんだ。じゃ、浅野さんと一緒に、よく、出かけたり、するんだ、ねっ」

何故か巫女子ちゃんの言葉は途切れ途切れだった。

「よくってわけじゃないけど、ああ、でもあの人京都長いからね。高校中退してからずっとここらで一人暮らししてるんだってさ。骨董屋巡りのついでに仏閣案内とかしてもらったことはあるな。晴明神社とか、哲学の道とか。知ってる?」

「うん。まあ、名前くらいはね。あんまり興味はないけど」

「あれ? 前に京都詳しいって言ってなかった?」

神社仏閣に興味がなくて、どうして京都に詳しいのだろう。疑問に思ってそう言うと、巫女子ちゃんは「あ、いや、それは、まあ色々と」とあからさまに誤魔化《ごまか》した。

「なんでそんなことだけはいちいち憶えてるかな……。それよりもさっ。つまりいっくんって、浅野さんと仲がいいってことだよねっ」

巫女子ちゃんは、前にも聞いたようなことを言った。随分とそこにこだわるが、巫女子ちゃんはみいこさんと何かあったのだろうか? たった一晩の間で、何があるとは思えないのだが。そしてどうして、こうもぼくとみいこさんを仲良くさせようとするのだろう。よく分からない。

「うん。まあね。割合面白い人だし、仲がいいというよりは世話になっているという感じなんだけど。たまに車借りたり。フィアット500だぜ、フィアット500」

「うーっ、じゃ、じゃあ、いいのかなっ」

巫女子ちゃんは車には全く興味がないらしく（まぁなんと言っても《ラッタッタ》だし）ぼくの台詞を聞き流し、訳の分からないことを言い始めた。

「こうやって、別の女の子の部屋とか来ちゃってさっ、構わないのかなっ」

「うん？　うん。えーと、帰れってこと？」

「そうじゃなくってさ！　いっくんは、その、浅野さんと一緒に出かけたりするわけでしょっ？　だったら、その……、ああっ、もうっ！　いっくんのトウヘンボクっ！」

巫女子ちゃんは顔を真っ赤にして卓袱台を叩き、怒鳴った。どうしてそうも感情を高ぶらせているのかこっちには全然分からないので、混乱するしかない。すごく理不尽なようだけれど、ただ、ぼくの存在が巫女子ちゃんを怒らせていることだけは確かなようなので、とりあえず、

「なんか、よく分からないけど、ごめん」

と謝った。

うー、と巫女子ちゃんは唸《うな》って、

「それじゃ、言い方を変えるよ……」

と言った。

「いっくんは浅野さんと一緒に買い物したりするんだよね」

「うん。何度も言ってるけど」

「じゃあ、巫女子ちゃんとも、買い物したりしてくれるのかなっ？」

それはぼくにとって理解不可能な理屈だったけれど、しかし、あんまりにも巫女子ちゃんが《決死の決心》とでも形容するしかない真摯《しんし》さに溢れた表情をしているので、ぼくは質問を返す気にはなれなかった。

「……そりゃ、別にいいけど。別に断る理由とかな

いし」

「本当っ？　絶対にっ？　その場しのぎの誤魔化しじゃなくてっ？」

　巫女子ちゃんはムキになったように身体を乗り出してくる。唇を嚙み締めて、今にも大声で泣き出しそうな子供のような、そんな雰囲気。十九歳になる大学生とは思えないほどの、感情露出ぶりだった。

「随分とこだわるけど……何かあるのかな」

「答えてよっ！」

「……、そりゃ、多分。何なら約束してもいいよ。今週の土曜とか」

「本当っ！　それって本当？」

「噓は吐《つ》かないよ。基本的にはね」

「絶対に本当っ？」

「何か欲しいものがあるんならね……それに、」

「約束だよっ！　忘れたら怒るよっ！」

「……うん」

　巫女子ちゃんに気圧《けお》される形で、ヘンな約束を取り付けられてしまった。しかしそれはぼくにとって都合の悪いことばかりでもないので、承諾しておくことにする。巫女子ちゃんはそれでようやく落ち着きを取り戻したらしく、コップに入ったお茶を一息に飲む。「はあ」と息をついて、それから「ごめんなさい」と謝った。

「あたし、たまに感情が高ぶって……自分でも何言ってるか分からなくなることって、あるの」

「たまに？　今たまにって言った？」

「あー。うう。しょっちゅう」

　巫女子ちゃんは恥ずかしそうに俯く。

　ふむ。

　智恵ちゃんの死によるショック。それから全快なんてするわけがないけれど、そのまま後を追って自殺とかを考えるほど、巫女子ちゃんは沈んでいるわけではなさそうだ。今は何とか、元の形を保っている。多少言動が意味不明なところがあるが、しかし、そのくらいは許容範囲というものだ。この分なら大丈夫。少なくとも土曜日ごろには、ほぼ全快していることだろう。

「じゃ、ぼくはこれで」ぼくは腰を浮かした。「今日のところは、失礼することにするよ」

「え、え、え？　もう帰っちゃうのっ？　ごめん、やっぱり気分悪くしたのかなっ？」

「あんまり長居するつもりはないって、最初に言っただろ？　じゃ、また近日中」

「あ、あのっ！」帰ろうとするぼくを、巫女子ちゃんは引きとめる。「あの……あの、いっくん──」

「なに？」

「えっと……」

巫女子ちゃんは少し、かなり、考えるように、迷うようにして、それから、

「ともちゃんは、最後に何を言おうとしたのかな……」

と、言った。


最後の電話。

ぼくに何かを伝えようとした智恵ちゃん。

「さあね。ぼくには分からないよ。ぼくはあの日、初めて智恵ちゃんと話したところだったんだから、そんなことが分かるわけがないだろう？　そもそもどうして相手がぼくだったのかからして、ぼくには分からない。でもさ、巫女子ちゃん。実際、巫女子ちゃんには予想がついているんじゃない？」

「あたしは……」

巫女子ちゃんはそう言われて。

しなだれるように俯いてしまう。

「分からない。ちっとも」

「…………」

「だってともちゃんは……何も言ってくれない娘だったから」

何も言ってくれない。

心を開かない、距離をおいた存在。

「絶対割れないガラスを隔てて付き合ってたみたい

なものだもん、あたしと、ともちゃん。肝心なことは、核心なことは、ともちゃん、あたしに何も言ってくれなかったもん」

「…………」

だけどそんな存在が。

どうしてぼくに、
何かを言おうとしたのか。

「……戯言だ」

「え。何?」

「今の状態じゃ何訊いても答えられないだろうからさ、多くは訊かないけど。巫女子ちゃん、一つだけ答えてくれる?」

「え……」戸惑うような表情を浮かべる巫女子ちゃん。「な、何かな?」

「X/Yって何だと思う?」

「…………」

巫女子ちゃんはちょっと考えるようにして「分からない」と答えた。


ああ、そう。そうですか。

ぼくは頷いて、「じゃ、また学校で。邪魔して悪かったね」と、巫女子ちゃんの部屋を後にした。マンションを出て、さて、これからどうするか、と考える。

堀川御池。

アパートまでは結構な距離があるけれど、それでも三十分も歩けばつくだろう。バスを使うのは勿体無い気がして、ぼくはそのまま歩いてアパートに戻ることにした。

まさか自分の部屋に、人類最強の赤色が待っていようとは思いもせずに。

3

アパートの近く、千本出水《せんぼんでみず》の辺りで、飄々と歩いていたみいこさんと出会う。みいこさんはぼくに気付くと、この人にしては珍しく、足早にぼくの方へと歩いてきた。

「よう」

「どうも。これからバイトですか？」

「いや。今日はちょっと比叡山へ」

「ああ、鈴無《すずなし》さんですね」

うん、と頷くみいこさん。

鈴無さんはフルネームを鈴無音々《ねおん》という、みいこさんの親友。滋賀県、比叡山は延暦寺でアルバイトをしている。その筋ではバイオレンス音々ともブラックアウト鈴無とも呼ばれる、ちょっとばかし脳内神経のブチ切れたイカすお姉ちゃんである。ぼくも面識があるのだが、鈴無さんはその度《たび》ぼくに説教をする。若いくせに妙に説教好きなのだ。その他色々、問題の多い人格ではあるけれど、それでもみいこさん同様、基本的には好感が持てるお姉さんである。

「何か相談があるらしいので、ちょっと出てくる。明日までに戻るので、留守をよろしく頼む。誰かが私を訪ねてきたら名前だけ訊いて、あとは適当にあしらっておいてくれ。やばそうな奴だったら相手にしなくてもよい」

「はあ。ま、それはいいですけど」

「それから。お前に客が来ている」

「客？　ぼくにですか？」

うん、と頷くみいこさん。

「私が気付いたときには勝手にお前の部屋に入っていた。なかなかの……否、とんでもないクラスの手練《てだ》れだ。誰かは知らないが、性別は女のようだった。特になにをするというわけでもなさそうだったので、捨てておいたが」

女……？　今ぼくの部屋を訪れそうなジョセイといえば、誰だろう……。もともと知り合いの少ないぼくのこと、その数は相当絞れるはずなのだが。しかし、このパターンから考えて。

「これくらいの身長じゃありませんでした？　だったら刑事さんです」

「いや。あれは刑事ではないだろう。あんな刑事がいてたまるか」みいこさんは自信をもって断言した。「それにお前の言うところの《刑事》には一度会っているからな。一度憶えた気配ならば私は忘れない。そうだな……。アパートの近くにその女が乗ってきたと思《おぼ》しき車が停まっている。それを見たら予測がつくだろう」

と言って、「それじゃあ」と駐車場の方へと向かった。今日の甚平の後ろの文字は《平穏》だった。うん、鈴無さんに会えるからか、みいこさんはいい気分らしい。

それにしても、鈴無さんか……。一体みいこさんに何の用なのだろう？　滅多に他人を呼び出したりはしない人だけに、気になった。しかも《相談》とはどういうことだろう？　他人の問題に首を突っ込むことはあっても、自分自身の問題を他人と共有することに関して、鈴無さんは消極的な人のはずなのだが。

「……気になるな」

しかし、今のところぼくにとっての当面の問題は、アパートの部屋にいるという《客》の方だった。沙咲さんでないとすれば誰だろう？　むいみちゃんとか、巫女子ちゃんとか……、しかしそれはどちらも可能性は低い。かといって玖渚は絶対値零の引きこもり娘だから、物理学的にありえないだろうし……。

と、中立売筋を折れる。

そこに。

「うわぁ……」

それで、全てが分かった。道路交通法上等とばかりに路肩に停められていたのは、眼も眩むような真っ赤なコブラ。京都の街にあまりにも相応《ふさわ》しくない、モンスターとも言うべき超弩級《どきゅう》のマシンだった。

「うわぁ……、本っ気で帰りたくねえ……」

いっそこのまま玖渚のマンションにでも逃げようかと真剣に思ったが、逃げたことがばれたらばれたで、もっと酷い目に遭うことは想像するまでもない体験談だった。ぼくは諦めて、アパートへと重い足を引きずった。

階段を登り、そして自分の部屋へ。かけたはずの鍵が開いていることなど、驚くには値しない。声帯模写と錠開け、それに読心術の三つのワザは、あの人にとっては呼吸をするのと同じことだ。ドアを引くと、血のように真っ赤な、ワインレッドのスーツを身に纏《まと》った請負人は、窓枠に腰掛けて足を組んだ姿勢で、当然のようにそこにいた。

毅然《きぜん》のように。

超然のように、そこにいた。

「……、どうも、哀川《あいかわ》さん」

「あたしのことは名字で呼ぶなって言ってるだろ?」

「………、どうも、潤《じゅん》さん」

それでいい、と、哀川さんはシニカルに笑んで頷いた。

哀川潤。

一ヵ月前、例の島の件で知り合った、人類最強の請負人。《縁があったらまた会おうぜ》みたいな格好いい台詞を残して去っていったが、その次の日に自分から大学に遊びにきたなんだか変な人だ。その後、哀川さんが仕事の都合で京都を去るまで、一週間ほど寝る間もなく振り回された経験から言わせてもらうと、なるべくなら深入りしたくはない、アンチ癒《いや》し系の危険人物筆頭である。

客観的に、極めて客観的に言う限りに於いては、非常にワイルドで格好のよい、憧れてしまうくらいに魅惑的な美人なのだが、妙に癖《くせ》のあるその性格と雰囲気で、あらゆる意味で他人を寄せ付けないところがある。

んー、と哀川さんは探るようにぼくを見て、

「あんま驚いてないな」

と言う。

「いえ、驚いてますよ。潤さん、京都に戻ってたんですね」

「ちょっと仕事でね。ま、それは後で話すけど……、ああ、そっか。そりゃあんな目立つ車がアパートのそばに停まってりゃ、予想もつくってもんか」

「いえ、そうじゃなく、教えてもらったんですよ。隣の部屋の人に」

「……、へえ。気付かれないように、一応気をつけたつもりだったけどな。そりゃ随分と、……」

哀川さんの顔が一瞬、鋭利な刃物のようなものに変わる。が、それは本当に一瞬で、すぐに「まあいいさ」と皮肉っぽい微笑に戻った。

ぼくは靴を脱いで部屋に上がり、そのまま流しに歩く。コップに水道水を入れて、それを哀川さんに「どうぞ」と渡した。哀川さんは「サンキュ」と言って、それを半分くらい飲んで、コップを窓枠の上に置く。

うーむ、何事もなかったかのように処理されてしまった。一度でいいからこの人を思いっきり驚かしてみたいものだ。

「どうしたんですか？　どうしてまた京都に？」

「それは後で言うって。それよりもほら、久闊《きゅうかつ》を叙《じょ》そうぜ。それにしてもお前、いい部屋住んでるな。最高の環境だ」

「どこを見たらそんなことが言えるんですか？」

「あたしが言ってるのはそういう意味じゃないさ。分かってるんだろ？　ま、いいか。ところで最近はナニやってるんだ？　お前はさ」

「別に。普通の大学生ですよ。ぼくは潤さんみたい

にヤクザな人生送ってないんですから」

「普通の大学生ねえ」

くくっ、と哀川さんはおかしそうに笑う。

「何がおかしいんですか？」

「別に何もおかしいんさ。お前が、クラスメイトが殺されてその事件に首突っ込んでる上に殺人鬼と交友を深めてるってんじゃなきゃ、何もおかしくはない、フツーの大学生くん」

「…………」

「おお。やっと驚いてくれたな。お姉さんは嬉しいよ」

と、哀川さんは窓枠から飛び降りて、畳の上に乱暴な仕草であぐらをかく。丈の短いスカートでそういう際どい真似をするのは、どこまで確信犯なのか分からないが、どちらにしても遠慮して欲しいところだ。

「……どうして知っているんですか？」

「どうしてだと思う？」


にやにやしながら、非常に楽しそうな哀川さん。

しかしこの人は、楽しそうなその感情の裏側に全体どのような物体を秘めているのか、それが全く読み切れないだけに、こうやって対峙して会話するだけで体力を浪費してしまう。その上哀川さんの方は高度な読心術の使い手だから、こっちの感情に関してはほぼ筒抜けになってしまっているのだ。こちらだけカードを晒してポーカーをやっているようなもので、ゆえに一筋縄ではいかない、煮ても焼いても喰えない相手なのである。

利害関係さえかかわらなければ、いい人なんだけどね……。

好みだし。

「分かりませんよ。全然分かりません。大体、ぼくなんかに潤さんの考えてることなんか、分かるわけがないでしょう」

「思考しろよ。そしてさっさと思いつけ。……あたしは一匹狼だけど、割合友達は多くてね。京都にも色々、知り合いはいるんだよ」

「そりゃ結構なことですね。友達が多いのは素晴らしいことです。それはぼくだって認めますよ。ええ、認識していますとも。それで、この場合潤さんの友達っていうのは、たとえば誰ですか？」

「たとえば佐々沙咲とか」

「……」

「斑鳩数一とか」

「…………」

「それに、玖渚友とかな」

言って、哀川さんは、黒い鞄から一通の封筒を取り出した。

「はい、可愛い可愛いお前の友ちゃんから」

「……、ぼくに、ですか？」

「そ。《約束のブツ》だってさ」

ぼくは封筒を受け取る。

……、なるほど。

哀川さんはこのアパートを訪問する前に、先に城咲に寄ってきたってことか。何の能力も持っていない平にして凡なる大学生のぼくと違って、玖渚友は（あんな性格でも）コンピューター関連のエキスパートにしてスペシャリスト。割合、哀川さんとの付き合いは深い。

ぼくは哀川さんに言われた通り、思考する。哀川さんは何か仕事があって京都に来たようだ。その仕事のことについて、玖渚の手を借りた。ぼくが今回、智恵ちゃんが殺された事件を調査するにあたって、玖渚の力を頼ったように。そして玖渚は、自分を訪ねてきた哀川さんに、ぼくに対する使い走りを頼んだってことか。いや……、それだと何かが足りない。別に哀川さんにそんなことを頼む必要はないし、哀川さんが引き受ける必然もない。

と、すると……。ぼくの頭の中に最悪のシナリオが浮かんだ。そしてこういうシナリオは大抵フィクションには終わらない。つまり哀川さんは、

「じゃ、代金をもらおうか。お前の知ってる、京都

通り魔事件の情報」

使い走りじゃなく、取立人ってことか……。

「潤さん、京都には……」

「そ。アタマん中ぶっち切れてるクソ野郎に世界の道義ってヤツを講義しに来てやったってこと」

哀川さんが生業とする《請負人》。

その職務内容は基本的に何でもアリ、ぶっちゃけて言えば《何でも屋》だ。特に哀川さんはオールラウンドの、専門家ならぬ万能家としての請負人。たとえば犬の散歩だろうと、たとえば密室殺人事件の解決だろうと、たとえば既に十人の人間を解体している殺人鬼の始末なども、頼まれて、金の折り合いさえつけば引き受ける。もっとも、分厚い万札重ねてまで犬の散歩を依頼するような変わり者は、そうそういないだろうけれど。とにかく合法だろうと非合法だろうと一切の区別なく、《他人ができないこと》を肩代わりして遂行してしまうのが、この赤き請負人の渡世なのである。


とは言え。

「京都連続通り魔事件の被害者は、昨日で十二人になった。長く外国だけに滞在してたお前に言って分かるかどうか知らないけど、こりゃ空前絶後の数字だぜ。日本で、しかも地方都市で起きちゃいけない事件なんだよ。その上、犯人の正体は全くの不明と来てやがる。こうなってくると、国家権力サンも重い腰あげなきゃならないってわけよ」

「それで……潤さんが出張《でば》ってきたと？」

そういうこと、と哀川さんは頷いた。

「あたし以外にもさ……、公安だの始末屋だの、他にも色々動いてるみたいだけど、正直よく知らないな。残念ながらあたし、横の繋がりは薄くてね。とにかく、そのイカレてる殺人解体マニアの凶行をこれ以上増やさないことがあたしの今回の仕事」

「依頼したのは、沙咲さんですか？」

「そりゃ言えないさ。何だっけ？　守秘義務？　職業倫理？　企業秘密ってヤツ」おどけるように両手を広げ、哀川さんは笑った。「ま、あれだよな……、鴉の濡れ羽島でのランチキ騒ぎに比べりゃ、ちっとはやりがいのある事件にゃあ、違いねえや」

　やりがいがある。十二人を殺人した異常解体犯を相手に、その台詞。正体不明の殺人鬼を相手に、ほんの毫《ごう》ほども物怖じしていない。それどころか、哀川さんはこれから遊山にでも向かうかのように、余裕溢れる態度だった。

　この朱色の請負人の危険さを改めて実感する。

　その危険さが、今は自分に向いていることも、含めて。

「それでだ。玖渚ちゃんから聞いたけどさ……、お前さん、何か知ってるらしいじゃねえか。よかったら大好きなお姉さんにそれ、教えてくれないかな？」

　猫撫で声を出しつつ、ぼくの顔に指を這わそうとする哀川さん。猫撫で声はいいが、そんな声を出す相手が虎か豹かというのだから、猫のぼくとしてはたまったものではない。

　くそう、玖渚め。

　何が補い合いだ、あの青髪ムスメ。

　何の迷いもなくぼくを売りやがった……。

「なんだぁ？　黙り込んで目ェなんか逸らしちゃって。反抗的な態度だね。ひょっとして、教えてくれないのか？　何？　契約破棄？　その封筒の中身と引き換えの約束なんだろ？」

「いえ、でも、ほら、ぼくが教えるって言った相手は、あくまで玖渚なわけでして。その、潤さんに教えるっていうのは、ほら……、裏切りですか？　背徳？　離反？　造反ですか？　なんでもいいんですけれど。とにかく、他人を売るみたいで、ぼく的にはちょっと」

「ぁあ？」

　途端、声をすごめる哀川さん。視線で人が殺せるならぼくは既に死んでいる、というより、これからのことを考えれば、できることなら今死んでおきたい感じだ。

「玖渚には言えてあたしには言えないってか？　へーえ。お前がそんな冷たいヤツだったとは知らなかったなー。そーかそーか。悲しいなー。つまりお前は玖渚の言うことならきけるけれどあたしなんかの言葉には従わないと、そう反骨精神を剥き出しにしちゃってるわけだな？」

「あ、いえ。そうじゃなくて、ほら、玖渚には何言っても無害だけど、潤さんはこれから行動起こすつもりの人じゃないですか。そういうのに直接関わるっていうのは、ほら、ぼくの流儀に反するというか」

「あたしは有害だってか？」

「有害じゃないですか」

それは自覚のあるところだったのか、哀川さんはそこには反論せず、ううん、と考えるようにした。ある程度の領域までは理屈の通じる人なのである。もっとも、その領域を超えて以降は推して知るべし。と言うか逆切れする。

「どうせ玖渚に言ったらあたしに伝わるだろ。あいつ滅茶苦茶口軽いんだから。だからあたしはその手間をこっちから省いてやろうってんじゃないか」

「あー、その、そうなんですけど。ぼくにもぼくの事情というか」

「ん？　あー、あーあーあーあー、分かった分かった。なんだよ、それならそうと、先に言えばいいのにさ」

にぃい、と滅茶苦茶邪悪そうな微笑を浮かべ、哀川さんはやんわりとぼくに手招きする。その仕草の一つ一つが、いちいちぞっとするくらい妖艶で、蠱《こ》惑《わく》的だった。

「あ、アノ、何がお分かりになったんでショウカ」

「いーから来いよ。期待通り、いじめてやっからさ」

それでもぼくが動かないのを見て、哀川さんは自分の方から四つん這いの姿勢で寄って来る。下から見上げるような、挑戦的な、むしろ挑発的な視線。しなだれかかるようにぼくに抱きかかってきて、そのまま背中に腕を回し、そしてぐっっとぼくに身体を寄せて圧力をかけ――

――爪を食い込ませる。

「――で？　何だって？」

「潤さん、滅茶苦茶怖いですけど」

「ところで今あたしの人さし指はお前のアバラの間を通って肝臓に刺さりそうなんだが」

「――――」

「そう固くなるなよ。健康に悪いぜ。肉がまずくなっちまう。ところでさぁ……、これってただの興味からくる質問だけど、お前、殺人鬼とあたしと、どっちの方が怖いと思うわけ？」

言いつつ、哀川さんはぼくの首の右側、頸動脈の辺りにべろりと舌を這わせる。その、敏感な触覚に直接訴えかける快感と、それ以上に、このまま首をかみ切られてしまうんじゃないかという恐怖とが、脳髄をえぐる。

畜生。

これなら確かに、殺人鬼の方がマシってもんだ。

「……潤さん。いくらぼくでも、そろそろ逆らいますよ」

「やってみるか？　そんなことしたら、もういじめてもらえなくなるぜ」

「…………」

「どっちでもいいんだ、あたしは。お前に喋らせるって決定には変わりはない。お前に、殺人鬼についての情報を教えてもらうっていうのはもう決まったことだ。決定事項。でもお前は友達だから訊いてやる。優しくして欲しい？　それとも、痛めつけて欲しい？」

「……えーっと……、それは、どう違うんでしょうか」

抱き合ったままの姿勢なのが、せめてもの救いだ。哀川さんの顔を見ずに、それ以上に、こっちの顔を見せずにすむ。しかしそれでも、ぼくが戦慄していることは、冷や汗と心臓の鼓動から、隠せもしないだろう。

「どう違うと思う？」

がむ、と、本当に、哀川さんは首に噛《か》み付いた。文字通り、哀川さんに命をにぎられた形となる。やわやわと、なぶるようにじらすように犬歯が皮膚《ひふ》に刺さり、だけど唾液《だえき》をたっぷり舌にためて、唇の中で肌を舐めて——身体を摺《す》り寄せて——背に指を這わせ——

「降参！」ぼくは力任せに哀川さんを引き離した。「もう逆らいません っ！　許してくださいっ！」

突き飛ばされた形になる哀川さんは、やっぱり皮肉っぽく、しかしちょっとだけ無邪気な少女のようなあどけないところのある笑みを浮かべていて、

「ムキになるなよ。軽い冗談だ」

と、言った。

「タチ悪いですよ……いや、心臓に悪い……」

「ははは。いやいや、安心したよ、お前も健康な男の子だ」

「勘弁してくださいよ、本当——」

無理矢理落ち着こうと、ぼくは自分のコップの水を飲み干した。心臓の鼓動はすぐに落ち着いてくれたけれど、冷や汗の方はなかなか思う通りにコントロールできなかった。

やっぱり、この人、苦手だ……。

あとのことなんか考えずに、玖渚のところに避難しておくべきだった。

「戯言だよ、本当に……」

その後。

ぼくは哀川さんに零崎人識についての話を、洗いざらいと言うか、あますところなく、聞き出されてしまった。うまく誤魔化して、肝心なところははぐらかしておこうとしたのだけれど、読心術遣いの哀川さんを相手にそんなことができるわけもない。その度、脅され、すかされ、ときには脅迫、ときには

籠絡《ろうらく》、器《うつわ》の違い、それにぼくの主体性のなさを思い知らされただけの結果だった。

零崎の人となり。容貌、体格、そのときの服装。話し方。ぼくと奴とが出会った経緯《いきさつ》。交わした会話。オマケに、智恵ちゃんのマンションに一緒に忍び込んだことまで、記憶の限り引き出された。

別に零崎とは友達ってわけじゃない。同類であり、鏡の向こう側という関係だけであって、何らかの約束を取り交わしたわけでもなく、口止めをされたわけでもない。

それでも。

自分の根性無し加減には、さすがに萎えるものがあるよな……。

「ふうん……」哀川さんはぼくの話を全て聞き終えて、表情から笑みを消し、しばしの間真剣そうに考えていた。「そいつさぁ……零崎だっけ？　零に崎で零崎？」

「ええ。少なくとも自分ではそう名乗ってましたけど」

「零崎人識か。……あーあ、嫌な名前だよ……」

哀川さんは、本当に面倒臭そうに、アンニュイっぽくそう言った。そんな表情の哀川さんを見るのは初めてだったので、ちょっと新鮮だ。

「どういう意味ですか？　嫌な名前って」

「いや、いやいやいや……嫌な名前ってのは少し違うかもな。しかし、それにしたって《零崎》か。本当、珍しい名前だよな、随分」

「……あ、でも、本名とは限りませんよ。別にあいつだって頭は回るタイプですから、初対面の相手に本名名乗るほど、ばかじゃないでしょう」

「そういう意味じゃない。仮に偽名だったとしても、偽名に《零崎》を選ぶってのが、既に常軌を逸してるのさ。そしてさらに仮説……、本名だったとしたら、だ……」

哀川さんは、更に考え込むようにする。この人は一度考え始めると、一人深みに嵌っていくところがあって、そういうときにこうしてそばにいると、まるで透明人間になったような錯覚がある。いや、透明人間ならばまだ存在があるだけマシだろう。これではただの空気だ。

「遊びでだってそんな《殺し名》名乗る間抜けはいないだろう……、《零崎》ね。序列で言えば《薄野《すすきの》》の上位じゃねえか。《匂宮《におうのみや》》や《闇口《やみぐち》》よりはマシとは言え……、むしろ仮名であることを望むよ、あたしとしては。いや、一番いいケースは勿論、ただの偶然の同姓ってヤツだけど……さすがにそれはないだろうな。そこまで都合のいい偶然があたしの人生にありえるわけがない。……なるほど、そりゃいくら玖渚でも、いくら元《チーム》の連中でも、どうにもならねえわけだ」

「……なんかまずいんですか？　零崎って名前」

「まずいよ。とびっきりタチが悪い。たとえば《お前は零崎みたいだ》って言われることは、あたしらにとって最大限の屈辱《くつじょく》に値《あたい》する。それくらいにまずいんだよ、《零崎》は。それ以上の説明はあんまりしたくないな。本音を言わせてもらえれば《零崎一賊》については《説明する》って形だけでも係わり合いになりたくない。……ま、だけどヤバイのはあくまで零崎って名前であってそいつ本人じゃないからな、今回の場合はあまり関係ない。ただのイレギュラーだろ、多分……。とりあえずそれはおいておいてさ……、本当にそいつ、京都通り魔事件の犯人なのか？」

「はい。そう言ってましたけど」

「あくまで本人がそう言っただけで、お前が殺害現場を目撃した、とかじゃないんだな？」

　まあそうです、とぼくは頷く。

「ふうん。じゃ、つまり、ひょっとしたらそいつは《ただ言ってるだけ》の妄想虚言野郎だってこともありえるわけか？」

「ありえます。その可能性は十分にありえますね。まあ、ぼくはそうは思いませんけれど」

「そうなのか？　だってよ、顔面刺青だろ？　しかも右側半分だけ。そんなヤツ、シカゴにだっていねえよ。そんな目立つヤツが今まで何の手がかりもつかまれずに、警察から逃げ切ってるってのか？」

「そりゃ、まあね……」

ぼくだって勿論、その可能性を考えていなかったわけじゃない。だけどあいつの話を聞く限りでそれを否定する要素はなかったし、それに、正直そんなことはどうでもよかった。

それがどちらであったところで。

ぼくにとっては何も変わらない。

あいつは通り魔ではないかもしれない。

だけど、

「あいつは間違いなく殺人鬼ですよ」と、哀川さんに向けて、ぼくは言った。「哀川さんだって、勿論知ってるんでしょう？　ぼくはあまり真っ当な人生を送ってきたわけじゃない。神戸でもヒューストンでも、勿論ここ、京都でもね。《あの島》でだってぼくは殺されかけた。哀川さんには遠く遥かに及ばないにしても、そこそこの地獄は見てきました」

そして今だって天国にいるってわけじゃない。

「ぼくはあいつが人を殺すところは見ていないけれど、あいつに殺されそうになったことはあるんです。あいつが使ってるのはただの短いナイフだったっていうのに、まるで薙刀《なぎなた》でも相手に……いえ、ミニミでも相手にしてるような戦慄でした」

「ふうん……」哀川さんは納得いったのか、何度か頷く。「……とにかく、大事なのはアレだな。通り魔を名乗っている解体達人が、この京都にいるってことか……うん。それだけ分かれば、まあ、十分だ」

「十分なんですか？」

「おう。他に集まってた情報とあわせて、とりあえずの目処《めど》はたったよ。あくまでも《とりあえず》でしかないけどな。こっから先は自分の足を使った方が速そうだ。あたしとしてもちょっとは手ごたえがなきゃつまらなくって仕事なんかやってられないし、ま、こんなところだろうよ。それよりもさ」

哀川さんはそう頷いて、今度はこっちに話を振った。

「あたしのことはともかくとして、お前の方は一体何やってんだ？　玖渚、沙咲の両名に聞いたけどさ……、平凡でつまらない事件に首突っ込んでるらしいじゃないか」

「巻き込まれたんですよ」

「巻き込まれて、それから突っ込んだんだろ？　被害者の部屋に勝手に忍び込んどいて、傍観者ぶってんじゃねえよ」

ま、それはその通り。

なんだかなぁ、と哀川さんは呆れたように、ぼくを見る。

「お前もよく分からない奴だよなぁ……、何て言うか、主張っていうか、スタイルみたいなもんはないのか？　言ってることとやってることが全然違うじゃねえか」

「そのすれ違いがぼくの味なんですよ」

「どこがだよ。お前は客観的に自分を見ることができないのか？」

「そういうわけじゃないですよ……」

「傍観者つーか、お前ってただの狂言回しだよな。ま、いいけどさ。好きにすればいいさ。お前の自由なんだろうし、一応。あたしが口を出すことでもない。そこら辺に限って言うなら、あたしには関係ないことなんだしさ」

「冷たいですね」

「そうでもないんだけどな、別に。学習しろよ、未成年。自分のことは自分でしろ、そしてやるなら最後までしろ。前にも言ったろ？　中途半端が一番悪いぜ。あ、それと」

と、哀川さんは、そんなわけもないのにまるで今思い出したかのように、

「玖渚からのメッセージ」

と、言った。

そしてぼくが脇に置いた封筒を指さす。

「……なんですか?」

「浮気しないよーに。ほっぺにチューまでなら許す。いーちゃん、愛してるよん、ぶいぶい」

哀川さんは玖渚の声と口調でそう言って、悪そうに微笑む。

「だってさ」

「…………」

ぼくは了解しました、と、手をあげた。

4

時間で言えばそろそろ晩御飯を食べてもいい時間だったので、ぼくは哀川さんを誘ってみたが、哀川さんは早速零崎を追跡するために動き出すということで、その後すぐに帰っていった。

最後に「X/Yって、何だと思います?」とぼくは訊いた。哀川さんはつまらなそうな顔つきで、

「自分で分かっていることを他人に確認するな」

と言った。その通りだと思った。

哀川さんの後ろ姿を見送って、ぼくは嘆息する。

零崎人識。

哀川潤。

多分哀川さんは、二日とかからずに零崎を発見するだろう。ぼくが教えた情報は微々たるものだったが、それでも哀川さんにしてみれば十分以上である

と言っていい。ぼくなんかが想像もできないくらいの境地に辿り着いた上で、その境地すらも破綻させてしまうくらいの超然者、哀川潤。思考回路の優秀さはあえて説明するまでもない。

そして二人は衝突するだろう。人類最強と人間失格は正面から真っ向と、衝突するだろう。そうなった場合の決着は明らかだった。零崎人識が殺人鬼なら哀川潤は鬼殺しだ。少々優れている程度の殺人能力など、ただの存在感だけで圧殺してしまうだけの絶対を、哀川さんは百も二百も所有している。どんなことがあっても敵にだけは回したくないし、次善の策としても味方にだって回したくない、そういう超越的な、到達してしまった赤き請負人。せめてもの救いは、それゆえに哀川さんはむらっ気の多い人格をしていることだが……しかしそれはつけいれるほどの隙間とは言えない。

「逃げ切れるのかな、零崎……」

少しだけ心配で。

滅茶苦茶同情したけれど。

しかし、あまり深くは考えなかった。

ここではない世界で行われることに、あまり興味はない。それが鏡に映っている自分だったとしても、同じことだ。

では自分の世界について考えよう。

ぼくは玖渚からの封筒を、手に取った。

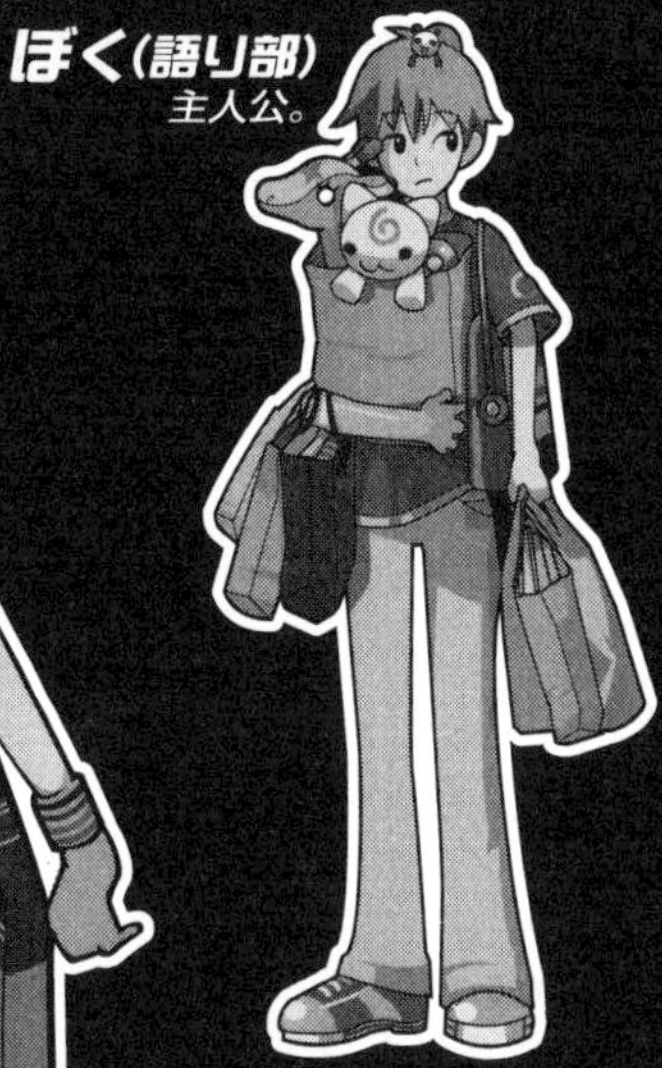

ぼく（語り部）
主人公。

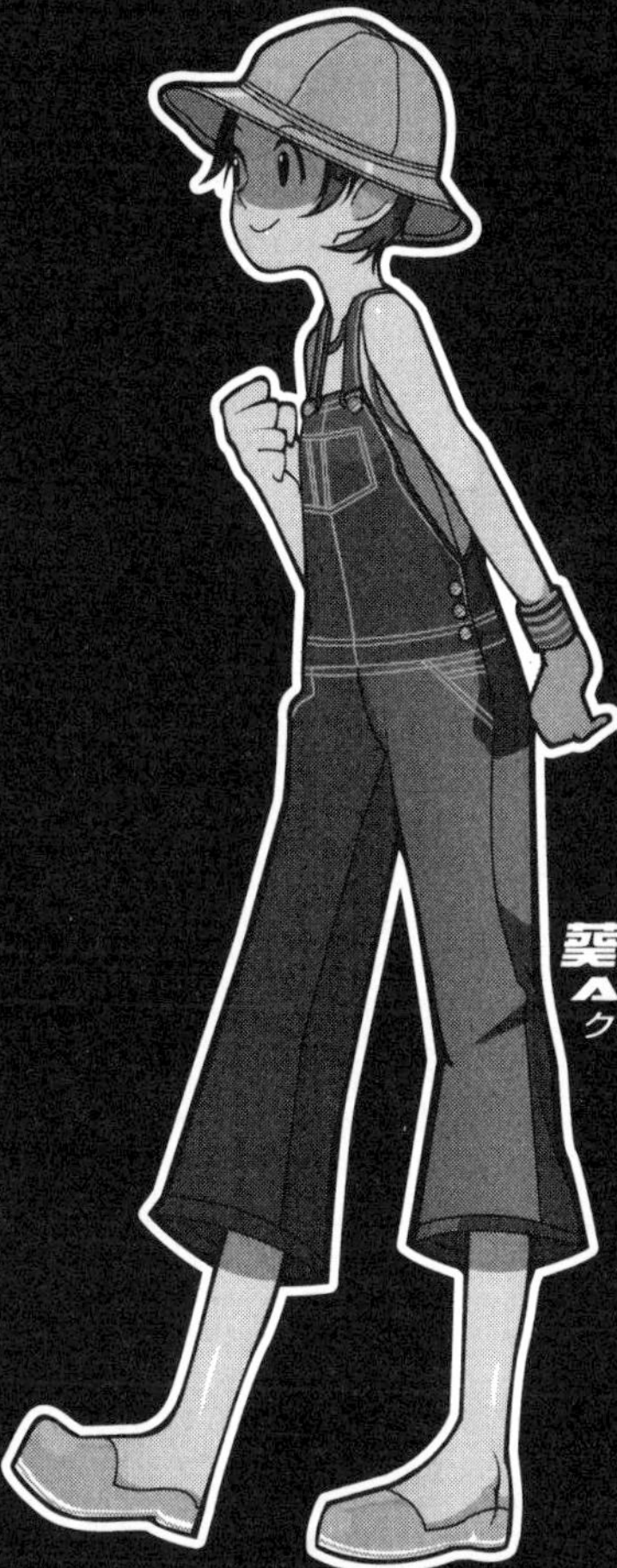

葵井巫女子
AOII MIKOKO
クラスメイト。

第五章　酷薄——（黒白）

すきすきだいすきあいしてる。

0

1

　五月二十一日の土曜日は、早朝から目を覚ました。

「……起きよう」

　なんだか嫌な夢を見た。殺されかけたような気がするし、殺そうとしていたような気もする。傷つけようという意志が全身肉体を支配していたわりに、相手から傷つけられっぱなしだったような。逃げて逃げて逃げて逃げて逃げ回っていたが、その内自分の後ろ姿に追いついてしまって愕然《がくぜん》とした気分。絶体絶命に追い詰められていたような夢だったが、妙に気分が高揚していたような、そんな嫌な夢。

　思い出せないからこそ悪夢であって、悪夢だからこそ気持ち悪い。

　身体を布団から起こし、時計を見る。午前五時五十分。巫女子ちゃんとの約束は午前十時だったから、まだ四時間近くの余裕がある。ぼくは何をするでもなく、布団を畳み、押し入れへとしまった。

　久し振りにちょっと走ろうかと、部屋を出る。念のため鍵をかけるけれど、この程度の鍵、たとえ哀川さんでなくてもその気になれば開けられるし、そもそも中には盗られて困るようなものは何一つとしてないのだった。

　今出川通りを東に走り、浪士社《ろうしし》大学が見えたところで折り返す。そのままアパートに戻って、汗をかいた服を着替える。どうしてこの暑いのにランニングになんか出かけてしまったんだろうと、いつも通りの後悔をした。

そして大学図書館で借りた本、途中になっていたものを読み返す。それでも時間が持たなかったので、既に何度か目を通してある、玖渚からの封筒を取った。

「…………」

封筒の中身は、警察の内部資料である。

玖渚がどういう経緯でこれを入手したのかは、知らぬが仏というものだろう。とにかくあいつは電気の通っているところならどこにでもアクセスできるし、それにあいつの友達には銀河系の全てを知る犯罪者がいると、それだけははっきりしていることだ。勿論ぼくは刑事事件の大半に興味はない。言うまでもなくこれは江本智恵殺人事件に関する資料だった。

「……しかしな……」

ぼくはぱらぱらと、ゼムクリップで留められたA4の紙をめくる。

「…………」

これといって、目新しい事実はない。色々細かいことは書いてあるけれど、それはほとんどが関係なさそうなことで、大筋としては沙咲さんが教えてくれた通りのことが、その資料には記されていた。ぼくはこんなもののために哀川さんの拷問にあったのか、と思うとやるせない気持ちになってしまう。

それでも、勿論全てが無駄というわけではない。知らなかった事実、知っておくべきだった事実も書かれてあった。

「……、まずは、アリバイ関係」

当然と言えば当然だが、江本智恵が殺された夜、最後に一緒にいたクラスメイト達四人（つまり、ぼく達）には疑惑が向けられていた。ただし、四人が四人とも、一応のアリバイが成立している。ぼくのアリバイと巫女子ちゃんのアリバイは隣人のみいこさんが証言してくれていて、むいみちゃんと秋春くんは互いに互いのアリバイを証明していた。この中で、むいみちゃんと秋春くんの共犯説という可能性がわずかに見えているのではないかと思っていたのだが、しかし、警察側の見解ではそれはないようだった。沙咲さんの言い方から、ぼくはむいみちゃんと秋春くんは二人きりでカラオケに行ったのだという印象を受けていたのだが、実際は他に何人か、大学の人間が混じっていたらしい。つまり、秋春くん、むいみちゃんのアリバイは、巫女子ちゃんやぼくのものと同様に不動のものであるということ。アリバイの面で強《し》いて言うなら、ぼくが一番怪しいようだった。何せ、アパートの壁越しにみいこさんが確認しているだけなのだから。

しかし当然、ぼくは自分が犯人でないことを知っている。

「これは善《よ》し……」

次に、部屋にあったもの。零崎と一緒に忍び込んだとき、ぼくは《部屋からは何もなくなっていないようだ》と判断をしていたのだが、それは間違いだったらしい。資料の中に、智恵ちゃんの部屋の中にあったものが全てリストアップされていた。大きなものは家具類から小さなものはアクセサリーまで。プライバシーなんて観念を微塵《みじん》と感じさせないほど、綿密にリストアップされていて、それを見るだけで江本智恵という人格を理解できるんじゃと錯覚してしまうほどだった。

ただ。

そのリストの中に、秋春くんからの誕生日プレゼント、つまり、あの液状カプセル付きのネックストラップだけが抜けていた。

ぼくはそれが智恵ちゃんに手渡されるのをこの目で見た。だから、部屋の中にネックストラップがないのはおかしい。そこに何とか理屈をつけようとするなら《犯人が部屋から持ち去った》くらいしか考えられない。勿論この場合、《何のためにそんなことを》という疑問を無視しなければならないが。

「そんな高価なものでもないよな、あれ……」

ちなみに、ぼくに電話をかけてきた携帯は、智恵ちゃんのポケットの中にあったそうだ。通話記録の裏づけも取られていた。

現場に新しく増えていたものは、ない。絞殺に使ったはずの細い布も、犯人が持ち帰ったらしいということだ。

「布……布か……布ねえ……」

次に、巫女子ちゃんから聞き出せなかった、発見当時の様子も、懇切丁寧と、その資料内に記されていた。巫女子ちゃんは朝方にマンションを訪れ、智恵ちゃんの部屋を呼び出した。しかし返事がない。電話も通じない。不審に思った巫女子ちゃんは、ちょうど中から他の部屋の住人が出てきたので、オートロックの自動ドアを抜け、智恵ちゃんの部屋に向かった。玄関の扉に鍵はかかっていなかったらしい。下手に密室だの何だのがからんできたらややこしかったが、どうやらそれはないようだった。

「そして最後」

あの《X／Y》の文字。

警察はあれを《犯人が記したもの》と断定しているようだった。そりゃそうだ、沙咲さんも言っていたが、江本智恵は《即死》だったから、ダイイングメッセージなんて遺せる理屈がないのである。それは当たり前のことだったし、ぼくも気付いていたことだ。この場合も、《犯人はどうしてそんなことをしたのか》という問題は、横に置かれたままである。現場にサインを残すなど、それこそ切り裂きジャックじゃあるまいし、だ。

「……以上」

以上が、新たに判明した役に立ちそうな事実だった。とはいえ、これによってぼくが今までこの事件に対して抱いていた推理の大筋が変わったわけではない。

それでいい、と考える。

これによっていくつか、小さな可能性が削除された。少しでも可能性が残っているのなら、それを潰しておくのがぼくの流儀だ。今の時点で、大体推理の根幹は固まってきたといって過言でない。

「……けどなぁ……」

一体何をやっているんだろう、とも思う。

どうしてぼくがこんなことをしなければならないのか。

智恵ちゃんのためか。

それとも巫女子ちゃんのためなのか。

こんな資料まで入手して、
無駄に時間を浪費して、
一体何をやっているのか。

「……もう一回、沙咲さんと話しときたいな……」

色々訊きたいこともある。まだ遺されている、ほんのわずかの可能性を否定しておきたい。百パーセント完璧なものでない限り、ぼくは推理なんて言葉は使わない。

ぼくは資料を封筒に戻し、それから封筒ごと破って、ゴミ袋の中に捨てた。万が一にも誰か他人の目に触れたらまずいし、さすがにこれだけ目を皿にして読めば、大体の流れは記憶した。

さてと。

巫女子ちゃんが来るまであと一時間少し。

巫女子ちゃんのルーズさを考えれば、二時間か。

ぼくはその場に寝転がり、もう少し思考行動を進めてみることにした。

それは事件のことについて？

否。

自分の滑稽《こっけい》さ加減についてだ。

幸い、時間はたっぷりある。

残りの人生、
たっぷりと。

2

巫女子ちゃんは時間通りにやってきた。

「今日は遅刻しなかったよっ！」

と、嬉しそうに言って、びしっと両手でドイツ風に敬礼する。どこかの回路がヘンな感じに決まっているのか、巫女子ちゃんは半端でなくテンションが高い状態らしかった。タイトなタンクトップのTシャツに、サイズの大きいルーズな感じのサロペット・パンツ。《幼稚園児がかぶっていそうな》というと表現が悪いが、とにかく、黄色い帽子を深くかぶっていた。縁《ふち》から覗く紅い髪がなんとなく愛らしい。ただ、タンクトップのサイズがいささか小さ過ぎるので、まるでハダカに直接オーバーオールを着ているようで、なんだか、なんというか、あんまり、まあ、悪い気はしませんね。

「じゃ、行こうか……」

ぼくが部屋から出ようとすると、「あ、待って待って待って」と、ぼくを部屋の中へと押し戻し、自分も勝手に上がり込んでくる。前もそうだったけれど、巫女子ちゃんは人の部屋に侵入するのが趣味なのだろうか。そうだとすると、なかなか反社会的な趣味だ。

「今日はね、おみやげを持ってきたんだよ。今日付き合ってくれるお礼っ」

言うが早いか、巫女子ちゃんはいつも持っているポシェットのようなものとは違う、やや大きめのボストンバッグから、バンダナに包まれたお弁当箱のようなものを取り出す。中身はタッパーのようだった。

「ふうん。それ、何？」

「お菓子っ」

自慢げに言って、タッパーを開ける。中にはモンブラン風に形どられた一口サイズのスイートポテトが六つ、入っていた。少々形が崩れているので、見ただけでそれは手作りのものだと分かる。

「ふうん……、巫女子ちゃんってお菓子とか作る人なんだ」

「うんっ。あ、でも、味とか期待されても困ったり」

「食べていいの？」

「うんっ。あ、そうそう」

と、巫女子ちゃんはバッグから魔法瓶を取り出し、コップをぼくに手渡し、水筒の中身を注ぐ。紅茶、それもマルコポーロだった。なるほど、この部屋には水しかないことを見越して飲み物持参ということか。なかなか巫女子ちゃん、抜け目がない。

巫女子ちゃんは自分用にも紅茶を用意して、それから、

「じゃ、乾杯」

と、にっこり笑った。

ぼくは適当にコップを合わせ、それからスイートポテトを口に放る。途端、嘘のように甘い味が口の中に広がった。勿論スイートポテトの名を宿すお菓子である以上は甘くて当然なのかもしれないが、それにしたって砂糖の量が尋常でないように、ぼくには思えた。

「……甘いね」

そのままの感想を漏らしてみる。

「うんっ。あたし甘いの大好きだからっ」

「ふうん……」

頷きながら、次のものも食べる。やはり甘い。そう言えば今日は朝食を取っていなかったので、この巫女子ちゃんの手土産は都合がよかった。……あれ？　そう言えば巫女子ちゃん、この前甘いものは嫌いだとか言ってなかったっけ。言ってたような、言っていなかったような。よく思い出せない。

……まあいいや。

女の子だから好みも変わりやすいんだろう、きっと。

五分ほどで、スイートポテトは全部食べ終わっ

た。

「ふうん。巫女子ちゃんって料理上手かったりするんだね」

「うん。巫女子たんは鍵ッ子だったからね」

「……鍵ッ子って何?」

「えーと。留守番の多い子供。ほら、両親が共働きだったら、子供は鍵を持ってガッコ行かなくちゃ駄目でしょ?」

「……なんで?」

「え。だって、ほら、家が留守だったら、鍵、かかってるでしょ?」巫女子ちゃんは困惑したように説明を続けた。「えっと、だから鍵ッ子って言うんだけど……」

「ああ……理解できた」

ぼくはちょっと巫女子ちゃんから目を外し、天井の方へと表情を逃がして、頷いた。

そっか……。

そういう環境も、あるわけか。

「いっくん? ねえ、あたし、何か悪いこと言ったかな?」

「……え? なんで?」

「なんかすごい顔してるよ」

巫女子ちゃんは心配していると言うより不安がっている、もっと言えば怯えているかのような態度だった。ぼくは首を振って「なんでもないよ」と否定した。そう、なんでもない。こんなことは別になんでもないことだった。

「それじゃ、今度こそ、行こうか。それで巫女子ちゃん、どこに行きたいわけ?」

「え?」

「買い物に行きたいんだろ? 確か。新京極? 京都駅辺り? それとも大阪にまで出る?」

「あ。えーと。えーと」

まるでそんなことは考えていなかったと言わんばかりに、巫女子ちゃんは狼狽し始めた。助けを求めるようにあちこちに視線をやって、最後にぼくへと

戻し、

「ど、どこでもいいよっ」

と、わけの分からないことを言った。

「どこでもいいってことはないだろ。巫女子ちゃんの買い物なんだからさ」

「いっくんはないの？　どこか巫女子ちゃんと一緒に行きたいところって言うか」

「別にぼくは欲しいものとかないし。ほら、この通りの部屋だから何か買ってもすぐ捨てなくちゃならない。不合理だろう？　不合理なのは嫌いじゃないけれど、ま、本当に欲しいものとか買いたいものとかないんだよ、ぼくには。巫女子ちゃんは何が買いたいの？」

「それは、まぁ、服とか、いろいろ」

「ふうん」

「あと、何か食べたり、したいな」

「……、じゃ、やっぱ河原町でいいか」

うん、と巫女子ちゃんは言った。ぼくも割と主体性のない方だけれど、巫女子ちゃんはそれ以上かもしれない。どうして自分が買い物に行く先をぼくが決定しなければならないのか。しかしそんなことを言っても詮無いので、

「じゃあ行こう」

と、巫女子ちゃんを連れて、ぼくは部屋を出た。少し歩いて千本中立売のバス停に行き、四条河原町行きのバスを待つ。五分ほどでバスは来た。46号系統。乗り込んで、珍しくあいていた二つ並びの空席に、ぼくが奥、巫女子ちゃんがその隣へと、座る。

「……そう言えば。巫女子ちゃんはベスパで来たんだよね？」

「うん。ベスパだよ、ベスパ」

ちょっと緊張したような顔で巫女子ちゃんは言う。前に怒られたことが相当響いているようだった。やっぱりあれは言い過ぎたのかと思うが、ぼくだって自分の感情が抑えられなくなることくらいある。

それも結構、頻繁に。

「じゃ、また取りに戻らないとね……」

「大丈夫だよ。バス使うんなら料金一緒だしねっ！　市内料金一律っ！」

「ま、そうだけど」

「いっくんはクルマとか原チャとか、買わないの？」

「買わないよ。特に不便もないし」

「ふうん……」巫女子ちゃんは曖昧に頷く。「ともちゃんもそうだったな。ともちゃん、免許は持ってたけどアシは何も持ってなかったの。身分証明書のつもりだったんだって」

「ぼくもそんなようなものだよ」

「そっかっ。みんなそんなものかもしれないね。でも、あたしは免許取ったら運転したいなっ」

そう言えば巫女子ちゃんは今、自動車学校に通っているのだったっけ。免許を取ればクルマを買ってもらえるとかなんとか、前にそんな話を聞いたような気がする。

「ぼくもたまには運転してるよ。みいこさんにクルマ借りてね」

「ふうん……」

みいこさんの話を出すと、途端に巫女子ちゃんはつまらなそうにする。巫女子ちゃんを相手にみいこさんの話題から盛り上がることは少なくとも無さそうだと、さすがのぼくでも学習してきた。

「そっか……、智恵ちゃんも、免許持ってたんだ……」

「うん。まあね」

「そっか。ところで巫女子ちゃん、昨日一昨日《きのうおととい》は学校行った？」

「うん。どうしてかいっくんとは会わなかったけど」

それはぼくが昨日一昨日、大学に行かなかったからです。

玖渚からの資料を手に入れて、ちょっと考えることが多かったのだ。ぼくの中で大学生という肩書きの優先順位は、それほど低くもないけれど、決して高くもないのである。

「秋春くんとむいみちゃんとも会ったよ。今度ね、ともちゃんを偲ぶイベントでも開こうかって相談した。そのときはいっくんも参加してよね」

ぼくは一瞬だけ、ほんの一刹那だけ迷ってから、

「そうだね。そのときは、呼んでくれ」

と、答えた。それがただの肯定だったのか、それともその場しのぎの誤魔化しだったのか、自分でも分からなかった。ぼくの性格から考えれば確実に後者なのだろうが、この場合はひょっとしたら前者なのかもしれなかった。

四条河原町について、バスから降りる。

「よーしっ！　今日ははっちゃけるぞーっ！」

巫女子ちゃんはぐい、と両腕を伸ばして、宣言するようにそう叫んだ。そして今まで見た中で、一番魅力的とも思える弾けるような、この世のしがらみというしがらみ全てから解放されたかのような、吹っ切れたような笑顔をぼくに見せた。

「暗いのは終わりっ！　今日は楽しもうっ！　ねっ！　いっくん！」

「……うん、そうだね」

「そうっ！　巫女子ちゃん全開っ！」

それから六時間。

巫女子ちゃんは宣言通りに、新京極中を隅から隅まで、まるで智恵ちゃんのことなど本当に忘れてしまったかのように遊び回った。

跳ね回って飛び回り。

はしゃいではしゃいで。

破邪いて破邪いて。

騒いで騒いで。

巫山戯《ふざけ》て巫山戯て。

どこか狂ったように。

どこか壊れたかのように。

どこか途切れてしまったかのように。

溶けてしまったかのように。
乱舞し。
飛翔し。
螺旋《らせん》し。
まるで足掻《あが》いているかのように。
何かに抗《あらが》っているかのように。
自虐的なまでに羽目を外して。
ともすれば妖精と見間違うような。
さながらあどけない子供のように。
あたかも無垢な少女のように。
純粋なだけの存在として。
素直に感情を曝《さら》け出し、
笑い、
怒り、
ときに悲しみの表情を涙とともに浮かべ、
それでも最後には楽しそうな笑顔に戻り。
それは、
周りにいただけのぼくすらも、

この、
欠陥製品のぼくをすらも。

「…………」

　あるいは彼女はこのとき、既に覚悟を決めていたのかもしれない。彼女を救えなかった、否、圧倒的に救わなかったぼくが言ってもそれは言い訳に過ぎない戯言だろうが、しかしそれでもそう思う。

　葵井巫女子は自分の命運を認めていたのではなかったか、と。

「うわー。時間、あっと言う間に過ぎちゃったねー。びっくり」

「アインシュタインも言ってたよ。可愛い女の子と話してる一分とストーブの上に手を置いた一分とは天地ほどの差異があるってさ」

　ぼくはまるでアインシュタインと旧知の仲であるかのように言った。すると巫女子ちゃんは「うん？」と、鬼の首でも取ったかのように、ぼくの顔を覗き込んでくる。

「それはアレかな？　いっくんは巫女子ちゃんを可愛い女の子だって思ってくれてるってことかな？」

「否定はしないでおこうかな」

ぼくは適当に話を合わせる。あまりまともに返事をすると、必要以上に流されそうになることを、今日一日で学んだ。

ぼくの両手には、右手に紙袋三つ、左手に紙袋二つ、背中にビニールバッグを二つ背負っていた。内容物はほとんどが衣服なので重いってほどではないけれど、しかし、巫女子ちゃんが次々に万札を使っていく様子は見ていてぞっとするものだった。玖渚の奴も買い物好きだけれど、あいつの場合は自宅からネットを利用して買い物するわけで、こうやって目前でリアリティたっぷりに暴買される様はぼくにとってなかなか新鮮だった。

「さ……これから、じゃあ、ご飯でも食べて帰ろうか」

「そうだねっ！　うわあっ！」

「……どうしたの？」

「いっくんから誘ってくれたのが、嬉しいっ！」

そう言ってにこにこする巫女子ちゃん。

今日は本当にテンション高いな……。

一体、何がそんなに嬉しいというのだろうか。

それからぼくらは、木屋町にある居酒屋と喫茶の中間みたいな店に入った。店内が監獄風にデザインされていて、店員が囚人や婦警の格好をしているという一風変わった飲食店ではあるものの、値段もそこそこで、味もそこそこ。以前にみいこさん達と一緒に来て、二人の中において評判のいい店ベスト3にランキングされているのだが、それはもう巫女子ちゃんには言わない方がいいだろう。哀川さんは居酒屋（しかも日本酒限定）しか連れて行ってくれないし、玖渚はジャンクフードしか食べないし、他の知り合いだって似たり寄ったりの偏食家ばかりだ。そう考えればこの手の店に一緒に来れる相手というのは貴重なのかもしれなかった。

婦警さん（偽）に案内されて、座敷牢風の席へと案内される。

「最初にお飲み物のご注文をお願いします」

と言われ、巫女子ちゃんはカクテルを、ぼくはウーロン茶を注文した。

「やっぱりお酒飲まないんだね」

「一応のポリシーだから。むいみちゃんが人前で煙草吸わないのと同じ」

「そうそう！　あれねー、やめてって言ったの、ともちゃんなんだよ。ともちゃんが友達に何かを要求するのって珍しいからさっ、むいみちゃんも素直に従ったってわけ」

「確かに……そうでもないと、他人の迷惑なんて考えそうにないタイプだもんな……」

「でも、もう、むいみちゃん、煙草吸わないって」

「……ふうん」

「健康にはいいよねっ！」

巫女子ちゃんは暗くなりかけた雰囲気を払拭《ふっしょく》するように、そう言った。やがて飲み物が運ばれてきた。ぼくの前にカクテルが置かれて、巫女子ちゃんの前にウーロン茶が置かれた。とりあえず無視して、食べ物を色々と注文した。

「むいみちゃんとは、小学校からの付き合いなんだってね」

「うん。むいみちゃんてば小学校のときから煙草吸ってたよ」

「その割には背が高いね」

「うん。煙草吸ってなかったら、もっと高かったんじゃないかな」

それは想像を遥かに絶するシチュエーションだ。

「いじめっ子だったんだよね、むいみちゃんは。高校生くらいで更生したけどさ」

「遅いね」

「ともちゃんに会って、ま、色々と。色々あったんだよ」

色々。

色々——あっただろう、それは。

それだけの時間を共有したのならば。

「……巫女子ちゃんは?」

「え?」

「話を聞いてるとさ……、むいみちゃんは随分と智恵ちゃんから影響を受けてるみたいだけどさ、巫女子ちゃんはどうなの? あるいは秋春くんは」

「…………」

巫女子ちゃんは黙った。それから嘆息して、「あたし、人間付き合いって、長さだと思ってたんだよね」と言う。

「長く一緒にいて、初めて心が通じ合うっていうか、そういうものだと思ってたのね。でも、違った。違ったんだよ、いっくん。長い付き合いなんてなくても、心なんて通じ合わなくても、それでも惹《ひ》かれてしまうような存在がいるんだって」

「……巫女子ちゃんは……どうして智恵ちゃんが殺されたんだと思う?」

「……そんなの。そんなの、分からないよ」ぼくの心ない問いに、巫女子ちゃんは顔を伏せる。「ともちゃんには殺される理由なんかないよ。ともちゃんを殺さなきゃならない理由なんか、一つもないんだから」

「人が人を殺す理由ってのは、実のところ単純だとぼくは考えている」ぼくはなかば巫女子ちゃんを無視するように言った。「つまり《障害》。その存在が自分の人生において障害的になったとき、それを排除しようとするのが自然の発想だからね。レールの上の石を弾き飛ばすのと同じ発想さ」

「……でも、ともちゃんは」

「そう、智恵ちゃんは他人の心に決して踏み入らない主義を貫いていたらしい。つまり他人にとって障害的な存在になれるはずがないってことだ。はなからその射程距離範囲内にいないんだからさ」

「うん」

「言い方を換えれば誰かの悪意や敵意、害意の届く範囲内にいなかったってことだ。これなら《誰か》から殺されるわけがない。生きていることが誰の迷惑にもなっていないいんだから」

——オマエナンカ／
——イキテルダケデ／
——タニンノメイワクダ。

「こいつは口で言うほど簡単なことじゃない。何せ智恵ちゃんは富士の樹海で仙人のように暮らしていたわけじゃないんだ。学校へ行って、今も大学に通って、その上普通の学生生活を送っていたんだからさ。否が応でも人間関係を形成しなければならない。さてここで質問だ、巫女子ちゃん。自分の意見で答えてくれ。人間関係を作るってのは、一体どういうことだい？」

「……えっと」巫女子ちゃんは戸惑いつつも、ぼくの問いに答える。「そうだね。よく分からないけど。誰かと仲良くするってことじゃ、ないのかな」

「そう。その通り。その通りだよ、巫女子ちゃん。それはつまり、言い換えてしまえば《誰かを選ぶ》ってことだ。だけどもう少し考えてみよう。誰かを選ぶってことは、その他の誰かを選ばないってことだ。《選ぶ》という行為には何をどうしたところで《選ばない》という正反対側の意味がつきまとう。それこそ鏡に映したコインの表裏のようにね。親友が一人じゃなきゃ駄目だとか、恋人が一人でなきゃ駄目だとか、そういう低レヴェルなことを言ってるんじゃない。そんなのはどうでもいい些事《さじ》のジレンマさ。この場合ぼくが言っているのはそういう意味じゃなく、誰からも好かれ、誰とでも仲良くできる人間なんて理屈の上では存在できないってことなんだ」

「そうかな……。そりゃ難しいかもしれないけど、誰からも好かれるなんて難しいことかもしれないけれど、でも、無理じゃ、ないと思うよ。世界中全員から好かれようっていうんならともかく、自分の周りにいる人くらいなら、みんなと仲良くすることくらい、できなくはないと、思う」

「ぼくはできないと思う。そう信じている。巫女子ちゃんが思っているほど、世の中は優しい人ばっかりじゃないんだよ。他人のことなんか解体対象としか思ってない殺人鬼もいれば世の中の仕組みを零と唯だけで理解している青色もいるし、他人どころか世界そのものを皮肉ってる人類最強だっている。あらゆる希望と全ての絶望を知り尽くした上でにやにや笑っている占い師もいれば、他人どころか自分の存在すらもただの単なるスタイルとしか見なさなかった画家もいる。善意を悪意としか受け取れない人間だって――いる」

「…………」

「智恵ちゃんはそれが分かっていたからこそ、他人に深入りしない生き方を選んだんじゃないのかな？　敵の数を少なくする一番いい方法は友達を作らないことだからね」

「ともちゃんは……」

　そんな娘じゃないと思うよ、という巫女子ちゃんの声は消え入るようで、ぼくにはほとんど聞こえなかった。それを《そうだ》と保証できるほどの根拠は、巫女子ちゃんの中にはなかったらしい。

「でも、そうだとしても、いっくん。もしもそうだったとしても、ともちゃんは実際、殺されたじゃない」

「その通り。智恵ちゃんは誰にも深入りしないようにしながらも、そいでいてそんなことをなるべく匂わさないよう巧妙に、絶妙に立ち回っていた」

　それはぼくにはできなかったことだ。

やろうとして、できなかったことだ。

「にもかかわらず彼女は殺された。智恵ちゃんは殺された。それじゃあ巫女子ちゃん、ここでたとえば巷《ちまた》で話題の連続解体通り魔のことを考えてみよう。あいつは無差別に他人を殺す。たまたま目に付いた、あるいはたまたま目に付かなかった、ちょっと肩がぶつかった、あるいはちょっと肩がぶつからなかった、それだけで理由は十分だ。機械的に他人を殺す。それだったら智恵ちゃんであろうとも。自動的に他人を殺す。このぼくであろうとも、殺される理由は十分にある」

「……じゃあ、ともちゃんは、通り魔に……」

「それはないらしいよ。沙咲さん……刑事さん曰《いわ》くね。智恵ちゃんを殺したのが通り魔でないことだけは、確からしい。——さて、この辺で少し話を変えてみようか。そうだね……、巫女子ちゃん。人間が多過ぎるなって、思ったことはないかな？」

唐突とも言えるぼくの質問に、巫女子ちゃんは目を逸らす。しかしそれでもぼくが黙ったまま答を待っていると、巫女子ちゃんは、「だからって、殺していいとは思わないよ」と言った。

「いっくんは、人殺しを許容できるのかな？」

「できない」

ぼくは即答した。

「許すだの許さないだの、そういう問題じゃない。許容云々《うんぬん》以前の問題なんだよ、それは。人殺しは最悪だ。断言しよう。人を殺したいという気持ちは史上最低の劣情だ。他人の死を望み祈り願い念じる行為は、どうやっても救いようのない悪意だ。なぜならそれは償《つぐな》えない罪だから。謝罪も贖罪《しょくざい》もできない罪悪に、許容も何もへったくれも、そんなことはこのぼくの知ったことじゃないね」

自分の声とは思えないほど。

それは冷酷な響きだった。

全くの戯言。

救いようがないのは一体誰だと言うのか。

「人を殺した人間はたった一人の例外すらなく地獄の底辺にまで堕ち沈むべきだ」

「で——でも」ぼくの台詞に巫女子ちゃんはごくりと、戦慄《せんりつ》したように唾を飲み込み、それでも、精一杯の反論を示した。「たとえば、自分の身が危なかったら？　たとえば、いっくんが夜中に鴨川公園を歩いてたとするじゃない。それで、今話題の京都通り魔がナイフで襲ってきて。そのときいっくんは黙って殺されるの？」

「――いや、逆らうね」

「そうでしょ？」

「そうだよ。その通りだ。そしてぼくは勢いあまって相手を殺してしまうかもしれない。ぼくだってそうだし、誰だってそうだろう。だけどさ……、そこでぼくは気付くんだよ。自分が生きるために他人を殺して、そこで気付くんだ。自分という存在の罪深さをね。生きてるだけで罪深く、死んでも許されることのない罪悪そのもの、それがぼくだと自覚する」

「……でも、でも殺されるんだよ？　そういうときに自分が生きようとするのは、生き物として当然じゃないのかな」

「それを当然とするところが既に悪逆なのさ。ここではっきりさせておこう」

ぼくは宣言するように言った。

「ぼくは人を殺せる人間だ」

「……………」

「自分のためにでも他人のためにでも他人を惨殺できる人間だ。相手が友達だろうと家族だろうと抹殺《まっさつ》できる人間だ。どうしてだと思う？」

「……どうしてなの？　わかんないよ」巫女子ちゃんは不安げに言う。「そんなことないと思うよ。いっくんは優しいもん。いっくんにはそんなこと、できないよ」

「できる。間違いなくできる。なぜならぼくには他人の痛みってヤツが、少しも理解できないんだから」

「……………」

「たとえばぼくの友達にほとんどの感情が欠落した女の子がいる。そいつはいつも楽しそうにはしゃいでるけど、それはあいつが他の感情を知らないからに他ならない。だからあいつには他人が悲しむ感覚、他人が怒る感覚がいまいち理解できない」

世の中をそんな風にしか理解できない。

楽園と失楽園との区別がつかない。

「ぼくも同じだ。いや、ぼくの方がよっぽどタチが悪いんだろう。他人の痛みが微塵も分からない。何故ならぼくが、このぼく自身が《痛い》とか《苦しい》とかいう感覚を、まともな風には受け取れない人格だからさ。ぼくは死ぬのが嫌だとすら思えないんだよ。死にたいってわけじゃないけれど、死についての抵抗意識の濃度が異様に低い。つまりはそういうことなのさ、巫女子ちゃん」

「………………」

「人が人を殺さないためのストッパーは色々ある。その中でも重大な鍵となるものは《こいつ、痛いだろうな》とか《可哀想だな》とか、そんな風に思う気持ちさ。そうだろう? そうなのさ。たとえば巫女子ちゃん、今まで誰かを傷つけたい衝動にかられたこともあるだろう。でも多分、巫女子ちゃんはそいつを殴ったりはしなかったと思う」

「……うん。あたし、誰かを殴ったことなんか、一度もないよ」

「でも殴りたいと思ったことはあるんだろう?」

巫女子ちゃんは答えなかったが、それは何よりも雄弁な肯定だった。それは何も巫女子ちゃんの罪じゃない。誰にも害意を抱かずに生きていくことなど、たとえ天国でも不可能だ。

「他人に感情移入ができるってことかな、要するに。だから同情でき、憐憫を感じ、そして同調できる。もっともこれはいいことばかりじゃない。何故なら他人を羨望《せんぼう》し、嫉妬《しっと》し、羨むのも、他人に感情移入ができるがゆえなんだから。《他人の気持ちが分かること》。それはメリットにもなればデメリットにもなる」

他人の気持ちを全て理解できる人間は、あの島にいた彼女のように壊れてしまうしか他にないのだろうけれど。

「しかしその損得についての哲学活動はここでは避

けよう。重要なのはそのストッパーがぼくにはないってことなのさ。他人の気持ちが毫ほども理解できない。その上で自分を抑えつけなくちゃならない。これはとんでもない、想像すらをも絶する苦痛だ。洒落《しゃれ》になってない。それでもぼくは今までその化物を抑えつけてきた」

身体の中にそんな化物を飼っておいてなお、図々しくも生きているんですか。

「……いっくん」

「既にいつ限界がきてもおかしくないんだよ。そして、だからこそ、ぼくは人殺しを許せない。許せるものか。その存在それ自体が憎い。恨めしい。心の底から恨めしい。これこそ心底怨恨さ。純粋に壊したいとも思う」

「…………」

「嘘だよ。そんなことは、全然思っていない」

そこで、注文していた料理が来た。

巫女子ちゃんはアルコールを追加し、ぼくは水を頼んだ。

しばらく向かい合ったまま、黙々と料理を食べる。

「……ねえ、いっくん」

「……なに？」

「どうして、そんな話を、するのかな？」

疑問そうに。

楽しい一日だったのにとでも言わんばかりに。

ぼくは黙って首を振る。

それは多分、酷く冷たい動作だっただろう。

「巫女子ちゃんが聞きたいんじゃないかと思ってね。こういう話。聞きたくなかったかな？　そんなことはないんだろう？」

「…………」

「ついでにぼくの方も、知っておいて欲しかった。ぼくがどの程度までの欠陥製品なのかってことを」

「欠陥製品だなんて……そんな言い方、酷いよ。自分のことなのに」

「自分のことだからこそなんだけれどね。欠陥製品でなきゃ人間失格さ。そうは思わないかい？　実際よく言われるんだ。ちょっとでも深く関わった人間はぼくのことをそう言う。《常軌を逸している》ってね。《異常》。《異端》。《奇怪》。《劣悪》——そしてその全てが正解だ」

「……いっくんって」巫女子ちゃんは不安そうな口調で言う。「なんか、その内、自殺しちゃいそうだね」

「自殺はしない。約束だから」

「……約束？」

「初めて殺した相手との、約束」

一瞬の間。

ぼくはサイコロステーキを口に入れてから、「嘘だよ」と言った。

「残念ながらそれほどドラマチックな人生は送っていない。そしてそんな素敵な種類の約束をするほどに、ぼくはロマンチストじゃないんだ。何か大事なものが欠けてるってだけで、あとは平凡な人間だからね。自殺をしないのは、まあ、なんか格好悪いからだよ。自分の欠点から逃げたみたいで。ああ、勿論逃げてるんだけど、逃げたように見えるのは惨めだからね」

「……いっくんが、ちょっと他の人と違うのは分かるけど……、でもいっくんが自殺したらあたしは泣くよ。きっと泣く。欠陥とかなんとか、そんなの、どうにでもなるよ。現にいっくん、普通に生活してるじゃない」

「壊れた物は直るけど、欠けてる物は直らないよ」

「……はあ……」巫女子ちゃんは嘆息した。「なんか、ともちゃんと話してるみたいな気分」

「ふうん？　智恵ちゃんとは、よくこんな話を？」

「ううん。そうじゃないけどね……、ともちゃんはそこまで踏み込まない娘だったし。でも、もしともちゃんと本当に話をしたら、こんな感じだったと思う」

「そうなると――」

そうなると本当に、惜しまれる。

ぼくはもっと、ぼくはもっと江本智恵と話をしておくべきだった。

そうすれば――／――そうすれば？

そうすればどうだったって、いうんだろう。

ちょっとは救われたかもしれないと、そう思うのか？　誰が救われたかもしれないと、そう思うんだ？

大体。

大体、話をしたからこそ、したからこそ彼女は
――

「多分、智恵ちゃんはさ」ぼくは巫女子ちゃんの方を見ずに言った。「犯人のことを、恨んでないだろうね。きっと、ほんの少しも、犯人のことを恨んでいないだろう」

「……どうして、そう思うの？」

「なんとなくさ。なんとなく以外の理由はない。ただのつまらない感傷。でも、多分、智恵ちゃんはそうだと思う。あの娘はさ、他人を恨むような性格してないんだよ、きっと」

ぼくはあえて過去形でなく現在形で言った。

現在形で。

「もっとも……、後ろから首を絞められたらしいから、犯人の顔なんて見てないだろうけどさ。恨みたくても恨みようがないか」

「……犯人の、顔……」巫女子ちゃんはぼくの言葉を繰り返す。「ともちゃんを殺した、犯人……」

「でも多分、智恵ちゃんはそんなことに興味なんかなかっただろうな。だって、誰に殺されても結局は同じなんだからさ。殺されるってのは所詮それだけのことでしかないさ。誰に殺されたって死ぬことには変わりはない。そして智恵ちゃんもこのぼく同様、死ぬことに対してそれほどの抵抗はなかっただろう。これはある程度の確信を持って言える。智恵ちゃんはあまり自分のことが好きじゃないみたいな

んだ。あの日ぼくに言ってたよ——次に生まれ変わったら巫女子ちゃんになりたいって、さ」

巫女子ちゃんはそれを聞いて、ぐ、と。

泣きそうになった。

涙こそはなんとかこらえたようだったが、その後もしばらく「ともちゃん……ともちゃん——ともちゃん……」と、呟いていた。

ぼくは無感動にそれを見ていた。

本当に、本当に何も感じずに、それを見ていた。

「……巫女子ちゃんは犯人、誰だと思う？」

「……なんか、そこ。随分こだわるね」巫女子ちゃんはほんの少しだけ怪訝そうに言う。「ひょっとしていっくん、事件の犯人を調べてたりするわけ？」

「するわけ」

ぼくは素直に答えた。

「調べているというよりは、ただ知りたいだけだな。会いたい。それで質問したい。いや、詰問したいな」

「——お前はお前の存在を許すのかってさ」

「——いっくんは」巫女子ちゃんはとても悲しげな感じで言う。「怖いね。怖いよ。本当に、怖い」

「そうかな。……自分じゃそうは思わないけれど、ひょっとしたらそうなのかもしれないね」

「いっくんは自分の中のルールを他の人にも適用できる人だよ。なんていうのかな。自分のことを世の中の一部品だと考えている代わりに、他人のことも世の中の歯車のようにしか思ってない。ううん、歯車じゃない。歯車なら一個かけたら全部停まっちゃうけど、いっくんは他の人が一人や二人、いなくなったところで構わないって思ってる」

「……そこまでは、思ってないよ」

「あたしはいっくんが平気で人を殺すような人間だとは、やっぱり思えない。だけどね、いっくんは多分、人に対して《死ね》って言うことに躊躇しない、そういう人間だと思うな」

「………」

「そういうことでしょ？　その、ともちゃんを殺した犯人に、そういう質問をするってことはさ。《お前に生きてる資格はない》って宣言するのと、同じことでしょ？　残酷だよ。それはすごく残酷。いっくん、分かってるの？」

「分かってるさ」即答する。「分かった上で言っているさ。自分の罪深さとやってること、戯言加減はそれこそ地獄の底辺にでも堕ちるほどに理解してる。ほとんどの殺人は《思い余って》《勢い余って》起きるもんだってぼくに言ったヤツがいるけれど、この場合——ぼくは自覚的に殺人できる、何の自己肯定も自己欺瞞《ぎまん》も自己否定も自己満足もなく、他人を殺人できる、稀有にして下種《げす》な人間だ」

「いっくんは自虐的だね」

「マゾなのさ」軽く答えた。「しかもとびっきりタチの悪い、ね。だけどこれがぼくの流儀であり、主張であり、スタイルだ。譲るつもりは一切ない」

「そうなんだろうね」

巫女子ちゃんは少し、寂しそうだった。

まるで遠い人を見るかのような、
既にいなくなった人を見るかのような、
刹那げな、
切なげな眼差し。

表情。

雰囲気。

感情を一切隠さない、
隠そうとしない彼女だから。

それが分かる。

理解できる。

まるで、
他人の気持ちが分かってしまうかのような、
錯覚。

「だけどあたしは」
それはたとえば。
優しい気持ちだったり。
愛しい存在だったり。
想いの言葉だったり。
実にさりげない空気。
実に何気ない雰囲気。
一つしかない不可能。
とても無関心ではいられないような。
めくるめく夢のような悪夢。
現実が歪んで壊れていくような感覚に。
相手を望む。相手に臨む。
叩きつけられたような快感。
突き刺されたような快楽。
解体されたような愉悦。
バラバラでズルズルになったような。
大事な何かを奪われてしまったような。
心臓をつかまれ。

心犯される、
微笑だった。
「そんないっくんのことが、大好きです」

3

アパートの前に、一人、誰かがヤンキーみたいな姿勢でしゃがみ込んでいた。一体誰だろうと近付いて行くと、まあ半ば予想通りだったけれど、哀川さんだった。水曜日以来だったが、哀川さんは散髪をしたのか、髪型が少し変わっている。芸能人がたまにしているような、眉の上で前髪が一直線に揃っている、ぱっつんとした髪型。もともと絶妙のプロポーションを誇る哀川さん、その髪型のせいでますますモデルみたいな印象になっていた。勿論それは不良高校生みたいな座り方をしていなければの話だが。

ぼくに気付くと哀川さんは、

「よっ」

と、立ち上がって、近付いてきた。

心なし、なんだか猫のようににやにやしている。

「デートはどうでした？　いっくん」

「……見てたんですか？」

「新京極で見かけただけ。からかってやろうとアパートに先回りしたのさ」

「……さいですか」

実は暇人なのか、この人。ぼくはちょっと呆れた。全く、どうにもつかみどころのない人だ。次に何をするのか全然推測がつかない。神出鬼没もいいところだった。

「……髪、切ったんですね。気分転換ですか？」

「正確には切られた、と言う」

哀川さんは前髪をいじりながら言う。

「……ま、そりゃそうでしょうけど」

「うん。サバイバルナイフでこう、さくっとな。避けるのがあと一瞬間遅かったら左眼がやられてたよ。いくらあたしでもさすがにビビったな」

「…………」

嫌過ぎる美容師だった。

「この際だからもっと大胆なショートにしようかとも思うんだが……、お前はどう思う？　似合うかな？」

「哀川さんならどんな髪型でも似合いますよ。元が美人なんですから」

「嬉しいことを言ってくれるが――、あたしのことを名字で呼ぶなって、何回言えばわかんだよ」

　ぐい、とぼくにヘッドロックを決める哀川さんだった。ふざけ半分にぐりぐりと拳を脳天に押し付けて、それからやっと解放してくれる。

　そして邪悪そうな笑み。

　憎めないよなぁ、この人。

　憎んだら憎んだでタダじゃ済まないし。

「で？　どうだったんよ？　デートのお具合は。あんな年下の女の子をどうしちゃったわけ？　ん？　ん？　ん？　お姉さんに話してみろよ。困ったことがあったんなら相談に乗るぜ？」

「なんか誤解してるみたいですけど……、潤さん。あれ、今度の事件の関係者なんです」

「……ん？　あれ。そうなのか？　……じゃあ、あれ……、ひょっとしてあの小娘が葵井巫女子？」

　哀川さんの問いに、頷くぼく。哀川さんはちょっと素朴そうな顔をして「ふうん……」と言った。

「なるほどな……。ま、どっちにしろ。こんな時間にアパートに戻ってくるようじゃ、望みナシか」

　ちなみに今の時間は十一時。

　あれから巫女子ちゃんは、冗談みたいにアルコールを摂取し、当然の帰結として酔いつぶれてしまい、店の中で眠ってしまった。ぼくはそんな巫女子ちゃんを背負って堀川御池まで送り、部屋の中、ベッドの上に寝かせて鍵を締めて、バスを使ってここまで戻ってきたというわけである。巫女子ちゃん、今度は狸寝入りではなさそうだった。

「残念だったなー、未成年。お姉さんが慰めてあげようか？」

　心の底から面白がるように、哀川さんはぼくを揶《や》揄《ゆ》する。

「だから、そういうんじゃないんですって……それよりも」ぼくはこれ以上厄介にならない内にと、話題を変える。「その、潤さんの前髪を切った美容師って、ひょっとして零崎ですか？」

「………………」

途端、哀川さんが表情を歪める。

もっと、楽しげな風に。

「……ああ。大したガキだよ、ありゃあ。殺人鬼としてはまだまだ二流だがナイフ遣いとしちゃあ既に一流だ。どの筋肉をどういう風に動かせば人類として最速なのか、本能で理解してやがる。ほら、これ、見ろよ」言いながら哀川さんは右袖をまくった。そこには白い包帯が巻かれていて、朱い血の色が、包帯の裏側から透けていた。「しかも向こうはほぼ無傷ときてやがる。本当、大したガキだ。さすがは《零崎》の名を宿すだけのことはあるってとこか……」

「……零崎って潤さんよりも、強いんですか？」

「強い弱いの問題じゃない。単純な力関係ならあたしの方が数段上って自負はあるよ。あいつが《恐るべき》速度を秘めた最速だってことは認めるが、それでもあたしの相手になるには百年遅い」

おお、ナルシスト哀川。

素晴らしい自信家っぷりだ。

「ただ、ま、逃げることだけに専念されたらな……。意外と冷静な奴だった。殺人鬼だっていうからもっと血の気の多い奴かと思ってたけど。しっかし、確かにお前の言う通りだ」

「何がですか？」

「あいつお前と《そっくり》だよ。何が似てるってわけじゃないけど、本当にそっくりだ」哀川さんは皮肉たっぷりに言う。「弩変態マゾ野郎と弩変態サド野郎。全く、似合いのカップルだよ」

「……それじゃあ、つまり」ぼくはできるだけ慎重に言葉を選んで、言う。「あの。つまり潤さんは零崎を見つけておきながら取り逃がしたということでしょうか」

「んー？」哀川さんは無気味な感じににこにこしながらぼくの両頬をつねった。「今何か言ったのはこの口かな？　え？　なんですか？　哀川潤なんてハッタリだけの口だけムスメだって？」

「いえ、そんなことは。そもそもムスメってのはもう無理が……」

ぐいい。

おお、まさか人間の頬がここまで伸縮性を持っていようとは。

「……ま。いいか」哀川さんは突然、ぼくから手を離した。そしてぽりぽりと、退屈そうな仕草でアタマをかく。「……お前の言う通りさ。あたしもまだまだ修業が足りない……、あの顔面刺青、京都にまだ残ってるかな」

「ぼくが零崎なら、確実に他県に逃げますね」

そうだよなぁ、と哀川さんは肩を落とす。

「あーあ、面倒だな……、つっても逃がすつもりはさらさらないけどさ」

冷酷っぽい目つきでそう言う哀川さんを見て、ぼくはやっぱり零崎に同情せずにはいられなかった。しつこそうだもんな、哀川さんって……。

「じゃ、邪魔したな」背伸びをして、哀川さんは帰ろうとする。今日はコブラではなく、徒歩で来たようだ。「いや、邪魔をしようと思ったけれど邪魔できなかったのか……、ま、どっちでもいいや。おやすみ。いい夢見ようぜ、お互いに」

「……潤さん。一つ、質問していいですか？」

後ろ姿に、ぼくは問う。

哀川さんは首だけで振り向いて、

「なんだ？」

と言った。

「潤さんは人殺しを許容できますか？」

「……ん？　なんだそれ？　何かの比喩か？」

「えっと、つまり……、もっと直接的に言うと、ですね……、潤さんは人が人を殺してもいいって思いますか?」

「思うね」

即答で、しかも断言だった。

「死ぬべき人間がいるとしたら、そいつは死ぬべきだ」

くくく、とシニックな笑みを浮かべる哀川さん。

「たとえばあたしを殺してみろ。安心しろ、それでも世界は何も動かないよ」

クールな調子でそう続け、哀川さんは軽く手を振ってから、ぼくの視界から去っていった。

「…………………」

全く……。

あそこまで開き直れたら、
あそこまで皮肉に構えられたら。

どんなにいいだろう。

「ぼくって奴は、本当に……」

中途半端。


自分で自分に呆れてしまう。

呆れるどころか軽蔑だ。

「……でも、どちらにしたってそれは戯言ですよ、哀川さん」

ぼくはアパートの中に入った。誰にも会わずに部屋の前にまで辿り着く。鍵を取り出そうとポケットに手を突っ込んで、そこで異物に気付く。取り出してみる。

巫女子ちゃんの部屋の鍵。

「…………」

まず巫女子ちゃんの部屋に入るために、ぼくは巫女子ちゃんの鞄を勝手にさぐって鍵を取り出した。まさかドアをそのまま開けっ放しにするわけにもいかず、鍵を勝手に借りて錠を落とした。鍵は郵便受けにでも入れておこうかと最初は思ったのだが、部屋の鍵がついていたリングには別に、ベスパのキーもついていたので、そのまま持って帰ってきた。明日、ベスパと一緒にマンションまで届けてあげようという判断だ。いや、別に、ベスパに乗りたかっただけが理由でなく。

「……それに、届けなくちゃならないのはベスパと鍵だけじゃないか」

いくらぼくが朴念仁《ぼくねんじん》で、鈍くて、ふてぶてしい、卑劣漢でも。ああも正面から向き合われたら、さすがに無視するわけにはいかない。

葵井巫女子。

「……思い出したよ、巫女子ちゃん」

部屋に入って、布団も敷かずに横になって、ぼくは呟く。

あのとんでもない島に行って、本土に戻ってきて、初めて大学に行った日。日本の大学のシステムについて右も左も分からなかったぼくに対して最初に声をかけてくれたのが、巫女子ちゃんだった。

「初めましてっ！　何か分からないこと、あるかなっ？」

はじけるようなあの笑顔で。

出遅れたクラスメイトに対する、気遣い。

ぼくはそれを、すごく鬱陶《うっとう》しいと思い、ちょっとだけ感謝した。

その明るい、天真爛漫な雰囲気が、ぼくの大事な友達に少し似ていたから。

「……本当に傑作だ」

ぼくは零崎人識のようにそう言って、目を閉じた。

明日のことは考えない。

事件のことも考えない。

通り魔のことも考えない。

請負人のことも唯一の友人のことも考えない。

もう何も考えたくなかった。

第六章　異常終了――（以上、終了）

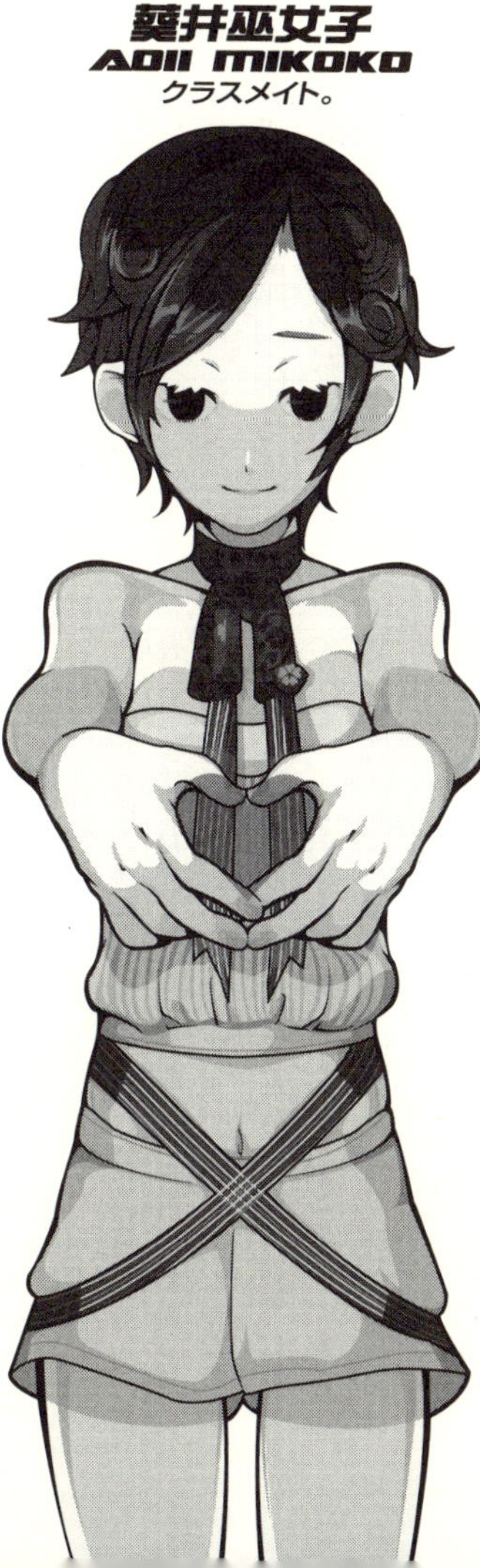

お願いですからこれ以上期待させないでください。

0

1

《明日また来る。十二時頃。返事はそのとき。》

それが巫女子ちゃんの部屋の卓袱台に残してきたメモ。ベスパなら堀川御池まで十分足らずでつくので、時間の余裕はあった。

朝は八時に起床。暇潰しに少しジョギングをして、その後で後悔。みいこさんに朝食に誘われたので、部屋にお邪魔してご馳走になった。和食というよりもほとんど精進料理だったので、味わいもなにもあったものではなかったけれど、量があったので空腹だけは治められた。

「では私はバイトだから」

と、みいこさんは十時ごろ、アパートから出かけていった。

自分の部屋に戻り、時間を潰す。いつかのようにエイトクイーンをやろうとしたが、どうも思考サーキットがうまく働かず、五つ目の女王で放棄した。次に宣教師と人喰い人種へと移行したが、やっぱり途中で飽きてしまった。パソコンでも持ってればゲームでもして時間を潰せるのに。やっぱり玖渚に一台くらいもらおうかな……。しかし暇を潰すためだけに部屋の面積を狭くするのは、あまり上手《うま》いものの考え方ではないような気もする。それに、どうせ暇な時間なら、潰そうが潰すまいが同じじゃないか。ぼくは、巫女子ちゃんに言った通り、退屈そのものは嫌いじゃないし、待ってる時間にも慣れている。

「…………」

浅知恵の利く子供が常にそうであるように、ぼくは星の王子さまという絵本をかなり幼い頃に読んだ。

意味が全然分からなかった。

周りの人間はそんなぼくに対し、「大人になればその本のよさが分かる」と言った。

この間、それを思い出し、もう一度読み直した。

やっぱり意味は分からなかった。

「零崎は……もう京都にはいないし……。哀川さんにはこっちからは連絡取れないし……、それに玖渚は引きこもりだしな……」

本当、ぼくの知り合いにはマトモな人間が一人もいない。もっとも、ぼくはそんなものを最初から望んでいないのかもしれないが。

それでもたまに思う。

ぼくは、ただ一人で、孤独に、生きているつもりでいて、本当は檻の中で飼われているだけなんじゃないかと。

「詮ない話だよ」

所詮世界の登場人物のたった一人に過ぎないぼくに、この状況それ自体を俯瞰《ふかん》することなんかできるわけがない。特にぼくなんか、主役でも脇役でもありやしない、哀川さんの言うところの狂言回し。世界に関係のないところで展開される物語の一節をつたなく語っているだけの存在。

もっとも。

その程度の事実では、もう自虐的にすらなれないが。

「もう行くか……」

現在時刻、十一時。大分早いが、早くて悪いってことはないだろう。そう決めてぼくはアパートを出て、駐車場へと歩く。ベスパヴィンテージのエンジンをかけ、ヘルメットをかぶる。ヘルメットは昨日巫女子ちゃんが部屋に置いていった、ハーフサイズの洒落たデザインのものだ。ぼくにはどう足掻いても似合わなかったが、しかしサイズは合ったので、ヘルメットとしての役目だけは果たしてくれるだろう。

発進。千本通りを下り、丸太町通りで東へ折れる。堀川通りに出たところで再び南に下り、そのままベスパを走らせた。

風を切る感覚が心地いい。

生きていることを、
少しだけ忘れられる。

御池までは予想通り、十分でついた。巫女子ちゃんのマンションの地下駐車場にベスパを停め、鍵をかけておく。駐車場から出て、マンションの正面に回る。

「この前はここで一時間以上時間を無駄にしたっけ……」

なかなか情けない思い出だった。ぼくの記憶力はそういうものに限って忘れてくれないから、困ったものだ。ならばせめてその記憶を活かして同じ失敗を繰り返さないようにしようではないか。

ぼくは足を止めることなく、マンションの中へと入った。監視カメラに軽く挨拶し、エレベーターの中に乗り込む。

この時点で。

この時点で、ぼくはまだ何も考えていなかった。

巫女子ちゃんの告白にどんな言葉を選んで返すのか。

彼女の好意に何をもって返すべきなのか。

一切、
何も考えていなかった。

「嘘だけどね」

本当はとっくに決定している。

彼女に向ける言葉は、一つしかない。

だから迷う必要なんてない。

自分がどういう人間で巫女子ちゃんがどういう娘か考えれば、数学の式のように答はでる。もっともその演算式通りにいかないのが、現実なのだが。それはたとえば、円周率の最後の桁が奇数か偶数かを考えるようなものだ。そもそも高さをかけて二で割れば三角形の面積が出るような位置を思考し続け漂っているぼくが、方程式だの解の公式だの演算だの、ばかばかしいことこの上ない。

大体何を決めてたところで、最後の最後で意見を変えてしまうのがぼくって人間だ。だったら今何を考えていても同じことだった。

四階でエレベーターを降りて、廊下を歩く。

三号室。

「……だったっけな……」

よく憶えていないけれど、そうだった気がする。

巫女子ちゃんはもう起きているだろうか。そんな低血圧って風にも見えないが、時間にルーズなところを見ると、早起きの習慣があるとは思えない。

インターホンを押した。

「…………」

返事がない。

「……あれ」

それは単純に、中から返答がないという意味ではなく。

反応という物が、
物音という形でも、
一切ない。

「……不審……じゃ、ねえな。これ」

インターホンをもう一回、押す。

同じ。

部屋の中からは気配が感じられない。

焦燥。焦燥。焦燥。

心臓が高鳴る。

身体機能が異常を来たす。

「…………」

ぼくは無言で、インターホンを押し続けた。

一回、二回、三回、四回。

五回を過ぎたところで数えるのをやめた。

感じる。

不審ではなく、予感。

この感覚は予感というより予知に近い。
《まるで筋を知ってる映画をエンドレスで見てるような気分なんだよ》
そんな風に、あの予言者は言っていたか。
決して手を出せないブラウン管の向こう側。
理解したくもないその気分が今、理解できる。

葵井巫女子。
クラスメイト。
いつも楽しげで　　ときに悲しげで
ぼくのことを
すきだといってくれたかのじょ。

それは、イメージ。
どこかに置き忘れてきたような情景。
郷愁を誘う風景。
いつからか自分の近くにあり過ぎて
その存在を忘れてしまった

思い出す必要もない
邪悪で
忌まわしい
光景。

死。

無。

「……、……」

ぼくは何かを忌々しげに呟いて、
巫女子ちゃんの部屋のドアを開けた。
そして、

葵井巫女子が死んでいた。

2

残酷な状景。惨酷な状景。
ぼくは巫女子ちゃんの部屋の中央で佇《たたず》んでいた。
佇まざるを得なかった。
気持ち悪い。気持ち悪い。気持ち悪い。
気持ち悪い。気持ち悪い。気持ち悪い。
気持チ悪イ。気持チ悪イ。気持チ悪イ。
キモ地ワル意。
胸を押さえる。
吐きそうだ。
絶対に消化できないモノを腹の中に押し込んでしまった感覚。
ベッドの上に、眼を遣《や》った。
巫女子ちゃんは、そこに横たわっていた。
眠っていた。
眠っている、と言うのだろう。
たとえその身体が機能してなくても。
心臓の鼓動がなくとも。
その細い首に、
えげつない布の痕が残っていたとしても。
二度と眼を覚まさないとしても。
それ以外の表現はしたくなかった。

とくん。とくん。とくん。とくん。どくん。どくん。気持ち悪い。ぐらぐらする。ぐらぐらする。くらくらする。くるくるする。くるくると回る。何かが狂って狂って狂って狂っている。

いやくるっているのはぼくですか？

今にも、
この場に、
　倒れてしまいそうなほど。

動悸が激しい。

息をするのが難しい。

生きているのが難しい。

死んでしまいそうだ。

眼球の奥が熱い。

心臓の奥が凍える。

「………………」

落ち着こうと唾を飲み込もうとして、それに失敗する。苦しい。苦しい。苦々《くるくる》しい。

「……葵井巫女子は」

ぼくは口に出して、言った。

自分自身に言い聞かせるように。

「殺されました」

どすん、と。

尻餅をついて、ぼくは本当にその場に倒れてしまった。

人の死には慣れている。

自分に近い人間が殺されるのも慣れている。

ぼくにとって死は身近なものだ。

なのに。

くるしい。いたい。痛過ぎる。

痛切だった。

多分ぼくは、忘れられないだろう。

部屋に入った瞬間に網膜に飛び込んできた、巫女子ちゃんの《死そのもの》を。意識というものが一切宿っていない彼女の死体を、忘れることができないだろう。

「——と」

意識が堕ちそうになるのを、なんとかこらえた。

そしてもう一度、巫女子ちゃんの身体の方に視線をやる。

ベッドの上で仰向きに倒れた巫女子ちゃん。

苦痛に歪んだ顔。

青紫に鬱血した横顔。

あの明るい笑顔を知っているぼくに、
それはあまりに酷だった。

服装は昨日のサロペット・パンツとは違う。

雪のような真っ白いベアトップのシャツに、同じ白でもミルキーな印象の強いキュロット。まるで死に装束のようだ、とは思わなかった。

「………」

思い出す。

これは、昨日、巫女子ちゃんが買った数多くの服の中の一着。

最後に買った服だ。

巫女子ちゃんが試着して、

「似合うかなっ？」

と訊いてきて、
それまでは誤魔化していたのを、
ぼくはついに根負けして、

「似合うよ」

と、答えた、その服。

昨晩巫女子ちゃんをここに運び込んだとき、勿論ぼくは着替えさせるような真似はしなかった。そのままベッドの上に寝かせただけだ。つまり巫女子ちゃんは一度目を覚まして、着替えたのだろう。

そして、その後で……


一体何を思ってその服を着たのか。

そして誰を待っていたのか。

既にその時点でぼくの想像を絶していた。

そして。

彼女の頭の横辺りに。

紅い文字。

《X／Y》と。

智恵ちゃんのところにあったのと同じ式が、書いてある。

「……戯言まみれだな」

ぼくは携帯電話を取り出した。

そして、記憶している番号をプッシュする。

ワンコール目の途中で、相手は出た。

「はい。佐々ですが」

「もしもし……」

ぼくは名前を名乗ろうとしたが、その前に沙咲さんは、「ああ、あなたですか」と言った。声だけで相手を記憶しているらしい。しかもぼくは沙咲さんと一度話したきりだというのに。こんな場合でもなかったら、ぼくは素直に感心していたことだろう。

「どうかしましたか？　何か思い出されたことでも？」

沙咲さんの声は冷静。

それが少し気に障る。

不愉快だった。不愉快だった。

「……沙咲さん。あの、ですね……、葵井さんが……」

「はい？　すいません。よく聞こえませんが。もう少し大きな声でお願いします。何ですか？　葵井さんですか？」

「はい……、葵井さんが、殺されてます」

「…………」一瞬で受話器の向こうの気配が変わる。「今どちらですか？」

「葵井さんのマンションです……」

「すぐに行きます」

ぶつり、と通話が、一つの命のようにあっさり切れる。ぼくはしばらく電話を耳に当てたままの姿勢でいた。目の前には相変わらず巫女子ちゃんがいる。

「本当さぁ……」

ぼくは物言わぬ巫女子ちゃんに話し掛けた。

無駄なことだった。

無駄な上に無様だった。

「……本当、ぼくはきみになんて言うつもりだったんだろうね……」

巫女子ちゃん。

腹に何かを呑み込んだ気持ち悪さは治まる気配がなかった。ちっとも、治まる気配がなかった。

十分もしない内に、警察は駆けつけてきた。

「大丈夫ですか？」

そう言って沙咲さんがぼくの身体を抱えた。よっぽどぼくが絶望的な顔色でもしていたのか、沙咲さんは本当に心配してくれているようだった。

「大丈夫ですか？」

沙咲さんは繰り返す。ぼくは言葉ではそれに応えることができず、腕を上げることだけでそれに応じた。沙咲さんはそれを見て、真剣そうに頷く。

「とりあえず、あなたは外へ。さあ、早く」

沙咲さんの肩を借りて、ぼくは廊下へと連れ出された。エレベーターの向こうから警察官と思しき人たちが続々とやってくる。あれ。数一さんがいない。あの人はこなかったのだろうか。それともどこか別な場所で何か別なことをしているのだろうか。そうなのかもしれないし、そうでないのかもしれなかった。

「う……」胸が苦しい。胸が苦しい。胸が苦しい。

「ううううう……」

気持ち悪い。気持ち悪い。

気持ちいっぱいに気持ち悪い。

胸が焼けるようで内側から破壊されていくようで内臓の中で何かが暴れているかのような不快感が血液に乗って全身に流れる。熱くて熱くて熱くて熱い。

狂いそうな苦痛。

マンションの外に連れ出され、そのままクラウンの後部座席に乗せられた。沙咲さんは運転席に乗り込む。それからぼくを振り向いて、「落ち着きましたか?」と言う。

ぼくは黙って首を振る。

「……そうですか」

そんなぼくに沙咲さんは、怪訝そうな視線を向けた。

「……わたし、あなたは死体なんか見ても全然平気な人だと思ってましたけど。それがたとえ友達の死体でも」慇懃《いんぎん》丁寧《ていねい》だった口調を少しだけ崩し、沙咲さんは言う。「思ったよりも繊細なんですね。死にそうな顔してますよ」

「…… そりゃどうも。誉め言葉として受け取って……」

おきます、と言おうとしたところで、吐きそうになって口元を押さえる。いくらなんでもこんなところで、沙咲さんのクルマの中なんかで吐くわけにはいかない。ぼくはなんとか内臓器官を制御する。くそ、軽口すら叩けないか。

「ふうん」沙咲さんはつまらなそうに頷く。「潤さんのオキニという割には……、意外と骨がないんですね」

「………………」

ああ、そう言えば。哀川さん、沙咲さんと旧知の仲だとかなんとか、言ってたっけな……。そんな、全く関係のないことを思い出すことで、いくらか気がまぎれた。ぼくは俯《うつむ》き加減だった身体を起こし、シートの背に思い切り体重を預ける。そして大きく深呼吸。

「……ええ。そう、意外と脆《もろ》い人格してましてね。もっとも、脆いんだか危ういんだか、それとも際どいだけなんだか、自分でもよく分からないんですけど……」

「何を言っているんです？　ちっとも意味が分かりませんが」

「……まあ、次の機会をお待ち下さい……、次の機会をね。今回はあくまでもイレギュラーってことで……、ぼくがどういう人間かはそのときに判断してもらいましょう……、とにかく今はマジでやばいんですよ……」

ぐあ、とうめいて、ぼくは目を閉じた。

沙咲さんは「………………」としばらく沈黙してから、「とりあえず」と言う。

「あなたにはこれから事情を聞くことになります。ゆえにこれから府警にまで行くことになりますが……耐えられますか？」

「安全運転さえしてくれれば、大丈夫だと思います」

「分かりました。それではあまり揺らさないように、努力をしましょう」

言って、前を向き、クラウンを発進させる沙咲さん。巫女子ちゃんのマンションが、あっと言う間に窓の外から消えていく。ここからでは角度的にスピードメーターは見えないが、しかしこの体感速度、あまり安全運転とは思えなかった。

「……沙咲さんは現場にいなくていいんですか？」

「わたしはどちらかといえば頭脳労働の方が仕事ですので」

「そりゃ、まあ……」気が合いそうですね、と言おうとして、やめた。どう考えても、そんな人と気が合うわけがない。「……あの、沙咲さん」

「はい。何でしょう？」

「哀川さんとはどういう関係ですか？」

「…………」沈黙する沙咲さん。どんな表情をしているかは、想像して余りある。「……たまに仕事を手伝ってもらうことがあるんです。ええ、それだけです。あなたは刑事ドラマとかを見ますか？」

「知識はあります」

「ええ。主人公の刑事には合法的でない情報屋がいるでしょう？　まあ、そんな感じです。ビジネスライクな関係ですよ」

雑《ざつ》い説明だった。と言うより、沙咲さんには説明するつもりがなさそうだった。あの赤い請負人は表現に困る人間だから、それはそれで仕方がないのかもしれないけど。

「そうじゃなく、そういう具体的なことじゃなくて、抽象的にお願いします。沙咲さんから見て、哀川さんってどんな人なのか」

「そんな話、今する必要がありますか？」

「気がまぎれるんですよ」これは本音。何かで意識を分散させておかないと、この身が腹の中から破れてしまいそうだ。「お願いしますよ。何か喋っていてください」

「……何にせよ、それはすごく答えにくい質問ですね――」しばらくして、沙咲さんは言った。「たとえばあなた、ソウドオフ・ショットガンの零距離射撃を腹筋に喰らって生き残った人の話とか、信じますか？　ライフル弾の嵐の中を平気な顔をして歩ける人の話とか、炎上するビルの四十階から飛び降りて無傷だった人の話とかをされても、信じないでしょう？　潤さんの話をするといつも、わたしが嘘つきだって思われるんですよね……だから話しにくいんです」

「…………」

沙咲さんのその心中は痛いほど分かったので、ぼくはあえてそれ以上突っ込みをいれようとはしなかった。

十分ほどで、府警に到着した。沙咲さんにつれられて、建物の中へ入る。

「ちょうど十二時ですね……、お昼時ですけど、何か食べますか？」

「カツ丼とかでもいいんですか？」

「別にいいですよ。後で料金請求されますけれど」

国家権力はなかなか細《こま》かかった。ぼくは《結構です》と首を振った。今何かを食べたら確実に吐いてしまうだろう。確信を持った予想として、そう言える。

「ふうん……、じゃ、そこの部屋に入って、ちょっと待っててください。わたしは報告してきますから。二分で戻ります」

沙咲さんはぼくを小会議室みたいな部屋に押し込んで、廊下の先を歩いていった。まあ取調室でないだけマシなんだろうな、と思いつつ、ぼくは椅子に深く座った。

煙草が吸いたい、と、一瞬思った。

煙草なんか吸ったこともないくせに。

それは暇潰しか、
現実逃避か、
あるいは、
ただの自殺願望か。

どれにしたってぼくにとっての価値は同じだった。

詮のないことを考えてるな……、

こりゃいよいよやばいか。

あと一押しで、
ぼくという存在は、
自分というあり方は。

狂う。

「お待たせしました」と、沙咲さんが戻ってくる。

手にはなにやらピンク色の包みを提げていた。「大丈夫ですか？　ますます顔色が悪くなってますけれど。脂汗までかいちゃって」

「……すいません。トイレの場所を教えてくださ い」

「そこの廊下を右です。突き当たりだから、すぐに分かると思います」

どうも、とぼくは駆け出す。

口元を押さえて、
胸のむかつきに耐えながら。

言われた通りの場所にトイレを見つけ、個室に入り、腹の中に溜まっていたものを全て吐き出した。


「がはっ……がふぁ……」

自分のものとはとても思えない奇怪な音が、自分の喉から漏れる。

酸っぱい味が口の中に残る。

内臓が引っ繰り返るんじゃないかと思うくらいに全てを嘔吐《おうと》し、呼吸をゆっくりと整え、立ち上がって、ぼくはハンカチで口元をぬぐった。

トイレの水を流す。

ふう……。

洗面台に移動し、顔を洗う。手で水をすくい、口の中もすすいだ。鏡に映った自分を見る。確かに今にも死んでしまいそうな顔をしていたが、しかし、それでもさっきに比べれば断然マシな気分になった。

「……よし」

復活、と呟いて、ぼくはトイレを後にする。廊下を歩いて部屋に戻ると沙咲さんが待ちかねたように、「平気ですか？」と訊いてきた。

「ええ、大丈夫です。吐いたら楽になりました」

「そうですか。これは……」と、持ってきていた包みをぼくの前に置く。「わたしの昼食なんですが。食べますか？」

「……いいんですか？」

「料金は請求しませんから、ご心配なく」

肩をすくめてそう言って、沙咲さんは椅子を選んで、ぼくの正面に座った。ぼくはありがたく沙咲さんのお弁当をいただくことにした。特に何の変哲もない普通のお弁当だったが、空腹だったことも手伝って、すごくおいしく感じた。

ぼくが食べ終わるのを待って、沙咲さんは、「さて」と言う。

「どういうことなんでしょうか？」

「それはぼくが知りたいくらいですよ」

「…………」沙咲さんはぼくの言い草がちょっと気に障ったようで、黙ってぼくを睨む。ぼくはその視線にたじろいで、さりげなく目を逃がした。「……では、事実関係だけを単純に説明してください」

「え……っと、それには昨日のことから話さなきゃならないので、少し長くなりますが」

「どうぞ、気になさらず。事件が解決するまではいくらでもお付き合いいたします」

ちょっと笑顔の沙咲さんだった。目が笑っていないのでなかなか怖い。ぼくは軽口を叩くのをやめ、真面目に受け答えすることにした。

「昨日、ちょっと葵井さんと出かけたんです。新京極の辺りにまで。それで、葵井さん、最後にちょっと飲み過ぎちゃって」

「そうですか……それで？」

まるでこちらの隙を狙っているかのような鋭い視線。まさか未成年の飲酒について目くじらを立てているわけではあるまい。油断できないな、と思う。

「それでぼくが葵井さんをマンションのあの部屋にまで送ったんですね。鍵は勝手に鞄から取り出して、ベッドの上に寝かせて。それでぼくはバスを使ってアパートに帰りました」哀川さんに会ったことまでは話す必要はないだろうと思い、その点についてはぼくは伏せておいた。「そのあとは、自分の部屋で普通に眠りましたね」

「鍵は締めていったんですか?」

「締めました。葵井さんのベスパがぼくのアパートのそばに駐車してあったので、それと一緒に明日……今日ですね。今日届けようと。それでベスパに乗って、あのマンションへ。ドアを開けて中に入ったら、あの状況だったというわけです」

「ふうん……鍵は?　かかっていたんですね?」

「え?」

ぼくはちょっと驚いたように顔を上げる。そして記憶をさぐるような仕草をして、五秒ほど沈黙。

「……いえ、かかってませんでした。鍵を使った記憶がありません」

「……そうですか」

沙咲さんは訝《いぶか》しげな表情をしたものの、とりあえず頷いてくれた。

「監視カメラがたくさんあったじゃないですか、あのマンション。多分今ぼくが言ったことが嘘じゃないってことが証明できると思いますけれど」

「そうでしょうね。管理会社には既に手配してあります」沙咲さんはクールっぽく言った。「……、これは念のための質問ですが、現場のものには何も触っていませんね?」

「ええ。情けない話ですけれど、なんですか?　戦慄してしまって。葵井さんに駆け寄ることすら、できませんでした」

「それはすごく適切な処置でした」

言って、沙咲さんはすっと目を閉じ、思考するようにする。

思考労働が主な仕事だと、そう言ったか。それはこの前、アパートを訪ねてこられたときのことで、十分過ぎるほどに分かっている。あの決定的な敗北意識は忘れようにも忘れられない。

「……ぼくは葵井さんに触ってもいないから分からないんですけれど、彼女、本当に死んでいましたか？」

「ええ。それは断言できます。死後およそ二、三時間というところですね。詳しくは解剖の結果待ちですが、犯行時刻は午前の九時から十時ごろだと思われます」

「余計なことかもしれませんが……」

「どうぞ。余計なものなんて、この世にありませんから」

それは一度は言ってみたい感じの台詞だったが、ぼくの場合言う機会の方がなさそうだな、などと思った。

「ぼくが昨日ベッドに寝かせたときは、葵井さんの服装はサロペット・パンツでした。でも今は違いますよね。つまり、朝方か、それとも夜なのか、それはともかく、葵井さんは一度目を覚ましたということだと思います。ぼくは昨晩鍵を締めておきましたから、ひょっとすると葵井さんは自分から犯人を招きいれたのかもしれません」

「なるほど……」

「ちなみにあの服は昨日、一緒に買い物に行ったときに買っていたものです」

そうですか、と沙咲さんは頷く。ふと気付いたが、沙咲さんはさっきからまるでメモを取っていない。そういえばこの前も、ぼくの話をただ聞くだけで、記帳してはいなかった。

「……記憶力いいんですね」

「はい？　はあ、まあ、それなりには」

自分にとってはそんなことは特に何でもないことらしく、沙咲さんはどうでもよさそうに相槌を打った。ぼくから見れば、それはすごく羨ましいことなのだけれど。

「ちなみに、ですね。その九時から十時という時間、ぼくは隣の部屋のおねいさんと朝食を取っていました。一応のアリバイはあります」

「はあ。そうですか」

沙咲さんは興味なさそうな素振りで頷く。そんなことよりも、今はもっと重要な別のことを思考していると言わんばかりだ。ぼくのアリバイなんていう、くだらないことよりも。

「……通報を受けた最初、わたしはあなたが犯人かと思ったんですよね」

「…………」沙咲さんのいきなりの台詞に、ぼくは絶句した。「……随分と単刀直入に言いますね……。少し驚きました」

「ええ。まあ、驚くでしょうね。でも、本当のことです。わたしがそう思ったのは事実ですから、偽りません。殺しておいて第一発見者を装っているのか、と、わたしはそう考えました。でもあなたの気分が悪いというのは確かに本当のようでしたし……、それに、死亡推定時刻云々を置いておいても、現場には凶器となった細い布がありませんでした。つまり物理的にあなたには犯行が不可能ということになる」

「…………」

「もっとも、今、あなたが服のどこかに、布を隠していなければ、ですが」

「調べてみますか?」

「いえ、結構です」

沙咲さんはそう言ったが、それは決して職務怠慢《たいまん》ゆえではない。沙咲さんは巫女子ちゃんのマンションからぼくを連れ出す際、既にその作業を終えているのだった。気分が悪くて歩けないぼくに、肩を貸したあのときに。

親切の中に潜む抜け目のなさ。

そういうのは、別に嫌いではない。

「そりゃどうも……」

「監視カメラの映像、それに死亡推定時刻が公式に決定されれば、あなたの潔白は強固なものになるでしょうが……、しかし、だとすると」

沙咲さんは席に戻って、まっすぐぼくを見て。

質問した。

「犯人は一体誰でしょうね？」

それはかつてぼくが、沙咲さんを相手に二回、問うた質問だった。

「さあ……分かりません」

「本当に心当たりはありませんか？」

「ありません」ぼくはすぐに答えた。「……そもそもぼくって、そんな葵井さんと仲がよかったわけじゃないんですよ。一緒に遊んだり、食事したりするようになったのはつい最近なんです」

「率直に訊いてみましょうか」と、沙咲さん。「あなたと葵井さんは恋人関係だったのですか？」

「その質問に対する答は否定ですね。否定であり、否定でしかありません。今から考えてみれば、友達だったのかどうかも、怪しいものです」

「あー……、なるほど。そう言えば、潤さんもあなたという人間のひととなりについて《そういう風》に言っていましたね」

一人、納得したかのように、沙咲さんは呟いた。

「哀川さんが？　哀川さんがぼくのことを、なんて言ってたんですか？」

「それは、言えませんが」

その思わせぶりな物言いが気になったが、しかし、それも沙咲さんの作戦なのかもしれないと思い直し、ぼくは慎重に、それ以上突っ込みはしなかった。大体、哀川さんがぼくに下す判断なんて、十分に想像の内だ。

それから沙咲さんはいくつか細かい質問をぼくにして、そして「分かりました」と言った。

「それでは……、あなたの方からわたしに何か質問はありますか？」

「いえ、今回は、別にありません」ぼくはちょっと考えるようにしてから、答える。「それよりも、早く帰って休みたい気分です」

「そうですか。それでは今日のところはお引き取りいただいて結構です。お送りいたしましょう」

沙咲さんはそう言って席を立ち、部屋から出る。ぼくはその後ろをついて歩き、建物を出て、そしてさっきと同じ、クラウンの後部座席に乗り込んだ。沙咲さんはさっきよりもやや乱暴な感じで、クルマを発進させる。

「……中立売でしたよね？　千本の」

「はい」

「気分はもう大丈夫ですね？」

「ええ。吐いたらすっきりしましたから」

「……わたしは」

運転しながら、沙咲さんは言う。

極めて感情を殺しきった声だった。

「あなたがまだ、何かを隠しているように思えてならないんですが」

「……、隠している？　ぼくがですか？」

「そう言いました」

「……別に。見ての通りに人畜無害で極めて大人しい、ただの公明正大な男の子ですから」

「へえ、そうですか」珍しく、ちょっと皮肉の混じった感じで沙咲さん。「とてもそうは見えませんが、本人がそう言うんでしたら、そうなんでしょうね」

「……含みがありそうな物言いですね」

「そんなことはありませんよ。そう聞こえるとしたらあなたの心のどこかにやましいところがあるからでしょう。しかしわたしには公明正大な男の子が殺人現場に不法侵入するとは思えませんが」

「……あ」

しっかりとばれていた。

勿論その程度のリスクは元より覚悟していたが、しかしそれでも、沙咲さんの言葉は意外だった。玖渚からもらった例の資料には、そんなこと一文字一句書いてなかったではないか。だからこそ、ばれてはいない、ばれていたとしても有耶無耶《うやむや》になっているのだ、と判断していたのだけれど。

そんなぼくの心中を見透かしたように、沙咲さんは前を向いたままの姿勢で言う。

「とりあえずは安心してくださって結構ですよ。今のところ、その情報はわたしのところで止まっていますから」

「……沙咲さんのところで？」

「そう言いました」

まるで抑揚のない口調。しかし心なし、どこか意地悪い感じが含まれている。そう、どことなくぁの、人類最強の赤い請負人を思い出してしまうような、そんな物言い。

「どういうつもりで江本さんの部屋に不法侵入なんてことをしたのかは知りませんが……、軽挙妄動は控えた方がいいですよ。これは忠告です」

「警告じゃないんですか？」

「いえいえ、忠告です」

しかし軽挙妄動とはひどい言われようだった。どう考えてもあの行動は軽率と判断されてしかるべきものだったから、確かにそれは正しい表現かもしれなかったが。

「沙咲さん。一応訊いておきますけれど……、どうしてその情報は、《今のところ》、沙咲さんのところで止まっているのですか？」

「さぁ……、それは色々事情があるということで。詳しいことは言いません。ただ一つ自覚しておいて欲しいのは、あなたに対してわたしはそれだけのアドバンテージを保持していると、それだけですよ。それだけの事実を、どうかお忘れにならないように、お気をつけてください」

「………」

ぼくは嘆息するしかなかった。自然、肩が落ちて、脱力したようになる。本当に……、また、このパターンか。どうしてぼくの周りには、こういう人ばかり現われてくれるのか。

「……ぼくの知り合いって頭がいい人と性格の悪い人ばっかりでしてね……。いい加減キャラかぶりっぱなしですから、たまには頭が悪くてもいいから性格のいい人ってのに登場して欲しいところだったんですけど……」

「それはそれは」沙咲さんはにこりとも笑わない。「残念でしたね。わたしはこのポジションを譲るつもりはありません」

そして千本中立売の交差点に到着した。ぼくは沙咲さんに「部屋に寄って行きますか?」と申し出たが、しかし沙咲さんは「仕事中ですから」と、それを断った。特に残念だとは思わなかったし、その逆も思わなかった。

最後に、沙咲さんは窓を開けて、

「あなたは《X/Y》を、何だと考えています?」

と、ぼくに訊いた。

ぼくは少し間を置いてから、「さあ」とだけ答えた。そんな答で沙咲さんが満足するはずもないと思っていたけれど、沙咲さんは「そうですか」と静かに頷いて窓をしめ、そのままクルマを発進させた。

ぼくはしばらくその場に佇んでいたが、そんな行動には意味がないと悟り、アパートへと戻った。二階の廊下を歩いて、部屋の中に入る。

静かな空間。

物音一つない。

誰もいない。

かつてこの部屋を二度、葵井巫女子は訪れた。

一度目はぼくが八つ橋を振舞って、二度目は巫女子ちゃんが手作りのスイートポテトをご馳走してくれた。

「――――」

センチメンタリズムに陥る趣味はない。むしろぼくはペシミストではなく、勿論ロマンチストなんかじゃなくて、決定的に間違い切ったトリビアリストだ。

「……いやしかし、それにしてもなんだよ」ぼくは呟く。「予想だにしていなかったとは言わない。あ、言わないさ。ぼくはそんなことは言わないさ」

巫女子ちゃんとの昨日の会話を思い出す。

もう二度と交わすことのできない、巫女子ちゃんとの会話を。

「………………全部戯言だったよな」

たとえば、巫女子ちゃんが、自分を殺した人間を、恨んでいるかどうかを、想定してみよう。多分恨んではいないだろう。ただ、責めてはいるかもしれない。そういう娘だったと思う。

本当に、なかったのだろうか。

ぼくが彼女にかけておくべき言葉は。

昨日言っておくべきだった言葉は、本当は何だったのだろう。

「……これこそ後の祭りってもんだ」

酷く、冷め切った独白。

普通はこういうときに泣くのかもしれないなと、どこかで思った。

肩の上の自分がそう考えた。

夜になって、

みいこさんが心配して部屋を訪れてくれた。

「食え」と、雑炊《ぞうすい》をぼくの目前に差し出してくる。表情は朴訥《ぼくとつ》としたままだったが、その目は本当に真摯で、ぼくのことを心から気遣ってくれているのが分かり、申し訳ないような気分になった。

全く。

ぼくはどれくらいの数の他人に余計な影響を与えて生きているのだろう。

「いただきます」

ぼくはみいこさんが持ってきてくれたスプーン（ぼくの部屋には割り箸しかない）で雑炊をすくい、口へ運ぶ。みいこさんはあまり料理のうまい人ではなかったが、この雑炊はそれなりに味があって、おいしかった。

「何かあったのか？」

とは、みいこさんは訊かなかった。そういうことを一切訊かない人なのだ。ただ黙って、見守るように隣にいてくれる人。真の意味での隣人。それは優しさとは別個の感情なのだろうけれど、それでもみいこさんは優しい人なんだろうと思った。

そう言えば……巫女子ちゃんも、ぼくのことをそう評していたか。

優しい、と。

「巫女子ちゃんがね……死んだんです」

何の前置きもなく、ぼくは言った。

そうか、とみいこさんは頷いた。

特になんとも思っていないような口ぶりだった。

「……あの夜な」と、みいこさん。「あの夜というのは、その小娘を私の部屋に泊めた夜のことだ。朝起きて、異様に不機嫌そうだった。最初は二日酔いゆえなのだろうと思ったが、どうやらそれは違うようだった」

「…………」

「私は訊いた。《気分はどうだ?》。小娘は答えた。《生涯サイアクの朝です》。……まあ、それだけの話なのだが」

「……いえ、それで十分です」ぼくは応えた。「ありがとうございます、みいこさん」

「それにしてもお前は本当に……厄介な人生を歩んでいるな。険しいわけではないが、非情なまでに崩れやすい道だ。それでよく踏み外さずにいられるものだな。正直感服する」

「踏み外してますよ、とっくの昔に。でもヘンに重力のある道なもんで、裏側に張りついてるんです」

「何にせよ、今がお前の胸突き八丁だ」みいこさんは声色を少し低めて、まるで脅しているかのような口調で言った。「ここで踏み外したら何にもならんぞ。お前が散々我慢して積み上げてきたものが全て水泡だ。お前はそれでも構わないというのだろうが、お前の人生はお前一人で形成されているわけではない。お前が生きているだけで救われる人間もいるということを忘れるな」

「そんな人間、いませんよ」

いささか自虐的な物言いに過ぎたかもしれない。

だからだろうか、みいこさんは少しだけぼくに、哀れむような目線を向けた。

「お前は背負い過ぎなんだよ。他人にそうそう影響を及ぼせると思うな。朱に交わって赤くなるのは染まった方の弱さでしかない。己を律することさえできれば影響下に置かれることなどないのだよ。お前はそんなに誰かに迷惑をかけて生きているわけではない」

「……そうなのかもしれませんね」

所詮はただの自意識過剰。

ぼくは生きていても生きていなくても同じようなモノだから。

ぼくがいる場所に、
たとえば殺人鬼がいたところで。

世界は何も動かない。

「それでもお前のことを好いてくれる奴はいるだろう。無条件でお前のことを愛してくれる存在は確かにある。それが世の中のサーキットだよ。今のお前にはまだ理解できないかもしれないが、私が言った言葉をよく憶えておけ。いずれ分かるときがくる。少なくともそれまでは生きてみろ」

ぼくのことを無条件で好いてくれる人。

それが今日、一人、死んだ。

じゃあ一体、あと何人、残っているんだろう。

「元気を出せとは言わんよ。それはお前が一人で解決するべき問題だからな。ただ、あの小娘が死んだのはお前のせいではない。それは私が保証してやる。何の根拠もないが私はそう確信しているよ。

……死んだ人間は死んだだけのことだ」

「でも……巫女子ちゃんはぼくが殺したようなものだ」

「お前が殺したのか？」

「……いえ、違いますよ。だけど、もしも」

もしも。

もしも巫女子ちゃんを一人、マンションの部屋に置き去りにしなければ。ぼくがマンションから帰らなければ。あるいはこのアパートまで連れてきていれば。

　同じ結果にはなっていない。

「それが背負い過ぎだというんだよ。そんな思考には意味がないと、自分で分かっているのだろう？」

「分かっていますよ。……でも、みいこさん。ぼくは最後に一言、あの娘には言っておきたいことがあったんです」

　最後の一言。

　一番最後の言葉を、ぼくはまだ、言っていない。

「先に活かせない後悔などするだけ損だぞ。私から言えるのはそのくらいだが——」そこでみいこさんは少しだけ視線を泳がせる。「——と。それから朝に言い忘れていたことなのだが、鈴無からの伝言だ。是非ともお前に伝えてくれとさ」

「……？　鈴無さんからですか？」

　うん、とみいこさんは頷いた。それを聞いてぼくは居住まいを正した。別にこの場に鈴無さんがいるわけではないのだから、そんなことをする必要はないことは分かり切っているのだが、それでも思わず姿勢を直してしまうような人なのだ。

　鈴無音々という人は。

　みいこさんは口を開く。

「《何をするか分からないから恐るべき人間と何をするか分かるからこそ恐るべき人間の二種類がある。だけどあんたは別に恐るべき人間じゃないんだからそんなことは気にしなくていいのよ》」

「……肝に銘じておきますよ」

「そうしておけ。……今度山を降りてくるらしいから、そのときは三人で食事でもしよう。お前に説教をしたがっていた」

「説教云々はともかく、食事くらいならいいですね。……でも」

「うん？」

「いえ、なんでもありません。ごちそうさまでした」

雑炊の器をみいこさんに返す。

みいこさんはそれを受けとって「じゃ、おやすみ」とぼくの部屋をあとにした。甚平の後ろの文字は《無常》だった。それを見るのは二度目だった。

「本当……」

ぼくは一人になって、呟く。

厄介な存在だよ。

このぼくは。

確かに一度、鈴無さんから一日中説教された方がいいだろう。

だけど。

「だけどあの店は、しばらく行きたくねえな……」

今度の精神論はいつ終わるか、分からなかった。

ぼく（語り部）
主人公。

第七章　死に沈む——（シニシズム）

0

疑わしい奴は片っ端から殺していけ。

最後に残った奴が犯人だ。

1

三日が経過して、五月二十五日、水曜日。

ぼくは午前十一時五十分に目を覚ました。

「これで《まだ午後じゃない》って言い張るのはいかさまみっともないものがあるよな……」

あーあ、と嫌な気分で身体を起こす。このところいつもこんな感じだ。全然いつも通りに起きることができない。目覚めることを身体が拒否しているとでも言おうか。寝坊をすれば必然大学に行く気がなくなってしまうし、行く気がなくなれば勿論行くわけがない。

　そういうわけで、先週の木曜日から数えて今日で五日連続の登校拒否だった。一年生の五月からこんな調子では留年したっておかしくないな、と思ったが、別に留年すること自体にはそれほどの抵抗はない。どうせぼくが自分で出している学費だ。

「…………」

　あれから月曜日と火曜日と続けて、沙咲さんが数一さんを連れ立ってアパートを訪問してきた。巫女子ちゃんの事件についていくつか細かいことを質問され、その代わりと言わんばかりに何個か重要そうな情報を提供してくれた。

　巫女子ちゃんの死亡推定時刻が午前九時半から十時の間にまで限定されたこと。殺害方法は間違いなく細い布による絞殺であったこと。犯行に使われた布は智恵ちゃんが殺害されたときに使われたものと同じ布であること——延《ひ》いては智恵ちゃんを殺した犯人と巫女子ちゃんを殺した犯人が間違いなく同一であると警察が公式に判断したこと。

「江本さんの事件と違うのは、葵井さんはどうやら正面から首を絞められたようなんですね」

「正面から？」

「ええ。江本さんは後ろからなんです。痕の形跡から分かるんですけれど……」

「つまり巫女子ちゃんは犯人の顔を見ているってことですかね？」

「可能性はあります」

沙咲さんは特に感情も込めずにそう言った。死んだ人間が犯人を見ていたところで見ていなかったところで、沙咲さんにとっては関係ないのだろう。実に合理的な判断だった。

あとはその事件当時の関係者のアリバイか。むいみちゃんは妹（無理《むり》ちゃんという名前らしい）と一緒に京都観光をしていたということ。秋春くんにはアリバイはないとのことだった。ぼくはみいこさんと一緒だった。ただし、智恵ちゃんが殺されたときのアリバイを三人とも持っていることから、容疑者からはそもそも外れているそうだ。

「わたしはそうは思いませんが、上の方では行きずりの強盗殺人という線も考えているようです。あるいは行き過ぎたストーカーもどきとか」

「——でもそれじゃあ、連続殺人にはならないでしょう。偶然にしちゃあでき過ぎてるし、それに、何も盗られていないんでしょう？　暴行されてたってわけでもない」

「そうなんですけど。ただ、単純な怨恨とするなら、《敵》が少なすぎるんですよ。江本さんも葵井さんも。《世界の敵》というのならまだしも——それこそ無差別の通り魔的殺人だと考えるしかないくらいに」

ちなみに。

通り魔事件の方は今現在ストップしていて、解体殺害された人間の数は十二人から増えていないとのこと。つまり、哀川さんが零崎と接触してから、新しい被害者は出ていないのだった。あの夜哀川さんと話した通り、零崎はもう京都にはいないのだろう。日本にいるかどうかだって怪しいものだ。もしも哀川さんを敵に回してしまったのがぼくだったなら、南極にまで逃げることだろう。宇宙まで逃げるかもしれない。

「だけどそれでもおかしいことはあるんですよね」

と、沙咲さんは言う。

「おかしいって、何がですか？」

「監視カメラなんです。あのマンションに防犯設備として監視カメラがあることはこの前あなたも言ってましたよね？」

「ええ」

「そのカメラの映像に——犯人らしい人物が一人も映っていないんです」

「——それは、どういう意味です？」

「そのままの意味ですよ。あの晩、葵井さんが帰宅——と言うか、葵井さんがあなたによって運ばれて来た十時半頃からの映像を全てチェックしましたが、映っているのはあくまでマンションの住人と、それに翌日の昼にやってきたあなた。それだけなんです」

それが一体どういうことを意味するのか。あのマンションが大きな密室状態にでもなっていたというのだろうか？　それこそばかげている。現実離れもいいところだ。もっとも、それがぼくらの現実だというのだったら、仕方のないことかもしれないけれど。

「……でも、そのカメラにしたって、全く死角がないわけじゃないんでしょう？」

「ええ。試してみましたけれど……、カメラに写らずに葵井さんの部屋まで辿り着くことは可能です。こう、カメラの首が稼動しますからね。でも、事前に相当シミュレートしないと無理でしょうし……成功の確率だって高いとは言えません。大体、そこまでするものですかね？」

「そこまで……しなくとも、たとえばベランダから入ってきた、とか」

「無理ですよ。結構な高さで、リスクが大き過ぎます……、とにかく」

沙咲さんはらしくもなく疲れたようにため息をついて、

「ここから先は消耗戦になるでしょうね」

と。

そう言っていた。

恐らく彼女は今この時間も、消耗戦の真っ最中だろう。

「……――消耗戦か……」

だけど、いくら沙咲さんが新しい情報を教えてくれたところで、ぼくは既に、この一連の事件についで考えることをやめていた。勿論一瞬として脳裏をよぎらないとまで悟りきることはできていないが、それでも半ば無理矢理に、思考しようとする自分を抑えつけていた。

むしろ。

むしろ今は事件の真相が明るみに出ないことすら、望んでいる。どんな形にしたって、これ以上この事件に関わりたくはなかった。

しかしそれは不可能だろう。佐々沙咲さん、彼女は図抜けて優秀な刑事だ。何度か会話を交わして、ぼくはそれを確信した。さすがは哀川さんの友達だとでもいったところなのだろうか、あの人ならそう遠くない内に全ての真実をつかめるはずだ。全てとは言わなくとも、辻褄が合う程度の真相を見つけ出すことだろう。

だからぼくはもう何も考える必要がない。と、言うより、もっと露骨に言うならば、ぼくにはことの真相のほとんどが、既に見えているのだった。しかし、だからこそ、あと一歩で全てを理解することができてしまうからこそ、その一歩を踏み出したくなかったし、犯人を糾弾する気にもなれなかった。

智恵ちゃんの部屋に不法侵入し、玖渚の手まで借りておきながら、尻切れ蜻蛉《とんぼ》としか言えない終結だが、しかしぼくの場合こんなものだろうと思う。何においても中途半端。必死にもなれず、熱中もできない。

「よっし……」背伸びをし、一息に頭の中のチャンネルをかえる。「久し振りに友にでも会いに行くかな……」

あの引きこもり小娘はいつでも自宅にいるから、今から行っても確実に無駄足になることはないだろう。昼だから寝ているかもしれないが、構うことはない。この前哀川さんにぼくを売ったことに対する恨み言を言ってやるのもいいかもしれない。

それに。

あいつといれば気が晴れることは、それは間違いが無いのだから。

そう決めて、ぼくはまず着替えて、携帯電話をポケットに入れた。みいこさんにフィアットを借りることにしようか、それとも徒歩か自転車か、と迷ったが、結局徒歩を選ぶことにした。何となく、歩きたい気分だった。三時間以上かかるけれど、たまにはそういうのも悪くない。

部屋を出て、鍵をかけ、アパートを出る。

いい天気だった。珍しく、湿った感じでない、からっとした陽気だ。いつもこんな感じだったならいいのにな、と思ったが、《いつも》の定義が曖昧過ぎてよく分からなかった。

「……あれ」

少し歩いたところで、見覚えがある人影を見つけた。記憶にはないけれど、見覚えがある。果たして誰だっただろうか。どこかで会ったことはありそうな感じだけれど……。

いかにも遊び人風の色の薄い茶髪にストリート系ファッション。ただ、そのファッションにそぐわない、やや大きめの鞄を右肩に提げているのが印象的だ。しかし、どうして日本人にはストリート系ファッションがこうも似合わないんだろうか。似合わないというより、そう、変に気取っているような感じがするのだ。まあ、あれか、お国柄の違いって奴ですか。

それはともかく……一体誰だっけな……。

と、その人物がぼくに気付いて、駆け寄ってきた。

「よっ！」

気軽な風に挨拶までされてしまった。

「どうも」と返したものの、勿論記憶は蘇らない。鹿鳴館大学関係の人間だというところまではアタリがついたのだが、しかし、こんなヤツ、知ってたっけな……。

「元気してたか？　いやー、この辺よく分からねーな、地理。道に迷っちまったりしちゃったよ」

「あー……うん」ぼくは適当に相槌を打つ。「そうだね。そういうことも、あるよね」

「お前学校出て来いよ。でないから俺がこんなところまで来なくちゃなんだよな。そりゃ葵井のことがショックだったのは分かるけどさー。留年しちゃうぜー留年。ダブリドラゴンとか言われるんだぜー」

葵井？　今、葵井と言ったか。

ああ、そうか。思い出したぞ。

「秋春くん。だね」

「おう。なんだなんだ、今思い出したようなツラしやがって」

秋春くんはけらけら快活に笑ったが、内心を見透かされたようで、ぼくの側は冷や汗ものだった。

「……ぼくを訪ねてきたってこと？」

「そういうこと。ちょっと野暮用でな。さ、ついてこいよ」

そして秋春くんは歩き始めた。秋春くんの言葉は全然説明不足で意味不明だったけれど、ぼくは言われるがままに秋春くんの後ろをついて歩いた。相変わらず流されやすいぼくだった。

「どこに行くんだい？　秋春くん」

「ん。北野天満宮。あそこに停めてあるんだ」

「停めてるって、何を？」

「それはついてからのお楽しみってことで」秋春くんは楽しそうに含み笑った。「……しっかしお前、元から暗いヤツだけど、なーんかますます暗い顔してんなー」

「秋春くんは元気そうだね」

「ま、そりゃやな。つーか、江本のことがあったろ？ あれで耐性できてたっつーか。ショックも覚めやらぬうちに、だからな。ったく、はかねーよな、人生は」

投げやりな物言いだったが、しかし、それは何かを誤魔化しているようにも思えた。一体何だろうか？ 少し考えてみたが、それは分からなかった。

「……秋春くん。今って基礎演習の時間だろ？ いいの？ こんなところで油売ってて」

「あー。いーんだよ、学校なんて、もう、どうでも」刹那げに、秋春くんは笑う。「それよりもさっさと《頼まれごと》済ましとかないと、気が気でないからな。死んでも死にきれねーってか。まあいいけど。そもそも俺様イノセン嫌いだから基礎演習も実はスキじゃねーんだよ」

ちなみにイノセンとは猪川先生の略である。

「そうか？ なかなかいい人だと思うけど」

「いい人と独善者は違うと思うぜー？ 時間のことだけじゃなくてさ、自分の価値観他人に押し付けるとこあるじゃん、あの先生。そういうのってなんかね。好みじゃない。ま、偽善者じゃないとは思うけどよ。なんか。そんな感じ？」

「……ふうん」

「どーせちょっと休んだくらいで単位落ちないって。甘々だもん、あの大学。目を瞑ってても単位を取れる大学って有名らしいぜ。関西で二番目」

一番はどこだよ、と訊きかけて、やめておくことにした。そういうことは言わぬが花というものだろう。

北野天満宮には五分ほどでついた。国宝にしても何にしても、徒歩で来れるような近場の位置にあるとなんだか有り難味も薄れるもので、境内に足を踏み入れるのはこれが初めてだった。

「こっちこっち」と、秋春くんは駐車場へぼくを連れて行く。「うい、これな」

秋春くんが少し誇らしげに指さしたのは、白いベスパだった。ヴィンテージモデル。もしやと思ってナンバープレートを見ると、それは、巫女子ちゃんが乗っていた、あの日、ぼくが巫女子ちゃんのマンションへ届けた、あのベスパだ。

「…………」

「と、これも」

ぼくが混乱していると、秋春くんはぼくにキーを手渡した。そして鞄の中からヘルメットを取り出し、ぼくに持たせる。妙に大きな鞄だと思ったが、中にそんなものが入っていたのか。

「……秋春くん。これは……」

「あー、なんですか。アレだよ。形見分け？　そういうの」

「それはつまり……、このベスパ、ぼくがもらってもいいってこと？」

「そ。好きなんだろ？」気軽そうに言って、秋春くんはベスパに逆向きに座った。そしてへへっ、と無邪気げに笑顔を零す。「葵井が言ってたぜ。何事にも動じなさそうないっくんが、ベスパのことでだけはムキになってたってさ」

「別にそういうわけじゃないけど……、でも、ぼくがもらってもいいわけ？　割と高いもんだろ。やっぱ家族の人とか……」

「許可は取ってるよ。心配すんな」

「でも、ぼくだぜ？　巫女子ちゃんとはまだ知り合ったばかりで……」

「いーんだよ。これって葵井の意志なんだから。あ、この場合は遺志か？　口で言っても一緒だけど」ちょっと考えるようにする秋春くんだった。

「まー、なんてーか、とにかく、そういうことだ」

「巫女子ちゃんの遺志って、どういうこと？」

「あー。つまりだな。前に……先週か？ 言われてたんよ。もしも自分に何かあったら……、江本みてーに殺されちまったら、ベスパはいっくんにあげてくれってさ。ひってーよなあ。俺も欲しかったんだぜー。俺が《俺も欲しい》っつったらあの女なんて言ったと思う？ 《絶対ヤダ。死ね。むしろ生きろ》。何なんだろうね、高校時代三年間のお付き合いってさ」

「自分に何かあったらって……」何か？ 何かって、一体なんなんだ？「それってどういう意味だ？」

「さあな。葵井には葵井で、思うところあったんだろうぜ。江本が殺されてさー。でも、まさか本当に自分が殺されるとは思ってなかっただろうけどさ」

いや……違う。

違うんだ、秋春くん。

そんな単純な意味合いじゃないんだよ、それは。


きみは……本当に気付いていないのかい？

「ま、とにかく、受け取ってやれよ。あいつからのプレゼントってことで」

「……そうだな」

ぼくはベスパのキーを手の内で遊んで、それからポケットにしまった。

「保険とかは自分で入れよな。その辺の手続きは、俺様よく知らねーし。——しっかし、あーあ」

秋春くんはベスパにまたがったまま、腕をぐっと天へと伸ばした。思いっきり背を伸ばして、その後、脱力したように肩を落とす。

「——大変なことになってんよな」

「そうだね」それは全くの同感だったので、そう答えた。「むいみちゃんは、どうしてる？」

「……ああ、あいつな……。あいつは……ひどい状態だ。こういう言い方は却って救いがねえかもしれねーけど……、正直、見てられなかったよ」

秋春くんはぼくから目を逸らして、そう言った。

むいみちゃんのことを思い出しているのかもしれなかったし、そうじゃないのかもしれなかった。どっちにしたところで、今まで交わした会話の中、秋春くんが軽々しい口調とは裏腹に、他人に対する情に厚い人間であることは分かった。

なるほど、そういう種類の人間なのか……。いい人間過ぎて、自分でそれを認められない。自分がそんな大した存在であるわけがないと価値観をずらし、照れ隠しのように偽善者ぶる偽悪者。

偽悪者ぶる偽善者のぼくとは正反対だ。

「あれからさ、葵井が殺されてから、一遍行ったんだよ。貴宮のマンション。千本寺之内の奥の方にあんだけどよ……、江本が殺されたときの葵井だって、あそこまで落ち込んじゃいなかったぜ。ま、仕方ないんかもしれねーけどさ。あいつら、マジでガキん頃からの付き合いだったんだから。竹馬の友っていうんか？」

「……そんなに、酷いのか？」

「ああ。すげえ目で俺のこと睨むんだ。俺だぜ？ 俺ですよ？ 俺を睨んでどうするんだっての。ったく……、あの感じじゃあ、まず食事も取ってないだろうし、多分睡眠も取ってないな。ほっときゃあのまま死ぬんじゃねえかと思うよ。なんとかしてやりたいもんだけど……」

しっかしなぁ、と秋春くんは言う。

「俺が何を言えるのかって話だよな。所詮俺なんて高校生の頃からの浅い付き合いなわけだし」

それを言うならぼくは大学からの短い付き合いだ。たとえそうでなくとも、ぼくからむいみちゃんにかけられる言葉なんてあるわけもない。

「……犯人ぶっ殺すんじゃねえかな、あれじゃ」

「むいみちゃんが？」

「ああ。ま、無理ないんじゃねーかな。友達って、そういうもんだろ」

「でも、たとえ相手が殺人犯でも、殺したらそれは犯罪だよ」

「……まあ、そうだろうな。それはいっくんの言う通りさ。けどよー、ないか？　そういう法律とか常識とか、そういうもんが吹っ飛んじまう瞬間ってよ」

「吹っ飛ぶ……」

「そ。ま、そんなの本当に一瞬の話でさ。その後で揺り返しが来るわけだ。そんなことしたら洒落じゃ済まねーぞっ、てな。……ああ、でも、いっくんにはそういうの、ないかもな」

妙に確信的に、秋春くんは言った。

「どういう意味？」

「だってお前、ずっとどっかに吹っ飛んでる感じだもん」ぼくを指さして、秋春くんは軽く笑う。「もっともこいつは、葵井の話の受け売りだけどよ。……えーと。なぁ？　葵井の話とかされたら、今、嫌な気分になるか？　いっくん」

「いや、別に」

「だったらちょっと聞いてやってくれよ。ちっとあいつの話をしたい気分なんだ」と、秋春くんは言った。「あいつはお前を一目見て、思ったらしい。《あたしは多分この人のことを好きになるんだろうな》ってさ。……あいつがお前に惚れてたのは、もう知ってるんだろ？」

「……まあね」

「正直俺にはよく分からなかったんだよ、そんとき。友達の俺が言うのもなんかヘンな感じだけど、あいつはいい女だ。見てくれがいいってだけじゃない。そんなのはいい女の基準にならねえ、ただの美人だ」

「秋春くんは美人って嫌いなの？」

「嫌いだ。美人ってのは何か企んでるみたいに見えるからな」

それは決して美人の責任ではないと思うけれど。

しかしあえて口は挟まないことにした。

「でもあいつは、何か企んでるどころかな……、企んでることを端から喋っちまうような、そんな女だった。感情丸出し。裏表なし。いや、むしろ両面テープのような女だったんだ」

よく分からない比喩だった。

「俺は今まで生きてきてよ、小学生時代を含めても、あんな中身剝き出しの人間、あいつ一人しか知らねえよ。まあ、俺は最初、ばかなのかと思った。誰だってそう思うだろう？　あんなの見たら。うわ、こいつ痛え、ってそう思う」

「同意するよ」

「ああ。でもあいつはばかじゃないんだよな。天然ボケでもない。精神年齢や知能指数が低いってわけでもない。それなりにクレバーでシャープな性格してたんだよ」

「それにも、同意するよ」

「……それに気付いたとき、俺は正直なところ、嫉妬したな。だってよ……、俺らにゃ、無理じゃん。単純なことだけど、泣きたいときに泣いて、笑いたいときに笑う、そんな単純なことが俺らにゃ、できねーんだよ。ヘンに理屈ぶったり意地張ったり。ヒネクレちまったって言うのが一番正しいんだろうけどな。だから、嫌なことがあったら怒れて、面白いことがあったら思いっきり楽しめる、葵井が本当に羨ましかった。だけどその羨ましいって感情すら、俺は素直に認められなかったな。ムカつくって感情に転化しちまったり」

「……授業でやってたな、そういうの」

「ああ。教育なんたら論だっけ？　俺も取ってる。なんだっけ？　今のワカモノ達には言葉が圧倒的に欠けている、だっけ。確かに、その通りだと思う。言葉が足りないから、俺達は自分が何に対して怒っているのかすらも分からなくなっちまう。本当は悲しんでるだけなのに、それをムカつくって言葉に置き換えたりな。でも、葵井は違ったよ。あいつは感情の高ぶりをそのまま言葉にできるヤツだった」

「……随分と好意的に言うけどさ」ぼくはなるだけ無感動に言った。「秋春くんは、巫女子ちゃんと付き合おうとか思わなかったわけ？」

「あー……」ちょっと複雑そうな表情で照れ笑いのようなものを浮かべる秋春くん。「……まー俺も男の子ですから。そういう感情がないとは言いませんよ。特に当時はサカリのついた高校生だったわけだしな。男女間の友情？　そういうのも信じてなかったし」

「あー、いるな、そういう奴」

ぼくの場合は同性間の友情も信じていないが。

「けどなー、そういうんじゃねーんだよな。これは貴宮も江本もそうだけど。あいつら見てると、そりゃなんつーか形貌《なりかたち》はいいけど、こう、なに？　燃えないっつーか、萎えるっつーか」

「萎えるって表現はいいな。確かに、理解できなくもない」

「だろ？　そういうわけで……、とにかくあいつはいい奴だったんだよ。江本もそうだけどさ。あいつはどっか距離を感じさせてくれる奴だったけど、それだって別にあいつのせいってわけじゃないしな」

「…………」

「まあ、とにかくだ。俺は色恋愛情抜きにして、葵井のことが好きだった。幸せになって欲しいとまでは思わなかったけど、そうだな、こいつが不幸になるなんてあっちゃいけないって思ってたよ。そんなことが許されるわけがないって、な。そんな奴が、好きな相手ができたっつーんだよ。こりゃ協力しないわけにはいかないって話になったね」

「ふうん」

「その相手ってのが、お前だぜ？」

「うん。知ってるよ。本人から、聞いた」

「そっか」秋春くんはうんうんと頷く。「……これ、こういうことって言っていいのかどうか、俺には分からないけど」

「別に無理してまで言わなくてもいいよ」

「いや、言わせてくれ。最初な……、俺は反対したんだ。俺だけじゃない、貴宮も江本も、反対したんだ。特に江本は珍しくムキになって《あの人だけはやめた方がいい》って言ってた。《あの人と付き合うんなら巫女子ちゃんとは絶交する》とまで言ってたよ」

「……そりゃまあ、嫌われたもんだね」

「驚かないんだな」

「嫌われるのには慣れてるよ。むしろ好かれる方が慣れてない」

「そっか。でも別に俺らはお前が嫌いだったわけじゃないんだ。嫌いも何も、まだほとんど口も利いていないんだからな。だけどさ、……これ、俺の意見は今も変わってない……つまりお前がいい奴だって分かった今でも、って意味だけど……お前って、なんかヤバい感じがするんだよな」

「…………」

「平気で人を殺しそうってゆーか」

「おいおい。勘弁してくれよ」

「違うって。何も殺したって言ってるんじゃないんだ。平気で人を殺せる奴のくせに、それを抑えつけて何食わぬ顔で生活してるって言うか。俺達みたいなフツーの奴が十人かかっても呑み込めないもんを腹の中に溜め込んでる、みたいな。人間の振りして生きてる奴、みたいな印象があったんだよな」

「……へえ」

冷静を装って相槌たが、しかし内心、ぼくは口笛を吹きたいような気分だった。きっと、スキルがあったらそうして、その上手を叩いて、秋春くんを絶賛したことだろう。わずか一ヵ月足らずの観察でそこまで見抜かれたのは、新鮮な経験だった。

そっか……。そう言えば、秋春くんは、あの智恵ちゃんと友達だったんだよな。

「でも、葵井はあれでなかなか頑固でな。主張を譲ろうとしない。それで俺達が折れた。でも、だったら試させろって言ったんだ。いっくんが本当に葵井に相応《ふさわ》しい男なのかどうか、試験の機会を持たせろってな」

「それが、あの誕生日パーティか？」

「そういうこと。ま、江本の誕生日だってのも本当なんだけど」はぁ、とそこで秋春くんは大袈裟に肩を落とした。「でも、死んじまったら話にならないよな。江本にしろ、葵井にしろ、さ」

「……秋春くんは」ぼくは故意に声の抑揚を殺して言う。「誰が巫女子ちゃんを殺したと思う？」

「そんなの分からねーよ。つーか、できれば分かりたくないな。知りたくもねー。だって、そんなの知っちまったら、俺、絶対そいつのこと恨んじまう。憎んじまう。俺、そういうの苦手なんだよ。誰かのことを嫌ったり憎んだりするの。すっげー不愉快になるじゃん」

「……そっか」ぼくは咀嚼するように秋春くんの言葉を頭の中で繰り返し、それからゆっくりと頷いた。「そっか……、そうだよね」

なるほど。秋春くんも秋春くんで、色んなところに折り合いをつけて生きているということか。しかし、だとしたら、このぼくはどうなのだろうか？このぼくは、そこら辺のことと、どう折り合って生きていけばいいのだろう。

「…………」

と。

視線を感じて、ぼくは後ろを振り返った。しかしそこには観光客と、群れを作った修学旅行生がいるばかりだった。

「あん？　どうした？　いっくん」

「いや、誰かに見られてた気がして」

「ふうん？　気のせいだろ？」

「そうなんだろうけどね。ただ、最近アパートから出るとたまーに視線感じるんだよ」

「あれじゃねーの？　葵井の幽霊とか」

「かもね。うん。そうかもしれない」

秋春くんは冗談で言ったのだろうが、しかしぼくにとってそれは、リアリティのある話だった。

秋春くんは「よっと」という掛け声とともに、べスパから降りた。

「ちょっと長話になっちまったな。じゃ、確かにコイツ、渡したから」

「ああ。受け取ったよ」

「大事にしてやれよ。葵井の形見なんだからよ」

「うん。名前はミココ号にするよ」

あー、と秋春くんは呆然としたように口を開けて、「それはやめておいた方がいいな」と言った。

「乗り物に名前とかつけるなよ。いらん感情移入とかしちまうぜ」

「形見じゃ感情移入せざるを得ないだろうよ。だったらどうしたところで一緒さ」

「そっか……」と、秋春くんは頷いて、

「でもミココ号はやめとけ」

と、言った。

そしてもう一度、背伸びをする。

「あーあー。ベスパも渡したし……葵井の話もしたし……これでとりあえず、思い残すことはねーや」

「うん？」秋春くんの物言いが少し気になったので、自然、訝《いぶか》しむような声が出てしまった。しかしそれに構わず、ぼくは疑問した。「なんだ、これから死地にでも出向くような言い方だな」

「ひゃはは。そんなんじゃねーよ。ただささ……」秋春くんは、少し自虐的な、そしてどこか諦観的な微笑を見せた。「次に殺されるのは、多分俺だなーって思って」

「……それってどういう意味？」

「そのままの意味さ。あるいは意味なんかねーのかもしれねーな」

ぼくの問いに直接的には答えず、秋春くんは「それじゃ」と手を振って、北野天満宮を背にして歩いていった。引きとめようとも思ったけれど、手を伸ばし、声を出しかけたところで、結局、やめた。

そして嘆息。

遺されたベスパ。

ぼくなんかが使っていいのだろうかとも思うが、

しかし、使うのならぼくしかいないという奇妙な確信もある。確かにこういうアシもあれば便利だろう。それに、これがあればみいこさんからフィアットを借りる機会を少なくすることができる。

ひょっとして巫女子ちゃん、それが狙いだったのだろうか。

その考えは少し愉快だった。

少しだけ、愉快だった。

「となると……、駐車場の契約しなくちゃな……」

どういう風にやるのか知らないけれど。その辺りのことはみいこさんに訊けばいいだろうと判断し、それからぼくはアパートへと戻った。

2

あれ。そこにいるのは巫女子ちゃんじゃないか。

うん。そうだよ。久し振り、いっくん。

えーと。ああ。なるほど。これって夢か。

あははっ。気付くの早いねー。まあそりゃそうか。現実主義者っぽいもんね、いっくん。その割にロマンチストっていうか。クラシックっていうか。

半分半分。それで三割ペシミスト。

それじゃあ合計がおかしくなるよ。

そうだね。

て言うかきみ、巫女子ちゃんじゃないでしょ。

あ。ばれた。じゃあ、誰だと思う？

さあ。誰なの？

好きに決めていいんだよ。これはいっくんの夢なんだから。

じゃあ智恵ちゃんだね。

どうしてそう思う？　違うかもしれないよ。玖渚さんかもしれないし、哀川さんかもしれないし、むいみちゃんかもしれないし、秋春くんかもしれないし、みいこさんかもしれないし、鈴無さんかもしれないし、他の誰かかもしれないよ。

他の誰かとはいつでも話せるけどね。きみとはもう無理だから。話したいと思って話せない相手は今のところ智恵ちゃんだけなんだ。

嘘。本当はもっとたくさんいるくせに。

いや、いやいや。あいつらとはもう口もききたくないね。

そう。分かった。だったらそういうことにしておこうか。じゃあ、話をしよう。あの日、話せなかったことを、たくさん。

そうか。そうだね。だったらまず一番最初に訊きたいことがあったんだ。

なに？

恨んでないのかってことさ。

わたしを殺した人のこと？　それはいっくんの思う通りだよ。うん、ちっとも恨んでないよ。あの日言ったでしょ？　わたしは生まれ変わりたいって。わたし自分のことが嫌いだった。だから死んでも全然残念じゃないんだよ。

そう。それは言い訳のようにも聞こえるけどね。

勿論言い訳だよ。言葉に出せばなんだって言い訳だからね。いっくんって推理小説とか読む人？　本格ミステリーとか。そういうの、読んだりしない？

ぼくは本はあんまり読まないんだ。昔は読んだけどね。今は暇潰し程度だよ。でも推理小説がどんなものかは知っているよ。

そう。わたし、そういうの好きなんだ。小説ならなんでも読むけれど、推理小説が一番好き。だって分かりやすいもんね。でも、犯行の動機を重んじ過ぎるところがあるのが、ちょっと嫌い。そりゃ他人を殺したり犯罪行為をしたりするのには、それなりの理由がいるかもしれない。だってすっごくリスクが大きいんだもんね。

ああ。ぼくの同類もそう言ってたよ。ハイリスクの割にローリターンだって。そいつは人殺行為でしか自己の証明ができない人間失格なんだけどね。

でもね、動機なんてどうやっても釈明に過ぎないんだよね。ただの弁解。なんでやったかなんて、考えてみれば個人の価値観次第なんだよ。たとえばこんな言葉があるよ。《紳士は自分のために人を殺したりはしない。紳士は他人のために、正義のために人を殺すのだ》って。でも待って。他人のためって何？ 正義って何？ わたしには分からないよ。

ぼくにだって分からないさ。結局は自己正当化の表われなんだろうよ。きみを殺した犯人はどうだったか、知らないけど。いや、それは理解したくないってだけなのかもしれないけどね。

どうして？

計画性ってものが全く感じられないからさ。巫女子ちゃんの死の方に関してはそこまではっきりとは言えないけれど、きみの殺され方には計算ってものが全くない。行き当たりばったりもいいところさ。

そうかもしれないね。でも、いいじゃない。わたしは本当に恨んでないし、死んで残念だとも思わない。本当だよ。嘘じゃなくて、本当にわたし、これっぽっちも恨んでないの。

それで次に巫女子ちゃんに生まれ変わろうって？

うん。

でもその巫女子ちゃんも死んだぜ。

死んだね。

それについてはどう思ってる？ きみのことはとりあえず置いておいて、巫女子ちゃんを死に追いやった《犯人》に対してどう思ってる？ そっちについても、恨んでないっての？

どうも思わないよ。やっぱりね。

それって冷たくない？ 友達なんだろ？

いっくんの口からそんな言葉を聞くなんて。

ぼくにだって友達はいるさ。

それは玖渚さん？　それともみいこさんかしら。

むいみちゃんや秋春くんじゃないわよね。でもね、いっくんだってそうだと思うけれど、わたしは友達が死んでも悲しんだりできない人間だよ。悲しみ方それ自体は分かるけれど、その領域まで辿り着けないの。そうだね、きっと感情の絶対量が少ないんだろうね。

分からないじゃないよ。

人間不信っていうのかな？　どこか致命傷的に他人を信用できないってこと。一度でも他人から迫害を受けたことのある人間は、残りの一生絶対に他人を信じられなくなるんだよ。

そりゃ言い過ぎだと思うけど。

思ってないね。

思ってるさ。

思ってないね。

思ってないけどね。

人間が差別することを大好きだってことを知ってる人は他人なんて信用しないんだよ。日本人なんて特にそうだよね。たとえばね、誰か友達が一人、集団に迫害を受けていたとするじゃない。一対多数ね。そこで何をするべきか、勿論それは友達の味方をするべきなんだよ。でも大抵の人はそうしないんだよね。集団につくんだよ。人間は仲間を欲する。だけどその仲間は誰でもいいんだ。仲間であること、仲間がいることだけが重要なんであって、それがどういう集団なのかは関係ないんだ。意味がない、価値がないと言ってもいいかもね。そういう残酷な事実を知っちゃったら、誰も信用なんてできないよ。たとえばいっくん、家族っている？

そりゃいなかったら存在してないよ。

そういう意味じゃなくてさ。

いや、健在してる。神戸の辺りに住んでるはずだよ。もう何年も会ってないけどさ。そういえば巫女子ちゃんにも言われたことがあったな。ぼくは親孝行なんてするタイプじゃないって。確かに、中学生の頃からずっと会ってないんだから、家族不孝と言われても仕方がない。

色々問題のありそうな家庭だね。

そういうわけじゃないんだけどね。そういうわけじゃない。むしろ問題なんて何もなかったよ。ちょっとでも問題があったと認識していたら、ぼくはこんな人間にはならなかっただろうし。そういう智恵ちゃんはどうなんだい？　家族とか、いるの？

うーん。どうも家族って思えないんだよね。だからわざと遠い大学選んで、下宿してるんだけど。巫女子ちゃんとかも事情は似たようなものらしいよ。

家族すらも信用できないってヤツ？

そうだね。そういうこと。その上自分のことも信用できない。《世の中に確かなものなど一つとして なし》って言ったのが誰だったかは忘れたけれど、なんかそんな感じだよ、正直。世の中なんて脆くてちょっと押せばバラバラに崩れちゃいそうな、そんな感じがする。でも本当はそうじゃなくて、脆くてちょっと押せばバラバラになるのは、わたしの方だったりするんだね。

欠陥品なんだね。

そういうこと。だって、考えてもみて。生まれてから一度も泣いたことのない人間を、まともな人間だって定義することができる？　笑顔を作ることはできるけど、でもそれだけでわたしはまともな人間だって言える？

ぼくだって同じだ。それを個性だって納得しようとしたけれどね、昔は。

今は違うの？

違うね。個性なんてクソ食らえだ。違うことはいいことなんかじゃないよ。他人と圧倒的に違うってことが群体の中においてどういう意味を持つのか、一度でも考えてみたことがあれば、そんな戯言は口にできないはずだよ。《選ばれた人間》ってあるよね。歴史に名を残すような天才。そういう人達って多分ぶっ壊れてるんだよ。でも普通の人なんだよね。決して異端じゃない。普通でありながら壊れてるんだ。でも智恵ちゃん。その言い方だときみは、むいみちゃんのことも秋春くんのことも巫女子ちゃんのことも信用してなかったし、信頼してなかったってことになるけど。

そうだね。否定はしないよ。て言うか、うん、肯定する。あのね、いっくんなら誤解しないだろうけど、それってすごい劣等感なんだよ。知っての通り、巫女子ちゃんはいい子だよ。秋春くんだっていい奴だし、むいみちゃんは友情に厚い今時珍しいタイプだよ。そんな人達のことを信用できない、どう頑張っても友達だって心の底から思えない、自分って酷く汚れてるような気がしてさ。いっぱい愛してもらってるのに、こっちはそれと同じものを全然返せないんだから。

分かるよ。申し訳ない気持ちになるんだよね。

そういうこと。だからよかったんだよ。わたしみたいな欠陥品は死んじゃってさ。

巫女子ちゃんは？

それは巫女子ちゃんの問題。既に死んじゃったわたしがどうこう言っていい問題じゃないんだよ。それに、いっくん。今本当に訊きたいのはそんな話じゃないんじゃない？

さあ……。話したいことはいっぱいあったんだけどね。いや、少ししかなかったのかな。もっと言うと、本当は一つしかないんだけれど。

いいよ。どうぞ。

ぼくは生きていてもいいのかな？

ああ……、それは絶妙な質問だね。

人間という群体の一部でありながら組織に対してなんの利益も与えない存在であるぼくが生きている意味なんて何もないのに、それでもぼくは生きていていいんだろうか。

それはわたしに対する宿命題でもあるわけだけどね。ま、死んじゃったから関係ないけどさ。そうだね。そうだね……何にしたところで、わたしがその質問に対して言える言葉は一つだね。

へえ。何？

それは、「　　　　」だよ——

ピピピピピピピピピピピピピピピピ——と。

不快な電子音で目が覚めた。

「…………」

身体を起こす。

あー、と呟いて、
布団ではなく、畳の上で直接眠っていたようだ。

嫌な夢を見た。酷く恣《し》意的で、自己嫌悪に陥るほどに自分勝手な。大体ぼくは智恵ちゃんと一時間程度しかまともな話をしていないのに、智恵ちゃんの深層心理をそこまで理解できているわけがないじゃないか。

しかしそう思う反面、あれは真実なんだろうなと思う変な気持ちもある。

「とは言え、死んだ人間と張り合ってどうするんだよ、ぼくは……」

まだ何か心残りがあるとでもいうのだろうか。ピピピピピピピピピピ——つまりぼくは——ピピピピピピピピピピ——この期《ご》に及んで——ピピピピピピピピピピピピ——

いや、そんなことはとりあえず置いておいて。

これは目覚し時計ではない。携帯電話の着信音だ。ぼくは着信メロディを嫌悪しているので初期設定のままなのだが、これはこれであんまり気持ちのいい音じゃないな、と思いつつ、ぼくは通話ボタンを押した。

「はいもしもし」

「…………」

あれ。反応がない。しかし息遣いは感じる。電波がうまく届いていないわけではない。

「もしもし？　聞こえてますか？」

「………………」

「もーしもし？　こっちの声届いてますか？　届いてませんか？」

「……………………」

　おかしいな。それとも電話自体が壊れてしまっているのか。この前ズボンのポケットに入れたままコインランドリーにかけちゃったし。しかし昨今の精密機械はそんなことで壊れるほどヤワではないはずだ。となるとアレですか。悪戯電話ですか。

「このまま何も喋らないいんなら切っちゃいますよー。いいんですかー？」

　そう言えば巫女子ちゃんが前に電話をかけてきたとき、番号を間違えたと勘違いして慌てていたことがあったなあ、などと、ぼくは場違いなまでにほのぼのと思い出した。

「じゃあ切ります。カウントダウン。五、四、三、二、……」

「……　」

　お。何か喋った。けれどもその声が小さ過ぎて、何を言ったのかまでは分からなかった。

「すいません。聞こえなかったんですが。もう一度お願いします」

「……カモガワコウエン」

「はい？　鴨川？」

「……　カモガワコウエンデマッテマス　……」

　消え入るような、人間の聴覚器官ぎりぎり許容範囲の音の波。相手が男なのか女なのか大人なのか子供なのか、それすらも分からない。抑揚のない調子なので、どういう感情がこもっているのかも判断しかねた。

「何ですか？　もう一度言ってください。て言うか、あなた誰ですか？」

「……ミココ」

　それだけ言って通話は終わった。

　ぼくは電話を床に放り出し、それから立ち上がって手を伸ばす。天井が低いのでぼくが腕を思い切り伸ばせばそこに届く。この上の部屋に住んでいるのは誰だったか。そうそう、十五歳兄と十三歳妹だ。あの兄妹は本当に仲がよくて見ているこっちが微笑ましい気分になる。まあ本人達は必死で生きているだけなのだから、そんなことは言えないけれど。

アパートは三階建て、一階につき二部屋。合計六部屋だ。現時点では部屋が二つ余っている。三階には兄妹の他に世捨て人の爺さんが住んでいる。爺さんが伴天連《バテレン》趣味なので和風趣味のみいこさんとよく衝突しているが決して仲が悪いわけではない。一階は二部屋とも空いているが、来月には誰かが入ると大家さんが言っていた。こんなアパートでもそれなりに需要があるんだなあと感心したというお話。

「……現実逃避終わり」

ぼくは楽座に座って、放り出した電話を拾い直す。着信履歴を見てみると、当然のように非通知だった。さて考えてみよう。

「カモガワコウエンって……、どう考えても鴨川公園だよな」

そこで待ってるって？　それはいい。それはいいとしておこう、とりあえず。問題はその後だ。その後、ぼくが相手の名前を訊いて、相手はなんと答えた？

「ミココって……、やっぱり巫女子だよな」

そんなケッタイな名前が他にあるわけもない。けれど同時に、あれが巫女子ちゃんであるわけもないのだ。彼女は死んでいる。死人が電話をかけられたりしたら電話回線はとっくの昔にパンクしている。

「……」

思考してみるものの、たったこれだけの情報で何かがまとまるわけもない。これこそ正に思考錯誤、などと洒落てみたものの、微妙に虚しかった。

着信履歴を消して、液晶画面に時計を映す。

午後十一時半。

五月二十五日、水曜日。

「…………」

えっと。ぼくは今日、どんな一日を過ごしたんだっけ？

確か正午前に目を覚まして、玖渚のところにでも行こうかとアパートを出たら秋春くんに会って、巫女子ちゃんの形見としてベスパをもらって、それからアパートに戻ってみいこさんに駐車場のことについて訊いて、その手続きのややこしさにうんざりして不貞寝して。

「……不貞寝って何だよ、自分」

子供かよ。

とにかくそれが二時過ぎくらい。それから今までの記憶が繋がっていないということは、ぼくは十時間近く眠っていたということになる。眠り姫も驚愕の睡眠時間だった。五月二十五日二十四時間の内の三時間も起きてない。

「ここんところ寝っぱなしなんだけどな……」

とにかく、そこに、電話。奇妙な、要領を得ない、脈絡の無い、単語だけの、電話。意味の分からない、いや、意味しか分からない電話があったわけだ。

「さて……、何はともあれ、どうしたものか」

選択肢は二つだろう。要求に従って鴨川公園にまで出向くか、それとも無視を決め込むか。常識的判断に基づくならば選ぶべきは後者だ。だけれどぼくは常識なんてひとつも知らない。それにあんな名前を出されてしまっては、動かないわけにはいかないだろう。決断までかかる時間は短かった。

顔を洗って、部屋着から着替える。

「久し振りに、戯言だ」

書置きを残して、アパートを出る。近くの路地に駐車場を借りられるまでの処置として駐車違反で停めてあるベスパに跨った。歩いていってもいいけれど、鴨川公園は少し遠い。時間の指定はされなかったけれど、遅いよりは早い方がいいだろう。

今出川通りを東に折れて、一直線に走らせる。それにしても、とぼくは思考を戻した。一体あの夢は何だったのだろう。幽霊とか霊魂とか死後の世界とか、そういうものは信じてもいないし信じてないわけでもない。異常経験は人並みにはあるし、自分の知らないことは一切信じないってほどにぼくの頭は固くない。かと言って古典文学じゃあるまいし、自分の夢に他人の意志が出てくるなど、あり得ない。あれはあくまでぼくの意識であり、それ以外のものは少しも混じっていないはずだ。

「……未練なのか、願望なのか……」

どの道、あれはただの錯覚だ。気にするほどのことではない。むしろ重要なのは、夢に出てきたのが巫女子ちゃんではなく智恵ちゃんだったということだろう。そこにぼくの罪深さがあるに違いない。

「自分の罪と向かい合いなさい。それが罰よ」

いつか、二月頃、ぼくにそう言ったのは鈴無さんだったか。千里眼でもないのに、あの人はお見通しなんだよな……。《敵《かな》わないな》と思わせるくせに決して相手に劣等感を抱かせない。あれはあれで稀有な人格なのかもしれない。

堀川、烏丸、河原町通りを抜けて、鴨川に到着した。いくら深夜とはいってもさすがに公園内をスクーターで駆けるわけにはいかないだろうと橋のそばにベスパを停めて、土手を下って川沿い、つまり鴨川公園に降りる。

「あー……、どうしようかな」

一口に鴨川公園と言っても、その範囲は洒落にならないほど広い。広いと言うより細長い。しかも川の向こう側の河川敷も鴨川公園だったりする。正確な通りの名前も言わずにこの公園で待ち合わせをするようなばかは京都にはいない。

「……ま、いいか」

あんな適当な呼出電話にあまり真面目に応じる必要もないだろうと判断し、ぼくは川の流れにあわせて川沿いを下り始めた。時計を見ると、零時を過ぎたところだった。これで二十六日、木曜日。五月も残りわずかだな、などと、少しだけ思った。そう言えば零崎に殺されかけたのも鴨川沿いの、あれは四条大橋の下だったか。あのときはまだ智恵ちゃんも巫女子ちゃんも死んでいなかった。

ひどく昔のことのような気がする。

気のせいではないだろうと思う。

——ん。

ぼくは後ろを振り向いた。暗くてよく分からないけれど、しかし、どうやら誰もいないようだった。しかし、確かに感じたのだが。

視線を。

「……、うーん」

昼間、秋春くんといたときにも感じた。秋春くんは巫女子ちゃんの幽霊じゃないかと言っていたが、もう少し現実的に考えてみることにしよう。一番ありそうなのは、警察の誰かがぼくに張りついているという線だ。ぼくが智恵ちゃん、巫女子ちゃんの事件に関する容疑者であることは間違いないのだから。

「けど、いくらなんでもこんな時間まで……」

それに、それならここまでコソコソする理由もないだろう。では次の可能性だ。正体不明の呼出電話、そして呼び出された先で感じた視線。こう来たら答なんて、そもそもひとつしかないのではないだろうか。

「……………」

少し警戒心を強めて、ぼくは歩みを続ける。だけれどそこから先、奇妙な視線を感じることはなかった。丸太町通りにまでついたところで、いい加減ばかばかしくなってくる。一体どうしてぼくはこんなことをやっているのだろうか。

「……帰るか」

ぼくは一旦土手を登って、道路へと上がる。橋を渡って向こう岸に渡り、対岸の鴨川公園へと降りた。変化をつけるため帰り道はこちら側の河川敷を使おうという算段である。川を見ると、鴨が泳いでいた。ひょっとしてこの川、鴨が泳いでいるから鴨川だとかいう、嘘のようなネーミングセンスによって命名されたんじゃないだろうかとにわかに疑った。しかし、まさかそんなばかな話はないだろう。

さっさとアパートに戻って寝よう、と思ったが、さっき眠ったばかりだと思い直す。折角だからベスパで京都中を走り回るというのも一案だ。川沿いをずっと上っていって舞鶴辺りまで行くというのもいいかもしれない。慣れておかなくちゃならないし、暇潰しには悪くないだろう。

そう思いながらも足を進め、今出川通りに近付いてきたときだった。正面におかしな影が鎮座しているのが見えた。その影のそばには自転車が倒れている。暗くてよく見えないが、影は鎮座しているわけではなく、ただ倒れているようだった。もっと言うと、それは人間の形をしていた。こちらに背を向けて、身じろぎ一つしない。ホームレスの人が寝ているのかと思ったけれど、しかしそれならそばに自転車はないだろう。大方木屋町かどこかで酒でも飲んで、自転車で鴨川公園を通って家に帰ろうとしたら転倒してしまったと、そんなところか。同情の余地はないように思えたけれど、しかしこのまま見捨てていくのもどうだろう。黒い長髪だったので、女の人なのかな、と思った。

「大丈夫ですか？」

と、とりあえず声をかけてみるが、ぴくりとも反応がない。まるで死んでいるかのようだ。いや、考えてみればその可能性もある。自転車で転倒しただけでも打ち所が悪ければ十分に死ねる。酔っ払っていたというのなら尚更だ。やっぱりこのまま通り過ぎようかとも悩んだが、仕方がないのでそばに駆け寄って、肩を叩いてみる。「大丈夫ですか？」と、もう一度確認してみたが、やはり動かない。

「大丈夫ですか？」

三度目になる質問をしつつ、とりあえず仰向けにしてあげようと肩を引いた瞬間に、今まで全く動かなかったその身体が信じられないくらいに機敏に反転し、ぼくの顔面に何か霧状のものを吹き付けた。

たまらずぼくは後ろに飛び退《の》こうとしたが、そのタイミングすら逃してしまう。左頬に鈍痛が走る。殴られたのだ、と自覚するときには、ぼくは受身も取れずに背中から河原に叩きつけられていた。

相手が立ち上がる。

くそ、顔を殴られたせいか、それとも吹き付けられた霧のためなのか、視界が安定しない。あれは一体何だったんだ？　催涙スプレーにしては、目が痛いわけではない。ぐらつく身体に鞭打って、ぼくは左手をついて起き上がろうとしたが、しかし、相手は容赦せずに間を詰めてきた。起き上がることを諦め、ぼくは転がるように追撃をかわし、更に必要以上に螺旋を繰り返し、十メートルほど行ったところで片膝で姿勢を正す。

人影は少し先に佇んでいた。背は高い方か、体格は……、あれ。うまく見えない。まだ視力が回復しないのか。しかし、安定しないのは視力だけではなかった。足も、膝も、頭も、今にも倒れそうだ。気分が悪いわけではない。むしろ、それは、どこかに落ちていくような。そう。この感覚をもっと露骨に表現すれば……。

……眠い。

がくり、と立てていた方の膝もつく。

麻酔スプレーか……。しかも痴漢撃退なんて生易しい手段で使うことを想定したのではない、とびっきり強力な即効性のモノ。視力どころか肉体活動そのものを奪う効果を持つ。アメリカでならともかく、日本でこんなものにお目にかかる（奇しくも文字通りか）ことがあろうとは、思わなかった。

相手は一歩ずつ、こちらに近付いてくる。加速度的にぼやけてくる視力でも、相手がその右手にナイフを持っていることが分かった。ナイフ。零崎人識。京都通り魔。駄目だ、思考が乱れてくる。

「……どうして……」

一体誰が、どうして。しかし当面の問題はそんなことではないだろう。ここで眠ってしまうのがどれくらいまずいことなのかは今の思考力でも十分に分かる。殺されるか、そうでなくともそれに近い目にあうことは確実だ。

ああ、畜生。迷っている場合じゃないことは分かっている。それでも、自分で自分を傷つける行為ってのは生理的に好きになれない。どうしても躊躇してしまう。相手はのんびりとした歩調だった。そりゃそうだ、このまま放っておいてもぼくは勝手に眠ってしまうのだから。そしてぼくにしてみれば、そここそが唯一の突破口だ。

右手か左手か。

一瞬だけ迷って、右手を選んだ。「ああ、もう……念仏の鉄かぼくは」左手で、右手の親指を握った。それからもう一回だけ迷って、思いっ切り関節と逆方向に捻った。「んぎぐあああぁぁっぁぁぁぁぁ……ぁあああ！」と、自分でも聞き苦しいくらいの悲鳴が、鴨川公園に響く。

折れたか、関節が外れたか。とにかくこれで眠気は吹っ飛んだ。意識が一気に戻ってきて、視力も、肉体能力も、覚醒。全身が全て痛覚神経になったかのような錯覚。即座に足を起こして、立ち上がり、相手に向かって対峙する。

黒尽くめの服装で全身を包んでいて、頭部には黒いニットのマスクで、髪は露出していない。あの長髪はどうやら鬘《かつら》だったようだ。そして革の手袋。視力が回復したところで、背景に溶け込んでよく見えない。最初影のように見えたのもそれが理由か。いかにも人を襲うための格好だ、と思った。零崎よりもずっと殺人鬼っぽいし、零崎よりずっと通り魔らしかった。

「畜生……誰だよお前」

問い掛けるが、当然返事はない。嫌な感じの呼吸音だけが聞こえる。そしてナイフをぼくに向け、徐々に距離を詰めてくる。武器になりそうなものなど、ぼくの方は何一つとして持っていない。携帯電話も部屋に置いてきていた。助けを呼ぶことすらもできないってわけだ。

「仕方ねえなぁ……もう」

ぼくは数秒ほどで覚悟を決め、ぼくの方から距離を詰めた。黒尽くめはその行為に驚いたようで、一瞬、ナイフを動かす腕が遅れた。掌底打《しょうてい》ちを黒尽くめの顎を目掛けて繰り出したが、さすがに当たらず、黒尽くめは後ろに退いた。そして再びナイフを構える。

次に動いたのは黒尽くめの方だった。ナイフを突き出してくる。それはまるっきり素人の動きで——零崎とは比べ物にならないくらいに素人の動きで、避けること自体は簡単だった。しかし、身体を捻ったそのとき、右親指が自分の横腹に触れた。途端、走る激痛。

「——!」

やはり折るのはやり過ぎだったか、と後悔する。せめて爪をはがす程度にとどめておけばよかった。そうでなくても、折るなら小指だろうが。なぜ親指を選んだ。ばかか。ばかなのかぼくは。限度というものを知れ。

一瞬動きが止まったのを黒尽くめが見逃すわけがない。まるで体当たりでもするかのようにぼくに伸《の》しかかってきて、バランスを崩していたぼくは仰向けに倒される形になった。その隙を外さず、黒尽くめはぼくに跨った。ああ、先月もこんなことあったような気がするなあと、妙に冷静な自分が考えた。そのときはどうやって状況を打破したんだっけな……。

思い出す間もなくナイフが振り下ろされてきた。狙いは顔か——いや、頸動脈。ぼくは全精をかけて頭部を右にずらし、刃を避けた。正に首の皮一枚。出血したことを自覚。黒尽くめは河原に刺さったナイフを引き抜いて、もう一度構える。今度こそ避けられない、そう思ったとき、黒尽くめは振り上げたところでナイフを止めた。そのまま、まるで観察するかのようにぼくを見下ろして、そして何を思ったのか、からん、と、ナイフを後方に捨てた。

その行為の意味を考える暇もなく、その拳はぼくの頬を殴った。さっきと同じ左頬。次の刹那には反対側の頬を張られていた。次に三度左頬。右頬。それで終わらず、黒尽くめは次々と、連続で、ほんの瞬《また》きほどの空隙《くうげき》もあけずにぼくの顔面を殴打《おうだ》し続けた。

痛いとは、とっくの昔に思わなくなっていた。

脳が揺さぶられる感覚。

「――…………」

と、唐突に。

黒尽くめは殴打を中止した。

しかし、それが仏心ゆえのものでないのは、すぐに知れる。黒尽くめはぼくの左肩に、両手を添える。何をするのかはすぐに想像がついた。抵抗しようかと思ったが、しかし、身体は思うように動かない。あの麻酔スプレーは十分にぼくの心身を蝕《むしば》んでいる。そこに足すことの痛みで、今にもぼくの意識は飛びそうになっていた。

だけれど。

ごきりという嫌な音と、左肩に走った死痛が、再びぼくの意識を覚醒させた。何の遠慮もなく黒尽くめは、ぼくの肩関節を外したのだった。その上、外した関節部分を思い切り殴りつけた。「ん…… がぁぁあああああああああああ！」獣が咆哮《ほうこう》をあげたかのような、悲鳴。自分の喉にこんな破壊力があるとは久しく知らなかった。

なんだこいつ？　何がしたくてこんなことをするんだ？　殺したいんじゃない。これは殺人行為ではなくただの破壊行為だ。まるっきりぼくのことを破壊対象としてしか見ていない。まるで知恵の輪でも解くかのようにぼくの関節を外しやがった。

黒尽くめは次に右肩へと移行した。

「――ぐっ……」

覚醒した意識を総動員してそれに抵抗する。片半身を起こし黒尽くめの腕を振り切り、そしてそのまま拳を作って、相手の心臓部位に叩き込む。まるで雑誌でも殴ったかのような、手ごたえのない感覚。その黒い上着の内側に何か防御策を仕込んでいるようだった。

折れた親指を握りこんでしまっていたので、それ以上腕に力を入れることはできなかった。黒尽くめはぼくの右腕を何でもないかのように払って、再び右肩に手をかけた。

それを再び振り払うほどの意識は残っていなかった。ごきり、と、鈍い音が他人事のように響く。しかし痛みは他人事ではない。拷問のような感覚が両肩から頭脳へと伝達される。それは脳内の麻痺感覚くらいでは既に誤魔化されないようなところにまで昇華されていた。

そしてさっきと同じように、外した肩の関節を殴る。そしてその返し手で、仕返しのつもりなのか、心臓の辺りを続けて殴った。骨が軋む音。その衝撃が外された両肩にも伝わり、一瞬遅れの鈍痛。

「……かは……、はぁ……」

自然口が開いて、酸素を求めようとする。殴られた衝撃は肺にも甚大なダメージを与えていた。それが黒尽くめの狙いだったのかどうかはともかく、それを見過ごすことはなかった。ぼくの顎部をがしりと握り締める。おいおい、本当かよ。それって痛覚の中で最上級にキツい奴だぜ？　問い掛ける暇もない。こうなったら指に噛み付いてやろうかと思ったが、どうしてもその行為に躊躇してしまった。

そして黒尽くめは力を込めて、顎を持ったままの腕を引く。肩のときよりも幾分軽い感じの「こきっ」という小気味いい音、しかし比較できないほどの激痛。そして定例通りに顎を下から殴りつけた。

「………………………」

声が出ない。もう声を出す気にもなれない。

訂正しよう。

やはりこれは殺人行為だ。壊すだの何だの、そういう段階じゃない。この黒尽くめは確実に、このぼくを、このぼくという存在そのものを、殴り殺すつもりだ。散々痛めつけた上で、殺すつもりだ。

解体するつもりだ。

黒尽くめはしばらく迷うようにして――どうやって次なる痛覚を与えようか、考えてやがるんだろう――それからだらん、と垂れてしまった右腕の、手首をつかみ、持ち上げた。

そして親指をきつく握る。

既に折れている親指。

「――…………」

くふふ。

と。

笑い声が聞こえて、

そのとき、

ぼくは本当にぞっとした。

人をここまで痛めつけて殴りつけて、

それで尚嘲笑うことができる存在。

それはぼくがこの世界でもっとも恐怖し、戦慄する対象だ。

「……　　　　………」

黒尽くめはぼくに聞こえない声で何かを呟いて、握っていた親指を離して人さし指に持ち替える。折る気だ、と察する。人さし指だけじゃない。中指、くすり指、小指、次は左手。その次は足か。全身の骨を折るつもりかもしれない。そのあとは肉を裂きにかかるつもりだろう。そうして徹底的に破壊した後、やっと殺してくれるのか。

既にもう抵抗の意志はなくなっていた。いや、そもそも抵抗なんてした理由が分からない。最初の麻酔で素直に眠っていればよかったんだ。そうすればここまでの苦痛は味わうことはなかった。親指まで折って一体何をやっているんだろう。いや、そうじゃないのか。どうせ痛みで目が覚めたに決まっている。拷問まがいの目にあったに決まっている。それならこれは同じ結果か。辿ったルートが違うだけ。

あのときと同じ、予定調和の茶番劇。

遠くから見ている気分になる。

対岸の河川敷から、今にも殺されそうなぼくを見ている気分に。

それを見て、

ぼくは何を思っているのだろう。

まったく……ほんとうに。

じつにくだらない。

ひどくささいでとるにたらない。

なんて、ざれごと——

「なぁにやってんだそこぉぉぉおおおおおおおおおおおお！」

怒号。

虚ろな目を、声のした方向へ——対岸へと向ける。既にそこには誰もいない。その小柄な人影は川の流れの中に足を踏み入れ、こちらに向かって駆け寄ってくる最中だった。

それが誰なのか、など、考えるまでもない。

それは自分のことのようによく分かる。

「ぉぉぉぉおおおおおおおおぉぉぉぉぉぉぉっ！」

零崎は。

零崎人識は。

零崎人識は怒号と共に川面から跳ね上がり、土手を駆け上ってくる。突然の闖入者《ちんにゅうしゃ》に黒尽くめは一瞬怯んだようだったが、すぐに状況を認識したらしく、ぼくの人さし指から手を離し、ぼくの身体からも退いた。理解したのだろう、零崎は座った姿勢などで相手にできる存在でないことを。

まだ距離が残っているところで、零崎はドローイングナイフを一本放った。それは黒尽くめに命中させるためではなく、ぼくと黒尽くめの間に距離を取らせるための一本。河川敷に辿り着いた零崎は、ぼくを庇《かば》うように、黒尽くめとぼくの間に立ちふさがった。黒尽くめはその隙に捨てていたナイフを拾い、慎重そうに構えた。

「ふー……」

　零崎は呼吸を整えるように、大きな息を吐いた。それから、

「……何いじめられてるんだよ、お前は。いー感じにヨガってんじゃねーよ」

　と、ちょっと茶化すような口調でぼくに言った。ぼくは何か言い返そうかと思ったが、顎の骨が外れているので無理だった。

「……ま、いいか。とりあえず今はお前の方だな」零崎は黒尽くめに向かい立つ。「お前何よ？　俺みたいなんに訊かれたくないかもしれないけどさ。これって犯罪だぜ？　暴行傷害殺人未遂。理解してるか？　やっていいことと悪いことと」

　突っ込みどころが一杯ある台詞だったが、喋れないので沈黙するしかない。

　黒尽くめはたじろぐように一歩退いた。この状況で、演技でなく全身から余裕をみせている……と言うより、最早油断しているようにしか見えない零崎に、なにやら正体不明の脅威を抱いているようだった。

「……そうだな。こっちの欠陥製品の怪我も酷いし、この状況。今俺っておおっぴらに人間殺せる状況にないからさ。今逃げるんなら見逃してやるよ」

　零崎はちょっと考えるようにしてから、そう言った。黒尽くめは更に一歩退いて、様子を窺うようにする。どうするべきなのか、まだ決断がつかないようだった。

「なんだよ。逃亡を許可してやるってんだから、さっさと逃げちまえよ。ほれほれ、さっさとしろよ」

　黒尽くめは答えない。

　零崎はわざとらしくため息をついた。

「——それでもやるってんなら、俺の方はお前の命が続く限り相手になるぜ？　痛みを感じる暇もなく

解体《れんあい》してやるよ。自分から殺してくれって望むような低能相手に仏心を出すほど俺は優しくない。その場合、栄えある十三人目はお前だ。殺してバラして並べて揃えて晒してやんよ」

　それが決定打だった。

　黒尽くめは踵《きびす》を返し、今出川方向へと駆け出した。「かはは、行っちまえ行っちまえ」と零崎は楽しげに笑って、それからぼくを振り向いた。懐かしい顔面刺青の顔が、ぼくの視界に映ったが、すぐにぼやけていく。麻痺と麻酔がいい感じに決まってきたらしい。

「ん？　おいこら寝るな。寝るなら住所言ってから寝ろっての」

　零崎がぼくの肩を持って身体を揺さぶる。外れている肩なのでものすごく痛いのだが、今はそれすらもどうでもいい。

「あ……——」

　ぼくは最後の意識を振り絞って、

外れたままの顎で無理矢理、
アパートの住所を告げた。

3

ぼくの次の記憶が始まったのは、二十七日の金曜日、午前九時丁度だった。

「よう。目が覚めたか」

枕元には零崎がいた。呆然と、状況が全く理解できずに、なんとなく零崎の顔を見る。零崎の方は気楽そうなもので、ただぼくが目覚めたことを、単純に喜んでいるようだった。

「いやー、それにしてもお前すごいところに住んでるのな。住所すっげー分かりにくいし。それに住人も変わってる。隣の部屋のねーちゃんに包帯とか借りに行ったんだけど、俺の顔みて驚かなかったのあのねーちゃんが初めてだ。いや、それにしてもよく起きてくれた。あれじゃないか？　寝不足？　疲れてたんだろうな、色々」

「——えっと」

ぼくは半身を起こそうと右手をついた。同時に鋭い痛みが走る。「うわっ」と思わず手を引いて、再び倒れかかってしまう。左腕をつくことでなんとか転倒は回避した。

「ばかだなー。折れてるんだぜ。指。肩と顎の関節は適当に嵌めてやったけど、さすがに折れたもんはどうしようもないよ、俺には。応急処置はしといたけど、あとで病院行った方がいいと思うぜ」

言われて右手を見てみると、金具や針金、それに包帯を大量に使って、親指が半ば強引に固定されていた。基本を大幅に無視しているが、確かに間違っていない治療法だ。顔面にもなにやら違和感がある。どうやらガーゼやらバンソウコウやらで塗り固められているようだった。ぼくが寝ている間、零崎はずっと看病してくれていたらしい。

「——ありがと」

と、ぼくは礼を言った。

「別にいいよ」零崎はうるさそうに手を振った。

「それより右手の親指っていうのはまずいよな。これからの生活が難儀になるぜー？」

揶揄するように笑う零崎。他人の不幸が蜜の味なのは、普通の人でも殺人鬼でも同じようだった。

「大丈夫だよ。ぼく両利きだから」

「そうなのか？」

「元は左利きだったんだけど、それを矯正して右利きにした。でも《箸を持つ方の手が右手です》って教えてくれた先生が嫌いだったから左利きに戻したんだ。それが小学三年生のときの話」

「嘘つけ」

「うん。ごめん」

あー、とぼくは意識を通常レヴェルに戻す努力をする。寝起きはいい方なのだが、しかしそれでも如何せん、頭がふらふらしていた。

「……そういやベスパは？」

「うん？　何だ？」

「……いや、何でもない」

多分、今出川の橋のそばに放置されっぱなしになっているのだろう。あとで取りに行けばいいだけの話だ。レッカーされていなければだが。それよりもぼくは、その小柄な身体で、ぼく一人を背負ってこのアパートまで徒歩で辿り着いた零崎に、感心と言うか、感服のような気持ちを覚えていた。大した体力の持ち主である。

当の零崎はそんなことに何の感慨もないらしく、まるっきり平気そうな顔で、

「しっかし何だったんだ？　あの状況。お前俺と引き分けたくせにあんなヘボいのにやられてんじゃねーよ」

などと理屈の通らない文句を言う。

「きみとのアレは特別だよ。うん——ちょっとね」

ぼくは親指に気を遣いながら、上半身を起こした。

「昨日——、ああ、もう一昨日なのかな？　電話がかかってきて。鴨川公園に来いってさ。今から考えりゃ明らかな罠なんだけど……、まあ、乗っちゃっ

て。で、あの結果」

「何それ。アホかお前は」

返す言葉もなかった。

ぼくは自虐的に「まあ、ばかだったと思うよ」と言った。

「今度はこっちから質問だ。きみ、何でまだ京都にいるわけ？ 出て行ったんじゃなかったのか？」

「あ？ なんで知ってんだ？」

「通り魔止まってるし」

「ああ、そうか。いや、一旦は出たんだけどな。変な赤い女に襲われたんだ。洒落《しゃれ》にならないくらい脳内麻薬全開のブチ切れた女でさ、バイクで轢《ひ》いても平気な顔して歩いてくるんだぜ。リッターバイクだぜ？ どういう肉体回路してんだよ。……とにかくだな、どうもそいつ、俺のこと捕まえようと躍起になってるみたいで、相手してられないから、俺、大阪に逃げたんだけどさ。追ってくるのな、その女。で、灯台下暗しってことで京都に戻ってきたんだが戻ってきたその日にてくてく歩いてたら犬の悲鳴みたいな声が聞こえてきたんで自称犬好きの俺としちゃー捨てておけないと声のした方行ってみたらお前がいかにも怪しげな黒子《くろこ》さんにボコられてたってこと」

「……そういう事情か。理解した」

零崎は説明するのが途中で面倒臭くなったらしく、後半部分がやたら早口だったが、それでもこいつがあそこにいた理由は納得がいった。つまり、ぼくはただ単純に運がよかったということらしい。

それとも、

黒尽くめの運が悪かっただけなのか。

「ったく……それにしてもなんだったんだあの赤女。怪人赤マントかと思ったぜ、俺っちは」

「哀川さんだよ」

ぼくは言った。別に助けてもらったお礼というわけではないが、哀川さんには零崎の情報を流しておいて、零崎には哀川さんのことを秘密にしておくのはなんだかアンフェアな気がしたのだ。アンフェアなんて、ぼくが口にしていい言葉ではないかもしれないが。

　零崎は「哀川……？」と、思い切り怪訝そうに刺青を歪めた。

「お前今、哀川って言ったのか？　それじゃああれ、哀川潤だったのか？」

「ああ。なんだ、知ってるのか。じゃあわざわざ説明する必要はないな」

「いや、俺も大将に昔聞いたことがあるだけだけどな……、畜生、よりにもよって哀川潤かよ」零崎は忌々しげに舌打ちする。「そりゃ手も足も出ないはずだ」

「有名なのか？　哀川さんって」

「有名も無名も……、哀川潤が何て呼ばれてっか知らねーのか？　《疾風怒濤《どとう》》《一騎当千》《赤笑虎》《仙人殺し》《砂漠の鷹《デザート・イーグル》》……、絶対に関わるなって深く言われてるよ、俺は」

「一つ忘れてるな」

「うん？」

「《人類最強の請負人》、だよ」

　ぼくは言って、零崎は黙った。今までに一度も見たことがないくらいに、それは真剣な表情だった。さすがに零崎、敵がその哀川潤だと知って、余裕かましてはいられなくなったようだった。「やべえよなぁ……それはいくらなんでも傑作過ぎるよなぁ……」などと小さな声で呟きながら、零崎は神妙そうに頷いて、「それじゃ」と立ち上がる。

「俺はもう行くわ」

「なんだ。もう行くのか？」

「ああ。さすがにのんびりしてられねーっつうか。色々考えなきゃならんようだし。ここには別に用もないし、お前さんの方も長話できる状態じゃないみたいだしな。それにそもそも、俺は警察様からも指名手配されてる身分でして。あんまヒトトコロにとどまり続けるわけにはいかんのですよ」

「あ、そっか……」

それはそうだった。ぼくが哀川さんに零崎の容姿を告げた時点で、零崎の敵には哀川さんだけでなく、警察権力そのものも含まれているのだった。この部屋に一日以上とどまっている段階で、零崎にとってはレッドゾーンに足を踏み入れているのである。

「いっそ自首でもしたらどうだ?」

「悪くねーけど、却下」零崎はにやりと笑ってそう言った。「それよりも、お前も自分のことちゃんとしとけよ。新聞とか読んで知ってるぜ? お前の言ってた葵井って娘のこととか。殺されたんだろ?」

「……まあね」

「お互い苦労抱えこんでるな」

「ああ。面倒臭いことこの上ない」

「俺も同じだ。仕方ないだろ、そういうレールの上なんだからさ。それじゃや、これで」

「多分二度と会えないだろうな。今度こそ」

ぼくが言うと、「違いない」と零崎は笑った。

「あばよ」

そう言って、そして零崎は部屋から出て行った。一人部屋に残されて、ぼくは再び、布団の上に寝転んだ。零崎の治療が適切だったのか、それとも元々そんな大した怪我ではないのか、こうしていると痛みはあまりない。しかし骨が折れているのでは病院に行かないわけにはいかないだろう。

ただ、今は眠かった。麻酔がまだ効いているのか。いや、さすがにそんなことはないだろう。つまりこれはただ単純な、睡眠の欲求。このところ寝てばかりだというのに、どうしたことなのだろう。

「あ……そうか。寝てはいたけど眠っちゃなかったんだな……」

そしてとうとう限界がきたということみたいだ。病院に行くのはもう一眠りしてからにしよう、と決めて、ぼくは目を閉じた。このところ根を詰め過ぎていたのだろう。考えないように考えないようにと思いつつ、智恵ちゃんや巫女子ちゃんのことを考えていた。あんな夢を見るのがいい証拠だ。結局あの事件のことについて、ぼくは自分の中ですら解決できていないのだった。

とにかく今は休むことが必要だ。あの電話のことも、あの黒尽くめのことも、全ては目が覚めてからのことだと、そう思った。

「おーい」

が、しかし。

眠ることすら今のぼくには許されなかった。ノックの音と、呼びかける声。ぼくは身体を起こして、やれやれと移動する。扉を開けると零崎が戻ってきていた。

「なんだよなんだよ……、忘れ物か?」

「そんなとこだ。一つお前に言い忘れていたことがあった」

零崎は部屋に上がりこんで、あぐらをかいた。ぼくは布団に戻って箕座に座る。

「で、なんだよ。あんなに格好つけて出て行ったくせに」

「忘れてたんだからしょうがないだろ。ほら、その電話」

零崎は床に放りだされていたぼくの携帯電話を指さした。

「うん。どうした?」

「お前の寝てる間に何回か鳴ってた」

「——ふうん。何時頃?」

「今朝方《けさがた》だよ。ぴーぴーぎゃーぎゃーうるさかったぜ、本当。お前、それで起きたんじゃないのか?」

零崎の言葉を聞きながら、ぼくは着信履歴を確認した。見覚えのある番号。確かこの番号は、誰だったか——

「ああ、沙咲さんだ」思い当たる。この番号は現在消耗戦の真っ最中のはずの、佐々沙咲刑事のものだ。その番号が今日の八時から九時までの間に、合計七回の着信が記録されていた。「……何の用なんだろう」

「俺は出てないから知らないよ。出ない方がいいだろ？　気になるんだったらかけ返してみろよ」

「そうするさ」

と、ぼくは沙咲さんの番号を押す。

「沙咲ってな誰だっけ？　俺も聞いたことある名前だな」

「カラオケのときに話したんじゃないかな。優秀な女刑事さん」

あ、そう、と零崎は複雑そうな顔をした。刑事、という単語が今の零崎には快く映らないのだろう。勿論ぼくにしてもその単語に対してそれほどいい印象を持っているわけではない。

電波は繋がったらしく、コール音が続く。そのまま数秒待ってみた。

「はい、佐々です」沙咲さんの声だった。

「もしもし。ぼくです」

「はい。先ほどはどうされていたのですか？」

「いえ。ちょっと寝てました」

「……、そうですか。それは結構ですね」

奇妙に冷静っぽい声。

無理矢理自分に冷静を強いている感じの口調だった。逆に言えば、今沙咲さんは全然冷静じゃないと、そういうことなのだろう。

「沙咲さん、何かあったんですか？　それとも、新たに何か訊きたいことでも？」

「何かあった、の方です」と、沙咲さん。「宇佐美秋春さんが殺されました」

「…………」

不意に。

全てが。

繋がった。

「――宇佐美くんが、ですか？」

「はい」

「間違い、ないんですか？」

「わたしはこんなことで嘘を吐くほどふざけた人格をしていません。今朝方学校の友達に発見されました。江本さん、葵井さんのときと同じように、絞殺です。……今、その現場にいるんです、わたし」

言われてみると、沙咲さんは周りを窺うような、周囲に遠慮しているかのような、そんな喋り方をしていた。辺りには他の警察官や監察医、果ては野次馬連中もいるってことなのだろう。

秋春くん。

次に殺されるのは多分自分だ、と言っていたか。

奇しくもそれは実現してしまったというわけだ。

「……そうですか……」

だがそれはただの偶然の結果ではないのだろう。仮に秋春くんが全てに気付いていたとするならば、秋春くんには自身の死を予想する確固たる理由があった。そしてその理由がありながら、むざむざ殺されてしまったということになる。

「つきましてはあなたにも事情を訊こうと……」

「その前に、沙咲さん」ぼくは有無を言わせぬ口調で言った。「秋春くんの遺体についていくつか質問があるんですが、構いませんか？」

「……ええ。どうぞ」尋常でないぼくの様子を、直接見ないでも声だけで悟ったのか、沙咲さんは何を言うでもなく、ぼくに質問を促した。「答えられる限りのことは、答えましょう」

「訊きたいことは一つだけです。あの《X／Y》は今回の現場にも残されていましたか？」

沙咲さんは少しの間沈黙した後、

「はい」

と、ぼくの問いを低い声で肯定した。

「ただ、今回は不思議なんです。まだ断定はできないのですが、江本さんや葵井さんのときとは違って、宇佐美さんの場合は被害者本人がその式を書き遺したような形跡があるんです」

「…………」

「……ですけれど。それが、どうかしましたか？　何か思い当たることでも？　それとも《X／Y》が何なのか、分かったのですか？」

違う。そんなことじゃない。

そんな式の意味はとっくの昔に分かっている。それどころか、それ自体は本当に、今となっては何の意味も持っていないのだ。問題はそんなところにはない。

「……いえ。そういうわけじゃありません。分かりました。あとで府警に出向けばいいんですね？」

「そうしていただけると助かります。何時ごろが都合よろしいですか？」

「今日の昼……いや、夕方頃」

「では、そのように――」

ぼくは沙咲さんの言葉の途中で電話を切った。それ以上喋っていると、余計なことまで喋ってしまいそうな勢いだったからだ。それほどまでに、今のぼくは冷静ではなかった。ぼくはそして、普段の自分からは絶対に考えられないような乱暴さで、電話を思い切り畳に叩きつけた。

「おいおい、お前何やってんだ？」零崎が驚いたかのように言う。「アホか？　電話投げてどうするんだよ。可哀想だろうが」

「――これは俗に言う八つ当たりって行為だよ」ぼくは淡々と答えた。「つまりモノに当り散らすことによって何とか自分の中の憤懣《ふんまん》を抑えつけようとしているのさ」

「いや、そりゃ分かるけどな」

零崎は呆れたようにして、携帯電話を拾ってくれる。どうやら壊れてはいないようだった。それを確認してから、零崎は電話をぼくから離れた場所に置く。

「何があった？」

「秋春くんが殺された」

「ありゃ、そら、まぁ……」零崎は他人事のように、感心したような奇妙な声をあげた。「これで三人目じゃないか。大したもんだな、そりゃ。一体いつ？」

「いつ殺されたかはともかく、今発見されたばっかりらしい。だから殺されたのは水曜日の昼から今朝までの間だ」

「ふうん……。そりゃなかなかの傑作だ。たった十日ちょっとの間に三人も絞め殺したってんだからな。無茶苦茶だよ。あ、でも俺が言っちゃいけないか。それで、犯人は？　殺した犯人くんは一体誰なんだよ」

零崎は。

まるでどうでもいいことのように訊いた。

ぼくは。

吐き捨てるように答えた。

「犯人？　それは江本智恵を殺し、葵井巫女子を殺し、鴨川公園でぼくを襲って、宇佐美秋春を殺したその犯人って意味か？」

「他にいないだろ」

「そんなものは決まっている」その名前をぼくは自分でもぞっとするくらいに冷酷な調子で唾棄した。「そんなものは貴宮むいみに決まってる」

貴宮むいみ
ATEMIYA MUIMI
クラスメイト。

第八章

審理——(心裡)

0

本当はちゃんとわかってるんでしょ？

1

　今現在だって全然誉められた性格じゃないが、ぼくは周囲の誰からも少年と呼ばれていたその時代、異常に厭な性格をした子供だったように思う。自分のことを頭がいいと、知能が高いとどこかで自惚《うぬぼ》れ、自然周囲を見下していたそんな時代がこのぼくにも確かにあった。誰も知らないことを知っている、誰も気付いていないことに気付いているという自覚がぼくをいつしか傲慢にさせていた。

　そのせいだろうか。

　疑問を持てばすぐに解決しなければ気が済まなかった。ぼくにはそれだけの能力があったし、考えた末に疑問が氷解したとき、何かをやり遂げたような気分になり、何者かになったような気分がしたのも真実だ。

　だけど。

　次々と現われる難問を解決し続ける内に——違う、次々と現われた難問を全て解決し終わって、その後にぼくに残されたのはただの虚無だった。

　他の連中はそんなことしなくても楽しそうに生きていた。答なんか出さなくとも、そもそも疑問なんか抱かなくても、彼らは幸せそうに生きていた。

　笑って、泣いて、時に怒って。

　それをぼくは彼らが無知だからだと思った。地雷だらけの草原を無邪気に駆けているだけだと思っていた。いつか彼らも自分の愚かさを悔いることになるんだろうと。

　地雷を踏んで全てが終わってしまったあとでやっ

と後悔するんだろうと。

だけど違った。

ぼくは一人で作り上げた世界の中で勝手に作り上げた疑問を解決し、いい気になってただけのただの孤独なガキだった。経験を理論で埋め合わせられると本気で信じていたし、願えば自分でも幸せになれると思っていた。

ぼくは少年であることを間違ってしまったのだ。

そしてそれでも、世界は終わらなかった。

ゲームは続く。

もう決定的なビハインドをつけられて、勝機なんて一片たりとも残っていないというのに、それでも人生は続くのだった。いっそ自分で終わらそうかと思った時期もあったし、事実そうしたこともあったが、それすらにもぼくは失敗した。

実際のところ。

ぼくは傍観者ではなく、
敗北者だったのかもしれない。


ただの惨めで悲惨な敗北者。

だからぼくはいつからか、疑問に対して明確な答を出すことに積極的でなくなった。消極的になったというより、疑問に対して無気力になったのだ。

解答なんかに深い意味はない。

曖昧で、
有耶無耶《うやむや》で、
あやふやなままにしておいても。

それでいいのだと。

むしろその方がいいのだと。

決定的に状況を変えるなんてことは朱色の人類最強や青いサヴァン、ああいった、世界そのものから突出した、本当に選ばれた人間達の役目であって、決してぼくの任務じゃない。

どこにでもいる敗北者、
狂言回しの仕事じゃないのだ。

地雷を踏んでもそれと気付かぬ生き方でいいじゃないか。

地雷の存在を知りながらそれを忘れたふりをして、その内本当に忘れてしまうような生き方でいいではないか。

それが手遅れであっても、ただの妥協案であっても、人間の振りをして生きているだけだと言われても、そう思う。

鏡面の向こう側。

失敗しなかった自分を見て、そう思った。

単純な話じゃないか。

失敗しなかったらただ、
失格していただけなんだから。

殺人鬼になるくらいなら敗北者でいい。

向こうもそう言うだろう。

敗北するくらいなら殺人鬼でいい、と。

それはどちらも戯言だ。

戯言であり、傑作だ。

いいだろう、それでいい。

全てはそれでいい。

自身を欠陥品だと思ったことはないかと問うた彼女。ぼくのことを好きだと言ってくれたあの子。次に殺されるのは自分だと予言した彼。そしてぼくを鈍感だと言い放ったきみ。

了承した。

状況を変えるのはぼくの役目ではないが、ぼくの責任で生じてしまったつまらない戯言を終わらせるのは、確かに、このぼくの仕事だ。

流儀に則《のっと》って綺麗に終了させてあげよう。

むいみちゃん。

零崎から借りた例の錐状ナイフを鍵穴に突っ込んで、ガチャガチャと揺らす。一分ほどで錠が外れた音がした。ノブをつかんで後ろに引く。チェーンがかかっていたので、数センチしか動かなかった。

「――――」

躊躇は一瞬。ナイフを振るってそのチェーンを引きちぎった。思っていたよりも鎖は脆く、リンクがばらばらに飛び散り、その内一つが自分の顔に当たった。気にしない。縛《いまし》めから解き放たれた扉を引いて、部屋の中に入る。

それは絶句するに値する光景だった。

壁紙がびりびりに破られていて、そこら中に食器の破片が散らばっている。靴を脱いで入るのは危険そうだったので、悪いとは思ったが、土足のままで中に踏み込んだ。奥に入ると、更に惨状は酷いものへと化していく。純粋な破壊。恐らくこの空間にあるもので、元の形を保っているものはどんな小さなものでも一つとしてないだろう。全てという全てが完膚なきまでに毀《き》棄《き》されていた。破られて散乱する衣服。壊された家具。引き破られた本。割られたテレビ。粉砕されたパソコン。どろどろに汚れたカーペット。中心から波紋状に砕かれた鏡。引っ繰り返されたゴミ箱。床に散らばった電球の破片。四肢をバラバラに千切られたハムスター。中身の露出した枕とベッド。意味を喪失するくらいにまで解体された野菜。引っ繰り返された冷蔵庫。中央が深くくぼんだエアコン。気分の悪くなるような落書きだらけの卓袱台。ヒビの入った水槽と、近くに熱帯魚の死骸。一本残らず真っ二つになった筆記用具。機能を失った時計。全て剥がされたカレンダー。首を絞められた熊のぬいぐるみ。

そして。

「——何やってんだよ——」

窓際にしゃがみ込んで、呪うようにこちらを睨んでいる彼女。

この部屋で一番容赦なく壊れているのは、間違いなく、

彼女だろう。

「——むいみちゃん」

返事はない。

忌《い》むような視線だけが、突き刺さるようにぼくに向いている。

髪が、
あの長かった茶髪のソバージュが、
無様なまでに散切《ざんぎ》りにされていた。

よく見ると部屋のあちらこちらにその髪が散っている。髪が女の命だなんてぼくは思わないけれど、しかし、これはある意味恐怖に値した。

この状況。

ここは完全に彼女の領域だった。

今にも決壊しそうな危うい均衡で成立している彼女の結界。

空間中に込められた呪詛《じゅそ》が、全てぼくを向いている。ぼくを突き刺しているのはむいみちゃんの視線だけではない。徹底的に破壊された部屋の全てが、ぼくに敵意と悪意と害意と殺意を向けている。

世界そのものを敵に回したような気分だった。

「――……そう睨まないで欲しいけどね」

「…… 黙れよ」彼女は低い声で言った。「…… 何をしに来た？ 図々しい」

「安心してよ。別にきみを救いに来たとかじゃないからさ。ぼくはそんな善人でも、まして主人公でもないんだから」

ぼくは右足を動かし、散乱している有象無象を掻き分けてスペースを作り、むいみちゃんの正面に座った。ふと見ると、すぐそばに破壊された携帯電話が落ちていた。

「……ああ。なるほど。だから沙咲さんはきみに連絡が取れなかったんだな。じゃあその内直接ここに来るのかもしれないね。のんびりしてられないな」

「…………何をしに来た」

「大抵のことは分かってるんだ、もう」

ぼくは意図的に淡々と言う。今彼女の感情を逆撫でするようなことは言わない方が得策だという計算も勿論あるけれど、それ以上に、今のぼくにはこういう喋り方以外はできそうになかった。

「想像がついているって言うのかな。けれどどうしても分からないことがある。教えてくれるかな、むいみちゃん」

「……」

「その沈黙は肯定と受け取った」ぼくは少し間を置いた。「……ぼくを襲ったところまでは分かるんだ。でも、どうして秋春くんを殺したんだい？　それがぼくには分からない」

「………」

「秋春くんを殺さなければならない理由なんか、きみにはなかったはずだ」

「──は」

はははははは、と、むいみちゃんは突然、狂ったように笑った。ものすごく無感動に笑った。何の心もなく笑うだけ笑っていた。笑うように狂っていた。そしてぼくのことを睨み、「その怪我で」と、言う。

「その怪我でここに踏み込んでくるなんてあんたはばかか？　ここじゃあ誰も都合よく助けてはくれないよ。それとも部屋の外に助っ人でもいるのか？」

「──ああ……。そうじゃないよ。あいつの登場はそもそもイレギュラーなんだ。気にするほどのことじゃない」

あの晩のことを思い出しつつ、ぼくは言う。親指と、顔面のガーゼに触れながら。勿論両肩にしたって顎にしたって、まだ全快とは言えない。誰かに向かい合うとして万全からは程遠い身体状態だった。

「──あれについてだけ言うなら、最初は判断を迷ったんだけどね。あの黒尽くめはニット帽の覆面なんかしてたから、長髪はありえない。だからあれはむいみちゃんじゃないのかと思ったけれど、そんな風に髪を切ってたんなら納得だ。ひょっとしてそのために切ったのかい？」

「──自惚れるな。そんなことが理由になるか」

だろうね、とぼくは肩を竦めた。

「……ただ、あんたは想像以上に用心深い奴だった。跡をつけてもすぐに気付くし。アパートはボロ過ぎて壁が薄いから、部屋の中で襲うわけには行かないし」

「ああ。最高の環境だろ?」

哀川さんのように皮肉ってみたが、しかし、自分でもあまり様になっているとは思えなかった。

「しかしだからって、巫女子ちゃんの名前を使ってぼくを呼び出すのは反則だよね。あまり綺麗な手段とは言えない」

「……あんたがその名を口にするな」

ものすごい形相で、むいみちゃんはぼくを射抜いた。

「あんたなんかにその資格はない」

「……そりゃどうも」

「あんたと口なんかききたくないが、それでも一つだけ訊いてやる。あんた、どうして巫女子を振ったんだ?」

「振ったつもりはないけどね。別に」

「どうして!」

むいみちゃんは腕を思い切り壁に叩きつけた。部屋自体が振動する、自分の肉体に対する気遣いすらも感じられない、容赦のない拳。自分が殴られたわけでもないのに、ぼくの背筋には緊張が走った。

殺人鬼を相手にした方がよっぽどマシだった。

こんな壊人《かいじん》を相手にするよりは。

「どうしてだ。どうして巫女子の想いに応えてやれなかった? それくらい簡単なことだろうが。そんな簡単なことがどうしてできなかった? どうしてそれだけのことをしてやらなかったんだ」

「先に質問したのはぼくだ。まず答えて欲しいな。繰り返すよ、何度でも。どうして秋春くんを殺した? そんな理由はどこにもないはずだ。他は全て明快なのに、その理由だけがぼくには靄《もや》がかかったように分からない。さっきも言ったけれど、ぼくを襲ったところまでは納得できるよ。そうする理由がきみにはあった。それは理解できなくもない。だけどぼくを襲ったその足で、どうして秋春くんを殺しにいったんだ?」

「それに答えたら、あんたもあたしの質問に答えるのか？」

「約束するよ」

むいみちゃんはそれでもしばらくぼくを睨み続けていた。

そして、数分。

「簡単なことよ」と、むいみちゃんは言った。「そうするのが一番自然だと思ったから」

「自然――ね」ぼくはむいみちゃんの表情を読みながら、言う。「でも、秋春くんはきみの友達だったんだろう？」

「友達よ。好きだった。だけど、何があっても首を絞めないほどに好きだったわけじゃない」

その言葉に、仕草に、一片の嘘も、ひとかけらのハッタリも含まれてはいなかった。

「友達だからなんて、殺さない理由にならないわ。これはただ純粋な優先順位の問題よ」

彼女は心の底から正直に、そう言った。

ぼくは目を細めて、ゆっくりと頷いた。優先順位。友達。順位。友達。彼女の言葉を頭の中で咀嚼《そしゃく》しつつ、そして、一体何と言葉を返すべきか検討しつつ。

「それともあんたは、友達を絶対殺さないっていうの？　どんな理由があろうとも、友達は絶対に殺さないっていうの？」

「殺すかもしれない存在を、ぼくは友達とは呼ばないね」

「そりゃ随分とまあ、ご立派なことだ」け、とむいみちゃんは軽蔑するように笑った。「偽善者が。その偽善をどうして巫女子に分けてやれなかった？　今度はあんたが答える番だ」

「――……」

ぼくは自分が言おうとしている台詞を三回頭の中で繰り返し、そして唇に乗せた。

「好きじゃなかったからだろ。多分」

むいみちゃんが殴りかかってくるかと思ったけれ

ど、しかし、彼女は身じろぎしなかった。じっとぼくを睨んだままの姿勢で微動だにしない。

「……そうか」と、静かに言うむいみちゃん。「あんたは卑劣でも鈍感でもない、ただの残酷だったたってことか」

「だったら？」

「言ったはずだな。ちゃんと言ったはずだ。巫女子を傷つけたら、許さないって」

今にも破裂しそうなほどに凄む彼女に、ぼくは半目を閉じる。

ぼくはもう一度、肩を竦める動作をした。

「それを言うなら、きみはどうなんだ？　ぼくには理解不能だよ。きみの行動の理念は分かるけれど、それが巫女子ちゃんのためになっていたのかどうか、分からない」

「あんたがその名前を口にするなと言っている。あんたが知ったように巫女子のことを語るな！　何も知らないくせに」むいみちゃんは言う。「あたしは知ってるぞ。巫女子のことならなんでも分かってる。あいつとは小学校からの付き合いだ。あいつのことなら自分のことよりよく分かってるんだ。ただ一つ分からないことがあるとすれば、なんであいつがあんたみたいな残酷野郎に惚れたのかってことだけだ」

「それは簡単なことだと思うよ」

と、今度はぼくは即答する。

それは分かりきっている、ぼくにとってあまりにも明白なことだったから。

「勘違い」

「…………」

「錯覚。思い違い。錯誤。見込み違い。思い込み。恋に恋するステキな少女。要するに人を見る目がなかったんだろ」

「……、言いたいことは、それだけか？」

むいみちゃんの語調には、最早隠しようもない怒気が含まれていた。それはいつ爆発してもおかしくない。こうやって話を、ただの話だけを続けるのはそろそろ限界のようだった。

「いや、他にもう一つある。一応これは巫女子ちゃんとの約束だから、果たしておこう。むいみちゃん」

ぼくは最後に問うた。

お前はお前の存在を——

「きみは人殺者としての自分の存在を許すのかい？」

「許すも許さないもあるか！」むいみちゃんはついに激昂した。「あたしは間違ったことなんかしていない！　絶対に！　巫女子のためにやったことに間違いなんかあるもんか！　巫女子を一番想ってるのはこのあたしなんだ！　あんたなんかにとやかく言われたくないね！　全部巫女子のためなんだ！　あたしは巫女子のためならなんだってやる！　人を殺すことだって、自分が死ぬことだってなんとも思っちゃいない！」

「……………」

正義のために。信念のために。真理のために。

人助けのために。仲間のために。

友達のために。

人を殺す。

「あたしは巫女子が好きだったんだ、あんたと違って！　誰のことも好きになれないくせに、誰のことも思いやれないくせに、のうのうと生きてるんじゃねえ！　誰かのために何かをするなんてこともできないくせに！　人間らしい感情なんか何一つ持ってない欠陥品のくせに大口叩くな！」

他の誰かのためだから。

躊躇なく。迷いなく。

ほんの微塵もためらうことなく。

後悔すらも一切せずに。

他人に恥じることなく自らを顧みることなく。

人を殺す。

「あんたさえいなければよかったんだ！　そうすれ

ばあたしも智恵も巫女子も秋春も今まで通りに楽しく生きていけたんだ！　あんたさえいなければ！　ずっとあたし達はうまくやってきてたんだよ！　小学校のときから、高校時代から、大学に入っても！　あんたが現われてからあたし達は滅茶苦茶になったんだ！」

邪魔だから。
障害だから。厄介だから。迷惑だから。
鬱陶しいから。不安定だから。不快だから。
人を殺す。

「全部巫女子のためなんだ！　巫女子はあたしのものなので、あたしは巫女子のものなんだ！　あたしとあいつは親友なんだ！　あたしはあいつのためにならあ親だって殺すし、巫女子だってあたしのためならあんたをすらも殺すんだ！」

大事な人のためだから。
誰だって殺す。
何人だって殺す。
何十人だって何百人だって。
自分だって他人だって。
親友だって殺す。

「あたしは間違ってない！　あたしは正しい！　だから何度でも繰り返す！　もし時間が戻っても、同じことを繰り返す！　巫女子だって許してくれるに決まってるっ！」

勢い余ったわけでも。
思い余ったわけでもなく。
まるで呼吸でもするかのように。
通り魔のように殺人鬼のように。
欠陥製品のように人間失格のように。
人を殺す。

「あたしは——あたしを許してるっ！」
むいみちゃんは、破片だらけのフローリングに足を踏みつけて、そう怒鳴った。

「…………ふうん」
そんな彼女を見つめるぼくの目は、

多分酷く冷静なものだっただろう。

「言いたいことはそれだけか?」

彼女はぼくを睨んでいる。

そんなことに構いやしない。

「だったらもういいよ。頼むからもう黙ってくれ。きみの声は耳障りだし、きみの存在は目障りだ。……言いたいことを全部言って、やりたいことを全部やって、それで満足か? きみはもう立派に壊れてるよ。破綻《はたん》しちまってる」

「……破綻? あたしが?」

「何が巫女子ちゃんのためだよ。むいみちゃん、きみはただ巫女子ちゃんのせいにしているだけじゃないか」

「……知ったような口を……」

今にも踏み出そうとする身体をむいみちゃんは必死で抑えつけているのが分かる。ぼくが巫女子ちゃんの名前を出さなければ、きっとそうしていたことだろう。

今。

むいみちゃんを正気たらしめているものは、葵井巫女子という存在だけなのだ。

「だったら……」地獄の底から唸っているかのように低い声で、むいみちゃんは言う。「だったらあんたはどうなんだ! あんたは巫女子の死に関して何の責任も感じていないっていうのか! 答えろよ!」

「感じてないね。全然感じてない。死んだ人間は、つまり死んだだけのことだ」

「…………」

す、と、むいみちゃんが蒼白になったのが分かる。彼女の精神は、怒りという段階を既に経過してしまっていた。それに気付きつつも、ぼくは喋るのをやめようとはしない。機械のように言葉を、ただ、続ける。

「ぼくは他人の人生に干渉しようってほど傲慢じゃない。人がやること、人がやったことに対してはその本人だけが責任を取るべきなのさ。きみだってその例外じゃないはずだ、むいみちゃん」

「あんたは……何なんだ？　どうしてそんな考え方ができる？　どうしてそんな気持ちの悪い考え方ができるんだ？　狂ってる。あんた、人間じゃ、ないよ」

「他人まで自分の中に取り込んでしまうようなべたべたした生き方に賛同できないだけだよ。誰かのため誰かのためって……、そんな免罪符振りかざして生きてるなんて、苛々するよ」

「まるで自分でも見ているかのようで。

「いつかあたしはあんたと智恵が似てるって言ったけれど……あれを訂正するよ」むいみちゃんは悪魔でも忌むように言う。「他人を遠ざける智恵の性質は劣等感の表われだったけれど……、あんたのはただの敵愾心《てきがいしん》だ」

「……はあ」

ぼくはわざとらしく嘆息した。否定はできなかったし、する気もなかった。むしろ今更気付いたのか、と言いたくなる。似て非なるものは、所詮否るものでしかない。それは至極簡単なことだった。

「……まあいいさ。好きなようにすればいい。ぼくときみは何の関係もない他人同士だ。だから邪魔する気はないけど……、秋春くんを殺したのはまずかったね、むいみちゃん。遠くない内にきみは逮捕されるよ。巫女子ちゃんがそんなことを望んでいたとは、ぼくには思えないけれど……」

「別にいいよ、そんなの。法律なんか知ったことじゃない。逮捕される。そうだろう。でも、それまで時間はある。あんたを痛めつけるのに、ぶっ殺すのに、それは十分な時間だ」

むいみちゃんは片膝立ちにしゃがんで、ぼくと視線の高さを合わせた。そしていつの間にか刃をむいていたナイフを、ぼくに見えるように光にかざす。あの晩、黒尽くめが使っていたあのナイフ。ぼくの頸動脈をかすめたあのナイフだった。

「もう邪魔は入らない」

「ぼくを殺してどうなる」

「知ったことか。あんたがなんて言おうが、巫女子を傷つけた責任は、とってもらう」

「…………………」

ああ、そうかい。

結局むいみちゃん、きみも肝心なところが分かっていないんだね。巫女子ちゃんのためだとか巫女子ちゃんのためだとか巫女子ちゃんのためだとか、色々言ってるけれど、そんなのはただの言い訳で、釈明で、弁解に過ぎないというのに。

きみを動かしているのは、
ぼくに対するただの嫉妬と、
巫女子ちゃんに対する平凡な後悔、
自分に対するつまらない罪悪感。

それだけだよ。

「戯言もいい加減にしておくんだな、むいみちゃん」ぼくはナイフのことなど気にもとめずに言った。「それで？　この前の続きをしようって？　ぼくを殴りつけて殴りつけて、痛めつけて痛めつけて、苦しみという苦しみを全て経験させて、その末に殺そうって？」

「そうよ」

「そうかい」

ぼくは、
左手で、自分の右手の人さし指を握った。

「たとえばこうやって指を折ろうって？」

そのまま勢いに任せて指を後ろに反らし、骨をへし折った。

まるで、
木の枝でも折れるような音。

むいみちゃんの表情が驚きに凍る。

圧倒的な、今にも狂ってしまいそうな痛みがその部分に走ったが、しかしぼくは顔色一つ変えずに、いびつに折れた人さし指を晒した。

「これで満足なのか？」

「…………」

「違うよな。こんなことで満足するわけがない。きみの気が晴れるわけがないんだよな。きみはぼくのことを恨んでいて恨んでいて恨んでいるんだから、こんなことで気が済むわけがないんだよな。巫女子ちゃんのためならモラルも法律も常識も知ったことじゃないんだから」

「……う。うう」

動揺。

初めて、むいみちゃんの感情に動揺が混じる。

そんなことにすら、ぼくは構わない。

「次はこの中指かな？」

言って中指を思い切り握る。

まるで自分の身体を人形《ひとがた》のように。

人形だから神経なんてない。

人形だから心なんていらない。

だから平気で折れる。

べきり。

「その次は薬指？」

薬指をあらぬ方向へ捻る。

ばきり。

「最後に小指？」

小指を不可能に曲げる。

ごきり。

「これで右手は完全に破壊されたってわけだ。これでもうぼくはロクな抵抗もできないってわけだ」

「あ……あ……あ」

むいみちゃんの顔から血の気が引いていく。それは恐怖というより、恐慌のような感情。理解できないものに対する根源的な畏れ。怒りなんてものを凌《りよう》駕《が》してしまう、致命傷的な感情。

「そして続いて左手か？」

四本の指を床につきたてて。

そのまま床を殴りつけるように腕に体重を。

ぺきぺきぺきぺき。

響く小気味いい音が四重奏。

「さらにねじってみたりして」

　こき。こきかきこきこき。

「そのまま思い切り両手を合わせてみて――」

「な……なにやってるのよ！」むいみちゃんは咄嗟《とっさ》のように叫んで、ナイフを棄《す》て、ぼくの手首を取った。「あ……あんた頭おかしいんじゃないのっ！　何？　なにやってるの！」

「きみがやりたいことを代わりにやってやったのさ。これはきみがやったのと同じことだ。もっと言うなら、巫女子ちゃんがやったのと同じことなんだろう？　きみに言わせればだけれどさ」

　ぼくはあり得ない方向に曲がった八本の指を、むいみちゃんの眼前に示す。それは、まともな神経をしていなくとも見ていられないようなえげつないシロモノだったのか、むいみちゃんは反射的に目を逸らした。

「い……痛くないの！　それ！」

「さあね」ぼくは平気っぽく答える。「こんなこと大した問題じゃないんだよ、ぼくにとっては。ぼくはどれだけ痛めつけられても殴られても、何も感じない。ぼくを殺したければ殺せばいい。好きにしろ。だけどぼくにとっては死は解放で、解放でしかない」

「――何を」

「いい加減うんざりしてるんだよ。生きてるってことにも、周りの人間にも周りにいない人間にも、世界を構成してるあらゆる意志にも世界を構成していないあらゆる意志にも、きみにも巫女子ちゃんにも、勿論この自分にもさ。苛々するんだよ。気持ちが悪いのはぼくの方だ。生きてることが苦痛にしかならない。ぼくにとってここは価値のある場所じゃないんだ。世界が明日滅びても、ぼくが今日に滅しても、そんなことはどうだっていいし、むしろその方がいいんだよ。だからぼくを殺すことに意味なんてない。あの晩だってあのまま殺されてても、別によかったんだ」

「——……！」

「それでもぼくを殺せばきみの気は済むだろうね。だけどそれは復讐でも正義でも親友に対する義侠心でもないさ。ただのきみの気晴らしだ。うさ晴らしでしかない。きみの気が済む、それだけさ。ぼくを痛めることでぼくに対する嫉妬を晴らし、ぼくを苦しめることで後悔を忘れ、ぼくを殺すことで罪悪感をなくそうとしているだけなんだ」

「違う！」むいみちゃんは頭を抱えるようにして、まるで狂乱でもしているかのようにぶんぶんと頭を振る。「違う違う違う違う！　誤魔化すな！　誤魔化すんじゃない！　勝手なことばかり言いやがって！　あたしは巫女子のために——」

「さあ、ぼくを殺してみろ。自分のその手で殺してみろ。それでも世界は何も動かないよ」

自分のためだけに。

誰かのためだとか言わずに。

何の釈明もどんな弁解の余地もなく、
自分の意志だけでぼくを殺してみろ。

何の利益もないのに罪を犯してみろ。

「ううううう——……ああああああぁあ！」

むいみちゃんはナイフを拾った。そして怨恨に満ちた形相で、鬼気迫るような睨眼《げいがん》で、呪詛を堪《こら》えるように唇を噛み締め、そして全精を込めてぼくの喉元をつかみ、返し手をぼくの頸動脈に添え、刃を皮一枚まで食い込ませ、
迷って惑って守って迷い、

「……うぅぅうぅぅううう！」

そして、
彼女は迷ったままだった。

「…………」

ぼくは目を閉じて、
そのまましばらく時間の経過するに任せた。

だけれどそれにもすぐに飽きた。

「……何なんだろうね……」

ぼくは彼女の手を軽く振り払い、ナイフからも離

れた。立ち上がって、蹲《うずくま》るようにして唸っているむいみちゃんを少しの間見下ろし、それからぐっと背筋を伸ばした。

「自分のために何かをすることのできる人間って、いつの間にいなくなっちゃったんだろうね、むいみちゃん」

使命感だとか、正義感だとか。

仲間意識とか、友情とか。

「本当に戯言だと思わないかい？」

むいみちゃんからの返事はなかった。そもそもぼくが問い掛けてよかったのかどうかも分からない。自分のためどころか、他の誰かのためにすらも何もしなかったこのぼくが。他の誰かのために何もしたことのないこのぼくが。

「だったらどうしろって言うのよ……」むいみちゃんが助けを求めるように言う。「あたしは一体、巫女子のために何ができるって言うの……？　巫女子のために何をしたらいいって言うの？　あんたは一体、あたしにどうしろって言うのよ……」

それをぼくに問うてどうする。

それを考えたところで、その先は袋小路だ。

所詮誰かのために何かができるなんて、幸せなだけの幻想に過ぎないのだから。それを幻想でないと気付いてしまった今のきみには、本当に道はない。智恵ちゃんやぼくと同じく道がない。絶望どころではない、今のきみの前にあるのは完全なる闇と同義の絶無なんだ。

行き詰まったんだよ。

しかしそんな、ぼくにとっても彼女にとっても分かりきっていることを言うつもりはなかった。もし彼女が分かっていなかったとしても、わざわざ教えてやるつもりも、なかった。

「本音を言うとね」

ぼくはむいみちゃんに背を向けながら、言う。

「ここにはきみに殺されてやろうと思って来たんだよ。きみに殺してもらおうと思って来たんだ。ぼくを殺そうとしてる人がいて、ぼくが殺されたいんだから、それでいいんだろうって思ってた。だからそれでこの件は終わりにしようってさ。けど、気が変わった。きみ程度になんか殺されてやらない」

「……だったら」

むいみちゃんは俯いたままで言う。

ぼくはそんなむいみちゃんから視線を外し、玄関へと向かう。

むいみちゃんは悲痛そうに、既に張り詰めていた糸がばらばらに千切れてしまったかのように、涙まじりに、嗚咽まじりに、腹の中のものを吐き出すように言った。

「だったら今、あたしを殺してよ」

「知らん。勝手に死ね」

短く答えて、ぼくは振り向かなかった。

振り向く気はなかった。

2

「よお。終わったのか」

むいみちゃんのマンションから出たところで、電柱を背に立っていた零崎が、片手を上げてぼくに声をかけた。ぼくは足を止めずに零崎の横を通り過ぎながら、

「ああ、終わった」

と、言った。

零崎は「そっか」と言って、ぼくの隣に来て歩調を合わす。

「うわっ！　お前その手なんだ？　どうしたんだ？　気のせいか骨折の量が九倍ほどに増えてるぞ」

「ああ」

「折られたのか？　うわー、貴宮って念仏の鉄みてえな女なのな。剣呑《けんのん》剣呑」

「いや、自分で折った。全部」

「アホかお前……。そういや親指も自分で折ったっててたな。マゾですか？　マゾなんですか？　痛くないんですか？　無痛症ですか？　ロボトミーなんですか？」

「いや、滅茶苦茶痛い。痛過ぎて気絶もできない。泣きそうだ。実は今病院に向かって歩いてるところ……西陣病院が近いだろ。……別にマゾってわけじゃないさ。ちょっとショック療法に必要なことだったんだよ」

「……、骨折って、元に戻るとは限らないんだぜ？　一生野球できないかもしれないぜ？」

「そのときはサッカーするから大丈夫」

「嘘つけ……」と、呆れたように零崎は嘆息した。

「……で、どうなったんだ？」

「さあね。こっから先はただの残務処理だ。沙咲さんや数一さんの領域だし、多分彼女達ならうまくやるだろうね。むいみちゃんが逮捕されて、全ての真実が明らかになって、それだけだろう」

そのとき、むいみちゃんが正気を保っていればだけれど。

いや、そもそも生きているかどうか。

零崎はつまらなそうに頭の後ろで手を組んで、

「はあん。ドラマチックじゃないな。せめてもっとこう、ロマンチックにいかないもんかね」

と言った。

「リアルだからね。仕方ないさ」

「はあん。そんなもんかねえ……。お前さ。親とかいる？」

零崎は唐突に脈絡のないことを訊いてきたが、ぼくは零崎がそういうことを訊いてくるだろうと思っていたので、驚きはしなかった。

「いるよ。神戸にいる。多分まだ健在だと思う」

「ふうん。で、感謝とかしてる？」

「うん？」

「つまり、親に対してどう思ってるかってこと」

「何について？」

「この世界に生んでくれやがったことについて」

「……きみはどうなんだ？　零崎。訊くまでもないことかもしれないけど」

「んなもん、決まってるさ」

「そうだな、決まってる」

ぼくらは互いに一瞬だけ視線を交し合った。

「生まれて」「すいません」

やっぱ芥川より太宰だよな、と零崎は笑った。

武者小路が一番好きだ、とぼくは笑わなかった。

「菊池寛とかはどうだ？　俺は結構好きかも」

「読まないな……、読書自体、あまり好きじゃないし」

「あ、そう言ってたっけ。……ふうん」零崎は何故か納得したように頷いた。「ところでよ。ナイフさっさと返してくれないか？　あのタイプは割と数がないんだよ」

「ああ、これね。なあ零崎、ちょっとお願いだけど、これ、くれないか？　便利だぞ。何の技術もなく錠が開けられる」

「アホ。高いんだよ。今ここで百五十万円払えるのか？」

「げ。なんでこんな錐がそんな高いんだ」

「うるさい。どうするんだ？」

「百五十年分割ローンくらいでどう？」

「もう二度と会わないだろうが」

「あ、そっか」

じゃあ仕方ない、と、ぼくは渋々ナイフを零崎に返した。零崎は柄の部分を持ってくるりと回し、ベストの中にしまった。どうやら零崎は身体中に刃物を仕込んでいるようだが、もし転んだらどうするのだろうか。

「それでよー。どうでもいいことかもしれないけど、俺、気になることがあるんだよ。お前さんに質問のコーナーだ」

「ふうん。何？」

「確かな。江本ってヤツが殺されたときも葵井ってのが殺されたときにも、貴宮にはアリバイがあったはずだと思うんだよ。江本んときはカラオケで、葵井のときは妹だったっけ。宇佐美とお前のときはともかくとして、だったらどうやってその二人を殺すんだ？　それにお前、ちょっと刑事と電話しただけで宇佐美を殺したのは貴宮だって気付いたみたいだったし、鴨川公園でお前襲ったのが貴宮だって、そもそも知ってたみたいな雰囲気あったんだけど。そもそもさ、なんで貴宮が犯人だって思ったんだ？　一体いつの段階で、貴宮が犯人だって思ったんだ？」

「うーん。ちょっと説明しにくいんだけど」

零崎はふうん？　と不思議そうに首を傾げる。

「何？　ただの勘だったりするわけ？　それとも他の関係者が全員死んだから残った貴宮が犯人に違いないってヤツ？　金田一じゃないんだから」

「違う。でも説明しないと駄目か？　理屈っぽくなるんだけどさ」

「おう、構わない。お前俺から散々通り魔のときのハナシ聞き出したじゃないか。ギブ・アンド・テイク。冥土の土産に教えとけよ」

「冥土の土産って、きみ死ぬのかよ」

「死ぬかもしれないぜ？　俺ってばなんか、赤いバケモンに追われてるんだから」

うん、それはありえそうな話だった。今このとき、この瞬間に哀川さんが現われるという展開も十分にありえる。そう考えれば零崎の命は風前のともし火のようなものなのだった。

「そうだな……、じゃ、何から聞きたい？」

「勿論最初から説明しろよ。だからどうして、貴宮は江本と葵井と宇佐美を殺して、お前を襲ったんだって、分かったんだ？」

「そこの時点できみは既に間違ってんだよ」ぼくは言った。「むいみちゃんは別に智恵ちゃんや巫女子ちゃんを殺してなんかないよ。アリバイがあるんだから、当然だろう？」

は？　と零崎はぽかんと口を開けた。

「だからむいみちゃんが殺したのは、秋春くんだけ。それとぼくへの暴行傷害だけだ。他には何もやってない……、まあ、敷金は返ってこないだろうけどね」

「ちょっと待てい」零崎はぼくの前に回って、両肩に手を添える。笑顔だったが、決して笑ってはいなかった。「アナタはつい数時間前、自信たっぷりにもっともらしく、《江本智恵を殺し、葵井巫女子を殺し、鴨川公園でぼくを襲って、宇佐美秋春を殺したその犯人》は《貴宮むいみに決まっている》とか吐《ぬ》かしやがってませんでしたか？」

「うん」ぼくは平然と答える。「でも、あのときは自信たっぷりにもっともらしく嘘をついただけだよ。説明する時間が勿体無かったから、表面だけなぞったんだ。事情はもう少し込み入っているんだよ」

「……ちょっと待て。じゃあ、ここ数時間ほど《貴宮は一体どうやってその二人を殺したのか。ううむ。謎だ》とか考えてた俺って何なんだ？」

「言ったはずだぜ。ぼくは嘘つきなんだ」

「……殺してえ」

ぼそっと不吉なことを呟いて、零崎はぼくの隣に戻った。ぼくは一歩分だけ零崎から距離を取った。

「……えーと。じゃあ質問をやり直そう。じゃ、江本を殺した犯人ってのは誰なんだ？　貴宮じゃないってんなら、一体誰だってんだ？」

「葵井巫女子」

ぼくは名詞だけで答えた。半ばそれは予想がついていたのか、零崎は声をあげるほどには驚かなかった。しかし、少し怪訝そうに眉を寄せ、刺青を歪ませた。

「……じゃあ、葵井巫女子を殺したのは誰なんだ？　まさかお前とかいうオチじゃないだろうな」

「違うよ。あれはただの自殺」

「……自殺？」今度は零崎は露骨に驚いた。「葵井は自殺だったって？」

「そ。それなら監視カメラに犯人像が写ってなかったのって、納得いくだろう？　当たり前だ、犯人なんていないんだから。で、巫女子ちゃんが自殺したから、むいみちゃんがキレた。それで秋春くんを殺して、ぼくも殺そうとした。でもぼくは殺されるのが嫌だったから、先に手を打った。以上、ＱＥＤ」

「いや、そこでＱＥＤは使い方間違ってるぞ」突っ込みを入れてから、零崎はちょっと頭を抱えるようにした。「……待て待て。順を追って説明してくれ。最初にどばっとまとめてそんなわけの分からないことを言われても困る」

「分かった。ちゃんと説明しよう。えーっと。巫女子ちゃんが智恵ちゃんを殺したってのは、とりあえずいいよね？」

「いいよ。いや、よくないって。葵井のアリバイを保証してんのはお前じゃないか。お前つーか、お前の隣人だけど。まさかお前がグルになってたってわけか？」

「違うって。どうしてそんなにぼくを疑うんだ。さすがにあの晩に限って言えば、ぼくは完全に騙されてたね。みいこさんも騙されてた。騙されてたというより、気付かなかったっていうのかな」

「どういうことだよ」

「ちょっとは自分で考えてみろ。智恵ちゃんを殺したのは巫女子ちゃん。それが分かってるんだから、考えられる可能性は絞られてるだろ？」

「あー」零崎はちょっと考えるようにした。「……、お前と一緒に江本のマンション出たんだよな？　それで、西大路中立売の辺りで江本から電話。アパートまで一緒に歩いてきた。そこでお隣の浅野さんに預けた、と。で、葵井は翌日朝早くに起きて、お前の部屋によって、江本の部屋に……。じゃ、あれか。その《発見時》、次の朝に殺したってことか」

「それは違うだろ。死亡推定時刻ってヤツがある。だから殺されたのは間違いなく夜中だよ」

「じゃあ、夜中に抜け出したんじゃないのか？　浅野さんの部屋から」

「それも無理。みいこさんは音に敏感だから、抜け出そうとしてもバレる。そしてみいこさんには巫女子ちゃんを庇う理由はない」

「だったら、遠隔トリックか？　しっかし密室とかならともかく、絞殺にトリックはないだろう」

「じゃあ残された答は一つだな」

「なんだよ。あの《X／Y》ってのが関係あるわけ？」

「ない。あれのことは考える必要はないよ。ポテトのオマケみたいなもんだから。横に置いておいていい」

「……、もう教えろよ。回りくどい野郎だな」

「簡単だよ。マンションを出た後に、巫女子ちゃんが智恵ちゃんと接触できる時間はない。だったら、マンションを出る前に殺してたんだ」

「……あ？　どういう意味だ？　そりゃ」零崎は不審そうに言う。「それじゃあ前提条件が崩れてる。江本が殺されたのはお前に電話がかかってきて、それから三時までの間なんだろう？」

「仮に、だよ」ぼくは言った。「仮に、その電話がなかったとしてみよう。この場合は巫女子ちゃんに智恵ちゃんを殺すことは可能だろう？」

「不可能じゃねえか。お前と一緒にマンション出てるんだからさ」

「そこだよ。一緒にマンションを出たんだけれど、しかし、同時に出たんじゃない。微妙にタイムラグがあったんだ。本当に微妙にだけど、ぼくが先に智恵ちゃんの部屋を出たんだ」

「……？」

「靴、履くだろ？　部屋でるときって。ぼくはそのとき、当然部屋の方を向いていない。言い換えれば、巫女子ちゃんと智恵ちゃんがいる方向を向かずに、自分の靴紐を見ていたんだ」ぼくは片足をあげ、靴を零崎に示した。「更に言うなら、廊下と部屋の間には一枚ドアがあったからね。そこで彼女達が何をしていても、ぼくには見えなかったんだ」

「ちょ……、待てよ。悲鳴とか物音とか、あるだろ。いくらなんでもすぐ後ろで人が殺されて、気付かないってことがあるか」

「刺殺や撲殺ならそうだろうな。けど、絞殺だったら悲鳴なんてあげられない。物音はしたよ。でも、それが人を殺している物音なのかどうかなんてわかるもんか。ぼくは巫女子ちゃんが何かにつまずいたんだろうと思ったよ」

あー、と零崎はこめかみの辺りを押さえる。無理をすれば能瀬慶子に見えないこともないが、その想像にはやっぱり無理があった。

「待てよ。お前って靴履くのに十分も二十分もかかるのか？　んなわけないだろうが。仮にお前の言う通りだとして、葵井が江本の首を絞めたとしても、すぐには死なないだろ。人間ってのは無呼吸で十分くらい生きてられるはずだろ」

「零崎。自分がナイフ専門の殺人鬼だから誤解しているんじゃないのか？　絞殺ってのは必ずしも窒息《ちっそく》死ってわけじゃない。脳に向かう血液の流れを止めても人間は死ぬんだ。こう、吊り上げるように絞めればいいだけ。頸動脈を絞めたら一分もかからないよ。うまくやったら数十秒ってところだろうな」

「……そうなのか？」

「そうなのさ。その後、巫女子ちゃんは何食わぬ顔でドアを開け、玄関に歩いてくる。そのときは巫女子ちゃんが壁になって、ぼくに部屋の中は見えない。そしてぼくらは智恵ちゃんの部屋を後に、一緒にマンションを出るってわけさ」

「……辻褄《つじつま》は、確かに合うけどよ……」零崎は不満そうだった。「けど、それは電話がなかった場合の話だろ？　実際は江本からお前に電話があった。マンションを出た後も江本は生きてたってことだ。それともお前、一瞬だけ息を吹き返したとか非現実的なことを言い出すのか？」

「きみの仮説はいちいち戯言的だな。そんなわけないだろ、智恵ちゃんは即死だったんだから。簡単なことだ、ひどく簡単なことだよ。考えてみれば分かる。電話がかかってきたのはぼくにだけれど、かかった電話はぼくのじゃないだろう？」

「……ああ。葵井のだったな。でもそれは、お前の電話番号を知らなかったからだろう？」

「ここで基本に立ち返ろう。そもそも携帯電話の利点って何だ？　それはどこにいてもかけられるってことだろう。あの電話は智恵ちゃんの部屋からかかってきたものとは限らない。そしてもう一つ、電話ってのは基本的には相手の顔が見えないだろう？」

「……つまり。葵井には共犯者がいたってことか？　江本の電話を使って江本の振りをして……」

「共犯者はいないよ。そもそもあれは突発的な犯行なんだと思う。凶器から見てもそれが分かる」

「凶器って、細い布、だろ？」

「そ。多分それは、秋春くんが智恵ちゃんに渡したプレゼントを包んでたリボン。リボンってのは割と首を絞めるには向いてるんだよね。柔らかくて皮膚にフィットするからさ。ロープとかよりも絞殺には向く。……それはともかく、凶器を事前に用意せず、有り合わせのものを使ったことから考えると、あれは計画的とは言いがたい」

「……じゃあ。その電話は誰がかけてきたってんだ？」

「だから別に共犯者はいらないだろ。巫女子ちゃん本人でいいんだ」ぼくは言った。「ポケットの中にでも智恵ちゃんの電話を仕込んで、短縮で自分の番号を呼び出せばいい。当然相手は無言だけど、智恵ちゃんからかかってきた振りをする。そしてぼくに代わる」

「でも、お前のときに相手は喋ったんだろう？　言い忘れたことがあるとか、なんとかさ」

「だから、その相手は巫女子ちゃんだったんだよ。あのとき、ぼくは巫女子ちゃんより一歩前を歩いてた。マンションのときと同じだ。後ろで巫女子ちゃんが智恵ちゃんの電話でぼそぼそ喋っていても、ぼくには分からない。振り返ったときには、巫女子ちゃんはポケットに電話をしまってた」

智恵ちゃんの殺し方。

そしてアリバイの作り方。

どちらも非常に危ういものであることは違いない。ぼくがちょっと気まぐれを起こして振り向いたら、それでおしまいだ。だけれどその可能性が低いこともまた、考えれば分かることだった。失敗したときのデメリットが大きいだけで、成功の確率は非常に高い。価値の問題だけでいうなら、十分に冒す価値のある、その程度の危うさでしかないのだ。

「とにかく、それでアリバイを確保。あとは翌日に智恵ちゃんの部屋に行って電話を返し、それから警察を呼んだ。第一発見者を疑えと言っても彼女にはアリバイがあるし、凶器は智恵ちゃんのマンションに行く前に自宅にでも隠しておいただろうしね」

細かいことは巫女子ちゃん本人しか知らないことで、彼女に尋ねるしかなかったのだろうが、それはもう叶わないことだ。しかし多分、大まかにはこんなところだろうと思う。全てが正しくはないだろうけれど、推理と言って差し支えない程度には真実をついていよう。

巫女子ちゃんがあの《X／Y》の式を記したのは、多分発見時の朝だ。夜にはそんな時間も、そんな発想も、なかったことだろうから。

「——そういう言い方をすれば、確かに葵井が犯人みたいだけどよ。それは葵井に犯行が可能だったってだけで、葵井が犯人だって証拠があるわけじゃないんだろう？」

「うん。ま、その通り」その点は素直に引いておくことにする。「正直に言うと証拠はない。そうだね。ひょっとするとただの強盗犯だったのかも」

「…………なんかないのかね。こだわりとか」

「ともあれ、だ。智恵ちゃんの事件についてはそんなところだけど、何か他に質問は？」

零崎は「あー」と鬱陶しそうに悩む仕草をして、何か言いたそうにしたが、しかしうまく言葉にならなかったのか、「まあいいや」と言った。

「じゃあ次は葵井の件だよ。なんであれが自殺なんだ？　警察の連中も、あれは殺人事件だって言ってたんだろ？」

「そこには色々事情があるんだよ……、自殺の動機は考えるまでもないだろう？　智恵ちゃんを殺した良心の呵責《かしゃく》ってヤツだ」

「……人を殺すような奴が良心の呵責なんて感じるのか？」

「みんながみんなきみみたいな奴じゃないんだよ」

ぼくは冗談っぽく言った。「少なくとも遺書にはそう書いてあったよ」

「そうか。遺書に書いてあったんならしょうがないよな……。少なくとも葵井はそういうつもりで自ら死を選んだと。ふうん、俺には理解できないけどな。自殺ねえ。いやいや、世の中には色々な人殺者がいるもんだ。そんなことなら最初から殺さなきゃいいのにな。……ておい、待て」

「うん？　なんだい？」

「遺書って何だ」

「遺書っていうのは自殺するにあたって思いの丈《たけ》をこの世界に残そうとする試みだよ。遺言書とは区別されるね」

「ありがとうコロンボ」

言いながら零崎はぼくの手を蹴った。指の骨がのきなみ折れているので、当たり前だが滅茶苦茶痛かった。

「何するんだよ。骨がくっつかなくなったらどうするんだ」

「サッカーをしろ。で、遺書ってどういうことだよ。そんな話は初耳だぞ」

「うん。その前にさ……、考えてもみろよ。零崎、そもそもおかしいとは思わなかったのか？」

「何を」

「決まってるだろう？」

　それは、
　沙咲さんにも指摘されたこと。

「このぼくが――」

　この、とっくの昔に壊れてしまっている、
　まともな神経なんて一本残らずぶち切れている。

　人間失敗のこのぼくが。

　何よりも愛しく死を望むこのぼくが。

「――このぼくが知り合いの絞殺死体を見た程度で、ああも気持ち悪くなるわけないだろう？」

「……あー。……つまり、他殺死体じゃなくて自殺死体だったからこそ、お前はああも気持ち悪くなったってことか？」

「違う。自殺だろうと他殺だろうとぼくは死体に感慨はない」

「……。……」

「ぼくは巫女子ちゃんの部屋について、インターホンを押した。反応がない。ヤバいってことは経験的に察したんで、すぐに中に入った。そのとき何を見たのか？　ベッドの上で、自分で自分の首を絞めて死んでいる、巫女子ちゃんの死体だよ」

　絞殺。

　智恵ちゃんは後ろからで、巫女子ちゃんが前から絞められていたのは、それが理由。

「自分で自分の首を絞める……？　できるのか？　そんなこと」

「実際そうやって自殺する人は割といるよ。もっともこの場合、絞まるのは動脈じゃなくて気管の方でね。すごく苦しい。顔も鬱血して、あんまり綺麗な死に方とは言えないね」

　よっぽどの決意がない限り、
　人間はそんな死に方を選ばないだろう。

　この場合。

　葵井巫女子の決意とは。

「そしてベッドの脇に遺書があった。ぼく宛にね。

色々書いてあったよ……、智恵ちゃんを殺したこととか、それに、これからして欲しいこととかね」

「……して欲しいことって？」

「自殺だと思われるのは嫌だったらしい。自分が死ぬのは構わないけれど、でも智恵ちゃんを殺した酷い人間だと思われるのだけは嫌だってさ」

「……話が繋がってこない。具体的に言えよ」

「つまりぼくに証拠の隠滅を頼んだんだよ。現場から盗んだネックストラップとか、それと勿論遺書と、自殺を示すと同時に智恵ちゃん殺しの凶器となったリボンとか。他にも色々ね」

「ああ……なるほど」零崎はゆっくりと頷いて、天を仰ぐようにする。「なんか分かってきたぞ。それでお前はそれを引き受けた。そうか……そういやおかしいことがあったよな。気付いたぜ。《時間》だな。お前が十一時に家を出て十分で葵井のところについて、十分で警察がきて、その後十分で府警について、そのときの時間がちょうど十二時だったってんなら……、時間がざっと三十分余るもんな。お前は、その三十分の間に何かしたってことか」

「うん。とは言え廊下には監視カメラがいっぱいで部屋を出るわけにはいかないし、警察に通報しないわけにはいかない。さて、ぼくはどうしたと思う？」

「確かマンションを出るときにボディチェックは受けたんだったよな……じゃあ……、……お前、ひょっとして……、食ったのか？」

うん、とぼくは頷いた。

ここまで言えば誰だって分かるだろう。

まして零崎人識だ。

「食ったのか？」

「ああ。おいしかった」ぼくは軽口で答えた。「専門用語ではそういうことをする人間をスタッファーと言うらしい。それはどうでもいいんだけどね、ま、いくらぼくでも消化できないものは食えない。吐きそうな衝動を抑えながら警察を呼んだ。アパートに帰るまでずっと我慢するつもりだったけど、耐え切れずに府警で吐いちゃった」

「証拠品全部食ったのかよ……」零崎は呆れたように言う。「凶器のリボンもだろ？　人を殺した道具も食ったって意味だろ？　それって。お前それって正気じゃないよ」

「だろうね。正気のつもりもなかったよ」

「どうして葵井のそんな要求に従ったんだ？　シカトすりゃよかったじゃないか。なにもそんな危うい橋渡らなくても」

「ま、それはね……、色々気に病んでたこともあるというか。償《つぐな》いみたいなものだったんだ」ぼくは零崎から視線を外して、そう言った。「とにかく、葵井巫女子の死の真相は、これで終わり。自殺だったってこと。本当を言えば今回の話、これで全ては終わってたんだけどね……」

「予定外に事件が続いちまったってことか」

「うん」嘆息するぼく。「本当……、それは意外だった」

「で、どうなんだ？　貴宮の件は。貴宮はどうして宇佐美を殺した？」

「それはもう、完全に推測に任せるしかないけどね。それはぼくの外で起きた事件だ。でも、多分正しいだろうって推測は立つ。大したことのないよくある殺人事件だから」ぼくは言う。「むいみちゃんはそもそもおかしいと思ってたんだろうね。巫女子ちゃんの死について。うん、ひょっとすると巫女子ちゃんは、むいみちゃんにだけは、事前に全てを話していたのかもしれない。なんにしろ、むいみちゃんは智恵ちゃんを殺したのが巫女子ちゃんで、巫女子ちゃんの死が自殺だって気付いた、と仮定しよう」

「おう」

「で、どうする？　この場合――」

他の誰かのために。

自分ではない誰かのために。

「――巫女子ちゃんのためにできることって何だろう？　零崎、きみならどうする？」

「どうもしないよ。だって葵井、もう死んでるじゃん」

その通りだった。

そして勿論零崎は、生きている相手にだって何もしないだろう。ぼくだってしない。それだけのことだった。

「でもむいみちゃんは何かをしようと考えた。一つは復讐。一つは彼女を守ること」

「――復讐ってのはお前を殺すことか。まあお前、葵井振ったようなもんだからな。そりゃ当然か。俺の言った通りだったろ？　葵井、お前に惚れてたんだ」

「勝ち誇ったように言うなよ。本当はぼくだってそれくらい気付いていていたさ」

「気付いてて無視してたってか？　それこそ殺されたって文句言えないぜ。それはともかく、《彼女を守る》ってのは何だ？　宇佐美を殺すことがどうして葵井を守ることになるんだ？」

「ぼくがやったことと同じだよ。むいみちゃんは巫女子ちゃんの名誉を守ろうとしたんだ。つまりさ……、もしも《第三の事件》が起きたら、第二の事件の被害者である巫女子ちゃんが犯人として、親友を殺した犯人として疑われることはないだろ。つまり、そういうこと」

「……それはよしとしよう。なんで宇佐美なんだ？　それなら別に誰でもいいだろう。わざわざ友達を殺す必要はない」

「友達だからこそだよ。智恵ちゃん、巫女子ちゃんと来て、次に全く関係のない人間が殺されても《第三の事件》とは思ってもらえないかもしれない。だから被害者候補は宇佐美秋春か、それか――ぼくしかいない。うん、きみの考えてることは分かるよ、零崎。それならぼくを殺せばそれでよかったたっていうんだろう？　その通り。だけどさ……、ぼくは伊達や酔狂であんな骨董アパートに住んでるわけじゃないんだよ。あそこほど殺されにくい場所はない」

薄い壁に、歩くだけで音が響く廊下。

忍び込むことも争うことも、そして誰かを殺すことも、あのアパートでは不可能だ。

「それで次善の策として宇佐美を殺したってか？でも……貴宮にとって葵井が友達であっても、宇佐美だって友達なんだろ？　そんなことするかぁ？」

「ぼくもそれが疑問だった。それに、智恵ちゃんだってむいみちゃんの友達だったはずなんだ。その智恵ちゃんを殺した犯人である巫女子ちゃんのことを許せるのはどういう神経なのか、ってね。だから訊いた。するとむいみちゃんはこう答えました。《優先順位の問題》。要は存命中の秋春くんよりも既に死んでる巫女子ちゃんの方が、被害者である智恵ちゃんよりも犯人である巫女子ちゃんの方が、むいみちゃんの中では価値があったってことさ」

「……なんかひでえ話だな。宇佐美の奴が一番可哀想だ」

「かもしれないね……」

自分が殺されるのを予告していた秋春くんが、思い残すところ一つとしてなしとのたまった秋春くんが、どこまで真実を予想していたのか。そこまではぼくには分からない。正直言って予想もつかない。

ここで、《秋春くんは全ての真実を知った上で、その上でむいみちゃんに殺されたのだ》と述べるのはいささかロマンチックに過ぎるだろうか。しかしもしもそうだとするなら、今回の件の中で唯一尊敬に値する存在が、宇佐美秋春だということになる。

それは即ち、
友達全てを受け入れたことになるのだから。

「……。なあ」

しばらくロダンの彫像のように考え込んでいた零崎は、やがて腕組をといて顔をあげた。

「理屈は分かったけど。でもそれにも葵井のときと同じ疑問がある。それは貴宮が犯人だって前提があった上でだろ？　葵井に関しては遺書があったからいいとしよう。でも貴宮の方はもう金田一的推理しかあり得ないぞ。お前、電話だけで、何の証拠もなく察したじゃないか。それはもう、関係者がお前と貴宮しか残っていなかったからとしか思えない」

「……、きみ、ひょっとして横溝嫌いなの？」

さっきから零崎の物言いには金田一に対する敵意を感じる。だけど零崎は首を振って「いんや」と答えた。「ただ表紙が怖過ぎるから、ドラマでしか見てない。好きでも嫌いでもないってのが本音だな」

「あっそ……」

「で、そうなのか？」

「違うよ。よく思い出してみろよ。ぼくはちゃんと沙咲さんに質問してただろ？」

「あー。《X／Y》ってのがあるかどうかって奴か。それがどうした？　それは関係ないんじゃなかったのか？」

「意味は関係ない。この時点ではあれはただの記号でしかないんだよ。あれが意味を持っていたのは智恵ちゃんの事件のときだけなんだ。だけど秋春くんの殺害現場にその記号が残ってたことには、おかしな意味がある」

「何でだ？」

「……《X／Y》ってのが現場に残っていたって情報はさ……、シークレットだったんだよ。警察だけが知ってる情報。最初のとき、沙咲さんはそんなこと、一言も言ってなかったんだ。他に知っているのは、だから不法侵入したぼくと、きみだけ。それと――ぼくが《X／Y》ってなんだろう？　って質問した相手だけなんだ」

それはつまり、むいみちゃん、哀川さんと、巫女子ちゃんと、その三人だけだということ。

「いや、他にも知ってる奴はいるだろ。警察関係者とかよ」

「その通り。他にもたくさんいる。けどな、あれをダイイングメッセージだと思っているのは、むいみちゃんだけなんだ」

「――ああ。警察の見解じゃあれはダイイングメッセージじゃなくて犯人が書き残したんだってことになってんだっけ。それがどうした？」

「秋春くんの事件ではね、《被害者本人が書いた形跡がある》って沙咲さんが言ってた。なんで今回に限って？　それは犯人が《第三の事件》を強調したかったから殺す前に脅迫でもして書かせたんじゃないかってね、そう思った」

「……そんな発想はアレをダイイングメッセージだと思ってないと出てこないってか。でも、貴宮には分かってなかったのか？　《X／Y》の意味」

「多分ね」

もしも意味が分かっていたのなら、たとえ続きを強調したかったとしても、その式は使わなかっただろうから。

「……それだけで貴宮が犯人だって？」

「まあね。勿論それだけじゃなく、推測もあったよ。そんなことをしそうなのはむいみちゃんじゃないかって。むいみちゃんの巫女子ちゃんに寄せる友情の厚さには、このぼくも感動していたからね」

「嘘つけ」

け、と零崎は笑う。

「お前の言うことはもう信用しねえ。傍観者どころか、お前ただの嘘つきじゃねえか」

「そう言ったはずだぜ」

「開き直るな」

「そうだね。きみの言う通りだ」

ぼくは軽く、何でもないことのように、言う。

「もう質問はないみたいだね。じゃ、これで一件落着でいいか？」

「大団円とは言えないけどな……。は……。なんつーか、そうやってなぞって聞いてみると、ほら――」

「傑作？」

「いや、戯言だ」

零崎は本当につまらない冗談でも聞いたかのように、そう言った。

ぼくも似たような気分だった。

ひどくグロテスクで、ひどくいびつで、ひどくえげつない、冗談のような、滑稽のような、無様のような、見ていられないような、そんな形。

結局、

考えざるを得ない。

いくら考えることを意志で拒否しても、

脳髄は自動的に思考を続ける。

誰が悪くて、何が悪かったのか。

それは多分、それ自体では簡単なことなのだろう。誰にでも理解できる、誰からでも同感を得られる、誰にでも同情されてしまうような、身近な問題。

だからこそいやらしい。

分からない。

そう放棄できたら、どんなによかっただろう。

「まあ詳しいことは訊かないよ……」と、零崎はそっぽを向いて、愛想を尽かした風に言う。「その辺訊いてもお前は誤魔化すだけだろうからな。その辺のことは……まあいいとして」

「なんだ、随分諦めがいいな」

「俺にも色々考えがあるんだよ。だけど戯言遣い、一つだけ聞かせとけ」

「なんだ？　殺人鬼」

「お前の感想は？」

「うん？　どういう意味だ？」

「周りで三人もの人間が死んだ、その感想はどうなんだって、俺はそう訊いてるんだよ」

零崎は一転、面白がるような口調だった。

鏡の中を覗き込んで喜んでいる、無邪気な少年のような物言い。「友達を殺して、自分を殺して、友達のために殺して、友達のために殺されて、ついでにお前本人も殺されそうになって。どんな感想？」

「…………」

ストレートな、ぼくにはできそうもない質問の仕方だった。

ぼくは腕組みをして考えるふりをし、時間を稼ごうとしたが、しかし指が折れていたので腕組みすらできなかった。

「零崎。ぼくはね、この一連の事件についてこう考えているんだ」

「おう。言ってみろ」

「今回は少し喋り過ぎた。指も痛いが喉も痛い」

「…………」

零崎は停止してしまった。引き攣るような表情で、しかしそのあとで「かはははははっ！」と思いっきり爆笑し、

「だろうな」

と言った。

「つまりお前さ……、友達が死んでも何とも思わないってわけ？」

「いや、いくらぼくでも友達が死んだらショックだよ。でも連中とはまだ友達になってなかったから」

一番ぼくに近かったのは江本智恵だったが、しかしそれは近かったがゆえに、もっとも遠かったのだろう。

葵井巫女子の好意にぼくは好意をもって返すことはできなかったし、貴宮むいみのように積極的な感情は知ったことじゃない。

宇佐美秋春の潔《いさぎよ》さも、ぼくにはない。

「不自由だな、お前は」

「そうでもないさ」

「不自由さ。自分で自分を拘束してるじゃないか」

「他人に拘束されるよりはマシだよ。大体零崎、自由ってなんだ？　きみにとっての自由ってのは、人を殺すことか？」

「あー……。俺にとっての自由ねえ」くく、と零崎は含み笑いを漏らす。「実を言うとさ。俺、自由って言葉嫌いなんだよ。大嫌い。鳥肌が立つ」

「ぼくも好きじゃないな」

「安っぽいよな。この国じゃ。その言葉。そんなもんどこにでも転がってる。つーか言い訳だよな。茶髪にするくらいジユーだろ、とか。アホかっつーの。でも俺は結構好き勝手やってるわけだし、自由なんざなんでもいいや。他人に拘束されるのも自分に拘束されるのもまっぴらだってだけさ」

「なるほどね」ぼくはため息をはいてから頷く。「じゃあ、もしもぼくが我慢しなかったら、きみみたいになってたわけだ」

「そりゃあ俺が我慢してたらお前みたいになってたってことか？」

それは。

それはあまりにも。

「それだけはごめんだよな」

「ああ、ごめんだ」

零崎は笑って、ぼくは笑わなかった。

つまらない話を続けている内に、病院は既に目の前だった。いつの間にかぼくと零崎は足を止めてまで話し込んでいたようだ。全く気が付かなかったけれど、これもこれで喋り過ぎているようだった。

それから先は事件に何も関係のない話をした。

ぼくらにしか関係のない話。

多分、二時間ほど。

人生において何の役にも立たない下らないことを、世界において毒にも薬にもならないようなことを、
ときに零崎から話し
ときにぼくから話した。

もしも願いが三つ叶うなら何を望むのかとか、この場に一億円あったらどう使うかとか、二等辺三角形と正三角形どっちの方が綺麗かとか、キロメートルとキログラムはどちらの方が大きいかとか、黄金の夜明け団と薔薇十字団どちらに入りたいかとか、百十五マスかける百十五マスの魔方陣は可能かどうかとか、88オセロは一体どうなのかとか、
まるで仲のいい友達のように。

だけどぼくは零崎の友達ではないし、
零崎はぼくの友達ではないのだった。
これはほとんど独り言のようなものだった。
意味も価値もない談話。
楽しいとは思わなかったし、
楽しくないとも思わなかった。
自分が十九年、
どんな人生を送ってきたのかを見つめ直す行為。
光の反射。
零崎人識。
本来これはありえない時間だったのだと思う。
しかしその魔法のような時計の針も、
徐々に零が近付いてきた。
そして零崎は、
「……じゃ、疑問も氷解したことだし」
と、言う。
「この辺でオサラバと行くか」
「そうだな」

ぼくも抵抗なく同意した。

いい暇潰しになったよ、と、零崎は座っていた手すりから尻を浮かす。

「よお」と、零崎はぼくを流し目で見て言う。「お前ってこれから京都に永住するヒト?」

「さあ。分からないな。割と根無し草だし。大学にいる間はここにいるだろうけど、その大学だっていつやめるか分からないし」

「あっそ。じゃ、お前、これから先、世界中で絶対行きそうにない場所ってどこだ?」

「そうだな……行きそうにない場所ってのは南極とか北極とか色々あるけど」ぼくはちょっと考えるようにしてから、あらかじめ決まっていた答を言う。「絶対に行きたくないのはアメリカのテキサス州だ。特にヒューストン。あそこにだけは全身の骨を折られても帰りたくないな」

そうか、と零崎は頷く。

「じゃ、俺はそこら辺に行くことにするわ」

「英語話せるのか？」

「中学校は出てるよ。それに、言葉が通じない奴にもナイフは刺さるよ。もっとも——」零崎は薄く、嫌味っぽく言った。「お前のナイフは刺さらないだろうけどな」

その台詞が含んでいる刺に、ぼくは肩を竦める。

「じゃあ、もう会えないな」

「別にいいだろ。あんま見ていて気分のいいもんじゃない」

「それもそうだな」

実際その通りになるだろう。そしてぼくは零崎に会うことを望まないし、それは向こうだって同じだろう。そもそもこれはありえない邂逅《かいこう》だったのだから、そちらの方が正当だ。

ぼくは最後に質問した。

自分の一番深い部分を、自分の一番暗い部分を、正面からしっかりと見直すことにした。

「……なあ、零崎」

「何だ？」

「きみって好きな奴、いるか？」

「いねえよ、いるもんか。ちなみに一番嫌いなのが自分だ。いや、お前かな。それがどうした？」

「ぼくにはいるんだ」

零崎はちょっとだけ驚いたような顔をしたが、そのあと、確信犯的ににやりと笑《え》んだ。

「前に訊いたときは、てめえ、分からないって言ってたじゃねえか」

「嘘を吐いたんだよ」

そうか、と零崎は言う。

「じゃあ、それが俺とお前との違いだ」

「だろうね」

「折角だからそのまま生きてろ。お前は俺みたいになるなよ」

「以下同文だ」

零崎はぼくに背を向けて今出川通りに向けて歩き

出し、ぼくも零崎に背を向けて病院の受付に向けて歩き出した。

二人とも何も言わなかったけれど、思っていることは多分同じだっただろう。

「さてと……」

これでぼくにとっても物語は終わった。

しかし鏡の向こうの世界が一つや二つ崩壊したところで、このまま終わらせるつもりのない人間に二人くらい心当たりがあって、それが何となく気分を憂鬱にさせていた。

それも一種の因果応報。

「全く因果な人生だよな、人間失格」

欠陥製品はそう呟いた。

独り言だった。

終章 終われない世界

玖渚友
KUNAGISA TOMO
????

左手の親指以外の全ての指にギプスがつけられ、お医者さまに「安静にしていれば二週間くらいで日常生活に支障がない程度には回復する」と言われたその翌日、ぼくは京都一の豪邸住宅街、城咲にある玖渚のマンションへと向かった。巫女子ちゃんの遺品となったベスパで格好よく乗りつけてやろうかと思ったのだが、それはギプスで拘束された両の手では不可能だったので諦めた。ベスパの乗り心地を楽しめるのは、もう少し先になりそうだった。

このギプス、思ったよりも不便だった。最初は《こんなの指が曲がらない程度、なんということもない》と考えていたのだが、わずか一晩経験しただけなのに、もう日常のあちこちにひずみを来たしている。着替えることすら既に難題。これから隣人のみいこさんにかける迷惑の量が半端じゃなくなるなあなどと、適当に将来を悲観している最近のぼくだった。

そういうわけで、交通手段は徒歩。三時間以上という距離は怪我人には少しキツいので、バスやタクシーを使っても別にいいのだけれど、しかし指の治療費も結構かかることだし、節約しておくことにした。

「——しかし、いるんだろうな、やっぱり……」

そんなことを呟きつつ、やがて城咲へ、そして玖渚のマンションの前へと到着した。豪奢《ごうしゃ》な煉瓦造りの、マンションというよりは要塞のような建物。この三十一階と三十二階、ツーフロアを玖渚友は所有している。

玄関ホールに岩のように鎮座している岩のような警備員さん達の視線の中を抜けて（顔パス）、エレベーターホールへ。呼び出すまでもなく、エレベーターは一階にいた。ボタンを押してドアを開け、中に入る。鍵を使ってケースを開け、三十一階と三十二階のボタンを露出させ、三十二階の方のボタンを押した。

重力が狂う感覚が、一分ほど。

停止したエレベーターから降りて、すぐ正面にある鉄板製の扉の前まで移動。ぼくのアパートと同列に並べるのはどうかと思うけれど、玖渚の部屋にもインターホンはない。玖渚を訪ねてくる人間はごくごく限られているので、そんなものは必要ないということだ。

鍵と指紋照合でその扉を開け、中に入る。

「友ー、ぼくだー、中に入ったぞー」

言いながら、フローリングの廊下（しかし廊下と表現するのには抵抗がある。ここの段階でぼくの部屋よりも広いから）を歩く。ここの下、三十一階は全ての壁をぶち抜いていて冗談みたいな大きさのコンピューターが鎮座しているが、この三十二階は割と迷路っぽくできていて、記憶力の悪いぼくはちょっと戸惑う。さて玖渚はどこにいるのだろう。

先に電話しておけばよかったな、と思ったけれど、現在ぼくの指は電話が使用可能な状況にない。左手の親指だけは問題なく稼動するので、頑張って頑張れないことはないけれど、そんな面倒臭いことをする気にはなれなかった。

「友ー、どこにいるー？」

声に出しながら廊下を歩くぼく。この辺りから、床にわけのわからないコードや意味不明な配線がごろごろし始める。勿論ぼくは今までにこの場所に何度となく足を踏み入れたことがあるけれど、機械工学も電子工学も毫ほども理解していないぼくにしてみれば、ここはさながら魔法の王国だ。気をつけないと足を取られて転んでしまうから、相当の注意が必要である。

「友ー、ぼくだけどー、どっかいるんだろー？」

「おう、こっちだーこっちこっちー」

返ってきた声は、玖渚のものではなかった。

予想通りの、赤い声だった。

「…………」

いや、勿論声に色なんかあるわけないけれど。

「……ひょっとしたらいないかもしれないって期待はあったんだけどな……」

人生はそう簡単にはいきませんか。

声のした方向へ廊下を進み、ついた先は十畳くらいの何もない部屋だった。タチの悪い冗談のように広過ぎるこのマンション、玖渚友と言えど使いきれるものでなく、このように余っている部屋もある。もっとも、それも時間の問題だという説もあるが。ま、そういう部屋でもない限り、来客の相手はできないよな……。

「よう。久し振り」

部屋の中には哀川さんと、

「わわわわ、いーちゃんなんだよ」

玖渚友が向かい合って、缶コーラを飲んでいた。


ハワイアンブルーの色髪、子供のように小柄な体軀。そして天然純度百パーセントの笑顔。久し振りに見る、玖渚友だった。ゴールデンウィーク以来だから、ほぼ一ヵ月ぶり。しかしすごく懐かしい気がした。

帰って来るべき場所に帰ってきたかのような。

ノスタルジィとでもいうのか。

「わわわ。いーちゃん、その手、どうしたの？　心なし太くなってない？」

「皮膚が硬質化したんだ。思春期心因性皮膚硬化症だよ」

「ふうん、そうなんだー」

「納得するな。ちょっとね、色々あって。顔の怪我も含めて、全治二週間って感じかな」

「はわわー。すごいねー、格好いいねー、いーちゃんイカス！　わーい。それって念仏の鉄にやられたの？」

「いや、念仏の鉄はもういいって」

ぼくは言ってから、二人の位置から考えて二等辺三角形の頂点になりそうな位置に座った。そして恐怖の対象の方へと目を向ける。

「……どうも、潤さん」

「いよう、主人公」

にやにやと、コーラ片手に微笑む哀川さん。相変わらず悪そうだった。しかし予想外に、なんだか機嫌がいいようにも見える。哀川さんは山の天気のような気分屋なので、その辺の判断は難しいけれど。

「何やってるんですか？　玖渚の秘密基地で。また通り魔について、訊きたいことでも？」

「いやいや。そういうんじゃない。通り魔の件は、一応ケリがついたし」

「そうなんですか？」

うん、と頷く哀川さん。

「今その話をしてたトコなんだよ、いーちゃん。いーちゃんも参加する？　三人寄れば文殊の萌えだよ」

「いや、あんまり興味ないな」

嘘だけど。

それにしても零崎はあれからアメリカに行ったのではなかったのだろうか。空港辺りで哀川さんに見つかって、今度こそ始末をつけられてしまったのかもしれない。そうだとすればご愁傷様だった。ああも颯爽と去っていきながらその後日談はあんまりだ。みっともなさ過ぎるぞ、零崎人識。

「……おい、ちょっと玖渚ちゃん」哀川さんは玖渚に向いて言った。「お前の家なのに悪いけど、ちょっと席外してくれねえ？　あたしはいーちゃんとちょっと話あんだけど」

「うに？」首を傾げる玖渚友。「それって内緒話？」

「そ」

「うーん。分かったんだよ」

言って玖渚は立ち上がり、ぱたぱたと部屋を出て行った。多分あのままどこかの部屋に入ってコンピューターをいじり始めるのだろう。エイトクイーンくらいしか手段を持たないぼくと違って、玖渚は暇潰しの方法には事欠かない奴なのである。

二人になって、ぼくは哀川さんに、「何か、玖渚を追い出したみたいなんですけど」と言った。

「追い出したんだよ。お前ってあいつの前でマジバナシとかしたくないだろ？」しれっと悪びれることなく言う哀川さん。「あたしは感謝して欲しいくらいだけど。そう怒るなよ。お前って友ちゃんがないがしろにされると簡単にキレんのな」

「……だったら、場を改めりゃいいだけの話じゃないですか」

「そうもいかんよ。あたしはあたしで忙しいもんでな。明日には北海道にいなくちゃならない身分なもんで。ここを出たら出発だ。本当言うとお前とは会えないんじゃないかと思ってた」

それは、実に、ついていない。

「……それで」理屈でこの人を言い負かすことができるわけもない、とぼくは諦め、哀川さんに話を促した。「今回はナニバナシですか？」

「まずは零崎の件の報告だ」と、哀川さん。「お前としても聞いておきたいだろう？　興味がないとは言わせないぜ」

「そりゃ、まあ。でもケリがついたって……、どういう意味です？」

「昨日の夜、あのガキをようやく見つけてな。第二ラウンドってとこ」

「……それで」

「和解した」哀川さんは言った。「あいつはもう人を殺さない。その代わりあたしはあいつを追わない。そういう取引が成立した」

「……それでいいんですか？」

「いいんだよ。あたしの仕事はあくまで京都の通り魔を止めることだけなんだから。別に捕まえろとは言われてない。正直《零崎一賊》との殺し合いは避けたいところだしな、今のところはこれでいいさ、今のところは」

今のところは。

その言葉の奥にありそうなものは考えたくなかった。深入りしてはいけない領域であることは、間違いない。

「じゃあ、これから少なくとも京都の街では、その通り魔事件は起きないってことですか」

「そういうこと。これはお前の協力がなかったらあり得ない結末だったんだから、カンシャしよう」哀川さんは何だか演技っぽくそう言った。

「そうですかそれはよかったですねそれじゃあそろそろ玖渚を」

「そこで、だ」哀川さんは露骨に誤魔化そうとしたぼくを遮る。「あたしってばそのとき、人識くんに色々ハナシ訊いたんだけどさ……」

「聞いたんですか」

「訊いたんだ」哀川さんは膝でずりよって、ぼくとの距離を詰めた。「お前のこととかお前のこととかお前のこととか、色々と」

「嫌な感じですね……」

あの野郎、よりにもよって哀川さん相手に、何をべらべら喋りやがった……て、まあ、ぼくも同じことをしたんだけれど。《俺にも色々考えがある》みたいなことを言っていたのは、なるほど、こういうことか……。

「いや、それにしても」哀川さんは露骨に感心したような表情を作って、言う。「大した推理だったたなー。いやいや哀川さんは驚いたよ。まさか江本智恵がマンションを出る際に殺されていて葵井巫女子が自殺だったなんて、全然予想もつかなかった」

「わざとらしいですよ、潤さん」

「……、そうマジになるなよ。あたしは何もお前を敵に回そうって気はないんだからさ。お前とは仲良くしときてーんだ、マジで。……けどまあ、一応確認しておこうと思ってさ」

「何をですか?」

哀川さんはすぐには答えなかった。ぼくの反応を

窺うようにしばらく黙っていた後で、

「その件についてだよ」

と言った。

「……つまり潤さんとしては、また、ぼくの推理に不満があるってことですか？」

「違うね。お前の推理に対する不満は何もない。だけど、お前そのものに対しては、不満だらけだな」

「…………」

「零崎相手にはうまく誤魔化したみたいだけどさ……、お前説明してないことが色々あるだろ？」

「ありますよ。でもそれは全部細かいことです。些細で、どうにでも説明がつく、逆に言えばぼくには想像に任せることすらできない部分です。だから……」

「たとえばだ。葵井巫女子が江本智恵を殺した理由とかな」

「……それは」

それは、零崎には言わなかったこと。

説明しなかったこと。

「他にもたとえば、現場からネックストラップが盗られていた理由とか」

「さあ……」

「そして、いくら遺書に書いてあったって言っても……お前みたいな自分勝手な無気力くんが、葵井巫女子の自殺を他殺に見せかける細工なんてするものかな？　いや、そもそもさ。一番あたしが気になってるのはさ……、お前が一体いつの段階で気付いたのかってことなんだよな」

「…………」ぼくは沈黙した。

「お前の物言いだと、まるで葵井巫女子の遺書を見て初めて真相に気付いた、みたいな印象を受けるんだけどさ……、けど、そんなわけがないんだよな」

にやにや笑いながら言う哀川さん。「で、いつなんだ？」

ぼくが答えられずにいると、哀川さんは「あたしは他人を過小評価する人間だけど、それでもお前のことは大したもんだと思ってるんだよ」と言う。

「そんなお前が葵井巫女子の遺書を見るまで真相に全く気付いていなかったとは、どうしても信じられないんだけどな」

「……潤さんの買いかぶりですよ。ぼくはそれほど大した——」

「じゃあ、具体的な証拠とか、出してやろうか？　そうだな、たとえばお前は零崎に《ぼくは知人の死体を見た程度で気分を悪くしない》とか言ってたらしいけれど、あたしはそれ以上におかしいと思うことがあるんだよ。《そんなのお前らしくない》って思うことなら他にある」

「何ですか？」その答、哀川さんが何を言おうとしているかは分かっていたが、ぼくはあえて問い返した。「皆目見当つきませんが」

「お前が最初に沙咲から話を聞いたときのことだ。例の江本からの電話について沙咲から質問を受けて、お前なんて言ったよ？　《江本に間違いない》《ぼくは一度聞いた声は忘れない》——とか何とか言ったらしいじゃねえか。……ここまで散々な記憶力を披露しておいて、それはないんじゃないのか？」と、哀川さんは揶揄《やゆ》するように、ぼくの肩を二回叩いた。「お前の壊滅的記憶力がどうしてそんなことを保証できるんだ？　初めて会った相手の声を電話越しに聞かされて、それで保証なんてできるわけがない。だからこそ葵井巫女子もそういうギミックを使おうと思ったわけじゃないのか？　お前の記憶力の悪さに期待して。だったら少なくともお前は《間違いなく》なんて言葉は言えないはずなんだけれど」

「……つまり？」

「つまり、だ。……お前は意図的に沙咲に対して嘘をついたってことになる。その理由はなんだろう。あたしはこう考えるんだけどさ……知らないことは偽れないけれど、知ってることなら偽れるよな。……お前は沙咲から江本が殺された話を聞いたそのときに、ことの真相——葵井が仕掛けたギミックと、江本智恵絞殺の犯人——について気付いてたんじゃないのか？」

ほとんど有無を言わせない口調だった。

沈黙など無意味。この朱色の万能家の目眼の前において、そんなものは無価値よりも意味がなかった。ぼくは「別にその時点で全部気付いたってわけじゃありませんよ」と、比較的正直に答えた。

「その時点では証拠も何もない、ただの当てずっぽうでしたしね。こういう方法を使ったとしたら可能だっていう、それだけの漠然とした予想です。推断とはとても言えない。——けれど潤さん、もしもそうだったとして、もしもぼくがその時点で気付いていたとして、……どこかに問題が生じますか？」

「生じるさ。すげー勢いで生じちゃうね。別にあたしも、お前が《友達を庇うため》に嘘をついたってんなら、何も構うつもりはないんだ。誰だって友達のために嘘をつくし、友達を助けようとする。だけどここで問題なのはお前と葵井巫女子は友達じゃないってことなんだよな。葵井の方がどう思っていたのかはともかく、お前はそうは思っていなかった。ただの知人、ただのクラスメイトだ。つまりお前は庇ったんじゃない。ただ単に保留しただけだ」

保留。

何のための時間を？

それは決断するために必要だった時間。

与えるのか、奪うのか。

「そしてお前はあの日、葵井巫女子を弾劾《だんがい》したわけだ。《お前はお前の存在を許すのか》とかなんとかな」

「——まるで見てきたかのように言うんですね。ひょっとして、見てたんですか？」

そう言えば土曜日、巫女子ちゃんと一緒のところを哀川さんに目撃されていたのだっけ。もしもそのあと、哀川さんに尾行されていたのだとしたら……。殺意満点の零崎やド素人のむいみちゃんにならともかく、哀川さんにつけられていたりしたら、さすがにぼくだって気付かない。

しかし、これについては哀川さんは否定した。

「見てないさ。だけどお前の言いそうなことくらいは推測がつく。——あたしも零崎と同じ意見でね。人を殺すような有象無象が良心の痛みで自殺するなんて、心の底から全く微塵も信じてないんだ。後悔するような奴は最初から人を殺したりしない」

「——でも、殺人犯の数割は自殺するって統計ですよ」

「統計？　二十年も生きてきて出る言い訳が統計なのか？」嘲《あざけ》るように片目だけを細め、ぼくを鼻で笑う哀川さん。「そんな馬鹿らしいもん信じてんじゃねーよ。十万回に一回しか起きないことは一回目に起きるのさ。一番最初に会った相手は百万人に一人の逸材なのさ。確率は低いほどに起きやすい。《統計》？　くだらないくだらない……奇跡なんて一山いくらの二級品だってのにさ」

「…………」

滅茶苦茶な暴論だったが、しかし、他ならぬ哀川潤が言う以上、反論のできようもなかった。こと人生経験で言う限りにおいて、ぼくは哀川さんに全く敵わないのだから。

「話が逸れたか？　とにかく葵井巫女子は罪の意識で自殺したんじゃない。お前が糾弾したから——違うな、詰問したから、死を選ばざるを得なかった」

お前はお前の存在を許すのか。

明日また来る。十二時頃。返事はそのとき。

返事はそのときに。

「——ぼくが糾弾した程度で？　——その程度で刺激される良心なら、最初から人なんて殺さないでしょう」ぼくは哀川さんの台詞をなぞって言う。「そんなことで自殺するなんて——」

「だってさ。葵井が江本殺したのって、お前のためなんだから」

「…………」

「ああ、《お前のため》ってのは言い過ぎかな。葵井が勝手にやったことなんだからさ。お前には一切の責任がない。要はただの嫉妬だしな。簡単に言えば」

ぼくは答えない。

哀川さんは続ける。

「誰にも心を開かない、決して必要最低限以上の距離に近付いてこないはずの江本智恵。……けれど、お前に対しては随分と踏み込んだよな。初めて会ったその日の晩に」

致命傷。欠陥品。

似て非なるモノ。

もしもあのときの会話を、巫女子ちゃんが夢うつつながらに聞いていたとしたら？　みいこさんとの会話のときのように、もしも巫女子ちゃんに、あのとき意識があったのだとしたら？

「ネックストラップがなくなってた理由もそう考えたら分かるよな。どうして葵井がそんなものを必要としたのか。宇佐美秋春からのプレゼント。だけどお前言っちゃったもんな。《似合うよ》とか、なんとかさ。他人のことを滅多に誉めたりしないお前が、そんな台詞を言っちゃったわけだ。だからそれを奪った。必要ではなかったけれどただ純粋に奪いたかったから、現場からそんなものを持ち去ったってわけだ。これも嫉妬なのかな。とにかく葵井巫女子は、お前と江本智恵が仲良しこよしになってるのが気に食わなかった」

「……だから殺したっていうんですか？　その程度の動機で？　ばかばかしい。そんな理由で殺されるなんて、殺される方はたまったもんじゃない」

「その通り、たまったもんじゃないさ。だからこそお前は許せなかったんだろう？　その程度の下らない理由で人間一人を惨殺した葵井巫女子をよ。そして責任をとらせたってわけだ」

「ぼくがそんなことをすると思いますか？」

「思わないね、これがもしもただの突発的な犯行だったなら、さ。《思い余って》の犯行だったら、多分お前は見逃しただろう——許しただろうな。けれどそうじゃない。あれは計画的犯行だった。決して《酒を飲んだ勢いで》とかじゃない。だって、最初から凶器を用意していたんだから」くく、と笑う哀川さん。「お前だって勿論、リボンが犯行に使われたなんて思っちゃいないよな。宇佐美からのプレゼントを包んでいたリボンが凶器だとか零崎に説明してたらしいけど、そんなわけないんだからさ」

「それは分かりませんよ。あれはあれで、首を絞める凶器として——」

「だって現場からなくなったものはさっきも言ったネックストラップだけなんだろう？　警察資料にそう書いてあった。だったらリボンはなくなってないってことだ。——つまり凶器は別にある。葵井が自殺に使った布が江本を殺したときのものと同じ布である以上はな。これはどういうことなのか？　葵井巫女子は江本のマンションを訪れる前に、既に凶器を用意していたってことさ」

「——つまり？」

「つまり葵井は予測していた。お前と江本から似たような匂い……雰囲気のようなものを感じ取っていた。そしてもし——その予測が的中した場合は江本を殺そうと、最初からもくろんでたってことさ。そりゃそうだろうな。一介のシャバい大学生が咄嗟に思いつくようなギミックじゃねえよ、これは」

「——そうだとしたら、笑わせますよね」と、ぼくは微塵とも笑わない。「友達だ友達だ言っておいて……、たったそれだけのことで簡単に殺す。しかも友達だって思ってることに嘘はない。嘘はないんですよ、潤さん。巫女子ちゃんは智恵ちゃんが本当に好きだった」

　しかし、殺さない程度にまで好きだったわけではない。

　障害になったら容赦なく殺す。

　コロス。

私のために死になさい。

心の底から、実に素敵な神経だ、それは。

「お前は少しの間迷ったけれど、結局葵井を断罪することにした」

「断罪、ですか……。誤解を避けておきますけれど……、潤さん、ぼくは別に自殺を勧めたわけじゃないんですよ。《勢い余って》自殺なんかしないように、巫女子ちゃんが落ち着くまで話を持ちかけるのを待ちましたしね。……少なくともぼくは三つの可能性を彼女に示した。一つは自殺、一つは自首、もう一つは知らぬ振りを決め込んで、ぼくに二度と関わらないこと。番外一つでこのぼくを殺すこと」

「お前としちゃ番外を選んで欲しかったんじゃないのか?」

まさか、とぼくは肩をすくめる。

「ぼくの予想では彼女は自首すると思ってたんです。……けどそうしなかった。ぼくが部屋に入ったとき、彼女は自ら死んでいた。だからぼくは……」

「だからお前は自殺と分からないよう細工をしたってか。……やっぱ遺書にはそんなこと、書いてなかったんだな? 《X/Y》を現場に残したのも、お前なんだな?」

その通りだった。巫女子ちゃんはぼくにそんなこと、一言だって依頼していない。あの《呑みこみ》は全てぼくの一存である。自首をしなかったというのは、罪を知られたくなかったということ。だったらその手伝いくらいはしてやろうと、ぼくは気まぐれを起こしたのだった。

正直に言うと責任を感じたというのもあるが。

「《責任》ね……、そういうのは事態を全く予想してなかったときに使う言葉だと思うけどね、あたしは」

「予想外だと思ったことは確かですよ。《予想外》……実際予想外だったんです。ええ。ぼくだって零崎や潤さんと同じく、人を殺した人間が罪の意識で自殺するなんて、本当のところは考えてもいなかった。だから巫女子ちゃんが自殺しているのを見て驚いた。気分が悪くなったのだって、腹の中に消化できないものを詰め込んだからなのか、そうでないのか、実際のところは分からない。ぼくには本当に分からなかったんです、潤さん」

「……でも、葵井は罪の意識で死んだんじゃないかもしれないぜ。お前に追い詰められたから、お前に本気で嫌われたから、お前を敵に回しちまったから、それで希望をなくして死んだのかもしれない」

「もしもそうだったなら余計に腹が立ちますね。人を一人殺しておいて、それなのにその程度のことで悩み死に至るなんて。彼女には犯人になる資格すらなかった」

「……ああ、責任を感じたってのはそういう意味か。葵井じゃなくて江本にね……、そういうことか。なるほどなるほど、そういう概念ね……。しかしお前、他人の好意に対して何も思わないのか？ 方向こそはとんでもないところに歪んじまったが、葵井がお前のことを好きだったたってのは間違いなく——」

「あなたのことが好きだから自分のことも好きになれ、なんてのはただの脅迫ですよ。残念ながらぼくは相互主義者ではないし——情欲で他人を殺す人間なんて憎悪する」

「——貴宮に対しても同じことを言うわけか」哀川さんは神妙っぽく言った。「……あたしが一番感心してるのは、お前は最初からこうなることを——こういう結末を想定していたってことだよ。だからこそ貴宮に《ダイイングメッセージだ》と間違った情報を植え付けておいた。お前零崎には《貴宮は勘違いしていた》とか言ってたけど、勘違いさせたのは実際お前なんだよな。仮に貴宮が葵井が自殺したあとに事件を続けた場合にすぐにそれと分かるように。江本のマンションに忍び込んだのだって、ただ単純に《普通は知っているはずのない情報》を仕入れるためで、推理のためじゃなかった」

「――ただの保険だったんですけどね……、そこまで計算高くはありません。そんな《全てはぼくの手のひらの上》みたいな言い方をされるのは心底心外です」

あくまでも殺したのは彼女で、殺されたのは彼で、自殺したのはあの子。結局ぼくは何もしていない。操ってすらもいない。他人の気持ちが少しも分からないこのぼくが、一体どうやって他人を操ったりできるっていうのだろう?

それこそ本当に戯言だ。

「……沙咲と数一がさ。昨日、貴宮むいみを保護したそうなんだけどさ……。貴宮、自殺寸前だったらしい。屋上から飛び降りようとしているところをギリギリで助けたんだってさ。完璧に錯乱してて何言ってるんだか分からない状態らしいぜ、今のところ。元に戻るかどうかは微妙なところだってさ」

「……そうですか」

「お前、何か言ったんじゃないのか?」

「言ってませんよ」即答した。「言ったでしょう?ぼくは情欲で他人を殺す人間になんか興味はないんです」

「さっきは憎悪しているとか言ってたような気がするがな」

「聞き違いでしょう」

「……………」しばらく睨むように沈黙してから「はん」と哀川さんは息をつく。「どっちにしろ……それがたった一人ずつしか殺してないあいつらを断罪して、老若男女容赦なしの零崎を見逃した理由か……。与えるか、奪うか。ね……。やっぱお前って残酷だよな」

「よく言われます」

哀川さんはコーラの最後の一滴を飲みほして、それから「よっと」と立ち上がり、座っているぼくを見下ろした。

「ダスト・ザ・ダスト……ま、いいさ。何を言っても何をしても、お前の罪と罰はお前だけのもんだ。

自分でどう考えてるのか知らないけど、お前は悪くなんかない。お前に非があるとすれば、お前がお前であったことだけさ。お前がお前であったことが罪であり、お前がお前であることが罰なんだ。あたしとしちゃあ口を出すつもりは微塵もないよ。ただちょっとばかし興味があっただけでな……それじゃあ最後の質問だ」

と、さっきまでよりかなり軽い調子で、哀川さんは冗談っぽく言った。しかしこの人の場合、こうなってからが本領発揮だということを、ぼくは既に知っている。

「なんですか？」

いささか緊張気味に答えるぼく。

「葵井の遺書には本当は何が書いてあったんだ？」

「…………」

ぼくはちょっと黙ってから、

「一言だけでした」

と、言う。

「へえ。どういう一言？」

「忘れましたよ。記憶力悪いですから」

「…………」

「……《助けて欲しかった》」

「嫌な言葉だな、それ」哀川さんは笑った。「嫌でもココロに残っちまう。告白されたってのが最後の記憶だったら綺麗なもんだけど、最期の言葉が恨み言かよ。お前これから一生葵井のこと忘れられないぜ。だったらそれって、葵井にしたら望むところなのかもな」

「別に……、どうせ三日もすれば忘れますよ」

拗《す》ねたような言い方になってしまったが、しかし本音だったし、多分その通りになるのだろう。ぼくの中では嫌な思い出なんてものは既に飽和状態だ。一つや二つや三つや四つ、背負わなければならない十字架が増えたところで、そんなものはすぐに埋没してしまう。それだけのことだった。

だろうよ、と哀川さんは言った。そしてしばらく眺めるようにぼくを見て、シニカルっぽく表情を歪め、「お前さぁ……、本当はどっちでもよかったんじゃないのか？」と、言った。

「…………」

何と何とのことを言っているのだろうか。

思いつき過ぎて、どれなのだか分からない。

しかしそれが何だとしても。

どういう意図の質問だとしても。

答は一つだった。

「はい」

ぼくが静かに頷くと、「だろーよ」と哀川さんは言った。

「沙咲の方にはあたしから手ェ回しといてやるよ……。お前にお咎《とが》めがいかないようにな」

「お咎め？　何のですか？」

「江本の件にしても真実を詐称《さしょう》して葵井には自殺を勧めてしかも証拠隠滅、その上真相を隠匿《いんとく》したまま貴宮にチョッカイかけたお咎め。普通ならただで済まないところだし、お前だってただで済ますつもりはないだろうけれど、あたしが世話焼いておいてやるよ。あたしがやらなくても玖渚がやるんだろうけど……。お前には貸しを作っておいた方がよさそうだ」

「……沙咲さんも似たようなこと言ってましたよ」

「だろうな。あたしが教えた台詞だし」

「……。そうですか……」

なんだかぼく、色んなところで色んな人に借りを作って、首が回らなくなってるな……。日本に帰ってきてからわずか五ヵ月足らずでこれだ。果たして生きている内に返済できるのだろうか……？

せざるをえないのだろう、多分。

「じゃ、また会おうぜ」

「もう会う機会なんかないんじゃないですか？」

「そんなことはないさ。すぐ会えそうな気がするよ」

「そんなこと言って、また明日とかに遊びに来る気じゃないでしょうね」

「明日からは北海道だって……、なんかヤバ目の仕事。生きて帰れるかどうかは不明ってとこ。だから結構わくわくしてる」

「あなたは殺しても死にませんよ」

「お前もな」

哀川さんはそれだけ言って、「じゃ、あばよ」と客間から出て行った。ごく簡単な、まるで明日会うのが当然のような別れ。

「…………」

そして多分また会うのだろう。

そしてまた、彼女は勢いに任せてぼくの裏側を暴くのだろう。お決まりの皮肉たっぷりの微笑とともに、既に終わっている物語を更に終わらせるのだろう。

完結したものを解決させ、
解決したことを完結させる。

それがあの赤い請負人の役割なのだから。


全く、それこそが。

それこそが本当に。

「……一番最後まで終わっているのはあなたですよ、哀川さん」

ぼくは柄にもなく、あの人になら殺されてもいいな、と、なんとなく思った。


「さて……」


ぼくは天井を見上げる。ぼくが手を伸ばしてジャンプしたところで、更にその倍はあるだろう高さを誇る天井。空間容積でいうなら、この部屋はぼくの下宿の五倍から十倍を誇ることになるのだろう。

それはともかくとして。

「そろそろ出てきていいんじゃないのか？　友」

「あう」

そんな声を漏らしておきながら、しかし、玖渚は姿を現そうとしない。このままとぼけきるつもりらしかった。どうしてこいつは頭がいいくせにこうも間抜けなのだろうか。ま、間抜けでその上頭の悪い、ぼくよりは余程マシなんだろうけど。

「………………」

「今出てこないと本当にもう出番がなくなるぞー。いいのかー?」

「……うにー。こういうのはタイミングが難しいんだよ」

声とともに、天井のプレートが一枚開く。そこからひょっこり、青い髪の少女が顔を見せた。そして決まり悪そうに「てへへへへ」と笑う。

「バレてた?」

「バレバレ。哀川さんも気付いてたと思うぞ」

「うー。折角発見した秘密の通路だったのに。意味ないじゃん」

そして何を考えているのか、まるでプールにでも飛び込むかのように、その位置からぼくに向かってダイブしてきた。改めて言うが、天井の高さはぼくが手を伸ばしてジャンプしたその倍である。かと言って避けるわけにもいかず、ぼくは玖渚の攻撃をモロに腹から食らった。

「いーちゃん、大丈夫?」

「なわけない……」指が折れてるから防御すらもできなかったし。人間クッションそのものだった。

「友…… 頼むからどいてくれ。アバラが折れたかもしれない……」

「その申し出は却下するんだよ」

と、友はそのまま、ぼくを押し倒すように抱きついてきた。この前哀川さんにも同じようなことをされたが、ああいうのとは違う、心底抱擁と表現すべき、優しい感触。

ぎゅう、と。

「えへへー。久し振りっ! いーちゃん好きっ!」

「……久し振りはいいんだけどね……」

全く無邪気な玖渚。

さっきまでの話を全部聞いて、

そいでいてぼくに抱きついてくる玖渚。

人間二人を残酷に追い込み、
反面殺人鬼を放置していたぼくに対して。

何の非難の感情も持っていない。

「…………」

哀川さんは一つだけ勘違いをしていた。

しかしそれは仕方のないことだ。多分本質的なところで、哀川さんもぼくのことを理解し切っていないのだろうから。ぼくは自分が深い人間であるとはちっとも考えないけれど、先が見通せないほどに罪深い人間であることは自覚している。その底まで見通すことは、いかに請負人といえども不可能だ。

ぼくが玖渚の前でああいう話をしたがらないのは、決して玖渚に軽蔑されるのが怖いからではない。むしろ絶対に軽蔑されないからこそ、ぼくは自分の醜さ、エゴを玖渚の前に晒したくはない。

まるで全てを包み込むような愛情。

決して揺るがない絶対密度の好意。

多分玖渚は、
ぼくが直接人を殺しても許すだろう。

何をしても愛するだろう。

その、
愛情は、
ぼくには少し。

重過ぎる。

押し潰されてしまいそうだ。

開放的で解放的な愛想。

ぼくは人に好意を持つことができないわけではない。ただ、人に好意を持たれることができないだけだ。

巫女子ちゃんが如何《いか》にぼくに愛情を向けてくれたところで、ぼくがそれに向けて返せるのは人殺しを憎悪する気持ちだけだった。巫女子ちゃんが如何にぼくを想って行動してくれたところで、ぼくにはそれがただの人殺行為にしか思えなかった。

ゆえに欠陥製品。

ゆえの人間失格。

「……戯言だ」

「うん？」身体を少しだけ浮かせて、不思議そうにする玖渚。「いーちゃん、何か言った？」

「別に、何も、言わない」

「ふーん。あ、そうだ、いーちゃん。今度一緒に旅行行かない？」

「旅行？　珍しいな。引きこもりのお前が」

「うーん。僕様ちゃんだって本当は面倒だけどねー。人助けのためだから仕方がないんだよ」

「そっか……いいよ、行こう。ここしばらくお前とも会ってなかったしな」

「うんっ！」と、玖渚は嬉しそうに笑顔だった。

玖渚は、他の表情を、知らない。

だけどぼくはその表情すら、知らないのだった。

笑顔に対して笑顔を返せないっていうのは……

確かに劣等感だな、智恵ちゃん。

やや自嘲的に、そう思った。


「出発はいつ？」

「色々準備があるし……卿壱郎《きょういちろう》博士んトコ遠いからなー。でもさっちゃん救出のためだし。いーちゃんの怪我治ってからの方がいいから、七月の頭くらいにしようかと思うんだよ」

「そっか、分かった」

「カレンダーに印つけといてねー」

うふふー、と笑う玖渚。

と、そこで思い出す。そしてぼくは「なあ玖渚」と言った。

「お前《X／Y》って分かるか？」

「うん？」首をひねる玖渚。「何それ？　式？」

「ダイイングメッセージ……じゃないけど、そう考えてくれてもいい」

「うーん」玖渚は一秒ほど考えた。「あ、ひょっとして筆記体？」

「そう」

「だったら簡単だよ。鏡に映すんだよね。でもって回転処理」

本当に簡単そうに、玖渚は言った。

ぼくは「その通りだよ」と答えた。

巫女子ちゃんがどういう思いで、それを残したのか。まるでダイイングメッセージのように、智恵ちゃんの身体の脇に、それを残したのか。それは本当に予想でしかないが、予想はつく。

巫女子ちゃんは多分、
智恵ちゃんを殺したくなんかなかったのだろう。

勿論むいみちゃんだって、
秋春くんを殺したくはなかった。

「……だけどぼくは」

だけどぼくは、巫女子ちゃんもむいみちゃんも、
本当は殺したかったのかもしれない。

鏡の向こうのぼくは殺人鬼なのだから。

「…………」

何にせよ、彼女の残した矛盾を孕《はら》む記号は、きちんとぼくが受け取った。だったらそれでいいじゃないか。惜しむべくは、それが鏡の向こうにしか届かざるを得なかったことだが、既にその鏡すら崩壊している。

世界は一つ崩壊している。

ならば——

ぼくは玖渚を見る。

ならばこのぼくは、いつ崩壊するのだろうか。

あの呪うべき超越者は「あと二年」とのたまっていたが、しかしぼくよりもずっと嘘つきだったあの人が本当のことを言ったとは思えない。そうでなくともぼく自身、自分の精神がそんなに持つとは思えない。

精神はともかく、心は持つまい。

どちらにしたところで、いずれ、時は来る。

最終最後の審判とも比喩すべき時が。

「うに？　どうしたのいーちゃん？」

きょとんとする玖渚。

純粋そうな大きな瞳。

蒼い髪。
五年前と全く同じ。
そして今がその五年後。
いずれ、時はくる。
いつか重みに耐え切れず、
この少女を、壊したくなってしまう時が。
あの衝動が。

「…………………」


——それでも玖渚はぼくを許すのだろう。

殺されようと壊されようと、ぼくを許すのだろう。五年前のように、何事もなかったかのように、無邪気な笑みをぼくに向けるのだろう。

許されることと、救われることは違い。

戯言めいてはいるものの。

そんなことが起こる前に。

情欲のためでなく、ただ、そうあるべきだからそうするといったような、ごく原初的な私利私欲で。

ぼくを。

このぼくをはやく。


「友」

「うん？」

「好きだよ」

言うだけ言ってみた。

それは、
中身のない、
すごく空っぽの言葉だった。

誰でも言えるような、
誰にでも言えるような。

質量のない、
ただの単語。

玖渚友は。

「僕様ちゃんも大好きだよ」

そう笑った。

それだけだった。

結局それだけのことだった。

《そんないっくんのことが、大好きです》。
だから、《助けて欲しかった》。
それに対してぼくが抱いた答はたった一つ。
巫女子ちゃんに送りたかった言葉は唯一だ。
それは多分、
智恵ちゃんがぼくに向けた言葉と同じ。
そしてそれは、
確かに、ぼくにこそふさわしい言葉だった。

『甘えるな』。

《Easy Love, Easy No》is BAD END……

アトガキ――

えー、世間では「目的のためには手段を選ぶな」などとよく言われていますが、しかしそこはそれ、やっぱり人間として手段くらいは選んでいきたいものです。それに真剣に考えてみれば、もしも目的のために手段を選ばなかったりしたら大変なことになるのではないでしょうか。プロ野球選手になりたいという目的を果たすためには、やっぱり野球をやるという手段を選ばなければならないでしょう。ここで「いや、私は目的のためには手段を選ばないでいきたい！　そうだ、手段なんか選ばずにいくぞ！」とか言ってラグビーボールを買ったりする人間は、ラグビー選手になる可能性の方が高いと思います。ましてここでナイフを買ってみたりして、しかも毎日千回素振りをしてみましょう。夜の公園にいる彼の姿を見て、一体誰が将来のメジャーリーガーを予言するでしょうか。て言うかこの言葉はそういう意味じゃないことは分かっているんですが、とりあえず揚げ足をとってみました。

まあ本書の作者などは目的のためには手段を選ばなかった代表選手みたいなものですが、しかし考えてみれば、その目的だって本当に自分で選んだものなのかどうなのか、案外分からないものです。「ふうん。それであなたは一体何でそれをしたいわけ？」とか、目的の目的を訊かれたりすると、人間はえてして沈黙しがちです。更にこの上目的の目的とか、目的の目的の目的とか、目的の目的の目的の目的の目的とか、突き詰めるとなんかもうどうでもよくなって最強に沈黙的です。逆に言えばそこまで理路整然と説明できる人間（「いや、僕の目的の目的の目的の目的の目的の目的はこれこれこういうことなんだよ。明快だろう？」）がいたらいいたでかなり嫌です。やはり人間は人間らしく人間として、リアリティのない幻想を目的だとか手段だとか勘違いしながら生きていくのがお似合いですね。

本書『クビシメロマンチスト』には目的を見失った殺人鬼と手段を見つけられなかった殺人犯とが登場します。殺人鬼も殺人犯も自分のことを「なんだか変だな」と意識しつつ、それでも結局行為を止めることなく、殺人鬼は手段を果たし続け、殺人犯は目的を追い続けます。で、脇役としての語り部はそんな彼らを見、「こいつら変だよ」と首を傾げていて、でもそんな彼らに自分を投影してしまい、自己嫌悪に陥ると。まあ自分の中に醜い部品を持っている人間にとって鏡を見る以上の不快はないって、そんな感じです。でも鏡がないと自分のことなんて全然見えないですよね。

本書の出版にあたって、前作『クビキリサイクル』同様、収拾がつかなくなるくらいに多数の人達から力を貸していただきました。わけても編集担当太田克史様とイラストレーターの竹さんには下げた頭が上がりません。ありがとうございました。

西尾維新

N.D.C.913　382p　18cm

クビシメロマンチスト　人間失格《にんげんしっかく》・零崎人識《ぜろざきひとしき》

二〇〇二年五月八日　第一刷発行　二〇〇六年七月七日　第二十三刷発行

定価はカバーに表示してあります

KODANSHA NOVELS

著者―西尾維新《にしおいしん》

発行者―野間佐和子

発行所―株式会社講談社

東京都文京区音羽二-一二-二一
郵便番号一一二-八〇〇一

編集部〇三-五三九五-三五〇六
販売部〇三-五三九五-五八一七
業務部〇三-五三九五-三六一五

印刷所―豊国印刷株式会社
製本所―株式会社若林製本工場

ISBN4-06-182250-0